LA VILLE DES TEMPÊTES

Du même auteur

ROMANS

LES NOUVEAUX MYSTÈRES DE MARSEILLE

L'Affaire de la Soubeyranne, JC Lattès, 2015.
lauréat du festival Polar à Nyons 2016
Rendez-vous au Moulin du Diable, JC Lattès, 2014, Le Livre de Poche n° 34180.
La somnambule de la Villa aux Loups, JC Lattès, 2011, Le Livre de Poche n° 33174.
L'Inconnu du Grand Hôtel, JC Lattès, 2010, Le Livre de Poche n° 32639.
Le Vampire de la rue des Pistoles, JC Lattès 2009, Le Livre de Poche n° 32046.
Le Guet-apens de Piscatoris, JC Lattès, 2008, Le Livre de Poche n° 32001.
Les Diaboliques de Maldormé, JC Lattès, 2007, Le Livre de Poche n° 37541.
Le Spectre de la rue Saint-Jacques, JC Lattès, 2006, Le Livre de Poche n° 31139, prix des Marseillais 2006 au Carré des Écrivains.
Double crime dans la rue Bleue, JC Lattès, 2005, Le Livre de Poche n° 35043, prix Rompol 2005 du site Le Rayon du Polar.
Le Secret du docteur Danglars, JC Lattès, 2004, Le Livre de Poche n° 35028.
La Faute de l'abbé Richaud, JC Lattès, 2003, Le Livre de Poche n° 35015, prix Jean-Toussaint Samat du roman policier décerné par l'Académie de Marseille.
L'énigme de la Blancarde, JC Lattès, 2002, Le Livre de Poche n° 35016, prix Paul Féval 2003 de littérature populaire, décerné par la Société des gens de lettres de France.

*

La Vengeance du Roi-Soleil, JC Lattès, 2013, Le Livre de Poche n° 33800, prix des Marseillais 2013 au Carré des Écrivains.
Pris au piège, Autres Temps, 2002 ; adapté pour la télévision (France 2), Grand Prix international au Festival du film policier de Cognac.
La Cathédrale engloutie, Grasset, 1992.
Comme un cheval fourbu, Belfond, 1984, Le Grand Livre du mois ; réédition L'Écailler du Sud, 2007.

BIOGRAPHIES

Dominique Piazza, Un destin marseillais, HC Éditions, 2009.
Emma Calvé, La diva du siècle, Albin Michel, 1989.

NOUVELLES

Suite provençale, La Table Ronde, 1996, prix Louis Brauquier 1996 de l'Académie de Marseille.

CHRONIQUES

Ça s'est passé à Marseille, 5 volumes, Autres Temps, 1992-1998, Grand Prix littéraire de Provence.

ALBUMS

Marseille culture[s], avec Gilles Rof, HC Éditions, 2013.
Marseille, la ville bleue, sur des photos de Camille Moirenc, Éditions Jeanne Laffitte, 2010.
Côtes de Méditerranée vues du ciel, sur des photos de Yann Arthus-Bertrand, Chêne, 1997.

HISTOIRE

Histoire de Marseille illustrée, Le Pérégrinateur, 2007.
Marseille, 2600 ans d'histoire, avec Roger Duchêne, Fayard, 1999.
Et Marseille fut libérée..., Autres Temps, 1994.

JEAN CONTRUCCI

LA VILLE DES TEMPÊTES

HC éditions

ISBN 9782357203105

À Michèle,
qui méritait mieux.

« Aux époques tourmentées,
alors que le pouvoir oscille d'un parti à l'autre,
on ne peut jamais dire que le criminel de la veille
ne sera pas le héros du lendemain. »

PIERRE BERTAS, *Provincia*, 1934

« Que répondre à un homme qui vous dit
qu'il aime mieux obéir à Dieu qu'aux hommes
et qui, en conséquence, est sûr
de mériter le ciel en vous égorgeant ? »

VOLTAIRE, *Dictionnaire philosophique* –
article « Fanatisme »

AVERTISSEMENT

Ce livre est un roman. Nombre de personnages sont de pure invention et les péripéties qu'ils affrontent relèvent de la fiction. D'autres sont entrés dans l'Histoire et apparaissent comme tels, à leur place. L'intrigue se situant dans un contexte historique précis, l'auteur a suivi au plus près les événements qui ont marqué les dernières années des guerres de Religion en Provence. Durant cinq ans, de 1591 à 1596, Marseille, prenant parti pour la Sainte Ligue catholique, a fait pratiquement sécession, s'instaurant en république autonome à l'exemple de Venise ou Gênes, pour avoir refusé de reconnaître « l'hérétique » Henri IV comme roi de France légitime. Ce sont les derniers soubresauts de cette révolte sanglante qui servent ici de cadre et de décor.

À propos de monnaies

L'argent joue un grand rôle dans l'histoire tumultueuse que vous allez lire. Les consciences et les convictions s'achètent à coup de milliers d'écus ou de livres. Hélas, les historiens spécialistes du XVIe siècle ne sont pas en mesure de nous fournir des équivalences entre les multiples monnaies de l'époque – dont le cours fluctue d'un moment, d'une région et souvent d'une ville à l'autre – et le franc-or ou l'euro actuels.

Apprendre qu'une livre vaut 20 sous (ou sols), un sou 12 deniers, donc qu'une livre vaut 240 deniers, et un écu 3 livres, ne nous avance guère, faute de connaître le pouvoir d'achat que procuraient ces monnaies.

Selon les études et les auteurs, la valeur de la livre tournois varie de 2,50 € à 15 € sinon plus.

Le lecteur est donc prié d'imaginer seul (plutôt qu'évaluer) ce que pourrait représenter pareille proposition : « Le roi lui promit 200 000 écus pour le prix de sa soumission ».

Le gros lot, certainement.

PERSONNAGES

•

Personnages de fiction

Thibault de Cervières, chevalier et médecin, captif pendant onze ans en la Régence d'Alger. De retour à Marseille en novembre 1595.
Claire de Cervières, sa jeune sœur.
Paul, sieur de Cervières, négociant à Marseille, leur père.
Bertrand de Mallemort, négociant associé à Paul de Cervières et oncle de Thibault et Claire.
Pierre Arpelin, précepteur des enfants de Cervières et maître d'armes de Thibault.
Hugues de Saint-Chamas, commandeur des chevaliers de Saint-Jean de Jérusalem à Marseille.
Gilles d'Arvieux, chevalier de Malte, ami de jeunesse de Thibault de Cervières.
Diane de Carluc, intrigante.
Ramefort et Bardolfo, corsaires.

*

Ibn al-Qasim, médecin arabe en Alger, maître de Thibault durant sa captivité.
Khaled ud-Dîn Rûmi, sergent français renégat, janissaire en Alger.
Noor, jeune épouse du corsaire Simon Danzer.

•

Personnages historiques

Les partisans de la Sainte Ligue catholique opposée à Henri IV

Charles de Casaulx, Premier consul de Marseille de 1591 à 1596.
Loys d'Aix, Viguier royal, son bras droit.
Tous deux souvent désignés comme les *Duumvirs*.
Pierre Baglione, dit **Pierre de Libertat**, capitaine de la porte Réale.

Charles, duc de Mayenne, chef de la Sainte Ligue catholique en France après l'assassinat de son frère Henri de Guise (le *Balafré*) par Henri III.
Philippe II, roi d'Espagne.
Charles-Emmanuel, duc de Savoie, gendre de Philippe II d'Espagne.

*

Les partisans ou alliés d'Henri IV, opposés aux Duumvirs

À Marseille :
Geoffroy Dupré, notaire royal.
Nicolas de Bausset, avocat, ancien lieutenant en la sénéchaussée.
Étienne Bernard, président de la Cour souveraine de justice de Marseille.
Les conjurés : Ogier de Riqueti, Gaspard Seguin, Désiré Moustiers, Balthazar d'Aman, Honoré de Rains, Jean Viguier.
Marseille d'Altovitis, poétesse, maîtresse du duc de Guise.

En Provence :
Jean-Louis de La Valette, duc d'Épernon, gouverneur de Provence de 1589 à 1595.
Charles de Guise, fils du *Balafré*, gouverneur de Provence de 1595 à 1631.

Les autres alliés du roi de France
Henri, duc-connétable de Montmorency, gouverneur du Languedoc.
François, duc-connétable de Lesdiguières, gouverneur du Dauphiné.
Ferdinand, grand-duc de Toscane.

*

Simon Danzer, dit Simon *raïs*, ou encore Capitan Dali (capitaine Diable), corsaire hollandais passé au service de la Régence d'Alger, puis à celui des consuls et du négoce marseillais. Il est ici traité comme un personnage de fiction.

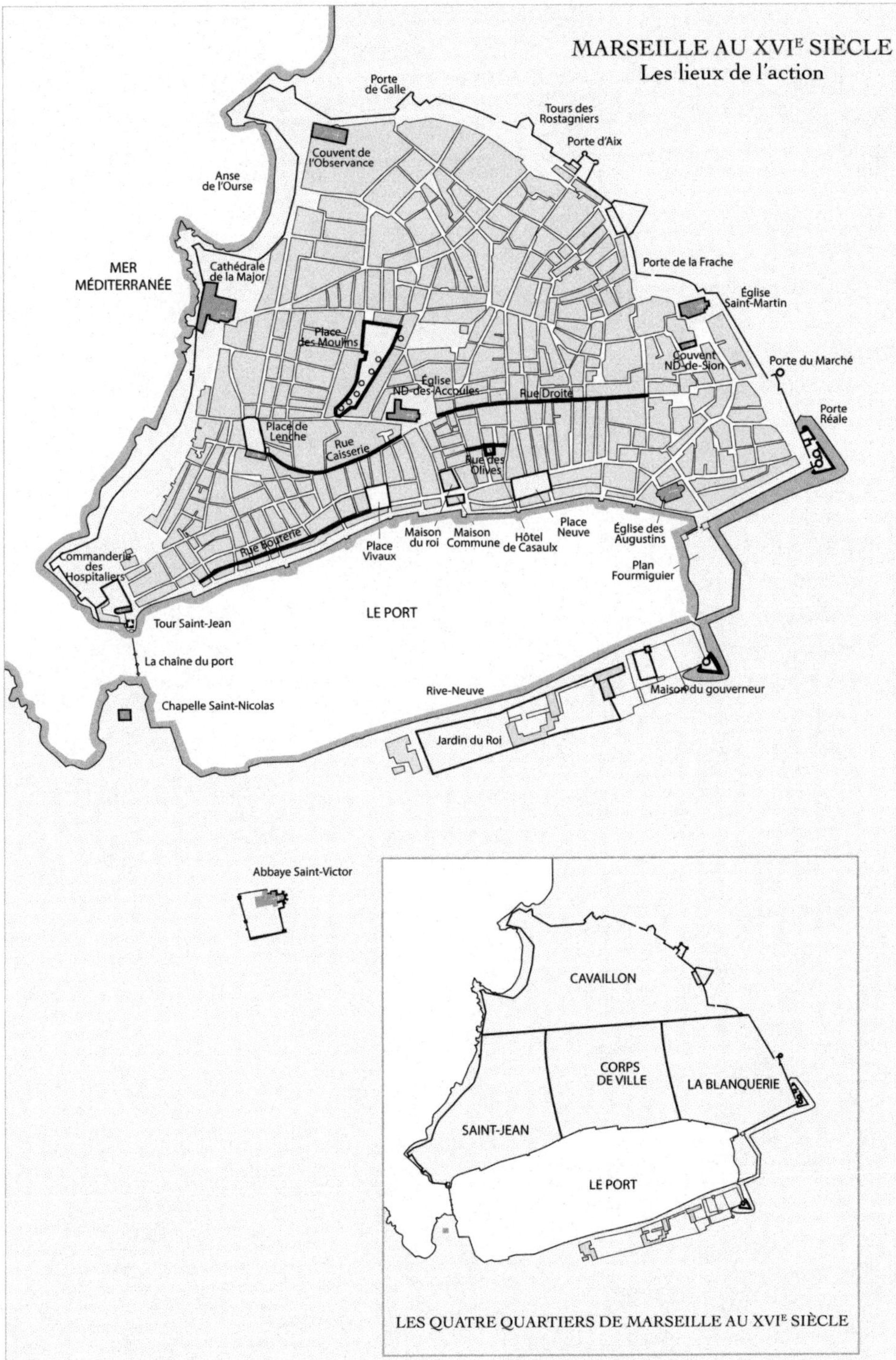
MARSEILLE AU XVIᴱ SIÈCLE
Les lieux de l'action
Porte de Galle
Tours des Rostagniers
Porte d'Aix
Couvent de l'Observance
Anse de l'Ourse
MER MÉDITERRANÉE
Cathédrale de la Major
Porte de la Frache
Église Saint-Martin
Place des Moulins
Couvent ND-de-Sion
Porte du Marché
Église ND-des-Accoules
Rue Droite
Porte Réale
Place de Lenche
Rue Caisserie
Rue des Olives
Rue Bouterie
Place Vivaux
Maison du roi
Maison Commune
Hôtel de Casaulx
Place Neuve
Église des Augustins
Plan Fourmiguier
Commanderie des Hospitaliers
Tour Saint-Jean
LE PORT
La chaîne du port
Chapelle Saint-Nicolas
Rive-Neuve
Maison du gouverneur
Jardin du Roi
Abbaye Saint-Victor
CAVAILLON
CORPS DE VILLE
LA BLANQUERIE
SAINT-JEAN
LE PORT
LES QUATRE QUARTIERS DE MARSEILLE AU XVIᴱ SIÈCLE

1

Le navire des corsaires

Le vendredi 21 novembre 1595, en milieu d'après-midi, la vigie du fort de Notre-Dame de La Garde signala l'entrée en rade de Marseille d'un trois-mâts de type inconnu au droit de la pointe de Carro. Son bastingage était noir d'encre et son bordé sang de bœuf, couleur prisée des corsaires car, disait-on, le sang des hommes n'y laissait trace.

Le voilier avançait avec lenteur dans la brise de sud-ouest sous deux voiles de misaine, son grand foc et sa brigantine.

Par sa forme elliptique, la taille de ses mâts et la hauteur de son château arrière, il se distinguait des silhouettes familières au guetteur : galiotes et fustes aux profils de requins, galéasses à voile latine hérissées de rames, grandes barques pontées, nefs de commerce aux ventres énormes, frégates et brigantins légers.

Malgré sa masse, le bâtiment naviguait avec aisance, obéissant à son maître comme un pur-sang dressé. L'impression de puissance qu'il donnait ne paraissait pas gêner sa maniabilité. Ni le poids de ses trente canons.

Sitôt l'alerte donnée, un soldat du guet de La Garde sauta sur un cheval et dévala les pentes de la colline en direction du port.

Fasciné par l'insolite apparition, le guetteur du fort ne quittait pas de sa lunette d'approche le profil du navire. Il détaillait à contre-jour les silhouettes minuscules des gabiers jouant aux funambules dans les mâtures. Son optique eût été plus puissante, il aurait pu lire – à condition qu'il eût appris – un nom étrange se détachant en lettres blanches sur le bordé rutilant : *Twee Leeuwen*.

La figure de proue, qui représentait deux lions rouges superposés, gueules ouvertes, crinières d'or, tendant leurs pattes aux griffes écartées vers l'avant, aurait traduit ce nom batave en n'importe quelle langue : *Les Deux Lions*.

Lancée au grand galop sur le Quai de la Ville[1], l'estafette scia la bouche de sa monture pour l'arrêter en plein élan, pile devant le portail d'entrée de la Maison commune, dans le crissement de ses fers sur les pavés ronds. Le cavalier sauta à terre sans se soucier de confier les rênes aux soldats en faction et, écartant les deux hallebardes que les sentinelles croisaient devant lui pour lui barrer le passage, il se précipita vers l'escalier d'honneur lançant d'une voix forte en martelant les marches de ses bottes à éperons :

— Place ! Place ! Message urgent pour monsieur le Premier consul !

Les éclats de voix venus de l'antichambre firent se dresser Charles de Casaulx du fauteuil à haut dossier où il avait coutume de s'installer, devant la table de la salle du conseil, pour lire ou écouter les rapports sur l'état de la ville. À son habitude, le

[1] Aujourd'hui Quai du Port (côté mairie). (Toutes les notes sont de l'auteur.)

Premier consul de Marseille, de taille moyenne mais de forte carrure, était entièrement vêtu en noir d'un sayon, casaque à peine tracée d'or serrée à la taille sur un pourpoint à collet montant, avec un haut-de-chausses assorti, porté sur des bottes cavalières. Seul le court plumet blanc de sa toque se distinguait de cette tenue funèbre, aussi sombre que la courte barbe ferrugineuse qui cernait le bas de son visage sévère.

À la façon dont Charles de Casaulx avait mis la main sur le pommeau de son épée au premier bruit, avant même de s'informer auprès d'un membre de sa garde rapprochée des raisons du tumulte, on devinait l'homme sur le qui-vive.

Depuis quatre ans, il tenait Marseille dans sa poigne redoutable, mais vivait dans un état de tension permanent.

Le Premier consul s'empara du bref message tendu par le cavalier que deux reîtres encadraient, et le parcourut de son regard noir, le sourcil levé.

Lecture faite, il interrogea l'estafette sur le ton qu'on prend pour faire avouer un prisonnier :

— Un grand voilier… Son nom, le sais-tu ?

— La vigie n'a pu le lire.

— Son pavillon ?

— Il n'en porte point.

Le regard de Charles de Casaulx se tourna vers l'homme vêtu d'une casaque en peau de buffle, culotte et bottes assorties, qui se tenait assis face à lui avant l'entrée du messager et n'avait pas bougé, ni prononcé une parole.

— Pourvu que ce soit celui que nous attendons…

Le Premier consul venait de prendre à témoin son complice, son frère d'aventure, son alter ego, l'autre maître de Marseille : le Viguier Loys d'Aix. Charles de Casaulx partageait tout avec lui : le goût du pouvoir, les honneurs et la richesse, mais aussi le danger, les risques et les périls.

Quatre ans auparavant, soulevant le peuple, les deux hommes, à la tête de bandes armées, avaient conduit l'assaut contre la

Maison commune et chassé les consuls. Depuis, ils gardaient Marseille en otage pour la cause de la Sainte Ligue catholique, créée par le duc de Guise par la signature d'un traité secret[2] avec le roi d'Espagne pour « défendre la vraie foi » et barrer le chemin du trône de France à un prince protestant : Henri de Bourbon, devenu Henri IV.

Leur conquête de Marseille s'était achevée par un combat mémorable, où leurs canons avaient délogé le baron de Méolhon, dont les garnisons occupaient l'abbaye Saint-Victor et le fort de Notre-Dame de La Garde au nom du grand-duc de Toscane, allié du roi de France.

Depuis, enfermés derrière les remparts de la vieille cité comme dans une place forte, Charles de Casaulx et Loys d'Aix défiaient le reste du royaume.

Chaque année, le Premier consul et le Viguier s'étaient fait réélire, au mépris des règlements municipaux, par un conseil municipal à leur botte, et, malgré les avis, malgré les assauts, malgré les menaces, ils refusaient avec obstination de reconnaître la légitimité d'un « roi hérétique ».

Pour eux, Henri IV était le *Béarnais*, le roi de Navarre ou simplement Bourbon, mais surtout pas le roi de France.

Le parlement d'Aix – un temps partisan de la Sainte Ligue catholique – avait beau avoir fait allégeance au nouveau roi dès son entrée dans Paris[3], et délégué à Marseille maints ambassadeurs pour convaincre le Premier consul et le Viguier d'en faire autant, Charles de Casaulx et Loys d'Aix étaient demeurés intraitables.

---

[2] Traité de Joinville (31 décembre 1584) signé entre le parti nobiliaire français conduit par Henri de Guise (le *Balafré*) – puis, après l'assassinat de ce dernier sur ordre d'Henri III, par Charles de Mayenne, son frère – avec Philippe II d'Espagne, « Sa Majesté catholique », afin d'extirper le protestantisme de France et des Pays-Bas.

[3] 22 mars 1594.

Pour marquer leur détermination et frapper les esprits, ils avaient fait planter un crucifix géant sur la porte Réale – entrée principale de la ville – et ils avaient intronisé Jésus-Christ « Seigneur de Marseille ».

Enfin, au cours d'une cérémonie solennelle en présence des « Trois Ordres et États de la ville », devant le peuple rassemblé, ils avaient juré de « conserver ladite ville en la religion catholique, apostolique et romaine », avant de proclamer : « Nous nous battrons jusqu'à ce que Dieu ait donné au royaume un roi selon notre foi. »

Après l'assassinat du duc de Guise à Blois sur ordre d'Henri III, les deux chefs rebelles s'étaient placés sous la protection de son successeur à la tête de la Sainte Ligue catholique, le duc Charles de Mayenne, le propre frère du *Balafré*, et ils avaient soumis la ville à son obéissance, jurant devant des foules fanatisées : « Quand le feu prendrait aux quatre coins de Marseille, jamais Henri de Navarre n'y serait obéi, ni reconnu. »

L'épuration avait été sanglante. On avait pourchassé, exilé, massacré jusqu'au dernier les tenants de la religion réformée dont les enfants étaient souvent enlevés pour être confiés à des familles « de la *vraye* foi ».

Charles de Casaulx – ancien maître de camp de l'armée catholique de Provence – était la tête politique de la révolte marseillaise.

Loys d'Aix – catholique fanatique au passé trouble, compromis dans divers complots avant d'être gracié « pour services rendus à la cause de la Sainte Ligue » – en était le bras armé.

Tous deux confortaient leur pouvoir sur ces « gens à tout faire » qu'on est sûr de rencontrer dans toutes les convulsions qui agitent un peuple quand on sait l'abuser. Des bandes armées semaient la terreur. Elles pillaient les maisons des notables exilés craignant pour leurs affaires, confisquaient les propriétés des familles huguenotes interdites de territoire. Leurs chefs se partageaient offices et prébendes de ceux qu'ils avaient fait bannir et les biens des officiers restés fidèles au pouvoir royal, forcés de quitter à leur tour la ville en révolte.

Ils étaient deux mais n'en faisaient qu'un. C'est pourquoi l'opinion les désignait à la manière des magistrats de la Rome antique exerçant à deux leur fonction : les *Duumvirs*.

2

Un chevalier qui revenait de loin

Debout à la proue du *Leeuwen* qui approchait du port, telle une statue avançant sur les flots, les mains crispées sur les cordages du hunier de beaupré, se tenait un homme au teint cuivré par le soleil d'Afrique. Il portait une barbe noire et fournie taillée court. Sur son visage aux traits réguliers, couronné de cheveux ras et drus, deux yeux sombres, profondément enfoncés dans l'orbite, brillaient d'une étrange excitation. Sa mâchoire était forte, signe d'un tempérament affirmé.

Il donnait l'impression de vouloir être le premier à entrer dans le port de Marseille.

Il se nommait Thibault de Cervières, il avait vingt-neuf ans et n'avait pas revu sa ville natale depuis près de onze ans.

Sur le pont l'équipage s'affairait. Chacun était à sa place et savait ce qu'il devait faire pour amener le navire à bon port. Les vêtements des marins, aux couleurs fanées par le soleil du grand large, devaient leur hétéroclisme au hasard des pillages. Le *Leeuwen*, navire corsaire, arrivait d'Alger, patrie de prédilection des maraudeurs d'océans, après un détour par les côtes languedociennes et il ralliait ce qui devrait être désormais son port d'attache : une calanque abritée sur la rive de Provence, qui, vingt-deux siècles avant lui, avait déjà tenté d'autres laboureurs des mers venus à force de rames de la lointaine Phocée pour y jeter l'ancre et y fonder une ville.

Le grand voilier passa entre les îles et le rivage, laissant à tribord Ratonneau et Pomègues posées sur la mer sereine comme des dragons pétrifiés. C'est alors que, dans un repli de la côte rocheuse crénelée de roches blanches ponctuées de vertes pinèdes, la passe du port de Marseille se dévoila, comme dans un théâtre le rideau s'ouvre pour laisser apparaître les décors. À la vision de la tour carrée du roi René et du *farot* dressé comme un cierge immense dans l'azur, Thibault de Cervières pensa que son cœur allait s'arrêter de battre.

La dernière fois qu'il avait contemplé cette monumentale porte d'entrée du royaume de France, c'était onze années auparavant et il avait pensé ne jamais la revoir. Pendant tout ce temps il n'avait plus entendu – et pratiqué – que cette langue aux raucités étranges que l'on parlait en Alger, mêlant l'arabe à d'autres idiomes venus de toute la Méditerranée. Onze années durant lesquelles les Barbaresques avaient fait de ce jeune gentilhomme provençal un esclave chrétien de la Régence. Et avec lui près de vingt mille de ses semblables, prisonniers dans la cité corsaire, fer au pied, réduits à l'état de marchandise humaine que l'on achète, vend, échange, châtie, exécute au caprice de ses nouveaux propriétaires. Avec pour seul espoir l'improbable rachat – on disait *rédemption* – mais le plus souvent la résignation et le souhait d'une fin prochaine qui mette un terme à leur exil perpétuel.

Le destin de Thibault de Cervières avait basculé un jour de février 1584 au large de Syracuse, quand trois chebecs barbaresques aux voiles aiguës, surgis d'on ne sait où, avaient fondu comme des gerfauts sur le *Saint Bonaventure* – où le jeune chevalier[4] avait embarqué – faisant route vers Malte. Le gros temps avait séparé le navire de commerce marseillais de ses compagnons de route et de la galère qui les escortait. Le calme revenu, surprise par les coursiers des mers algérois, la grosse nef pataude de cinq cents tonneaux avait été une proie facile pour les maraudeurs qui n'en avaient fait qu'une bouchée sans avoir à combattre. Que pouvait l'équipage désarmé d'un navire marchand contre des pirates décidés à s'en emparer ? Terrorisés par les mines farouches, les cris de guerre et l'éclat des cimeterres, les marins avaient sans attendre demandé grâce. Ils avaient obtenu celle d'être emmenés en esclavage vers Alger, non sans que quelques têtes fussent tranchées au hasard, afin d'établir clairement le nouveau rapport de force. Une partie des pirates avaient mis le *Saint Bonaventure* cap plein est vers les rivages où le Grand Turc règne sans partage, accompagné par l'un des chebecs. Les deux autres avaient pris la route qui mène en Barbarie avec leurs captifs.

En découvrant que la cargaison était destinée aux chevaliers de Malte, les pilleurs avaient aussitôt ennobli leur vol en prise de guerre. Elle n'en aurait que plus de valeur. Chevaux, vivres, tissus, savons, épices, salaisons, vins du Languedoc, bois et matériaux de construction – mais surtout armes, munitions, poudre à canon et boulets – trouveraient usage et preneurs sur les remparts et les marchés d'Istanbul ou d'Alexandrie.

Quant à la cargaison humaine, elle avait été triée durant la traversée retour vers la cité corsaire : les plus faibles jetés à la mer, les plus vigoureux – les marins en particulier – promis à ramer sur les galères d'Hassan Pasha jusqu'à épuisement de leurs forces. Les autres enfin – passagers, domestiques, servants, ouvriers agricoles ou cuisiniers – seraient vendus aux enchères à des propriétaires privés ou des négociants sur le marché aux

---

[4] Au XVIe siècle, le mot a perdu son sens médiéval. Il sert à désigner un jeune aristocrate sans titre particulier.

esclaves, selon leur qualité ou leur savoir-faire dont dépendait souvent leur valeur marchande.

Thibault de Cervières était de ceux-là. L'allure, la distinction, l'élégance naturelle d'un gentilhomme de dix-huit ans embarqué sur ce navire de commerce avec son pourpoint de velours tanné bordé d'un galon d'argent et ses bottes molles à haut talon avait attiré l'œil du *raïs*[5] corsaire aussitôt arrivé sur le pont du *Saint Bonaventure*. Il avait isolé le jeune homme du reste de l'équipage dans un local exigu de la cale, sans sabord ni aisance, près de la proue. Position incommode, mais qui avait épargné au chevalier l'affreuse promiscuité dans laquelle étaient plongés ses compagnons d'infortune entassés pêle-mêle au milieu des cordages, des voiles et des pièces d'artillerie, dans la saleté, la puanteur et la vermine, nourris de pain bis et sauvagement frappés au nerf de bœuf à la moindre protestation.

Le geste du *raïs* envers le jeune chevalier ne relevait pas de la compassion. Mais le montant estimé de son rachat exciterait bien des convoitises. Il fallait donc le ramener en Alger dans un état présentable pour lui conférer une valeur ajoutée.

Mais que diable allait faire sur cette nave marseillaise un jeune gentilhomme, seul de son espèce au milieu des passagers et marins du *Saint Bonaventure* ?

Réaliser un rêve d'enfant.

Le fief de Cervières et ses maigres pâtures à moutons perchées sur les pentes de l'Izoard ne suffisaient plus depuis longtemps à subvenir aux besoins de la famille de son seigneur. De l'ancienne noblesse du nom n'était plus restée que la particule. Paul, sieur de Cervières, père de Thibault, s'était donc fait négociant à Marseille, puisque depuis 1566 les nobles pouvaient sans déroger se livrer au commerce à condition de ne pas ouvrir boutique. Il avait logé sa famille dans une bastide du terroir, proche du village de

[5] Capitaine.

Saint-Marcel, et sa maison de commerce avait pignon sur rue dans le quartier de Cavaillon, à proximité de la chapelle Notre-Dame-de-Lorette[6]. Il achetait des draps, des cotonnades, des merceries du Languedoc, mais aussi du vin et des huiles du Comtat, de la coutellerie fine d'Auvergne, des châtaignes et des noix d'Ardèche, et puis du fer, de l'acier, du soufre, qu'il exportait par Marseille vers les provinces du Grand-Seigneur d'Istanbul, clientes privilégiées du négoce marseillais. « N'ayant pas de terres de rapport à cultiver, je suis nécessairement laboureur des mers », disait Paul de Cervières à son fils, en espérant le voir un jour lui succéder.

Mais le jeune homme se berçait de rêves héroïques. Il les puisait dans les lectures que lui faisait depuis sa prime enfance son précepteur, Pierre Arpelin, ancien prévôt d'armes dans la commanderie phocéenne de l'ordre de Saint-Jean de Jérusalem, qui avait donné son nom au quartier des pêcheurs de Marseille. Féru de culture latine, l'ancien prévôt était devenu tout à la fois le maître d'armes et l'instituteur du jeune gentilhomme. Les livres qu'il lisait à Thibault rapportaient les exploits des chevaliers de Malte, ces moines-soldats bardés de fer qui se voulaient – depuis les croisades – « bouclier de la chrétienté » face aux hordes se réclamant d'Allah et de son Prophète.

Pierre Arpelin n'avait pas dit à son élève que depuis l'époque où les Hospitaliers étaient à Jérusalem, la croix blanche à huit pointes n'avait – de Rhodes à Malte – cessé de reculer face au croissant du Grand Turc, malgré d'éclatantes mais sporadiques ripostes.

En grandissant, l'enfant persistait dans son rêve de rejoindre un jour ces modernes croisés. Non pour entrer de plein droit dans la glorieuse cohorte des *chevaliers de justice* – la modestie des origines de sa branche le privait des indispensables huit

---

[6] Marseille est alors divisée en quatre quartiers : Saint-Jean, Corps de Ville, (quartier central autour de la mairie et de la butte des Accoules), Blanquerie à l'est, et Cavaillon (le « quartier nord », qui allait de la cathédrale à la butte des Carmes, bordant l'actuel boulevard des Dames (voir le plan p. 13).

quartiers de noblesse exigés – mais au moins pour s'engager – en apportant la preuve de l'honorabilité de sa famille – parmi les *servants d'armes*, affectés à l'infirmerie sous les ordres des frères nobles, et – qui sait ? – en espérant être élevé un jour au rang de *chevalier de grâce* par le Grand Maître, pour services rendus.

Afin d'être prêt au premier signal du destin, le jeune homme s'était préparé corps et âme : s'exerçant au métier des armes, il était devenu un cavalier accompli et avait appris à manier l'épée en suivant les précieux conseils de son précepteur. Il avait ensuite servi trois années l'armée royale dans le régiment du baron de Jacou, en Languedoc.

Pour compléter sa formation, Thibault s'était instruit – auprès d'un apothicaire ami de son père qui résidait en Avignon – des secrets de la médecine par les plantes, que son mentor appelait « la pharmacie du Bon Dieu ». Il avait appris à distinguer celles qui soulagent de celles qui tuent, à fabriquer baumes et pommades, à doser les poisons et les drogues qui guérissent. Tout un savoir enrichi par l'observation des pratiques chirurgicales du barbier qui intervenait chez les Cervières, découvrant comment s'y prendre pour extraire un corps étranger d'une blessure, comprimer un épanchement de sang ou remettre en place une articulation déboîtée.

Ainsi, quel que soit le sort futur que lui réserveraient les chevaliers de justice – l'hôpital ou le combat – le jeune Thibault de Cervières se sentait-il prêt pour le jour où son rêve deviendrait réalité et qu'il verrait apparaître au bout de l'horizon les remparts de La Valette, ceux qui avaient victorieusement repoussé – pendant les quatre mois de l'été 1565 – les assauts des trente-cinq mille guerriers de la flotte turco-barbaresque commandés par Dragut et par Euldj Ali.

À dix-huit ans, le jeune chevalier s'était embarqué sur un navire en partance de Marseille pour Malte.

On sait ce qu'il advint de ce grand rêve brisé un jour maudit de février 1584.

3

Une ville convoitée

À peine averti de l'approche du grand navire étranger, Charles de Casaulx se dirigea résolument vers la haute fenêtre de la Maison commune qui dominait le Quai de la Ville. Il parcourut l'espace marin de son regard farouche, tourné vers la tour du Roi-René, et aboya ses ordres :

— Que l'on dégage les deux galères et les tartanes du bord du quai. Nous allons avoir besoin de place. Vingt-cinq toises[7], au moins.

Puis, s'adressant à un sergent :

— Allez dire à monsieur de Meyreuil de se porter sans tarder à l'encontre de l'arrivant avec *L'Ardente* dont je lui ai confié le commandement.

L'Ardente était l'une des deux galères appartenant en propre au Premier consul de Marseille. Il les tenait en permanence préparées à l'appareillage, chiourme en place à demeure, troupe en armes prête à embarquer au premier signal, canons chargés

---

[7] Environ 50 mètres.

et pointés. Marseille vivait sur le qui-vive. Elle avait déjà repoussé maints assauts : ceux du duc Charles-Emmanuel de Savoie, qui se voyait déjà seigneur de cette illustre cité que Rome traitait en sœur, ceux du comte de Carcès, qui aurait volontiers pris la place des consuls marseillais au profit de la Sainte Ligue catholique dont il était le chef en Provence, ceux du duc d'Épernon, gouverneur de Provence, chargé par Henri IV de faire entrer la rebelle dans le rang. En outre, Marseille devait tenir en respect le château d'If où s'était barricadé depuis quatre ans le gouverneur Nicolas de Bausset-Roquefort, ennemi juré des *Duumvirs*, avec des troupes fournies par le grand-duc de Toscane, allié d'Henri IV, soucieux de contrer les projets du duc de Savoie sur le grand port phocéen.

Tous les partis, toutes les factions qui s'entre-dévoraient en ces temps troublés briguaient les faveurs marseillaises avec un regard où se mêlaient ambition personnelle et goût de la conquête.

Casaulx ne le savait que trop : le danger pouvait surgir à tout instant, sur terre comme sur mer. Chacun le guettait nuit et jour, du haut des remparts et depuis les forts qui montaient la garde à l'entrée du port que l'Europe convoitait.

Sur un ton habitué à être obéi, au temps où il n'était encore que mestre de camp de six compagnies dans l'armée catholique en Provence et capitaine de quartier de La Blanquerie[8], le Premier consul acheva de donner ses consignes :

— Que l'on s'assure des intentions de l'arrivant. Si elles sont pacifiques, on l'escortera jusqu'ici. Sinon, faites donner les canons de la tour Saint-Jean et qu'on l'envoie par le fond sans sommation.

Le timbre puissant de Charles de Casaulx avait sonné comme un branle-bas de combat et mis la Maison commune en effervescence. On voyait des soldats en armes courir sur les

[8] À l'angle du Quai du Port et de la rue de la République, il correspond à peu près à l'actuel Centre Bourse.

pavés, des messagers transmettre des instructions, on entendait hurler ordres et contrordres fusant de toutes parts. Déjà, la proue de *L'Ardente*, tel le rostre d'un espadon géant, s'était tournée vers tribord. Les fouets des comites avaient réveillé l'ardeur des rameurs, la galère avait pris la direction de la passe dont la chaîne qui la barrait venait d'être halée en partie pour lui laisser passage.

Satisfait de la façon dont ses ordres avaient été promptement exécutés, le Premier consul revint vers la table jonchée de papiers contenant les rapports des capitaines de quartier, des milices et des espions à la solde des *Duumvirs*. Il poussa un soupir qui s'acheva en une espèce de grognement et regarda son complice avant de lâcher :

— Compagnon Loys, si c'est bien Danzer qui nous arrive et s'il a accompli la mission que je lui avais confiée, les Marseillais auront suffisamment de blé pour ne pas mourir de faim avant quinze jours !

4

Le choix du janissaire

Les mains toujours crispées sur les gréements du hunier de beaupré du *Leeuwen,* Thibault de Cervières se grisait du paysage marin que ses yeux avides dévoraient. Il ne voulait rien perdre de la lente approche du voilier vers la passe du port, dernière image de sa terre natale, jamais effacée dans son souvenir.

Mais en même temps qu'il retrouvait cette vision jadis familière, d'autres images se superposaient à elle et il revoyait la longue file des captifs encadrée par la milice du bey dans la cité corsaire, cernée par la foule grouillante qui insultait la pitoyable cohorte et la bombardait de fruits pourris.

Avec lui, l'équipage entier du *Saint Bonaventure*, capitaine en tête, à peine débarqué des chebecs, avait été amené au *basdestan*[9] où aurait lieu la vente aux enchères.

Le coup d'œil des janissaires – chargés par le bey du tri des captifs dès l'accostage – n'avait pas son pareil pour distinguer

[9] Marché aux esclaves.

dans le troupeau humain celui – ou celle – ayant une valeur marchande au-dessus du lot commun, de ceux qui seraient bientôt expédiés dans l'un des cinq bagnes d'Alger ou mis à disposition des négociants et armateurs qui les achèteraient à peine plus cher qu'un bélier ou un dromadaire.

L'un de ces fonctionnaires – œil et oreille du sultan dans la cité corsaire – avait bien vite repéré la fine silhouette de Thibault de Cervières parmi celles plus frustes des marins de l'équipage captif, en dépit de sa casaque fanée, froissée, maculée, et de ses babouches usées. Durant la traversée, elles avaient remplacé le pourpoint de velours tanné et les bottes cavalières du gentilhomme qui avaient allumé la convoitise du *raïs* pirate.

Le janissaire portait la tenue traditionnelle désignant son rang aux gardes-chiourme enturbannés qui s'agitaient en vociférant autour des captifs, frappant au hasard dans le groupe apeuré avec des lanières de cuir pour le terroriser. Avec son caftan bleu, ses pantalons bouffants rouges sur des souliers ferrés assortis, le front ceint d'un large serre-tête de cuivre surmonté du haut bonnet de feutre blanc retombant en couvre-nuque, le fonctionnaire turc se gonflait d'importance. Il se pavanait en portant sur la foule un regard hautain et caressait, machinal, ses impressionnantes moustaches[10]. Sans un mot, il avait pris le jeune gentilhomme par une aile pour l'entraîner vers un bâtiment bas, gardé par deux hommes armés de sabres recourbés. Il y avait fait entrer le captif, puis était allé s'asseoir à une table, laissant son prisonnier debout.

L'inspection avait commencé par un long moment de silence durant lequel le dignitaire examinait l'arrivant de pied en cap. Son timbre grave avait retenti brusquement :

— Tu as des mains d'aristocrate et un port de tête qui trahit

---

[10] Rappelons qu'en dehors d'être une troupe d'élite ou une garde rapprochée du sultan, les janissaires pouvaient occuper des postes administratifs, notamment dans les « provinces » de l'Empire ottoman inféodées à la Sublime Porte.

la fierté de ta race. Que faisais-tu avec ces marchands si tu portais l'épée ?

Thibault s'en était tenu au minimum dans ses réponses. Sa fierté de gentilhomme lui interdisait de prendre une attitude soumise, d'avoir l'air d'amener son geôlier à l'indulgence. Il avait dit sa qualité de chevalier, son désir de rejoindre le bouclier chrétien à Malte et narré brièvement l'abordage au large de Syracuse.

Le janissaire n'avait rien laissé paraître de sa réaction, sauf un imperceptible tressaillement. Qui eût connu l'étonnant parcours de cet homme aurait vu son regard se troubler et ses pensées se perdre dans ses propres souvenirs au récit de Thibault de Cervières évoquant les Hospitaliers et l'assaut des corsaires algérois sur le *Saint Bonaventure.*

Il avait fallu quelques instants au jeune gentilhomme pour réaliser que son geôlier parlait français. Avec dans son timbre cette pointe d'ail que l'on conserve lorsqu'on est né entre la Durance et la mer. Ce janissaire ottoman avait vu le jour à Eyguians, près de Sisteron, avant d'aller servir comme soldat d'escorte sur une galère de l'ordre de Malte coulée au mois de mai 1575 par un navire barbaresque en vue de Portoferraio, sur l'île d'Elbe. Capturé et emmené en esclavage, pour ne pas avoir à ramer sa vie durant pour la gloire du sultan d'Istanbul il avait – sans état d'âme – renié sa foi et adopté celle du vainqueur. Celui-ci aimait convertir les non-musulmans à ses manières et croyances, avant de les incorporer dans ses troupes d'élite. Façon de se les attacher plus étroitement. Le corps des janissaires n'était composé que d'anciens prisonniers de guerre ou de jeunes gens d'origine chrétienne « raflés » dans les territoires sous domination ottomane, lors des campagnes de *devchirmé* [11].

[11] Littéralement : ramassage, récolte des futurs janissaires. Essentiellement, mais non exclusivement, dans les pays des Balkans.

Voilà comment Joseph Richaud était devenu Khaled ud-Dîn Rûmî.

Et pourquoi, face à Thibault de Cervières, il était ce jour-là du bon côté de la table.

Captif, lui aussi, sans doute – n'était-ce pas toujours le cas lorsqu'on était au service du Grand Turc ? –, mais captif d'élite, si l'on peut dire, que sa fonction et son costume élevaient au-dessus du vulgaire. L'ancien sergent français était à présent un dignitaire musulman parmi un peuple serf. Loin des sièges de places fortes et des batailles d'escadres, il sélectionnait les futurs esclaves au meilleur des intérêts de la Régence. Une fonction de tout repos.

Dîn Rûmî avait poursuivi son inspection :

— Ces mains sont faites pour le pommeau d'une épée ou pour caresser la peau délicate d'une demoiselle. Bien trop fines pour aller remuer une lourde pelle sur le banc de nage d'une galère. À la chiourme, tu ne tiendrais pas un mois.

Le chevalier avait réagi par un sursaut d'orgueil :

— Je ne demande aucune faveur.

Ce qui avait provoqué un grognement sarcastique :

— On ne t'en propose aucune, rassure-toi. Ici, tu n'es plus rien, ne l'oublie jamais. Mais il peut y avoir des – comment dire ? – accommodements. Ton sort sera plus ou moins cruel. Et cela dépend beaucoup de moi.

Thibault avait été piqué au vif :

— Je ne demande rien, vous dis-je. Pourquoi m'accorderiez-vous un privilège ?

— Parce que tu me rappelles quelqu'un.

— Ah ? Et qui donc, s'il vous plaît ?

— Moi.

À l'air ahuri qui s'était peint sur le visage du jeune gentilhomme, Dîn Rûmî avait laissé éclater un rire formidable que Thibault entendait encore. Son chapeau en était secoué. Il en avait les larmes aux yeux. L'air sévère du fonctionnaire ottoman avait fait place à la bonhomie de l'ancien sergent français. Il avait raconté un peu de sa propre histoire. Pourquoi se justifiait-il face à un captif parmi tant d'autres passés par ses mains ? Peut-être au constat qu'il parlait à un homme arrivant de ce pays qui avait été le sien. Cette Provence, ils l'avaient en partage et il n'avait pu l'oublier. Peut-être avaient-ils aussi en commun un rêve de jeunesse brisé…

Au fur et à mesure qu'il écoutait, le regard de Thibault se fixait sur le costume bariolé de ce chrétien renégat déguisé en musulman. Un homme qui – comme tant d'autres – avait renié sa foi pour sauver sa vie.

Dîn Rûmi achevait de vanter le pouvoir qui était le sien :

— Je ne peux pas faire tourner à l'envers la roue de ton destin, mais je peux rendre ton avenir moins cruel.

Thibault s'était refusé à l'attendrissement factice de ce Turc de comédie :

— Je ne veux rien de vous, vous dis-je. Je refuse toute espèce d'arrangement, foi de gentilhomme.

Le janissaire avait lissé ses moustaches en grognant :

— Comme tu voudras. Si tu te convertis, tu échappes à ton sort. Sinon, à partir de cet instant tu es un esclave. C'est-à-dire moins qu'un chien. On va te fixer un anneau au pied qui te désignera à chacun comme un sous-homme. Sur un simple geste je pourrai te faire bâtonner à mort.

Thibault l'avait défié :

— Faites-le donc, qu'on en finisse.

Dîn Rûmî avait secoué sa grosse tête avec un air de pitié méprisante :

— Si tu veux un conseil, fais comme moi. Commence par abjurer. Ça ne te rendra pas libre, mais ça peut adoucir ta peine.

Les yeux de Thibault étaient terribles. Il frémissait d'indignation :

— Quoi ?! J'aurais tout perdu, ma famille, mon pays et il faudrait aussi que je renie mon Dieu ? Plutôt mourir à l'instant.

L'autre avait ricané :

— Allons, pas de grands mots ! Tu n'es pas obligé d'y croire. Fais semblant. Ça ne te coûtera que l'effort d'apprendre quelques versets du Coran et de faire cinq fois par jour des courbettes en direction de La Mecque. Je ne sais même pas où c'est, moi, La Mecque, et tu vois que je me porte plutôt bien de mon choix.

Thibault n'avait rien répondu et s'était contenté de contempler son geôlier avec tout ce qu'il pouvait mettre de mépris dans son regard.

Dîn Rûmî avait rompu le silence le premier, repris son air hautain et son ton rogue comme pour signifier qu'il récupérait son rôle, avec le regard du maquignon estimant une bête :

— Voyons, pour un gentilhomme de ton espèce, fringant et fier, bien fait de sa personne, ta famille ira bien jusqu'à mille écus si elle veut revoir ta frimousse de jeune muguet. Il faut donc que je te conserve la santé pour la prospérité de la bourse du Régent. Que sais-tu faire ? Tu parais instruit. Tu auras sans doute eu souci d'enrichir ton esprit de connaissances en attendant d'ouvrir le testament paternel ?

— Si j'avais quelque don ou mérite, avait répliqué Thibault, ce n'est pas au service de votre bey que je les mettrais.

L'autre avait répliqué méchamment :

— C'est parce que en vérité tu ne sais rien faire. Tu es comme ceux de ta caste : tu n'as jamais travaillé. Tu te contentes d'empocher le fruit du labeur des autres.

Presque malgré lui, pour donner une leçon à ce rustre sans morale qui le prenait pour un oisif, Thibault avait confié son goût pour la médecine et sa vocation dans le soulagement de la souffrance humaine, sans se douter que cet aveu – arraché dans un moment de désespoir – lui sauverait bientôt la vie.

5

Dehors, le Savoyard !

Le regard de Thibault de Cervières s'attarda sur les pierres roses de la tour du Roi-René vers laquelle le *Leeuwen* s'avançait majestueux. Juste derrière, il aperçut Saint-Jean, avec ses maisons serrées et ses ruelles étroites comme des entailles profondes sur l'aubier d'un vieil arbre. Saint-Jean, qui devait son nom à la commanderie hospitalière abritée à son pied dans l'ombre du fort. Saint-Jean, le quartier des pêcheurs sur la pente douce de sa colline que le clocher de l'église des Accoules, dans l'axe, ponctuait comme un point d'exclamation.

Le chevalier ne voulait plus perdre une miette de l'instant béni des retrouvailles avec la ville de son enfance.

Il n'y avait guère plus de trente mètres entre la tour du Roi-René et le rocher qui portait la chapelle Saint-Nicolas, sur la rive sud du Lacydon. La passe du port de Marseille était ardue pour un grand voilier comme le *Leeuwen*, en raison des pannes flottantes en bois où s'accrochaient les chaînes permettant – la nuit venue – de cadenasser le port comme un coffre précieux. Le Lacydon était une nasse. Personne n'y pénétrait sans autorisation expresse des consuls. Et approbation de son peuple, toujours prêt à s'enflammer pour combattre toute ingérence étrangère.

Charles-Emmanuel de Savoie l'avait appris à ses dépens quand, voici quatre ans, profitant des guerres religieuses qui déchiraient le royaume de France, il avait tenté d'ajouter la perle Provence à la couronne de son duché. Il avait alors proposé aux *Duumvirs* d'être le « Protecteur » de leur ville en révolte contre ce roi dont elle ne voulait pas. Avec l'arrière-pensée de se servir du grand port comme base pour sa conquête future du reste de la province. Ainsi aurait-il pu saisir, comme dans les mâchoires d'un étau, le territoire convoité entre Nice – qui était à lui – et Marseille – qu'il ferait sienne.

Dans un premier temps, Charles de Casaulx, convaincu par la remuante comtesse de Sault – ligueuse frénétique qui se voyait déjà souveraine d'une Provence indépendante –, avait accueilli à Marseille le prince savoyard comme le Sauveur, le rempart le plus sûr contre l'Hérétique qui prétendait s'asseoir sur le trône de France.

Le duc de Savoie avait donc installé une garnison de ses troupes dans le fort de Notre-Dame de La Garde et dans l'enceinte de l'abbaye Saint-Victor avant de partir pour l'Espagne rencontrer son beau-père, Philippe II. Il était sûr d'obtenir de Sa Majesté catholique subsides, armes et troupes nécessaires à la poursuite de ses ambitieuses visées sur la Provence.

Mais un an plus tard, quand, revenant de Barcelone, Charles-Emmanuel s'était présenté devant Marseille à la tête de quinze galères bourrées de mille soldats espagnols avec des allures de conquérants, les consuls – refusant de voir le renard savoyard s'installer dans le poulailler marseillais – s'étaient portés à sa rencontre à bord d'une galère armée, canons pointés, mèches allumées. L'arrivée triomphale espérée par le « Protecteur » avait tourné court. L'entrée dans le port n'avait été autorisée qu'à deux de ses galères, seulement chargées des gentilshommes de sa maison. Sans escorte armée, en vertu des chapitres de paix signés du temps où les rois d'Anjou étaient comtes de Provence. Les autres navires de guerre avaient dû patienter en rade. Pire : le bruit s'étant répandu dans la ville que le duc de Savoie avait l'arrière-pensée d'installer une garnison permanente d'Espagnols à Marseille, le peuple avait pris les armes aux cris de : « *Foro, Savoïo !*[12] »

L'apprenti-conquérant avait dû retirer ses troupes et remiser son escadre à La Ciéutat[13] ! Prélude à son prochain retrait piteux après sa défaite aux abords du Vinon, quand les troupes du connétable de Lesdiguières, descendu comme l'orage depuis le Dauphiné au nom d'Henri IV, allaient mettre un terme aux rêves de conquête du Savoyard.

Charles de Casaulx, pour plus de sûreté, avait confié les troupes casernées au fort de Notre-Dame de La Garde et dans l'abbaye Saint-Victor à Fabio, l'aîné de ses neuf enfants.

Marseille était de nouveau sienne, tout entière.

Ne lui échappait encore – comme une écharde plantée dans sa botte – que le château d'If, d'où le narguaient depuis quatre ans les troupes que Ferdinand Ier de Médicis, grand-duc de Toscane, avait installées aux premières loges pour connaître ce qui se tramait à Marseille et le rapporter à Henri IV.

Ayant réfléchi sur l'inutilité de se faire un ennemi de plus, Casaulx avait passé avec le gouverneur de Bausset-Roquefort un accord tacite : Marseille ne se mêlait pas du château d'If, à condition que l'inverse fût vrai et que le gouverneur des îles laissât libre circulation aux navires marseillais. Les deux stratèges se contentaient de s'observer en chiens de faïence, chacun guettant la première imprudence de l'autre.

---

12 Dehors, le Savoyard !

13 Orthographe d'époque pour La Ciotat.

*

En cet après-midi ensoleillé de novembre 1595, ce n'était plus le danger qui venait de la mer, mais l'espoir. Marseille ouvrait grand ses bras à l'arrivant.

Le navire étranger à la coque rouge sang – malgré ses canons – était attendu en ami. Pour mieux dire : en sauveur !

Averti par la rumeur qui s'était répandue dans les ruelles étroites de la vieille cité comme la flamme sur la mèche allumée, la foule était là, massée sur le Quai de la Ville, le seul capable d'accueillir des navires de gros tonnage[14]. Le peuple marseillais, excité et bruyant à son ordinaire, était contenu avec peine par les soldats de la milice urbaine, mais il était pacifique et désarmé. Les cris d'enthousiasme redoublèrent quand apparut la proue du voilier devant lequel les chaînes venaient d'être abaissées.

Le *Leeuwen,* majestueux, franchissait à présent l'entrée du port comme un souverain passe ses troupes en revue, son mât de beaupré pointé au cœur du Lacydon, avec à son bord un chevalier français qui revenait de loin, perdu dans ses pensées.

Les voiles de misaine furent à leur tour carguées. Seuls demeuraient la brigantine et le grand foc qui semblaient tirer le navire comme le fil d'un cerf-volant dans l'axe du port. Le bâtiment courut encore un instant sur son erre puis s'immobilisa au centre du plan d'eau. Un cri immense et prolongé jaillit. La nouvelle inespérée avait mis la foule en ébullition : dans les cales du grand voilier s'entassaient, disait-on, cent cinquante mille livres[15] de blé acheté en Languedoc que le *Leeuwen* avait chargées dans le port de Seta[16], avec un sauf-conduit signé

---

[14] Sur la Rive-Neuve, le tirant d'eau n'excédait pas encore 60 centimètres.

[15] Environ 240 tonnes.

[16] Orthographe d'époque pour Sète.

du connétable de Montmorency, son gouverneur, répondant à l'appel au secours des Marseillais.

On avait dû racler jusqu'au dernier écu, mais la famine qui rendait les gens enragés allait connaître enfin une trêve.

*

La multitude s'écarta devant le cortège sorti de la Maison commune, comme la mer Rouge devant le bâton de Moïse. À sa tête marchaient Charles de Casaulx et Loys d'Aix, entourés des consuls vêtus de leur robe de soie écarlate, bonnet de velours *cramoizin*, un chaperon de satin blanc sur l'épaule gauche, suivis des gens de leur parti et de spadassins l'œil aux aguets, la main sur le pommeau, prêts à faire face à tout imprévu. Des cris fusèrent sur leur passage : « *Vivo Casèou ! Vivo li Consous !*[17] »

Pour donner une plus grande solennité à l'événement, on avait convoqué les compagnies des quatre quartiers de la ville, tambour battant, enseignes déployées : blanches pour Corps de Ville, blanches à croix bleues pour Blanquerie. Suivait Cavaillon avec son drapeau blanc à croix rouge et Saint-Jean fermait la marche avec son drapeau rouge à croix noire.

Demain, on pourrait alléger la garde devant les dépôts de grains et les boutiques des boulangers.

Demain, on ne verrait plus les mitrons portant panière sur l'épaule assaillis par des bandes affamées comme les loups en hiver.

Demain, le peuple de Marseille « se lèverait la faim », comme le redisait la foule en extase, tel le peuple hébreu voyant la manne tomber du ciel.

Demain…

Jusqu'à la prochaine fois.

---

[17] Vive Casaulx, vive les consuls !

6

L'esclave et le vieux médecin

Face au tohu-bohu qui avait transformé les quais du port de Marseille en champ de foire, insensible aux cris, aux bousculades, aux vivats, aux va-et-vient, aux volées de cloches en provenance de l'église des Accoules toute proche, un seul homme demeurait sur le pont du voilier comme pétrifié. Loin de le rendre à l'instant présent, à ce tumulte contagieux qui avait jeté les Marseillais sur la rive, l'apparition du port millénaire – que la proue du *Leeuwen* semblait lui « montrer du doigt » – avait fait sombrer Thibault de Cervières dans un état de sidération. Les images se culbutaient, se heurtaient, s'agrippaient dans sa tête et ne le lâchaient pas. Il était encore à Alger. Il entendait le cliquetis des anneaux rivés aux chevilles des captifs sur les quais, les injures fusaient, les coups pleuvaient sur les échines des esclaves préposés au déchargement des navires. Il entendait le janissaire qui venait de l'interroger se lever de son siège et lui dire :

— Je crois avoir trouvé à quoi t'occuper. Et j'en connais un qui sera content de te voir. Tu me remercieras peut-être un jour.

*

Dans tout le monde arabe, Ibn al-Qasim était sans conteste l'homme qui connaissait le mieux les pouvoirs cachés dans la nature pour soulager les souffrances humaines. Son savoir était immense : de Damas à Cordoue pas une plante, une semence, une racine, une fleur n'avait poussé sans qu'il lui ait arraché ses secrets. Il se faisait envoyer graines et boutures de tout l'Empire ottoman et en tirait des poudres, des baumes, des liqueurs, des onguents, des décoctions, des pommades avec lesquels il faisait – disait-on – des miracles. Il en consignait les proportions et les dosages en les calligraphiant dans un grand livre rempli de formules mystérieuses constituant le plus précieux des traités de pharmacopée. Sa renommée était arrivée jusqu'à l'oreille du sultan qui avait voulu faire d'Ibn al-Qasim son médecin personnel. Mais le vieil homme était aussi sage qu'altruiste : il avait refusé les honneurs et l'argent du Grand Turc pour mieux se consacrer aux petites gens d'Alger. Il les soignait gratuitement. Seuls les riches payaient : le mal de la pierre dont souffrait le bey lui avait coûté une fortune que le médecin des pauvres avait destinée à l'ouverture d'un hôpital où tout être souffrant, quelles que fussent sa condition, sa race, sa religion, pouvait venir se faire soigner. Les Juifs inclus. Aussi, outre sa réputation de savant, Ibn al-Qasim passait pour un saint dans les ruelles de la casbah.

Mais malgré tout son savoir, le vieux médecin n'avait pas encore découvert la plante qui rend la vue à celui qui la perd. Et la vue d'Al-Qasim baissait un peu plus chaque année.

Quand Thibault de Cervières avait vu entrer le vieil homme enturbanné, avec sa barbe blanche de prophète, ses yeux fatigués et sa djellaba aux couleurs de l'islam, il s'était dit qu'on lui envoyait un imam chargé de convertir les infidèles à la Vraie Foi. Il était prêt à souffrir mille morts plutôt qu'abjurer.

Depuis deux jours, enfermé dans cette pièce sombre au plafond bas de la caserne des janissaires proche de Bab-Azzoun, sobrement meublée – une table, un tabouret et un bat-flanc –, il n'avait vu personne d'autre qu'un des miliciens chargés des esclaves avant leur transfert. Il lui apportait deux fois par jour un menu immuable : à midi une écuelle de *maach*[18], le soir un bol de chorba épaisse, une poignée de dattes et un broc d'eau claire.

Le jeune homme s'était mis sur ses gardes, d'autant que l'arrivant était accompagné du renégat Dîn Rûmî. Pour montrer son importance, de ses souliers ferrés le janissaire prenait le plancher pour la peau d'un tambour.

Les deux arrivants avaient échangé quelques mots en arabe tout en jetant des coups d'œil à l'esclave vêtu d'une casaque de toile bise grossière et d'un pantalon assez court pour révéler le gros anneau de fer fixé à sa cheville droite.

Puis Dîn Rûmî s'était adressé à Thibault :

— Tu appartiens désormais à Ibn al-Qasim, qu'Allah le récompense ! Il est venu pour t'acheter. Il se fait vieux, il cherchait quelqu'un pour l'aider dans ses travaux de médecine. Tu lui prêteras tes yeux et tu apprendras une partie de ses secrets. Tu as de la chance. Auprès de lui, tu vas devenir un savant. Ce sera grâce à moi.

Le renégat attendait sans doute un signe de gratitude, Thibault le lui avait refusé. Il n'avait rien demandé.

Dîn Rûmî n'avait pas fait ça pour rien. La compassion n'était pas son fort.

Le doute n'avait plus été permis quand, par une fente de sa djellaba, le vieux médecin avait tiré une grosse bourse pansue dont le contenu faisait un bruit de métal choqué et l'avait posée dans la main tendue du janissaire.

---

[18] Couscous grossier.

Du regard Thibault avait suivi l'échange. Ses yeux pleins d'ironie avaient croisé ceux du renégat :

— Eh ! Qu'est-ce que tu crois ? Les trois quarts sont pour le bey.

Le regard tourné vers son nouveau maître, le jeune homme avait lâché à l'intention de son ex-geôlier :

— Ah ? Et le dernier quart ?

Il n'avait pas obtenu de réponse.

Thibault n'était pas dupe. L'indulgence feinte du fonctionnaire impérial face aux insolences de l'esclave chrétien avait une autre raison : Dîn Rûmi, abusant des pouvoirs que lui donnait sa fonction au service du sultan, prélevait de temps à autre sa dîme sur le troupeau. Il choisissait une bête de prix et la négociait pour son compte personnel. Le vieux médecin avait besoin d'un assistant compétent ? Il le lui avait trouvé ! Un esclave de plus ou de moins, qui les comptait en Alger ? L'essentiel était de ne pas attirer l'attention des contrôleurs fiscaux de la Régence. Ils ne plaisantaient pas avec les trafiquants, surtout s'ils ne versaient pas le *baqšiš*[19] convenu.

Voilà comment Thibault de Cervières, gentilhomme français qui avait refusé de renier sa foi, était devenu *Al-Gawri*[20], esclave en Alger.

---

[19] À l'origine le mot signifie *don*. En pratique, il désigne la somme versée de la main à la main, hors de toute comptabilité, pour que celui qui détient le pouvoir ferme les yeux sur la fraude ou le délit. L'argot français en a fait bakchich.

[20] Étranger, au sens religieux du terme. Non-musulman.

7

Une ville qui mourait de faim

Sur le pont du *Leeuwen*, on s'agitait comme pour un branle-bas de combat. Des cordages venaient d'être lancés aux gens des barques qui entouraient le navire et le halaient à force de rames vers le quai où sont les bittes d'amarrage. Les curieux – les femmes surtout – étaient fascinés par les trognes des marins sculptées par le vent du large. Elles donnaient aux hommes affairés à la manœuvre l'air farouche qu'ils devaient arborer quand ils s'élançaient à l'abordage d'un navire à piller. Depuis le quai, on percevait des cris, des appels, des exclamations, dans toutes les langues des gens de mer : turc, anglais, espagnol, flamand, grec, italien. Sur cette tour de Babel flottante chacun paraissait pourtant comprendre les autres. Les ordres étaient transmis et exécutés comme dans un ballet ordonné.

Les amarres de poupe et de proue placèrent le grand voilier rouge et noir sur son bâbord, le long du Quai de la Ville, à la hauteur de la Maison commune. Aussitôt, des ordres donnés à l'aide de porte-voix fusèrent depuis le château arrière où se tenaient le capitaine et ses seconds. Six marins, descendus dans la cale, remontèrent une des grandes voiles carrées réservées au grand mât, pour la passer par-dessus le plat-bord. La toile épaisse déferla comme un rideau de théâtre quand il tombe des cintres à la fin de la représentation, et s'échoua sur les blocs du quai.

À l'aide de leurs arquebuses tenues à deux mains par le travers, les soldats de la milice urbaine repoussaient les plus effrontés au premier rang de la foule agitée et fiévreuse. Le peuple marseillais suivait une manœuvre dont il ne comprenait toujours pas le sens. C'est quand les premiers couffins d'alfa se posèrent sur le bastingage que la lumière se fit dans les têtes. Les bannières des compagnies de quartier furent prises d'une transe subite et des vivats éclatèrent à l'instant où les premières charges de grains dévalaient la voile-toboggan dans un crépitement de pluie d'orage pour venir former un grand tas, à même le quai. Aussitôt, une sorte de ballet rustique s'improvisa. De toutes les écoutilles du *Leeuwen* des marins avaient surgi, couffin sur l'épaule aussitôt culbuté sur la voile-glissière. À peine les grains avaient-ils touché le débarcadère que de robustes portefaix, arrivés à l'instant munis de grands sacs de jute et de pelles, commençaient à les remplir. La corporation était reine dans une cité où l'étroitesse des rues obligeait depuis toujours le transport à dos d'homme. Bourgeois et manants, chacun s'était écarté devant ces forces brutes vêtues de casaques de toile épaisse, la *saque*[21] couvrant la tête et les épaules en guise de chapeau. À pleines pelletées, les portefaix bourrèrent les sacs comme des outres, les fermant par un lien de chanvre, puis, les saisissant par le col ainsi formé, les hissèrent avec un grand *han !* sur leurs puissantes échines. Cela fait, un par un, telle la chiourme d'une galère encadrée de ses argousins, les porteurs, prieur[22] en tête, prirent en longue procession la direction de la rue de

---

[21] Un sac vide.

[22] Il ne s'agit pas ici d'un titre ecclésiastique, mais de celui d'un représentant élu de la confrérie de Saint-Pierre, ancien nom de la Société des portefaix qui, depuis le XIIIe siècle, avait le monopole de la manutention des marchandises sur le port de Marseille.

l'Annonerie, où l'entrepôt des grains était gardé comme une forteresse par les miliciens du quartier de La Blanquerie.

Pour accélérer la cadence, les *porteiris*, ces fortes femmes aux hanches larges et au verbe haut, un vaste couffin posé sur la tête – habituellement rempli de légumes ou de poissons –, se joignirent aux hommes et firent leur part.

La noria humaine dura des heures, mais le peuple marseillais ne se lassait pas du spectacle.

Thibault de Cervières suivait du regard la procession profane. Si sa tête n'avait pas été encore ailleurs, toujours captive, il aurait dû sauter le premier sur le quai pour en baiser les pavés. Mais si son corps était désormais libre, son esprit demeurait encore enchaîné à l'autre rive. Quelque chose l'empêchait de quitter le pont de ce navire où il avait repris goût à la liberté. On n'efface pas – comme sous l'effet d'une baguette magique – des années de souffrances, de solitude et d'interrogations.

Durant ces longues années de captivité, Thibault, devenu *Al-Gawri*, s'était efforcé de ne pas penser trop souvent à ce qui avait été sa vie d'avant : cette jeunesse paisible au sein d'une famille provençale unie et chaleureuse. Pour ne pas céder au désespoir, il comparait son propre sort à celui de ses compagnons d'infortune. Il était – toutes choses égales – une espèce de privilégié. Chaque jour, dans les ruelles d'Alger, quand il partait en compagnie d'Ibn al-Qasim visiter les malades, il croisait ces centaines d'otages chrétiens employés aux travaux du port les plus pénibles, ces forçats de la chiourme épuisés de fatigue et de coups, ces captifs désespérés échus chez des maîtres cupides et cruels qui les considéraient moins que les bêtes de leurs troupeaux, que les dromadaires de leurs caravanes. Lui, sous le regard bienveillant de l'homme à qui il appartenait, s'occupait de fioles et de flacons, de mortiers et de cornues, de doses et de mélanges. Il n'était pas le plus à plaindre. Mais surtout, il bénéficiait d'une prérogative refusée à la plupart de ses semblables : son maître ne le considérait plus comme un serviteur mais bien comme un disciple. Pour preuve : le vieux médecin s'était servi de son renom pour obtenir de l'administration beylicale que l'anneau de fer enserrant la cheville droite du captif lui fût ôté en dépit des règlements tatillons qui prévoyaient – entre autres – une peine de cinquante coups de bâton à l'esclave surpris dans la ville sans porter *visiblement* ce signe d'infamie désignant à tous sa condition.

Entre Thibault le chrétien et Ibn le musulman, il n'avait jamais été question de religion, ni de préséance de l'une sur les autres. Ils étaient convenus que Dieu était Un sous des noms différents et qu'ils priaient le même, Ibn prosterné, le front à terre, Thibault à genoux, le buste droit.

Al-Qasim s'était pris d'affection pour cet élève attentif dont les progrès étaient fulgurants. Il lui confiait de plus en plus souvent la minutie des préparations, des diagnostics, des soins à prodiguer. Les premiers temps, il se tenait à ses côtés ; puis les mois, enfin les années passant, il lui avait laissé, peu à peu, la bride sur le cou, assuré des compétences acquises par cet étudiant attentif et doué dont ses patients lui disaient le plus grand bien. De sorte qu'au fur et à mesure que les moyens physiques du vieux médecin baissaient, c'était *Al-Gawri* qu'on venait consulter à l'hôpital avec la même confiance accordée qu'à celui qui l'avait formé.

Si bien que Thibault de Cervières, conscient que Dieu avait eu pitié de son sort, se serait résigné à achever son existence dans la peau d'un médecin arrivé par hasard sur cette terre qui aurait fini par l'accepter en portant respect à sa science faute de partager sa foi.

Mais trop de questions demeurées sans réponses l'avaient empêché de s'abandonner à sa destinée comme la feuille morte emportée dans les remous de la rivière. Et parmi elles, une, capitale, qui le crucifiait : pourquoi durant ces onze années jamais aucun signe ne lui était parvenu depuis Marseille malgré ses appels de détresse ?

8

Le captif que personne n'attendait

Des cris de joie, des exclamations venaient d'éclater sur le pont du *Leeuwen*. Thibault se retourna et vit les douze pères jésuites rachetés au bey d'Alger par le capitaine du voilier, ramenés sur la terre de France en même temps que lui. Les religieux étaient tombés à genoux, les yeux levés vers le ciel, et ils récitaient ensemble une action de grâces, les joues inondées de larmes. À leurs côtés, deux pères trinitaires, venus dans la cité corsaire négocier des rédemptions[23] auprès des autorités beylicales, s'étaient joints à leur prière. Tous tournés vers le clocher de l'église des Accoules, ils semblaient comme en extase.

Bientôt, d'autres ecclésiastiques apparurent sur le quai et commencèrent à gravir l'échelle de cordages que les marins du grand voilier leur avaient lancée. Ils s'avançaient vers leurs frères les bras grands ouverts.

Le chevalier avait le cœur serré. La scène était émouvante, mais ce n'est pas à elle seule qu'il devait son émotion. Il venait de

[23] Rachat.

tourner à nouveau son visage vers la rive du port et ne put qu'établir le constat auquel il aurait voulu se refuser : sur le Quai de la Ville, personne ne l'attendait.

Pourtant, il le savait, chaque fois qu'un navire étranger accostait – à plus forte raison ceux signalés comme venant des côtes de Barbarie – des centaines et des centaines de Marseillais se précipitaient aux nouvelles pour savoir s'il n'y avait pas à bord quelqu'un des leurs, de leurs parents ou amis arrachés aux bagnes des Infidèles par les Trinitaires ou les pères de la Mercy qui se consacraient au rachat des âmes des esclaves chrétiens. Et la nouvelle se répandait dans la ville, faisant accourir tous ceux qui gardaient espoir de revoir vivant un être cher souvent disparu depuis des années. Pour remercier le Ciel, on organisait des cérémonies religieuses au cours desquelles les prisonniers libérés, casaque sur le dos, un cierge dans une main, dans l'autre un morceau de pain bis rappelant leur condition, défilaient en procession dans les rues sous les acclamations avant de rejoindre la chapelle de la Mission de France, symbole de leur retour au sein de la chrétienté.

Combien de fois Thibault de Cervières avait-il pensé à son père remuant ciel et terre, jouant de ses relations, guettant le moindre rapport, s'informant par lettres auprès des consuls de Marseille en Alger du sort de l'équipage du *Saint Bonaventure*, se répandant auprès d'amis et connaissances, quêtant le plus petit écho dans le milieu du négoce où chacun connaît l'autre, surveille la concurrence, où beaucoup sont à la tête de grandes compagnies trafiquant avec le Levant.

Le jeune captif puisait dans ses visions des raisons de ne pas désespérer. Mais les mois, les années étaient passés et jamais aucun signe, aucune nouvelle, aucune proposition de rachat n'était parvenue aux sordides marchandeurs qui détenaient les esclaves chrétiens, depuis l'autre bord de cette mer où s'était englouti son destin un jour de février 1584.

Profitant de la semi-liberté que lui accordait Al-Qasim, d'aller à sa guise dans Alger, Thibault avait pris contact avec le consulat que Marseille conservait en Barbarie malgré les vicissitudes politiques ou religieuses qui dressaient les États les uns contre les autres au gré des caprices des princes se partageant le monde méditerranéen. Par l'entremise d'un employé arabe du consulat, il avait confié des lettres adressées à Paul de Cervières au siège social de la maison de négoce, rue de Lorette, que son père partageait avec son beau-frère et associé, Bertrand de Mallemort. Elles n'avaient jamais reçu de réponse.

Qu'était-il donc advenu de Paul de Cervières et de Claire, la petite sœur de onze ans sa cadette ?

Pourquoi l'avaient-ils abandonné ?

Lancinante interrogation ! Elle lui gâchait la joie du retour et le ramenait malgré lui là-bas, de l'autre côté de la mer, où il se la posait chaque jour.

*

— Le destin des hommes est un dé dans un cornet agité par la main de Dieu.

Ibn al-Qasim parlait volontiers par images. Il avait choisi celle-ci pour réconforter Thibault, l'exhorter à garder confiance, un soir où le captif parlait loyalement à son maître de son désir d'évasion, lui confiant qu'il était à bout.

— Je ne veux pas mourir sans avoir revu la rive où j'ai vu le jour, où vivent ceux que j'aime. Sans apprendre quel fut leur sort et la raison de leur silence à mes appels.

Le vieux médecin arabe avait compati, car il partageait les souffrances de celui dont le sort avait fait son esclave. Mais, connaissant mieux que personne les contingences de son état, il ne pouvait que l'exhorter à la résignation :

— Tu n'es pas converti, mon fils, je demeure ta seule protection. Je pourrais t'accorder la liberté, mais d'autres te la refuseraient. Ce serait à coup sûr t'envoyer vers le pire. Tu serais pourchassé, repris, et on te ferait payer ton audace au centuple. Rares sont les chrétiens qui ont pu briser leurs chaînes sans avoir été rachetés.

Le jeune homme avait baissé la tête. Al-Qasim lui avait mis la main sur l'épaule :

— L'argent que tu as gagné par ton travail est à toi. Quand tu estimeras en avoir assez pour corrompre un fonctionnaire du bey, va voir le gardien-bâchi du bagne d'El-Biar de ma part. J'ai sauvé son fils d'une fièvre muqueuse. Peut-être te trouvera-t-il un passage. Mais surtout, n'accorde aucune confiance aux passeurs qui te feraient des offres. Au mieux ils te dénonceraient, au pire ils te voleraient avant de te jeter à la mer.

Le vieil homme avait posé son regard voilé sur le visage de Thibault, lui avait dédié un sourire de réconfort avant de l'engager à la sagesse, en ajoutant :

— Si Dieu le veut, tu reverras les tiens et ton pays. Aie confiance.

— Dieu !... avait soupiré le jeune homme, je me demande encore s'il sait que j'existe…

— *Inch Allah !* avait répété le vieil homme.

9

Les crochets de la tarentule

Outre ses dons de guérisseur, Ibn al-Qasim était-il voyant ?

Moins d'un mois après le jour où Thibault de Cervières lui avait confié son désir de fuir sa condition, un événement imprévisible vint donner aux mots de réconfort du vieux sage une allure de prophétie.

Revenant d'une des rares visites dont il se chargeait encore, le médecin rentra un soir, la main appuyée sur l'épaule du jeune garçon qui lui prêtait ses yeux neufs pour l'aider dans ses déplacements, l'air particulièrement préoccupé.

— Que se passe-t-il, Maître ?

Al-Qasim s'assit, soupira et secoua la tête :

— Cette fois, le Mal ne recule pas devant le Savoir. Pire : il est sur le point de l'emporter. Je suis devant lui comme l'ignorant qui voudrait comprendre le sens d'une sourate sans avoir appris à lire.

— Expliquez-vous, osa Thibault, si ma curiosité n'est pas une offense.

— Elle est légitime, l'assura Al-Qasim. Connais-tu ce palais que l'on voit sur les hauteurs de la ville, près de Bab-Djedid ?

— Le palais bleu avec ce jardin d'orangers qui embaume toute la colline ?

— Celui-là, oui. Il appartient à l'un des *raïs* corsaires les plus fameux d'Alger, à qui le bey l'a offert pour services rendus à la Régence : Simon *raïs*, tu le connais ?

Le nom étonna Thibault :

— Simon ? Il serait donc juif ?

— Non, il est né chrétien, mais s'est converti à la Vraie Foi. Il est arrivé d'un pays du Nord, les Flandres, si je me souviens, pour se mettre au service du bey. Tu dois avoir aperçu son navire dans le port : avec sa coque rouge sang, il ne ressemble à aucun des nôtres. Il est plus grand, plus haut et surtout plus rapide et plus maniable. Simon *raïs* nous a aidés à en construire de semblables pour quitter notre mer, doubler le djebel Al-Tariq[24], passer sans encombre dans l'océan et guetter le passage des galions espagnols qui reviennent des Amériques les cales pleines d'or jusqu'au pont.

— J'ai entendu parler de cela, dit Thibault. Simon *raïs* serait-il donc très malade ?

— Pas lui : sa jeune épouse, Noor, une esclave chrétienne qu'il a rachetée à je ne sais qui et dont il est fol amoureux. Elle est aux portes de la mort. Lui l'ignore encore. Il est sur la mer en ce moment, en course avec son diable de navire, aux trousses des convois marchands français, vénitiens ou catalans, sans doute. Je viens de visiter Noor et…

Al-Qasim s'arrêta un instant de parler et poussa un soupir accablé :

— Son sang est empoisonné. Sa jambe droite est enflée, dure et noire. Elle est le double de l'autre. Son mal résiste à toutes mes drogues.

— En savez-vous l'origine ?

[24] Gibraltar.

— On ne peut dire. Elle ne peut l'expliquer car elle ne parle plus. Elle est comme morte. C'est à peine si elle respire. Quelque chose l'aura piquée au mollet où l'on voit un gros bubon : une tarentule, sans doute. La réaction est aussi violente qu'incontrôlable. Bachir, l'intendant du corsaire, dévoué corps et âme à son maître depuis qu'il lui a sauvé la vie lors d'un abordage, a découvert Noor avant-hier sans connaissance dans l'orangeraie. Depuis, il me harcèle : « Sauve-la ! Ou alors, quand il reviendra, Simon *raïs*, fou de chagrin, nous tuera tous les deux. Si tu la sauves, il te fera riche, très riche ! Il réalisera tous tes souhaits, ce que tu demanderas, tu l'obtiendras ! »

Le vieux médecin avait réfléchi un instant, avant de secouer la tête négativement :

— Tout ce que je pouvais faire, je l'ai fait. Simon *raïs* peut nous tuer tous, je n'ai pas le pouvoir d'accomplir des miracles.

— N'existe-t-il pas une médecine que vous n'auriez pas encore essayée ? insista Thibault.

— Elle existe, avait dit Al-Qasim, mais ce n'est plus une simple médecine, c'est un vrai poison. Si je l'administre à Noor et que ma main tremble, je la tue à coup sûr. Je préfère laisser Allah décider à ma place.

En dix années de compagnonnage, Thibault n'avait jamais vu le vieux médecin dans un tel état d'accablement :

— Maître, vous m'avez dit cent fois, durant tout ce temps où j'ai étudié auprès de vous, qu'un poison qui tue à certaines doses peut devenir un remède à d'autres. Que risque-t-on d'essayer, s'il n'y a plus rien à faire ?

Le vieil homme, parti dans une réflexion profonde, tête penchée sur son torse étroit, passait sa main dans sa barbe blanche d'un geste machinal quand, tout à coup, il se leva pour dire d'une voix calme :

— Tu as raison, mon fils. Tu ranimes mon énergie faiblissante. Si je dois mourir, autant que ce soit pour avoir voulu sauver Noor.

— Vous ne mourrez pas, Maître, objecta Thibault. J'ai confiance en votre savoir. Elle guérira.

— Allah en décidera, dit Al-Qasim en sortant une clef de sa poche.

Il entra – suivi de Thibault comme de son ombre – dans la pièce où il tenait serrés les préparations et les volumes alignés sur une étagère contenant le compte-rendu calligraphié de chacune de ses expériences. Lui seul pouvait déchiffrer leur sens.

Avec précaution, le vieux médecin tira d'un coffret de bois sept petits flacons contenant des essences, dont chacun avait une des couleurs de l'arc-en-ciel. Tous portaient des étiquettes abrégées en lettres arabes qui ressemblaient à des formules cabalistiques. Al-Qasim les approcha autant qu'il put de ses yeux blessés pour les relire longuement et, d'après une recette contenue dans le livre que Thibault déchiffra pour lui, en composa une potion à l'aide d'une éprouvette dans laquelle il avait versé quelques gouttes de chaque essence. Jamais deux fois le même nombre. Le liquide obtenu changea plusieurs fois de couleur, puis se fixa sur une transparence diamantée comme si la lumière venait de se recomposer.

Haussant l'éprouvette à hauteur de son regard pour vérifier la limpidité du mélange, Al-Qasim la montra à Thibault :

— Dis-moi si le liquide est clair comme l'eau de la source la plus pure ?

Thibault l'en assura.

— Avec ça, j'ai grand risque de la tuer, mais si je ne le prends pas, Noor va mourir et…

Le vieux médecin laissa sa phrase en suspens, avant d'ajouter avec un léger sourire :

— Si elle meurt, que ce soit pour mon audace ou pour mon impuissance, Simon *raïs* saura pourquoi il me tue.

10

Philtre ou poison ?

La Camarde avait déjà posé sa patte osseuse sur la face émaciée de la jeune femme. Ses tempes étaient caves, son joli nez pincé, ses cheveux noirs bouclés collés à son front, son souffle imperceptible et son teint clair parcheminé. Deux signes seuls prouvaient à la main d'Al-Qasim posée sur la jeune gorge qu'un reste de vie habitait encore ce corps tétanisé : Noor brûlait de fièvre et de brefs spasmes trahissaient la souffrance que lui causait le cheminement obscur du venin en s'emparant peu à peu de chacune de ses fibres.

À la droite du lit, Bachir, l'intendant fidèle, se tenait droit, muet, immobile comme le marabout au bord du fleuve, l'air désespéré.

Sur un signe du maître, Thibault passa une main sous la nuque de la jeune femme pour hausser sa tête qui reposait sur un oreiller de satin bleu. De l'autre, il desserra les mâchoires bloquées à l'aide d'une spatule en bois, jusqu'à obtenir un écart suffisant au passage du goulot du flacon que lui tendit le vieux médecin.

Al-Qasim chuchota :

— C'est très amer, guette la moindre réaction.

Thibault parvint à faire couler quelques gouttes sur la langue qu'il distinguait à peine entre deux rangées de perles. Il lui sembla que la saveur âcre et puissante du liquide incolore faisait imperceptiblement se contracter les traits figés de la jeune femme. Quelques gouttes atteignirent l'arrière-gorge pour s'infiltrer dans la poitrine. D'autres gouttes suivirent, puis d'autres encore, enfin le contenu entier de la dose.

Un silence d'éternité s'installa. Al-Qasim guettait Thibault qui guettait le visage de la moribonde.

Sur les trois statues de chair, Bachir, toujours muet, posait un regard affolé.

Alors qu'il désespérait, Thibault soudain sursauta. Il se frotta les yeux qui lui piquaient à force de fixité. Il ne rêvait pas : une imperceptible coloration montait aux pommettes de la jeune femme. Elle parut s'affirmer. Puis, les paupières bougèrent.

— Maître… murmura le jeune homme soudain fébrile, se tournant vers Al-Qasim comme s'il cherchait du réconfort.

Celui-ci, un doigt sur la bouche, incita son disciple au calme.

Sur le visage posé sur l'oreiller, les yeux de Noor venaient de s'entrouvrir. La main droite, que l'on croyait morte, commença à se déplacer sur le drap. Un léger soupir se fit entendre. Enfin, un regard où la vie revenait parcourut la pièce, comme si la gisante émergeait d'un mauvais rêve.

Thibault, fasciné, contemplait les grands yeux noirs qui se posaient sur les êtres et les objets comme s'ils les voyaient pour la première fois.

Le vieux médecin passa ses mains sur son visage aux traits tendus et, caressant longuement sa barbe, il s'adressa à Thibault :

— Nous avons joué gros jeu, mon fils. Ce médicament est un philtre. On en meurt ou on ressuscite. Je ne dis pas qu'elle est sauvée, mais à moins qu'une complication imprévue ne nous joue un tour, elle devrait revenir à la vie.

Puis, pour se libérer de sa tension et détendre l'atmosphère, Al-Qasim lança à Bachir, toujours hébété, avant de quitter la chambre :

— À son retour, Simon *raïs* va devoir trouver une autre raison de te couper la tête !

11

Un désir d'ailleurs

Trois semaines avaient passé depuis cette soirée dramatique où Al-Qasim avait arraché Noor de haute lutte aux griffes de la Mort. Le vieux médecin veillait sur la convalescence de sa jeune patiente et l'espacement progressif de ses visites disait combien le lent mais constant rétablissement de sa santé le rassurait. Une seule chose lui manquait encore : Noor ne parlait plus.

Al-Qasim revint un soir à l'hôpital où Thibault l'attendait pour lui faire, comme chaque jour, un compte-rendu des soins prodigués par lui-même au cours de la journée, avec un air particulièrement gai :

— Simon *raïs* est rentré de sa course : il ramène une nef pontée vénitienne de cinq mille quintaux, ses cales sont pleines jusqu'au pont de sucre, de riz, d'épices, de tapis de Perse, de soieries et de draps italiens, mais surtout d'une quantité de coraux de Tunisie qui représente une fortune. Cette terreur des mers devant qui tremblent marins et capitaines était joyeux comme Ali Baba quand il découvre la caverne des voleurs. Sa joie n'a plus eu de bornes quand il a appris à quel danger sa jeune épouse a échappé.

— Vous voilà riche, alors, Maître, lui dit Thibault en riant.

— Pas plus qu'hier matin, répliqua le vieil homme.

— Comment cela ? Bachir n'a-t-il pas dit à son maître…

— Bachir lui a raconté très exactement la scène, telle que nous l'avons vécue toi et moi.

— Et alors ? Ne me dites pas que Simon *raïs* ne vous a pas couvert d'or !

Al-Qasim sourit dans sa barbe.

— Je ne vois pas pourquoi il m'aurait récompensé, ni de quoi.

— Mais, par Dieu, Maître, vous vous moquez de moi. Je vois une raison et elle est de taille : vous avez sauvé Noor ! Bachir ne promettait-il pas : « Si tu la sauves, Simon *raïs* te fera riche. Il réalisera tous tes souhaits. Ce que tu demanderas, tu l'obtiendras » ?

— En effet.

— Et vous n'avez rien demandé ?

— Non, car ce n'est pas moi qui ai ressuscité Noor.

Al-Qasim jouait une comédie à laquelle Thibault ne comprenait rien.

— Qui donc alors l'aura fait, si ce n'est point vous ?

— Toi !

— Moi ?! Par la barbe de saint Pierre, je…

— Laisse donc-là saint Pierre, conseilla le vieux médecin, faussement offusqué.

Thibault était confus :

— Par la barbe du Prophète, alors, si vous n'y voyez pas blasphème dans la bouche d'un chrétien. Ce que vous me dites là, Maître, n'a pas de sens, sauf le respect que je vous dois. Je n'ai rien fait, sinon l'administrer, mais c'est votre potion miraculeuse qui a guéri Noor.

Al-Qasim poursuivit le jeu. Il avait l'air de fort l'amuser :

— Ce n'est pas ce que j'ai vu, moi.

— Qu'avez-vous donc vu, alors ?

— J'ai vu un jeune homme, fort savant dans l'art de la

médecine, rendre à la vie sous mes yeux une jeune femme mourante en lui faisant avaler le contenu d'un flacon couleur du diamant dont il avait soigneusement dosé les proportions. Chose impossible pour le vieil homme que je suis, en raison de la faiblesse de ma vue.

— Maître, cessez de vous moquer. Votre science a tout fait. J'aurais été bien incapable de composer ce poison qui guérit ! À peine si je sais soulager un flux de ventre…

— Ce n'est pas ce que croit Simon *raïs*.

— Et que lui avez-vous donc dit pour qu'il me croie aussi savant ?

— Que je n'étais plus qu'un vieux médecin à demi aveugle, devenu impuissant à guérir un mal dépassant son savoir, mais qu'Allah, le Grand, le Miséricordieux, avait placé sur ma route un merveilleux jeune homme pour accomplir un miracle à ma place, en ma présence. Bachir a confirmé mes propos.

— Et Simon *raïs* vous a cru ?

— Certainement ! On ne plaisante pas avec des choses aussi graves.

— Et qu'a-t-il dit ?

Al-Qasim poursuivit sa comédie :

— Simon *raïs* est un homme volontiers excessif dans ses façons, mais aussi dans sa générosité. Il a dit les paroles que tu rappelais à l'instant : « Je le ferai riche ! Je réaliserai tous ses souhaits ! Tout ce qu'il demandera, il l'obtiendra ! »

Le médecin fit une pause avant de demander, comme incidemment :

— Tu as bien un souhait, que je sache. Tu me l'as même confié.

Thibault refusait encore de comprendre ce qu'il entendait.

Il balbutia :

— Oui, j'ai un souhait, c'est certain, mais je crains que celui auquel je pense…

— Tu crains que Simon *raïs* ne soit pas homme à réaliser ton vœu ? Tu le connais mal. J'ai un message pour toi, de sa part.

Garde-toi de croiser les milices du bey et trouve-toi après-demain à la nuit tombée dans les fourrés du cap Matifou. Une barque viendra. Monte à bord sans crainte. Elle te conduira au large vers un grand voilier coureur d'océans à la coque rouge qui te ramènera à Marseille.

Thibault, à bout d'émotion, tomba à genoux devant le vieux médecin et lui prit les mains, les baignant de larmes.

— Maître, vous avez fait ça pour moi…

Al-Qasim parla doucement, comme pour lui-même. Sa voix tremblait un peu :

— Simon *raïs* quitte Alger pour toujours. Il estime que le bey et lui n'ont pas la même notion du partage des prises. Il vient de se mettre au service des consuls de Marseille. Désormais, il fera la course à leur seul profit. Il t'emmène avec lui pour récompenser tes mérites. Et je ne te parle pas de la pluie d'or qu'il va faire tomber sur toi.

Thibault était comme un homme ivre.

— Je te l'avais bien dit, poursuivit le vieux médecin. Dieu le Très-Haut est plus savant que nous sur les choses du passé, du présent et de l'avenir. Tu vas revoir ta patrie et ceux que tu aimes.

12

Le rire de Simon *raïs*

Sur le pont du *Leeuwen*, l'équipage continuait à s'agiter comme pour un branle-bas de combat. Par une large écoutille les marins hissèrent à l'aide d'un système compliqué de poulies deux énormes pièces d'artillerie en bronze qui ne semblaient pas faire partie de celles du bord.

Revenus sur le quai, Charles de Casaulx et Loys d'Aix, entourés de leurs gardes personnelles – vingt-cinq chevau-légers, vingt arquebusiers et douze mousquetaires –, semblaient attendre ces armes comme un cadeau royal.

Afin d'honorer ses hôtes et de montrer que pour être corsaire on n'en connaît pas moins les usages du monde, le capitaine du *Leeuwen* offrait aux *Duumvirs* – sous les vivats de leurs affidés – deux superbes canons « empruntés » à Khizr Pasha, le nouveau bey d'Alger. Ils feraient leur effet – sans parler de leur fonction – sur les remparts de La Major ou de la porte Réale.

Bientôt des forçats tirés de la chiourme de l'une des deux galères amarrées le long du quai – celles qui avaient laissé place au voilier – arrivèrent, entourés de leurs argousins. Ils s'employèrent à faire rouler les lourdes pièces, l'une vers la porte Réale, l'autre vers la tour Saint-Jean, tandis que le Premier consul et le Viguier saluaient de leurs bras ouverts un personnage qui venait d'apparaître sur le château arrière du voilier.

Thibault, tiré de ses songes, se retourna vers lui quand résonna un grand rire qu'il avait appris à connaître durant la traversée du navire en route vers les côtes du royaume de France.

Il contempla celui à qui il devait sa liberté retrouvée. C'était un géant roux et barbu, le torse pris dans un haut de cuir noir comme le plat-bord de son navire, coiffé d'un feutre cabossé et délavé, accrêté de plumes rouges et blanches, sous lequel on devinait un foulard écarlate ceignant son front et contenant une chevelure bouclée couleur de flamme. Une large ceinture de cuir rouge serrait sa taille des hanches aux aisselles. Le manche d'une navaja en dépassait, courbé comme un bec de perroquet. Le personnage se tenait campé sur ses deux jambes écartées qui allaient se perdre dans des bottes évasées. Sur sa face cuivrée par l'air du large, comme ceux des sauvages caraïbes brillaient des yeux d'oiseau de proie, et ses dents pointues, révélant un sourire carnassier, faisaient penser aux crocs d'un loup.

Le capitaine du *Leeuwen*, de sa voix tonitruante – capable de dominer le fracas des canonnades et les cris d'abordage –, venait de lancer à l'intention des marins qui repliaient leurs cordages en regardant les deux lourds affûts de bronze s'éloigner vers leurs nouvelles destinations :

— Il va en arracher les poils de sa moustache, notre ami le bey, quand il fera le compte : il lui manquera deux canons sur les remparts d'Alger !

À la boutade répondirent les gros rires de ses hommes. Même ceux qui ne parlaient pas sa langue s'esclaffèrent de confiance.

Dès que les risées se furent un peu calmées, le capitaine héla le chevalier, toujours figé dans sa rêverie morbide :

— Holà, *Al-Gawri* ! Tu en fais une tête ! Te voilà chez toi. N'es-tu pas plus content que cela ? Qu'attends-tu pour sauter à terre ?

Appuyé des deux mains sur la rambarde du château arrière, le maître après Dieu sur le *Leeuwen* se nommait Simon Simonsen. À Dordrecht, où il était né on ignore quand, on l'appelait Simon Danzer, *Der Tanzer*, ou *Danzeker*, c'est selon, parce que son voilier semblait danser sur la vague. Mais à Alger d'où il venait, on l'appelait hier encore Simon *raïs* ou Capitan Dali, capitaine Diable.

13

Une soirée agitée

Simon Danzer lâcha la rambarde à laquelle il s'appuyait et, depuis le château arrière, dévala les marches du raide escalier qui menait au pont du *Leeuwen*. La rapidité avec laquelle il s'y prit dénotait une longue pratique et surtout un pied marin particulièrement exercé.

Il s'approcha de Thibault de Cervières et, posant sa large main sur son épaule, le secoua d'une bourrade. On eût pu la qualifier d'affectueuse, venant d'un homme aux rudes habitudes, sauf qu'elle aurait pu déboîter l'épaule du chevalier s'il n'avait pas paré l'impact d'une légère rotation du buste. Le corsaire avait l'affection brutale.

— Eh bien, *Al-Gawri*, que t'arrive-t-il ? Un djinn farceur t'aurait-il changé en statue ? À l'heure où tu devrais galoper dans les rues de ta ville natale en poussant des cris de joie, tu demeures planté là comme une lame de Tolède dans le ventre d'un marchand récalcitrant ?

En quelques mots Thibault fit part à Danzer de sa désillusion. Voilà des heures qu'il guettait, mais personne n'était venu l'accueillir sur le quai. Pourtant, l'arrivée du voilier venant d'Alger était connue maintenant de tout Marseille. Et seul son père ne serait pas venu aux nouvelles ? Alors, c'est qu'il lui était arrivé malheur...

Devant l'air accablé du chevalier, le corsaire avait, au sens propre, secoué celui qu'il désignait désormais comme son « protégé et ami ». Il l'avait pris aux épaules et, de sa voix de saqueboute qui portait jusqu'aux façades du quai, avait fait de son mieux pour le rassurer :

— Allons, allons ! Au diable, ces sombres pensées ! Monsieur de Cervières est peut-être tout simplement occupé ailleurs. Veux-tu que je te dise ? Il est en voyage pour ses affaires de négoce. Tu le reverras bientôt, j'en suis certain. Te voilà de retour après onze ans d'absence, il m'étonnerait que personne ne l'en prévienne. As-tu de la famille ?

— Je l'espère, répondit Thibault. Il me faudrait aller voir du côté de la bastide familiale, à quelques lieues de Marseille, près du village de Saint-Marcel, si quelqu'un des miens ne s'y trouve pas.

— Eh bien voilà ! dit Simon Danzer. Secoue-toi ! Tu iras demain. Je suis sûr que tu trouveras réponse à tes interrogations. En attendant, ce soir, nous allons fêter ensemble ton retour à Marseille. C'est moi qui t'invite !

Une nouvelle bourrade ponctua la proposition.

— Il me faut chercher quelque logis où passer la nuit, objecta le chevalier.

Danzer résolut aussitôt la question :

— Tu passeras la nuit chez moi. J'ai de quoi t'héberger. Demain, il fera jour.

*

La « soirée d'accueil » organisée par le capitaine du *Leeuwen* à l'intention de Thibault de Cervières fut agitée.

Danzer avait bien mérité son surnom : il mena la danse et c'est lui qui tenait le violon.

Il avait confié à quatre de ses hommes le soin d'escorter Noor, encore dolente, dans une litière fermée, jusqu'à un logis dont il leur avait donné l'adresse. Puis, après être passé sur le quai pour saluer les consuls qui ne se décidaient pas à repartir, il avait hélé trois de ses acolytes parmi les plus présentables, dont un colosse au crâne rasé et aux moustaches impressionnantes aux coins relevés, un Turc répondant au sobriquet de Ramefort. Danzer l'avait tiré de la chiourme d'une galère pontificale – dûment pillée avant d'être envoyée par le fond – pour intégrer le forçat dans son équipage d'écumeurs des mers et se l'attacher comme un chien à son maître.

Enfin, laissant la garde du *Leeuwen* à six de ses forbans dont les trognes seules dissuaderaient les pipeurs les plus hardis de la ville à risquer un pied sur l'échelle de coupée, le capitaine avait donné quartier libre au reste de l'équipage sous promesse d'être chaque matin prêt à appareiller. Ceci réglé, il avait pris Thibault par l'épaule :

— Je connais un endroit pour changer les idées noires en visions de paradis. On va y aller ensemble. Tu as besoin de chasser ce pli soucieux que je vois à ton front.

Puis, à Ramefort et ses compères :

— Allez vous autres ! Avec moi au *Gabian* !

Ce nom, dans la bouche d'un corsaire étranger, prouvait que Simon Danzer avait ses bonnes adresses à Marseille et connaissait la ville. Son projet de lâcher le bey d'Alger pour se mettre au service des consuls marseillais en révolte devait être dès longtemps préparé. Il avait dû y venir à bord d'un vaisseau marchand, le *Leeuwen* étant trop repérable, et préparer avec eux sa « reconversion ». Thibault s'expliquait ainsi l'accueil que Charles de Casaulx et Loys d'Aix avaient réservé au renégat et la mission qu'ils lui avaient confiée à l'occasion du voyage retour de ravitailler la ville affamée et cernée, en puisant dans le grenier à blé du Languedoc.

*

Son nom officiel était le *Logis du Goéland.* Mais il fallait être un *estrangié* pour le désigner ainsi. À Marseille on disait « on va au *Gabian*[25] ». L'auberge se situait à proximité de la porte du Marché[26], ce qui lui permettait de happer le voyageur dès son arrivée dans la cité et d'être en contact facile avec le terroir d'où venaient les paysans avec leurs moutons, porcs, volailles, fourrages et légumes. La réputation du lieu tenait à des qualités complémentaires : on trouvait à s'y loger dans une quinzaine de chambres, on pouvait y louer ou acheter chevaux et mulets en les choisissant dans la vaste écurie jouxtant le logis, la cuisine de Joseph Bonsignour était abondante et variée, le vin – venu du vignoble de Cassis – sans reproche. Enfin, la présence de trois servantes ne s'offusquant guère quand il fallait se plier au plaisir du marin lui valait la fréquentation régulière des gens de mer, qu'ils fussent ou non corsaires.

La salle au plafond bas et au plancher disjoint sous les pas bruissait de conversations animées. Sous l'effet de la boisson qui faisait monter le niveau sonore, les rires, les appels, les invites, les chants avinés, les vociférations, le choc des pichets et des casseroles s'amplifiaient en composant un invraisemblable chahut dominé par les cris aigus des filles chatouillées. La cheminée – où Bonsignour faisait rôtir un cochon entier – était à même la salle et ajoutait ses fumées à celles des torches résineuses plantées aux murs et des pipes en terre sur lesquelles tiraient les buveurs. L'air était palpable : les convives ressemblaient à des spectres s'agitant dans un brouillard épais et on devinait plus qu'on ne voyait le mur opposé à l'entrée dont on n'aurait su dire la couleur d'origine. Cela sentait le tabac bon marché, la viande grillée et les corps mal lavés. Plus délicat que ses quatre compagnons de fortune, Thibault de Cervières avait eu un haut-le-corps quand le *Logis du Goéland* lui avait soufflé au nez son

[25] Qui est le nom local du goéland argenté…

[26] Approximativement au milieu du cours Belsunce actuel.

haleine forte. Mais poussé, tiré, bousculé par ses acolytes d'un soir, le chevalier s'était retrouvé au milieu de la salle sous les regards des hôtes. N'ayant pas eu encore l'occasion de se changer, il portait la tenue puisée dans les coffres des corsaires, que lui avait proposée le capitaine du *Leeuwen* durant la traversée, et ne se distinguait guère du reste de l'assistance.

La salle était bondée, mais comme par miracle, une table se libéra des cinq dîneurs qui l'encombraient quand Ramefort et ses compagnons la renversèrent sur les deux ivrognes tardant à se lever, menaçant d'y prolonger leur soirée en cuvant sur place. Les trois autres avaient reflué prudemment vers le fond en demandant d'urgence à payer leur écot. Le coup d'œil des brutes sur l'assistance médusée et leurs mines farouches étouffèrent toute velléité de protestation collective. Un silence inhabituel s'établit et les têtes plongèrent vers les assiettes avec un bel ensemble.

Le maître queux accourut, un sourire commercial figé sur sa bouche, comme si de rien n'était, tandis que les trois servantes remettaient un semblant d'ordre en repoussant avec un balai de bruyère vers un coin de la salle la vaisselle, les pots à vin, les gobelets de terre vernissée brisés et les reliefs de nourriture tombés au sol.

Ramefort profita de la proximité de la plus dodue des trois filles pour laisser traîner une main rude sur sa croupe plantureuse avec la délicatesse du palefrenier tâtant une jument. L'absence de réaction de la servante indiqua une longue habitude qui confinait à la résignation.

Les conversations reprirent timidement, comme si les convives craignaient de gêner celle des arrivants. Danzer n'avait pas de ces délicatesses. De sa voix de bronze, le géant roux interpella le maître queux :

— Que nous proposes-tu, Lucullus ?

— Le cochon est rôti à point et…

La main énorme du chef corsaire s'abattit sur la table avec un bruit de détonation. Le cuisinier en eut le sifflet coupé.

— Pas de cochon ! *Streng verboden !* Moi, je m'arrangerais bien avec le diable, mais deux de mes amis – il les désigna – s'en réfèrent à Mahomet qui ne plaisante pas avec les queues en tire-bouchon. Or, c'est un repas que je veux partager avec tous. Un repas de fête !

Il jeta un œil vers l'âtre :

— C'est une oie que j'aperçois là, baignant dans le jus de la lèchefrite ?

La toque du cuisiner opina pour lui.

— Personne ne l'avait retenue avant nous ?

Bonsignour bégaya :

— Eueueuh… non.

Il fit un signe navré en direction d'une tablée résignée.

— Elle paraît bien petite pour cinq, dit Danzer.

— Oh, Monsieur, se récria le cuisinier, il y a largement ce qu'il faut ! Une bête de dix-huit livres[27], bon poids !

Danzer, désignant ses comparses :

— C'est que tu ne connais pas l'appétit de ces gentilshommes.

Les éclats de rire des corsaires fusèrent ensemble.

— Quand nous aurons fait un brin de conduite à ta poulette, ajouta Ramefort, ce n'est pas avec les restes que tu nourriras ton chien ! Pauvre bête !

Un gros corniaud qui somnolait accroupi près de l'âtre leva la tête, comme s'il avait compris que le sort de sa gamelle se jouait. Dépité, il reposa son museau sur ses pattes.

Danzer prit le ton qu'il avait pour diriger la manœuvre sur le *Leeuwen* :

— Qu'attends-tu pour nous présenter à cette demoiselle dodue ?

Bonsignour fila vers la cheminée.

— Apporte aussi ce qu'il te reste de ces gros haricots, là. Je les vois rissoler dans le jus de ton oison. Mais avant de passer à la

[27] Plus de huit kilos.

découpe, tu auras bien une terrine ou deux pour caler nos estomacs et tâter le terrain ?

Il ajouta, feignant une grosse colère :

— Mais attention, hein ? Toujours pas de pourceau dans ton pâté, le moindre lardon tuerait net mes deux compagnons fils d'Allah.

Le cuisinier se courba avec un sourire de courtisan :

— Une terrine de grives de nos collines, Monsieur, c'est moi qui les prépare. Vous m'en direz des nouvelles !

Le capitaine s'adressa aux deux musulmans :

— Mahomet n'a rien dit contre les grives ?

Les marins, ayant pris la question au sérieux, nièrent avec un bel ensemble d'un signe de tête.

Danzer sourit dans sa barbe de feu, et se tournant vers Bonsignour :

— J'espère que tu as mis beaucoup de genièvre dans ton pâté. Et n'oublie pas la plus grosse de tes miches. Que la croûte soit bien épaisse. Mais avant tout, fais poser sur cette table cinq pichets de ton vin de Cassis pleins à ras bord. Ce soir, nous allons trinquer à la santé de notre ami *Al-Gawri* qui en avait assez de la kessera[28] et du lait de chamelle !

L'allusion ne fut comprise que par la tablée qui leva son verre avec entrain.

Les autres convives, inquiets, restaient sur leurs gardes.

À partir de cet instant, Thibault de Cervières fut soumis à une autre espèce d'épreuve. Habitué à la nourriture austère imposée par le mode de vie ascétique du sage Al-Qasim, il n'était pas de taille à tenir tête à quatre gaillards pleins de sève qui engloutissaient des bouchées de géant et vidaient un gobelet après l'autre (les deux mahométans avaient certains accommodements avec les préceptes de leur Prophète à propos du jus de la vigne). Une seule tranche de l'odorant pâté de grives avait suffi à rassasier l'estomac délicat du chevalier. Il chipotait

[28] Galette de grain grossièrement concassé.

dans son assiette une aile d'oie qui lui paraissait inépuisable, repoussait les offres « d'y repiquer » et à partir du troisième gobelet de vin son organisme sevré n'y résista pas. La salle s'était mise à valser sous ses yeux hébétés et il bascula vers la table, sa tête s'écroulant sur ses bras croisés. Ramefort, rapide comme un chat qui détend sa griffe, avait garé à temps l'assiette débordante de graisse d'oie, évitant au chevalier de finir le nez dedans.

Ce malaise dispensa Thibault de la suite du programme prévu par ses encombrants amis. Après s'être consultés, les corsaires et leur chef s'étaient persuadés que rien n'aiderait mieux *Al-Gawri* à retrouver du goût à la vie qu'un moment dans les bras charnus de la plus grasse des servantes. Constatant avec regret qu'il ne serait pas en état d'apprécier son présent, les rustres, en le saisissant chacun par un membre, ramenèrent leur invité par les rues sombres, tortueuses, jonchées d'ordures jetées à la volée depuis les fenêtres des maisons étroites de la partie la plus ancienne de la vieille cité.

Malgré le caractère insolite du cortège, aucune patrouille de la milice urbaine, aucun guet nocturne, aucune bande de rôdeurs d'occasion ne prit le risque de demander des comptes aux quatre estafiers aux mines terribles qui transportaient leur étrange colis. Il faut dire pour leur défense qu'en ces temps de tempête, où tout devient possible, ne pas se mêler des affaires des autres était la plus sûre garantie d'éviter de finir dans une ruelle, percé comme une barrique, le museau dans le *barquièou*[29].

Les corsaires gagnèrent sans encombre le quartier du Corps de Ville aux rues plus larges, autour de la Maison commune et de la Loge[30] où se trouvaient les hôtels particuliers bâtis par les grandes familles de la noblesse et du haut négoce. Le chevalier ne se rendit compte de rien.

---

[29] Caniveau (en général encombré et nauséabond) qui coulait – ou non – au milieu de la chaussée en direction du port.

[30] Bourse de commerce.

14

Un rêve éveillé

Quand Thibault de Cervières ouvrit les yeux au matin suivant la rude soirée passée au *Gabian*, il pensa qu'un charme l'avait frappé au cours de la nuit. Comme s'il était devenu le héros d'un de ces contes enchantés que sa mère lui lisait quand il était enfant pour l'aider à s'endormir. Ceci expliquait l'air abasourdi qu'il arborait. Il se trouvait dans une chambre de belles proportions, haute de plafond, où trônait un lit à baldaquin et dont les deux fenêtres à meneaux encadrées de tentures de velours amarante donnant sur la rue des Olives[31], à l'angle de la rue de la Prison, offraient une échappée sur le Quai de la Ville où le *Leeuwen* se balançait paresseusement au bout de ses amarres, sous une petite brise de nord-ouest.

Le chevalier avait la tête ahurie d'un homme en train de se dire : « Je suis l'objet d'un sortilège induit par le sommeil et les émotions

---

[31] Elle descendait en diagonale depuis la rue de la Guirlande vers la rue de la Prison, à la hauteur de la Maison diamantée, sur l'emplacement de ce que l'on nomme aujourd'hui l'espace Bargemon, à droite de l'hôtel de ville.

trop fortes. Je crois m'être éveillé, mais je poursuis un rêve. »

Quand ses yeux se portèrent au pied du lit où il reposait, il en fut tout à fait sûr : le songe continuait. Un personnage qu'on eût dit sorti des *Mille et Une Nuits* se tenait debout en silence et lui souriait, enveloppé dans un grand manteau noir damasquiné d'arabesques d'or et d'argent, boutonné sur le devant jusqu'aux pieds, comme en portent les dignitaires arabes dans leurs palais. Sauf que ce personnage-là ne sortait pas des pages d'un livre de contes et n'arborait pas de turban à aigrette. Il avait la stature, la tête, la barbe de cuivre, la chevelure frisée et le sourire narquois de Simon Danzer, ci-devant *raïs* Dali en Alger, depuis la veille corsaire phocéen.

— Où sommes-nous ? demanda Thibault.

Le sourire de Danzer s'accentua :

— Chez moi.

— Chez toi ? Tu possèdes donc un palais à Marseille ? Comment as-tu...

— Ce n'est pas un palais, c'est l'hôtel particulier d'une famille d'ancienne réputation et de haute noblesse : les Remezan. Les connais-tu ?

— Mon père y faisait souvent allusion. De riches négociants, si je me souviens. Ils ont fourni nombre de consuls à la ville. Serions-nous donc leurs hôtes ?

Danzer partit d'un franc rire.

— Pas tout à fait. En vérité, on ne leur a rien demandé. On voit bien que tu as vécu sur la lune, toi ! Les Remezan ne sont plus rien. Si ce qu'on m'a raconté est vrai, Cornelio de Remezan, élu Premier consul de Marseille en 1591, a prétendu se dresser contre les ambitions des futurs *Duumvirs* qui jouaient leur partie sur la colère du peuple pour chasser le pouvoir municipal en place. Remezan a eu la fâcheuse idée d'aller se mettre à l'abri dans le fort Saint-Jean. Casaulx n'a plus eu qu'à tourner la clef. Le sieur Cornelio doit y être encore, si on ne l'a pas fait assassiner dans quelque cul de basse-fosse.

— Mais ce bel hôtel ?

— Les *Duumvirs* en ont banni la famille et l'ont mis dans leur poche avec tous leurs biens confisqués. C'est leur cadeau de bienvenue, en quelque sorte. Je leur ai rapporté du blé pour calmer les Marseillais affamés, leur ai offert deux canons de bronze dérobés au bey d'Alger et ramené douze jésuites rachetés avec mes pistoles. Le prêt de ce bel hôtel prouve qu'ils m'ont pardonné mes infidélités auprès des Infidèles et apprécient mon retour vers la chrétienté, non ?

Le corsaire éclata d'un rire à faire tinter les vitres.

Thibault, pensif, contemplait l'étonnant personnage qui semblait trouver tout cela ordinaire et ne s'offusquait pas – vieille habitude de corsaire – de s'emparer des biens d'autrui sans avoir de comptes à rendre.

— Je n'ai pas bien saisi la raison de ton installation à Marseille. Tu n'étais pas heureux en Alger, plus prospère qu'un émir ?

Danzer ricana :

— Le bey avait un sens particulier du partage des prises. Sa gourmandise augmentait hors de raison. L'un de nous deux aurait fini par dévorer l'autre. Ici, mes conditions sont posées : c'est parts égales sur les prises ou les reventes.

— Que vas-tu donc faire ?

— J'étais rançonneur, je vais devenir moissonneur.

— Tu parles par énigmes à présent ? As-tu pris goût aux contes arabes ?

Un large sourire s'ouvrit dans la barbe touffue du corsaire. Ses dents de loup éclairèrent le bas de son visage :

— Je t'explique. Je vais profiter d'un privilège extravagant propre à cette étonnante ville. Figure-toi que depuis des siècles – je crois que cela remonte aux temps où Marseille était aux rois d'Anjou[32] – les statuts municipaux autorisent l'armement en

[32] De 1262 à 1481. Le plus connu est le roi René d'Anjou, comte de Provence dont Louis XI hérita.

course des vaisseaux pour aller saisir dans les eaux de Provence tout navire chargé de blé – ami ou ennemi – qu'on puisse y rencontrer. Aux temps d'abondance, un notaire et un huissier étaient embarqués avec les corsaires et il arrivait que la marchandise fût payée. Mais quand la caisse municipale est vide d'espèces – c'est le cas aujourd'hui – on se sert et on file sans solder sa dette. Voilà pourquoi Marseille avait besoin d'un spécialiste pour régler promptement la question des débours.

Thibault sourit malgré lui :

— Une aubaine pour les *Duumvirs* que ces privilèges, remarqua le chevalier.

— D'autant, renchérit le corsaire, que le roi Henri III – m'a-t-on dit – les avait confirmés voilà moins de six ans !

— Si j'ai bien compris, te voilà donc chargé d'arraisonner tout navire chargé de blé passant à la portée de Marseille, aux dépens de la morale et du droit ?

— Tu as bien compris, dit Danzer. C'est la raison qui m'amène à te dire que je me fais désormais moissonneur. Officiellement, je suis missionné pour m'emparer du blé. Mais si je trouve autre chose…

— À bord du *Leeuwen* ?

— Pas tout à fait.

— Comment ça ?

— Nous allons rhabiller de neuf mon voilier, comme nous allons le faire pour toi tout à l'heure. Sa silhouette commence à être trop connue des gens de mer, et si je pointais mon museau sur mon bordé rouge sang plus personne n'oserait lever l'ancre. La coque sera grattée pour retrouver le couleur naturelle du bois, les sabords des canons rendus plus discrets et il se nommera désormais *Les Deux Lions*.

Le grand rire du corsaire fit trembler les vitres des hautes fenêtres de l'hôtel de Remezan :

— Ainsi pourrons-nous conserver sa figure de proue !

15

Les filles de Lorette

Sous les habits du gentilhomme marchant d'un pas énergique vers les hauteurs de la vieille ville, comment reconnaître celui qui, voici douze jours à peine, revêtait encore la tunique aux teintes fanées des esclaves de la Régence d'Alger, au moment où il passait devant la borne-fontaine à laquelle la rue Pierre-qui-Rage[33] devait son nom ?

Il portait des grègues – ces hauts-de-chausses rembourrés à l'espagnole – assorties à son pourpoint gris-argent, sa couleur favorite. Coiffé d'un toquet de velours noir, sans plumes ni pierreries, enveloppé dans un court manteau de même teinte que sa coiffure, il avait enfilé de longues bottes à éperons qui montaient jusqu'à mi-cuisse. À sa taille, passée dans sa ceinture, on devinait la gaine d'un poignard court et aigu qu'on appelle une foi de gentilhomme et sa main retrouvait avec plaisir une

[33] Ce nom étrange est dû à une erreur d'interprétation du mot provençal *raja*, qui signifie non pas rager, mais couler, jaillir. *La peiro que raja*, c'est « la pierre qui coule ».

sensation presque oubliée : celle que procure la caresse de la coquille ouvragée et bien couvrante d'une épée d'un bel acier bleuâtre, sans ornements superflus – une arme de combat et non de parade –, sortie de la forge du plus célèbre armurier de Tolède dont elle portait la marque. Le bruit du talon de ses bottes sur les pavés ronds résonnait aux oreilles du chevalier Thibault de Cervières comme un chant de jeunesse retrouvé.

Le lendemain même de son retour à Marseille, dès qu'il avait été en état de se lever et d'avoir l'esprit clair, le premier soin du chevalier avait été de se rendre dans la boutique d'un tailleur de la rue de la Loge proposant des habits de gentilhomme à la vente, afin de trouver des vêtements dignes de son nom, à son goût et à sa taille, pour opérer la métamorphose qui lui avait fait – au sens propre – changer de peau. Sans regarder à la dépense : la pluie d'écus d'or dont Simon Danzer l'avait inondé était à peine entamée. Le tailleur y avait mis tous ses commis et le chevalier avait été rhabillé de neuf en quelques instants. Si l'habit ne fait pas le moine, il fait le gentilhomme, le miroir du tailleur était là pour le confirmer. Nul sentiment de coquetterie chez Thibault : c'était une façon d'accomplir sa mue. Il venait de retrouver des sensations vieilles de onze ans. Elles lui semblaient nécessaires pour aborder sa nouvelle vie.

Il les avait complétées par l'achat des armes indispensables à qui voulait s'aventurer dans les rues de Marseille. En ces temps troublés tout pouvait arriver. La milice urbaine avait tous les pouvoirs. Pour un regard, un mot de travers, une attitude jugée suspecte, on pouvait être jeté dans un cachot, accusé d'hérésie, exécuté sans jugement. Tout était prétexte à règlements de comptes entre factions rivales, à violences aveugles, à exactions publiques se réclamant d'une autorité usurpée, mais œuvrant le plus souvent pour leur propre compte en dépouillant les bourgeois, en pillant leurs maisons, en dénonçant d'imaginaires complots.

*

Arrivé sur les hauts de la ville, Thibault de Cervières venait de déboucher dans la rue de Lorette. Il l'avait bien connue dans sa prime jeunesse, pour y être souvent venu retrouver son père au siège de la maison de commerce que le négociant y avait établie en s'installant à Marseille avec son beau-frère et associé, le bourgeois Bertrand Malemort. Celui-ci – en achetant à un aristocrate décavé une terre titrée au pied du Luberon – avait ajouté une particule à son patronyme et un *l* à son nom : Bertrand *de Mallemort*. Voilà qui en imposait ! En ces temps de guerre civile, les contrôles faiblissaient et les prétextes à ennoblissement étaient vite obtenus. Il suffisait d'en avoir les moyens.

L'entrepôt du père de Thibault se situait jadis à l'angle de la courte rue et de la place qui devaient leur nom à la chapelle consacrée à Notre-Dame de Lorette, nichée dans l'enceinte toute proche de l'hôpital Saint-Jacques-des-Épées, réservé aux miséreux. Mais à Marseille le ciel et l'enfer cohabitaient par force, en raison de la restriction d'un espace corseté de remparts : la rue de Lorette était aussi connue pour être le refuge des filles faillies qui s'y livraient à la prostitution publique. En ces temps de misère, Dieu veuille avoir pitié de celles qui – par nécessité – s'y abandonnaient.

Tout en avançant, le chevalier se remémorait les paroles d'un refrain d'antan que répétaient les garnements du quartier sans qu'à l'époque il en comprît l'allusion :

Leis fillos de Loreto
Pouedon pas couchar souletos[34].

[34] « Les filles de Lorette ne peuvent pas coucher seules. »

Le regard de Thibault se porta sur l'emplacement de ce qui avait été le siège de la maison de commerce paternelle et son cœur se serra. La grande et lourde porte de bois aux ferrures ornées, avec ses doubles battants cintrés comme le portail d'une église, était close depuis longtemps. La peinture se délitait en écailles épaisses et des planches clouées par le travers disaient l'état d'abandon de l'ancien entrepôt. Sur le bois, on devinait les vestiges d'une croix hâtivement tracée à la peinture blanche. On ne voyait plus aucun emblème. Le chevalier tenta de jeter un coup d'œil par une fente entre la porte et le montant de pierre de la maison, mais il ne put guère apercevoir dans la pénombre qu'un monceau de sacs vides recouverts d'une épaisse poussière grise. Voilà des années qu'aucun portefaix n'avait franchi ce seuil, un ballot ou un colis juché sur ses larges épaules.

Décontenancé, Thibault examina les environs à la recherche d'une enseigne, d'un atelier, nombreux dans ce quartier de Cavaillon où les artisans abondaient. Ses yeux se fixèrent sur la fabrique de verre Raimbaud, maison d'ancienne réputation. Elle avait l'agrément municipal pour fabriquer notamment les vases servant à mesurer le vin qui portaient le poinçon de la Ville et les fioles de verre pour les apothicaires. Dans sa jeunesse, le chevalier avait connu le maître verrier, Mathieu Raimbaud. Son neveu Manuel avait pris sa suite. Aux questions du visiteur, il répondit que depuis près de neuf ans qu'il avait repris le four de son oncle, il avait toujours connu l'entrepôt barré et jamais personne n'avait fait mine de lui rendre son activité.

— Il faut croire que c'étaient des hérétiques, dit le maître-verrier avant d'emboucher sa canne de fer, au moment où le chevalier s'apprêtait à prendre congé.

— Hérétiques ? s'étonna Thibault, que voulez-vous dire ?

— Eh *bè*, huguenots, si vous préférez mieux[35]. Ceux qu'on n'a pas tués, on les a tous chassés de Marseille, vous le saviez pas ?

---

[35] À Marseille, on a toujours « préféré mieux ». C'est plus sûr.

Il ne reste plus que de bons, de vrais catholiques en ladite ville.

— Que me chantez-vous là, *Mestre* ? Monsieur de Cervières n'était point huguenot, que je sache !

— Oh, Monsieur, dit le verrier sans illusions, par les temps qui sont nôtres, allez savoir qui est quoi ! Il a bien fallu qu'ils soient coupables de quelque chose si on les a chassés.

On ne tirerait rien de plus du bonhomme, enfermé dans sa certitude. Que savait- il au vrai ? Voici onze ans, Paul de Cervières était encore négociant sur le port de Marseille puisque c'était depuis le quai où était amarré le *Saint Bonaventure* qu'il nolisait[36] par moitié avec son beau-frère qu'il avait dit adieu à son fils en partance pour Malte. Le verrier ajouta cependant, comme s'il voulait compenser son manque d'information :

— Si j'étais vous, j'irais me renseigner à La Ciéutat. Parce que beaucoup de négociants de Marseille s'y sont repliés, par la raison que le trafic, il se fait plus guère à partir d'ici. Que ce soit le duc d'Épernon[37] avec ses mercenaires gascons qui ravagent le pays et massacrent tous ceux qui se sont donnés à la Ligue pour les ramener au roi, le sieur de Bausset-Roquefort qui surveille la rade depuis le château d'If avec les canons du grand-duc de Toscane et puis les galères du Grand-Turc qui saisissent les navires marseillais dès qu'ils mettent le nez hors du Lacydon sur ordre de son ami, celui qui se dit roi de France[38], les affaires se font ailleurs, vous comprenez ? Si vous dites qu'ils n'étaient pas hérétiques, messieurs de Cervières et de Mallemort, alors, il se peut qu'ils soient partis pour ça : parce qu'ils pouvaient plus travailler tranquilles, ici.

Cette suggestion réconforta Thibault. Et lui rafraîchit la mémoire. Durant toutes ces années où il avait vécu hors du

---

[36] Louait.

[37] Gouverneur de Provence pour Henri IV.

[38] Pour tenter de réduire la rébellion marseillaise en étouffant son commerce, Henri IV avait demandé de l'aide à son allié le sultan Amirath IV.

temps, il avait oublié que, durant la grande peste de 1581 – qui lui avait pris sa mère – et les dix-huit mois pendant lesquels le trafic maritime avait pratiquement cessé dans le port de Marseille, Paul de Cervières et Bertrand de Mallemort avaient ouvert un comptoir de leur maison mère à La Ciéutat qui servait de base de repli. Ils l'avaient conservé, une fois le fléau éloigné.

Dans de désarroi où il se trouvait, le chevalier se raccrochait au moindre espoir. L'absence de tout signe de vie de ses proches à Marseille pouvait s'expliquer s'ils avaient dû – quelle qu'en fût la raison – s'exiler tout à fait. À lui de remonter une piste s'il en existait une.

La chose la plus urgente à faire était de se procurer un cheval. Bonsignour en avait à la vente dans l'écurie du *Logis du Goéland*.

*

C'était un barbe, nerveux et élancé, aux jambes de cerf, frappant du pied dans sa stalle, soufflant le feu par les naseaux. Un gentilhomme avait soldé ses dettes de ribote en le cédant à l'aubergiste. Au premier coup d'œil le bel entier plut à Thibault qui le fit sien pour trente livres, selle comprise, et le baptisa aussitôt Robur, car il paraissait solide comme un chêne. Bonsignour était ravi de s'en débarrasser, car il vendait plus de mulets et louait plus de mules que de chevaux de selle[39].

Dans la garde-robe fournie de Simon Danzer, où l'on trouvait de quoi habiller de vêtements ordinaires tout un équipage de corsaires pour qu'ils aient meilleure apparence lors des escales, Thibault avait repris des habits plus commodes à un cavalier que le délicat toquet de velours et le fragile pourpoint gris avec ses grègues assorties.

Il portait des bottes souples montant à mi-cuisses, un

---

[39] Un cheval se vendait en moyenne 33 livres soit à peine plus qu'un âne (30 livres) et trois fois moins cher qu'un mulet, bien plus utile.

justaucorps de buffle boutonné sur une ample chemise sans col et avait coiffé un large feutre, enfoncé jusqu'aux sourcils pour résister au vent. À sa taille, serrée par une large ceinture d'où dépassait le manche de sa dague, il avait accroché sa belle lame de Tolède.

Les huit lieues qui séparent Marseille de La Ciéutat furent avalées avec entrain par Robur, ravi de retrouver de grands espaces au sortir de semaines de confinement. Il renâcla bien un peu durant les premiers arpents du chemin de Cassis qui montait en serpentant dans la garrigue vers le mont Puech[40], par le pas de la Gineste, façon de tâter l'assiette de l'étranger qui le montait, mais, bientôt, le cheval dompté reconnaissait par sa souplesse et son obéissance la légitime domination de son cavalier. Quant à Thibault, il retrouvait des sensations qu'il croyait oubliées, mais son corps les identifiait comme des souvenirs de jeunesse précieusement conservés.

Si bien que lorsque le paysage se dévoila avec le cap Naïo[41] en fond de décor sur la baie du petit port de Cassis, lové au pied du vaisseau de pierre rose, le chevalier fut pris d'une sorte d'ivresse aggravée par les fragrances apportées par le vent marin, venues à ses narines depuis la garrigue pour lui tourner la tête.

Elles lui firent oublier un instant le but de son voyage.

Il piqua des deux et sa monture n'attendait que ce signal.

Tibur aussi s'enivrait de sa nouvelle liberté. Il faillait à réfréner son envie de galoper toujours plus vite.

---

[40] Contrairement à une croyance qui a la vie dure, ce point culminant du massif des Calanques, dominant le col de la Gineste entre Marseille et Cassis, ne doit pas son nom à Pierre Puget (1620-1694) sculpteur et architecte du Grand Siècle, né à Marseille. C'est son profil en forme de socle, portant un sommet arrondi, qui l'a fait baptiser en latin *Podium*, qui a donné *Puech*, en provençal, devenu depuis Puget.

[41] Le cap Naille, que les topographes ont traduit cap Canaille.

Parti de Marseille en milieu de matinée, le cavalier arriva à l'heure où le soleil à son zénith incendiait le port de La Ciéutat à l'abri de ses remparts, adossé au Bec de l'Aigle, qui ne révélait sa présence qu'au bout de la route sinueuse dévalant à travers les pinèdes couvrant les pentes de la Soubeyrane.

La dernière fois que le chevalier était venu à La Ciéutat, il n'avait guère plus de quatorze ans – la famille de Cervières s'y était réfugiée, quand l'épidémie de peste n'avait laissé en vie que quinze mille habitants à Marseille[42].

Dans son souvenir d'enfant, le port était beaucoup plus grand que la modeste calanque bordée au nord d'un quai étroit qu'il découvrit au pied du rempart enserrant la petite cité portuaire. On ne dénombrait guère plus d'une quinzaine de navires – essentiellement de grosses barques provençales pontées ou des tartanes pratiquant le cabotage, dont aucune ne dépassait les cinq cents quintaux. Elles servaient en majorité au transport de céréales. Dans l'angle ouest du quai une galiote à vingt-quatre bancs faisait le chien de garde pour convois de commerce contre les tentatives des corsaires.

Dressé sur ses étriers, Thibault balaya du regard le pourtour du plan d'eau. Il ne lui fallut qu'une poignée de minutes pour repérer ce qu'il cherchait : toutes les maisons de commerce étaient là, au coude à coude, bordant le quai en demi-lune. En même temps que son regard se posait sur l'enseigne, les battements de son cœur s'accélérèrent. Sur une plaque de bois il y avait bien un nom gravé : *B. de Mallemort*, mais pas ce qu'il cherchait.

Il y manquait celui de Paul de Cervières.

---

[42] Soit la moitié de sa population.

16

Une entrevue orageuse

Au bout d'un escalier de bois se trouvait une pièce surplombant l'entrepôt sur lequel elle donnait par une baie vitrée. Quand le chevalier eut décliné son identité, un employé de la maison de commerce la désigna à Thibault comme étant le bureau de monsieur de Mallemort.

En poussant la porte, après avoir toqué et perçu l'invite à entrer, le chevalier, sans doute troublé par l'émotion, ne prêta pas cas à l'air de surprise irritée, pour ne pas dire de stupeur, qui se peignit sur le visage émacié et revêche du négociant offusqué par l'intrusion d'un visiteur qui ne s'était pas fait annoncer.

Mallemort semblait ne pas reconnaître son neveu. Il détaillait l'arrivant avec un regard où se mêlaient le dépit et la contrariété, comme quelqu'un que l'on dérange profondément dans ses occupations.

Cette attitude aurait dû mettre Thibault sur ses gardes, car à peine s'était-il présenté et avait-il décliné son identité que Mallemort le prit de haut, sur le ton qu'on adopte pour confondre un valet cherchant à vous berner :

— Que me chantez-vous là, monsieur ?

Le chevalier fut stupéfait :

— Vous ne vous souvenez pas de moi, mon oncle ?

— Non monsieur ! Comment me souvenir de quelqu'un que je n'ai jamais vu ?

— Vous ne m'avez jamais vu, dites-vous ?...

Le ton monta :

— Taisez-vous et sortez, monsieur ! Vous n'êtes qu'un intrigant de bas étage, cherchant à usurper un nom honorable !

Thibault pâlit sous l'offense. Instinctivement, sa main se posa sur la coquille de son épée. Il tenta de regarder droit dans les yeux l'homme au teint gâté, vêtu d'un pourpoint noir et assis derrière une table sur un fauteuil à haut dossier, mais le grossier personnage avait le regard fuyant. C'était un homme de quarante-cinq ans à peu près, d'une grande maigreur, l'œil gris et faux, le nez recourbé en bec de chat-huant, une face élargie par des pommettes saillantes. Après sa tirade, il s'appliquait, plume en main, à fixer le livre de comptes qu'il compulsait à l'arrivée du chevalier.

Thibault de Cervières insista :

— Regardez-moi donc en face, mon oncle !

Bertrand de Mallemort leva la tête, piqué au vif :

— Monsieur, veuillez cesser de m'appeler « mon oncle » ! Mon neveu Thibault est mort depuis plus de dix ans. Vous divaguez, monsieur, ou tenteriez-vous de me duper ?

— Vous oseriez insinuer que je cherche à me faire passer pour un autre ?

— Je n'insinue rien, monsieur. Je viens de vous le répéter à l'instant : mon neveu Thibault a péri noyé lors du naufrage du *Saint Bonaventure* qui le transportait vers l'île de Malte. Vous ne pouvez donc pas être celui que vous prétendez. Sortez, vous dis-je !

Le chevalier fit un pas en avant, la rage au ventre.

Le négociant, les mains crispées sur les accoudoirs de son

fauteuil garni d'un velours usagé à larges rayures jaunes et vertes, avait l'œil inquiet de celui qui craint une agression et s'apprête à réclamer de l'aide.

Thibault s'efforça au calme, se voulant persuasif :

— Le *Saint Bonaventure* n'a jamais fait naufrage, mon onc… monsieur. Nous avons été attaqués par des pirates barbaresques qui se sont emparés du navire et nous ont emmenés captifs en Alger.

Mallemort joua l'impatience et dit sur un ton irrité :

— Monsieur, je vous prie de cesser cette comédie, ou je fais prévenir le guet. Il est à deux pas, au bout du quai. J'ignore ce que vous attendez de moi, ou plutôt je ne le devine que trop, mais à n'en pas douter, vous n'êtes qu'un imposteur. Le naufrage du *Saint Bonaventure* a été consigné dans des documents officiels enregistrés auprès de la Chambre souveraine de justice à Marseille. Équipage et passagers ont été portés disparus et la cargaison perdue à jamais. Tout cela a été enregistré par-devant notaire. Je possède lesdits documents et pourrais m'en prémunir contre les entreprises de gens de votre espèce, qui, hélas, par les temps où nous nous trouvons, abondent et tentent de berner les benêts avec des histoires de revenants.

Thibault écoutait ces propos pleins d'une suffisante certitude dans un état proche de la sidération. Il n'en croyait pas ses oreilles. Certes, dans sa jeunesse, il n'avait pas souvent rencontré Bertrand de Mallemort, jamais en tête à tête, en tout cas. Car lui-même, depuis la grande peste de 1581 qui avait emporté sa mère, vivait loin des miasmes de la ville, à la bastide familiale sur les hauteurs de Saint-Marcel, avec les domestiques de Paul de Cervières, en compagnie de Pierre Arpelin, à la fois intendant de la famille, chargé de l'instruction des enfants et maître d'armes de Thibault. Une nourrice s'occupait de la petite Claire.

Mallemort, lui, avait en charge le comptoir commercial de la maison de négoce marseillaise à La Ciéutat, depuis son ouverture au début de l'épidémie. Quand il venait à Marseille, c'était pour rencontrer Paul de Cervières rue de Lorette, dans le cadre de leurs affaires communes, mais très rarement à l'occasion de réunions familiales à la bastide. Les deux hommes n'avaient que peu d'affection l'un pour l'autre. Leur relation s'en tenait aux strictes affaires de négoce. Cependant, à deux ou trois reprises – Thibault ne saurait en dire l'occasion après tant d'années – il avait aperçu Mallemort à Saint-Marcel, en compagnie de ses parents et de sa tante Agnès, sœur de sa mère, épouse du négociant. Et quand – avec des yeux d'enfant – on avait vu cette grande silhouette d'échassier maussade, ce masque atrabilaire peint en permanence sur des traits ingrats, on ne pouvait l'oublier.

C'était le même faciès de suffisance qu'arborait aujourd'hui Bertrand de Mallemort tandis qu'il refusait de retrouver sur le visage d'un homme en pleine force de l'âge les traces de l'enfant qu'il avait croisé jadis.

Quelle morgue ! pensait Thibault, en fixant le visage méprisant du négociant. Bourgeois ennobli de fraîche date par de tortueuses démarches, il s'autorise les manières d'un aristocrate à huit quartiers de noblesse !

Le chevalier prit sur lui, tentant de retrouver le fil de ses pensées troublées par l'attitude déroutante de son oncle :

— Monsieur, reprit-il en s'efforçant au calme, je vous dis et répète que je suis le fils de Paul de Cervières, votre ex-associé, et par conséquent votre neveu par alliance, madame Agnès de Saint-Chaffrey, votre épouse, étant la sœur de ma mère. Je ne saurais inventer pareils détails.

Mallemort masqua le trouble qui l'avait un instant ébranlé par un excès de mauvaise humeur. Son argumentation parut à Thibault dès longtemps préparée. Il devina que le négociant avait envisagé un éventuel retour du disparu, et mis au point les arguments indispensables à sa défense. Il les exposait comme un texte appris par cœur :

— Monsieur, j'ignore les raisons qui vous poussent à entreprendre une démarche qui ne peut vous valoir que des déconvenues. Il y a des lois pour protéger les honnêtes gens et des magistrats pour les faire respecter. Vous n'êtes pas le seul qui aura tenté de profiter des temps troublés que nous vivons en se faisant passer pour un autre.

— Monsieur, répliqua Thibault, tremblant d'indignation, je pourrais vous demander raison de votre offense sur-le-champ, mais je craindrais de déshonorer ma lame en vous la passant à travers le corps alors que vous n'êtes pas en position de défendre votre vie. Je vous demande simplement et pour la dernière fois, de convenir que je suis Thibault de Cervières, fils de Paul, et que vous fûtes naguère l'associé de monsieur mon père, en même temps que mon oncle par alliance du côté de ma défunte mère. Ainsi admettrez-vous que vous me reconnaissez !

Mallemort ne se laissa pas impressionner :

— Monsieur, je n'ai rien à justifier auprès d'un inconnu qui force ma porte pour me menacer. Je m'en vais vous faire chasser par mes gens. Auparavant, retenez ceci : il est aisé de se prétendre tel et plus difficile d'en apporter une preuve d'identité.

— C'est-à-dire ?

Le négociant redressa le buste et dit avec fatuité :

— Moi, monsieur, j'ai tous les documents attestant que mon neveu Thibault est mort noyé au large de la Sicile, lors du naufrage du *Saint Bonaventure* au mois de février 1584. Si vous étiez celui que vous dites, vous seriez capable de produire les chartes, les pièces, les parchemins munis de sceaux de cire sur rubans de soie et portant toutes les signatures officielles, attestant de votre ascendance. Auquel cas, je pourrais prendre votre démarche en considération. Les possédez-vous ? Pouvez-vous les produire ?

Peu préparé à un tel argument, le chevalier était sans malice :

— N... non, reconnut-il, j'ai tout perdu lors du piratage, mais...

Mallemort lui coupa la parole :

— Dans ce cas, une plainte auprès de la prévôté aboutira à vous démasquer comme tous ceux qui, avant vous, ont raconté à des gens plus naïfs que moi la fable émouvante du retour du captif et tenté d'abuser de la crédulité humaine dans l'espoir de capter l'héritage d'un autre.

Thibault fut à un doigt de clouer le bélître à son fauteuil. Ce qui le retint, ce n'est pas d'avoir mesuré les conséquences de son acte, car, comme disent les Espagnols, « la lessive de l'honneur ne se coule qu'avec du sang », mais il venait de réaliser – en entendant le gredin argumenter avec tant d'assurance – que lui, Thibault de Cervières, fils de Paul et d'Anne de Saint-Chaffrey, né à Marseille le 7 juin 1567, n'était en possession d'aucune preuve officielle de son identité. Elles avaient pris le large en direction de la Sublime Porte à bord du *Saint Bonaventure.* Pire, son nom ne figurait sur aucune liste : ni chez les chevaliers de Malte, puisqu'il s'était embarqué sur un navire n'appartenant pas à l'Ordre, ni sur celles dressées par les religieux se consacrant à la rédemption des captifs, puisque jamais personne ne l'avait réclamé et qu'il s'était évadé seul !

Sa longue captivité l'avait rayé du monde des vivants.

S'il ne retrouvait pas des témoins qui puissent jurer sous serment : « Je l'ai bien connu dans le temps et je le reconnais comme tel », il ne lui restait que sa bonne foi, face à celui ou celle qui affirmerait qu'il n'était qu'un écumeur d'aventures et exigerait des certifications.

Les secondes qui suivirent lui parurent durer une éternité. Le chevalier demeurait immobile et coi, tandis que les questions se bousculaient : où était Paul de Cervières ? Qu'était-il advenu de lui ? Et sa petite sœur, Claire ? Qui lui dirait quel avait été son sort durant toutes ces années ? L'homme qui lui faisait face – eût-il l'excuse d'avoir été rendu méfiant par l'exemple de précédentes tentatives d'usurpation et de détournement d'héritage – s'entêterait dans son refus de lui apporter les réponses attendues.

Mallemort s'apprêtait à appeler ses gens et à faire chasser l'importun comme un laquais.

Alors, comme le cerf aux abois qui n'a plus rien à perdre sauf sa vie, Thibault de Cervières fit front en se jetant sur son oncle au moment où celui-ci tentait de quitter son fauteuil pour réclamer de l'aide.

Avant que Mallemort ait pu émettre un son, il était retombé sur son siège, à demi étouffé par un bras vigoureux qui l'avait saisi à la tête, et il avait la dague du chevalier sous la gorge.

— Un mot, un cri, et je vous saigne comme un conil.

Le négociant roula des yeux affolés. Une sueur abondante inonda son vaste front. L'attaque soudaine l'avait tétanisé.

— Que savez-vous de Paul de Cervières ?

Mallemort avala sa salive avec difficulté. Sa pomme d'Adam saillait sous la chair tendue du cou. La pointe de la dague perça la peau, une goutte de sang perla.

— Ne… ne faites rien. Je vais vous dire.

Thibault ne desserra pas sa prise.

— Il est… il est mort.

Le chevalier accusa le coup :

— Monsieur mon père ? Mort ? Quand ça ?

— Il y a des années… Je ne sais plus…

— Allons ! s'emporta Thibault. Vous le savez très bien !

Avec peine, Mallemort articula :

— Un peu après avoir appris la nouvelle de la disparition de son propre fils. Le chagrin, sans doute, l'aura tué…

Le négociant aux abois jouait la compassion, mais le rôle ne lui allait pas. Ses yeux disaient plutôt sa crainte de finir égorgé. Il tenta une justification qu'on ne lui demandait pas :

— À la mort de Paul de Cervières, j'ai pris seul sa suite dans le négoce. C'était dans notre contrat d'association.

Voyant que l'étreinte ne se relâcherait pas s'il s'obstinait dans ses façons blessantes, Mallemort changea de registre et supplia :

— Laissez-moi, je vous prie… Je ne m'opposerai pas à votre départ, je ne déposerai aucune plainte à la prévôté, mais ne me tuez pas.

Tout en maintenant sa lame sous la gorge du négociant,

Thibault ôta son bras, qui passait en bandeau devant le visage de son oncle, l'étouffant à moitié sous l'étoffe de la manche, et lui permit de retrouver son souffle.

— Ne comptez pas que je vous laisse en paix. Il y a des juges pour la défense des honnêtes gens, avez-vous dit ? Je m'en vais leur parler de vous et de vos façons.

— C'est de l'argent que vous voulez ? tenta l'autre qui tremblait sous le contrecoup de la frayeur.

— Je veux mon honneur et le bien qui me revient de mon père, répliqua le chevalier avec mépris. Rien de plus. Votre sale argent, gardez-le, qu'il vous étouffe ! Et que le diable vous embroche de sa corne ! Comptez sur moi pour remuer ciel et terre et ne pensez pas un instant vous en tirer à bon compte.

Thibault releva légèrement son buste et, tout en restant au contact, il remit sa dague dans sa gaine en maintenant sa main sur le manche.

— Nous allons descendre ensemble. Vous m'accompagnerez jusque sur le quai. Au moindre geste, au moindre cri, vous êtes mort.

Dans les yeux sombres du chevalier, Mallemort lut sa fin possible. Avec un mouchoir de batiste il étancha le filet de sang qui coulait sur son col.

Il se leva avec peine. Ses jambes tremblaient. Il exécuta docilement les consignes. Les deux hommes passèrent au milieu des portefaix qui transportaient des sacs de riz et de pois secs, avec l'allure de deux familiers.

Sans un mot de plus, Thibault sauta sur Robur et prit le chemin de Marseille à franc étrier.

17

Retrouvailles à Saint-Marcel

Le vent de la chevauchée lui fit du bien.

Thibault était partagé entre le deuil et la rage.

Paul de Cervières n'était plus. Voilà qui expliquait le lourd et long silence qui avait pesé sur le captif durant ses interminables années de servitude.

Le constat était accablant.

Mais il allait se battre ! L'affrontement avec Bertrand de Mallemort, la découverte de l'inqualifiable conduite du négociant, l'envie d'en découdre avec ce misérable rendaient au chevalier une énergie et une raison de vivre qui lui avaient fait défaut depuis son retour en terre chrétienne.

Il est vrai que l'état de dérèglement dans lequel il retrouvait sa ville natale, le vent de tempête qui soufflait sur elle l'avaient désarçonné. Thibault se promit de chercher quelqu'un suffisamment à l'écart des passions et des clans pour se faire expliquer les raisons profondes de cette agitation.

Certes, Marseille, dans tous les temps, s'était toujours montrée comme une rebelle attachée à son indépendance. Prête à tous les excès pour défendre des privilèges arrachés de haute lutte à tous ceux qui, au cours de deux millénaires, avaient prétendu la dominer. Elle avait rarement présenté le visage apaisé de ces « bonnes villes » sans histoire personnelle, bêtes de troupeau qui suivent le berger. Mais là !...

Pour le peu que Thibault en avait compris, il semblait que le désordre, la confusion, le chaos régnassent en maîtres sur une cité aux abois, assiégée de tous côtés, en guerre contre tous les partis, au nom de la Sainte Ligue catholique et de son chef le duc de Mayenne. Comment les *Duumvirs* pouvaient-ils croire qu'un tel état de révolte ouverte d'une ville seule contre le reste du royaume allait durer ?

Pendant tout le temps que ces pensées agitaient la tête du chevalier, le train soutenu par l'infatigable Robur l'avait rapproché de son but. Il traversait à présent le village du Cabot, cerné de pinèdes et de pâtures à moutons, quand une idée lui vint à l'esprit. Ou plutôt un désir : celui de revoir les lieux de sa jeunesse, en dépit du chagrin que ne manquerait pas de lui causer la vue de la bastide familiale à Saint-Marcel, où sa mère, partie avant sa trentième année, victime des fièvres pestilentielles, était venue rendre son dernier soupir.

Au fur et à mesure que Thibault pensait à cette époque de deuil, des images revenaient, que sa mémoire d'enfant restituait à l'homme qu'il était devenu : l'arrivée de son père, un soir, rue de Lorette, de retour du conseil de ville, à Noël 1579, rapportant la terrible nouvelle transmise par le Premier consul de l'époque, Pierre Caradet. La peste avait éclaté à Gênes et en d'autres villes de la côte ligure. Le fléau avançait vers Marseille.

Les dérisoires mesures de protection – quarantaine des navires, isolement hors les murs des équipages au lazaret de l'anse des Catalans – n'avaient pas freiné l'attaque de la Bête. Elle avait frappé d'abord la partie la plus densément peuplée et la plus paupérisée de la ville : le quartier de Cavaillon où logeait Paul de Cervières, dans l'immeuble au-dessus de l'entrepôt, quand il descendait à Marseille. Cavaillon, proie de choix avec ses maisons étroites, délabrées, entassées, ses rues resserrées, tortueuses, où le soleil n'entrait guère, masqué par les arcades qui liaient les maisons face à face comme des ponts, où l'air ne circulait pas, où les auberges accueillaient des voyageurs qui, avec leurs bagages, avaient fait entrer le Mal dans la ville. Une bouchée après l'autre, le Moloch avait dévoré le reste de la cité. Près de dix mille pestiférés, dont cinq cents mouraient chaque jour, s'entassaient sur la rive sud, près de la Tête de More[43], abandonnés à une poignée de médecins et de capucins qui mouraient avec eux. On brûlait meubles et immeubles contaminés, on mettait les maisons des suspects sous scellés, on se protégeait de la contagion avec du vinaigre, du romarin et des prières – seuls remèdes connus –, suppliant Dieu dans les églises bondées de bien vouloir éloigner la calamité de la ville et apaiser Son courroux. Les plus fanatiques des prêtres – du haut de leurs chaires, aux Accoules ou à Saint-Martin – n'hésitaient pas à voir derrière la calamité accablant Marseille qui les avait chassés, la main perfide et vengeresse des « religionnaires[44] ».

Dès le début de l'épidémie Paul de Cervières avait mis sa famille à l'abri à Saint-Marcel et ses affaires de négoce à La Ciéutat. Trop tard pour son épouse, Anne, qui lui laissait deux orphelins.

Thibault s'était toujours demandé si sa vocation adolescente pour l'art de la médecine n'était pas née de cette tragédie familiale. Il serait le chevalier affrontant le Mal, comme, plus tard, devenu homme, il avait voulu – partant pour Malte – être le bouclier de la chrétienté face aux Infidèles.

Le destin en avait décidé autrement…

---

[43] Le Pharo.

[44] Lisez : protestants.

Arrivé à la hauteur de Sainte-Marguerite, le cavalier obliqua vers la droite et, par Saint-Tronc et Saint-Loup, aboutit sur la rive gauche de la Vaune[45], plantée de peupliers, de frênes, d'ormeaux, de chênes blancs et verts, jalonnée de moulins et de prairies, de champs d'amandiers et d'oliveraies, tout le long du grand chemin d'Aubagne. Un paysage d'Arcadie, loin du tumulte marseillais.

Enfin, passé La Valbarelle, Thibault reconnut le paysage qui avait enchanté sa jeunesse, aux temps heureux où la famille s'y retrouvait, les beaux jours venus, cette colline aux pentes admirablement boisées où la puissante famille des Forbin avait son manoir. Cette terre portait, par une étrange coïncidence, elle aussi le nom de Cavaillon[46]. C'est là, dans l'ombre tutélaire de cette lignée de vieille noblesse, que Paul de Cervières avait trouvé sa thébaïde : une bastide cachée dans sept arpents[47] de pinède, qu'il avait baptisée Les Escartons, en hommage à ses origines alpines[48] Là que le jeune Thibault avait vécu les années d'apprentissage d'une vie d'homme, dans la proximité bienfaisante de l'intendant fidèle du domaine, Pierre Arpelin : à la fois précepteur et maître d'armes, il avait formé l'esprit et le corps du chevalier aux affrontements futurs.

Longtemps Thibault laissa errer un regard nostalgique sur la façade de la bastide de son enfance. Elle paraissait vide de toute trace de vie. Ses volets clos la privaient de la beauté de son

---

[45] Aujourd'hui l'Huveaune.

[46] Ici, comme dans la « partie haute » de la Marseille d'alors, l'origine du nom est due à une ancienne famille marseillaise.

[47] Trois hectares environ.

[48] Entre 1343 et 1713, la république des Escartons fut une fédération de 51 communes à cheval sur l'actuelle frontière franco-italienne, avec pour capitale Briançon. Une démocratie autonome fondée sur l'indépendance du territoire et les libertés des citoyens. Les Vaudois y trouvèrent refuge.

ordonnance, comme des paupières baissées vous dérobent le regard de la bien-aimée. On l'avait abandonnée, elle aussi. Comme lui-même. L'avait-on rachetée ? Qui en était le propriétaire ? Personne pour le renseigner. Il se revoyait dans le parc, imitant le cheval au galop, sa petite sœur sur les épaules, il entendait résonner le rire de Claire sous la charmille, la voix rassurante de sa mère consolant un chagrin d'enfant et il évoquait l'affectueuse autorité de Paul de Cervières, masquant sous un ton bourru une tendresse profonde pour les siens.

Depuis la hauteur boisée, le regard portait au loin sur le tracé du petit fleuve côtier qui courait vers la mer, et, au-delà, sur les massifs osseux du Garlaban et de la Sainte-Baume, dominant la vallée, estompés par le lointain.

Il fallut au chevalier faire un effort pour s'arracher à ces visions qui le ramenaient au temps de l'insouciance, si loin des tourments présents.

Il fit faire une volte à Tibur et le laissa aller à son pas, sans le solliciter, peu pressé de quitter ces lieux en dépit de la baisse du jour. Il devait pourtant rentrer sans tarder, s'il ne voulait pas qu'on lui fermât au nez la porte de Marseille.

Au bas de la descente vers Saint-Marcel, un couple avançait à pas lents vers l'entrée du village, marquée par une porte en forme de porche, dotée de deux vantaux de bois épais que l'on fermait pour la nuit. Les deux silhouettes formaient contraste : la femme était ronde et petite, elle avait à la hanche un panier rempli de légumes frais cueillis. L'homme était grand et mince, entièrement vêtu de noir : pourpoint et chausses sur des bas de même couleur, la tête couverte d'un chapeau plat conique, aux larges bords. Il portait sous le bras un livre épais, relié de cuir.

Le cavalier dépassa le couple et c'est alors que – sans saisir le sens des mots prononcés à l'instant par l'homme en noir – Thibault fut changé en statue de sel. Sans réfléchir, il avait tiré sur les rênes et Robur s'était arrêté sur place. Il la connaissait, cette voix. Ou plutôt, il la *re-connaissait*. Elle venait de traverser le temps comme une flèche pour le transpercer et le clouer sur place. C'était une musique arrivant de sa jeunesse, un timbre profond qui, pendant des années, avait retenti près de son oreille, scandant des sentences et vers latins :

Carpe diem quam minimum credula postero[49]...

Le prénom fusa de la bouche de Thibault :

— Pierre !

Le chapeau noir bascula en arrière et le visage de l'homme apparut : les traits avaient vieilli bien sûr, mais le chevalier les eût reconnus entre mille. Une barbe blanche soigneusement taillée, des joues creuses parcourues de rides profondes, lui conférant un air sévère compensé par la bonté du regard gris derrière ses lunettes rondes cerclées de fer...

Il sauta à terre :

— Pierre Arpelin !

L'homme interpellé se figea. Le regard gris détailla le cavalier et, au fur et à mesure, l'incrédulité, l'étonnement, la surprise se succédèrent dans l'œil interrogateur :

— Th... Thibault ? Thibault de Cervières ? Mais com...

— Oui, mon bon Pierre, Thibault de Cervières ! Enfin, un qui me reconnaît ! Vous ne rêvez pas, c'est bien moi !

Sans aller plus loin, les deux hommes ouvrirent grand leurs bras et s'accolèrent d'un commun élan au milieu des exclamations et des rires.

Oui, Thibault de Cervières riait ! Depuis combien de temps n'avait-il pas ri ?

La femme ronde qui accompagnait l'ancien précepteur, muette, avait posé son panier et, les mains aux hanches, contemplait la scène, cherchant à deviner la raison de cette agitation.

Sans lâcher les bras de son ancien pupille, Pierre Arpelin avait

---

[49] « Profite du jour présent sans te soucier du lendemain » (Horace, *Ode à Leuconoé*).

reculé d'un pas et contemplait Thibault comme on le fait d'un tableau dont on veut voir l'ensemble. L'émotion le gagnait :

— Thibault... Vous voilà un homme fait... Je... je vous croyais...

— Mort ? Vous n'étiez pas le seul. Mais voyez, c'est bien moi.

— Je n'en doute plus, monsieur de Cervières, et je...

Le chevalier protesta :

— Ah ! pas de « monsieur de Cervières » entre nous, je vous prie ! Pour vous je suis et demeurerai Thibault. Comme avant.

La voix du vieil homme se voila d'émotion :

— Comme vous voudrez, mon cher Thibault. J'allais dire que je retrouve sur les traits de l'homme dans la force de l'âge le jeune homme que je connus. Pardonnez mon trouble, mais je ne m'attendais pas...

— Je le partage, cher Pierre. Il nous ramène à des temps révolus. Dans ma vie demeure une parenthèse de onze années. Elle vient juste de se refermer. Pendant tout ce temps j'étais captif en Alger et...

— Dieu soit loué, vous avez bénéficié d'une *rédemption* !

Malgré lui Thibault sourit :

— On peut le dire ainsi...

— Et moi qui vous croyais noyé... Le bruit a couru que le *Saint Bonaventure*...

— Je viens de l'apprendre, dit le chevalier, en éprouvant une brusque bouffée de colère rentrée. On pensait le navire abîmé. Je sais qui en a fait courir le bruit. Mais vous voyez : la rumeur était fausse. Les Barbaresques ont décidé de notre sort, Neptune n'y était pour rien.

— Quelle misère ! gémit le précepteur. Enfin, Dieu a eu pitié de vous...

Thibault, refusant l'attendrissement, l'interrompit :

— Mais vous-même ?

Pierre Arpelin montra son gros livre :

— Toujours dans le latin, voyez. Je viens de donner une leçon au fils cadet des Forbin.

Il récita :

— « *Arma uirumque cano, Troiae qui primus ab oris Italiam*... »

Thibault poursuivit :

— « ... *fato profugus, Lauiniaque uenit litora, multum ille et terris iactatus et alto.*[50] »

— Bravo, quelle mémoire ! s'exclama le précepteur.

— J'avais un bon maître, dit le chevalier.

Arpelin sourit :

— Et moi un élève d'exception. Les héritiers des Forbin ne vous valent pas ! Ils prennent le savoir comme d'autres une purge. Mais je vous fais perdre votre temps, cher Thibault. Qu'est-ce qui vous ramène vers notre vieux village ?

— Je venais vider un grand bol de nostalgie en retournant aux Escartons. J'ai appris tantôt la mort de mon père et...

Le visage du précepteur se figea de tristesse :

— Ah... Vous ne saviez pas ?

— Comment l'aurais-je su ? Je ne suis de retour que depuis deux jours à peine. D'ailleurs, il est bien d'autres choses que je ne sais pas et une personne de votre qualité pourrait apporter ses lumières à un ignorant de mon espèce.

Il ajouta en souriant :

— Cela ne ferait que renouer une ancienne relation entre nous. Je reprends le cours de ma vie, et vous retrouve là, debout sur la rive, comme autrefois, prêt à me replacer dans le sens du courant.

Arpelin baissa la tête, confus :

— Ce serait là un honneur autant qu'un plaisir, mais je crains...

— Ne craignez rien, cher Pierre. C'est le Ciel qui m'a mis sur votre route. En deux mots, j'ai grand besoin de vous.

— À votre disposition, dit le précepteur. Vous m'en voyez ravi.

---

[50] Les premiers vers de l'*Énéide* de Virgile : « Je chante les combats du héros qui, fuyant les rivages de Troie, aborda le premier en Italie, près de Lavinium ; longtemps il fut malmené sur terre et sur mer. »

Thibault sentait son énergie lui revenir.

— Où alliez-vous, si je ne suis pas indiscret ? demanda Arpelin.

— Je m'en retournais vers Marseille.

Le crépuscule tombait. Le précepteur regarda le ciel, puis Robur.

— Votre cheval est fringant, mais quand vous y arriverez, les portes seront barrées jusqu'à l'aube nouvelle. Si j'osais, je vous proposerais de passer la nuit…

— Chez vous ? hasarda Thibault.

— Chez moi et chez Marguerite Chabert.

Il désigna ainsi la petite bonne femme toute ronde, une *bugadière*[51] du village, indiquant du même coup qu'elle partageait sa vie.

— Parfait ! s'écria Thibault d'enthousiasme.

Et, passant les rênes par-dessus la crinière de Tibur qui commençait à botter pour marquer son impatience, le chevalier emboîta le pas du vieux couple :

— Je sens que je vais prendre illico ma première leçon !

---

[51] Lavandière.

18

La mort du père

Le plaisir de partager avec Thibault la fricassée de lapin longuement mijotée par Marguerite Chabert n'avait pas effacé sur les traits de Pierre Arpelin son air navré. La lavandière arborait le même. Tous deux avaient posé leur fourchette et, écoutant le récit du chevalier, ils hochaient tristement la tête :

— Ainsi, dit le précepteur, ce coquin fieffé feint-il de ne point vous reconnaître ? Quelle bassesse d'âme ! Vous allez le confondre, j'espère !

— Je le souhaite aussi, dit Thibault, mais pour l'instant le droit est pour la canaille. Le sieur de Mallemort assure avoir tous les documents nécessaires à ma propre confusion. Notamment, l'attestation du naufrage supposé du *Saint Bonaventure*. Encore faudra-t-il qu'il les produise, ces documents, mais pour l'instant c'est moi qui enrage. Il me faut prouver que je suis vivant et celui que je prétends être. Un comble ! Et à part vous, pour l'instant…

Arpelin soupira :

— En l'absence de preuves officielles prouvant votre filiation, le témoignage d'un domestique ne vaudrait rien s'il n'avait que sa bonne foi à proposer, face à des juges convenablement achetés.

Il y avait de l'affection dans le regard que Thibault posa sur son ancien précepteur.

— Pour moi, vous n'avez jamais été ni ne serez un domestique, Pierre. Quel nom donne-t-on à celui qui transmet son savoir aux ignorants ?

Arpelin resta muet. Le chevalier répondit à sa place :

— C'est un maître. Vous le fûtes autant pour mon esprit que pour mon corps.

Le vieil homme baissa la tête, gêné. Pour dissiper l'émotion, il changea de sujet :

— À propos : votre lame n'est-elle point trop rouillée ?

— Je le crains, avoua Thibault, j'ai manqué d'occasion. Mais l'escrime, c'est comme la monte : cela ne s'oublie pas.

Avec un coup d'œil complice, le chevalier ajouta :

— Et puis… Vous organiserez mes révisions.

Il sortit sa lame de son fourreau :

— J'ai là matière à reprendre mes leçons.

— Bel acier ! s'extasia Arpelin en saisissant l'arme.

Il tâta le fil et la pointe et se leva avant de l'appuyer contre le bois de la porte pour en éprouver la souplesse. L'œil de l'ancien prévôt d'académie s'illumina :

— Ce noble fer ne trahira pas son homme au combat.

Comme on confie un secret, il demanda à mi-voix :

— La botte de Girolamo Garcini, de Naples, vous en souvient-il ?

— Comme si c'était d'hier ! Qui ne la connaît s'y empale. Il faudra cependant que je la remette en posture.

— Quand vous voudrez, mon cher Thibault.

Ces propos guerriers avaient un instant distrait le chevalier de son chagrin et de sa mélancolie. Il ne put s'empêcher d'y revenir.

— J'ignore tout du sort de Claire, ma jeune sœur. L'infâme Mallemort pourrait sans doute me renseigner, mais s'il s'obstine dans son attitude, si je ne suis pas Thibault, il n'a rien à me dire de Claire.

— À la mort de monsieur de Cervières, il est de fait devenu tuteur de mademoiselle votre sœur… dit Arpelin, songeur.

La ronde Marguerite apportait sur la table une tomme de brebis dont l'épaisse croûte grise et feutrée sentait le sous-bois.

— La brebis qui nous a donné son lait pour faire ce fromage a brouté l'herbe autour des Escartons, dit la lavandière en posant la tomme devant le chevalier.

— Pour moi, elle sera donc doublement goûteuse, répondit Thibault.

Il se servit de sa dague pour en tailler une portion large comme la main. Voilà longtemps qu'il n'avait pas mangé de si bon appétit. Pierre et Marguerite l'imitèrent, si bien qu'il fallut de nouveau remplir le pot de grès au petit tonneau posé sur la crédence, pour l'accompagner. Le vin manquait sans doute un peu de longueur en bouche, mais il avait de l'esprit, un bouquet franc et, aux yeux du chevalier, une qualité unique : les raisins avaient mûri sur le même terroir que l'herbe qui avait nourri la chèvre. Une terre restée chère à son cœur.

Entre deux bouchées, Thibault poursuivit son questionnement :

— Monsieur mon père vous aurait-il confié son vouloir à propos de l'éducation de Claire ?

— Sans doute, répondit le précepteur, vous souvenez-vous qu'il m'avait chargé d'apprendre à lire à mademoiselle votre sœur à qui j'avais dispensé également quelques notions simples de calcul, mais monsieur de Cervières tenait à préparer sa fille à sa vie future d'épouse et de mère, notamment sur le plan de la religion. Peu après votre départ pour Malte, il m'avait instruit de son projet de confier mademoiselle Claire aux sœurs de Notre-Dame de Sion, dont le couvent est proche de l'église Saint-Martin[52].

---

[52] Détruite en 1886 lors du percement de la rue Colbert, elle fut longtemps la plus grande église de Marseille.

Après le décès de monsieur votre père, c'est monsieur de Mallemort qui s'est chargé d'elle. Il est venu la quérir à la bastide et l'a aussitôt emmenée. Je n'ai plus rien su d'elle, depuis.

— Pensez-vous qu'elle y puisse être encore ?

— Je l'ignore, mon cher Thibault, et j'en suis navré.

— N'en soyez point affligé. Je vais me rendre au couvent de Sion au plus tôt.

— J'allais vous le suggérer, dit le précepteur, car alors je ne douterais pas que vous puissiez vous faire reconnaître d'elle et…

Le chevalier l'interrompit :

— De quoi mon père est-il mort ?

Le visage d'Arpelin se figea.

— Ah ! Vous ne savez pas ?

— Je ne sais rien vous dis-je. Je débarque d'un autre monde.

— C'est vrai, pardonnez-moi, dit le précepteur. Je ne parviens pas à réaliser que pendant tout ce temps…

— C'est pourtant ainsi, mon cher Pierre. J'en sais moins sur l'état du monde que celui qui vient de naître. Dites-moi donc, pour feu mon père…

Le vieil homme ne se déroba pas :

— Monsieur de Cervières est mort durant les troubles d'avril 1585.

— Les troubles ?

— Appelons-les ainsi par commodité. Vous savez que depuis près de quarante ans les affrontements entre catholiques et protestants sont un moyen commode aux ambitieux pour couvrir du respectable manteau de la religion leur soif de pouvoir. Le 9 avril de l'an 1585, donc, en l'absence du Premier consul d'alors, Antoine d'Arène, parti à la cour comme député de Marseille, un coup de force fut fomenté par le Second consul, Louis de La Motte Dariès, qui marchait pour Hubert de Vins, bras armé de la Ligue catholique en Provence, à l'époque, et neveu de son chef, le comte de Sault. Charles de Casaulx, ami personnel de Dariès, était parmi les comploteurs avec les autres capitaines de quartiers Claude Boniface, François Savine, Jean Darbon. Que tous appartinssent à la compagnie des Pénitents noirs qui ont leur *caseto* dans l'enclos du couvent de l'Observance[53], n'était pas dû au hasard. Elle rassemblait les plus enragés du parti catholique.

Thibault l'interrompit :

— Cela ne me dit pas le motif du complot.

— Il s'agissait de s'emparer du pouvoir à Marseille, pour offrir la ville à Hubert de Vins, donc à la Ligue catholique. Mais pour cela encore fallait-il un prétexte : la trop grande tolérance du Premier consul Antoine d'Arène envers les gens de la Religion[54], fut celui que l'on invoqua.

Arpelin fit une brève pause, avant de préciser :

— Ledit prétexte avait déjà servi à Casaulx trois ans auparavant pour comploter contre le gouverneur de Provence de l'époque, Henri d'Angoulême, accusé de ne pas combattre l'hérésie avec assez de détermination. Ce complot avait valu à Casaulx des poursuites de la part du parlement de Provence, auxquelles il avait échappé en s'engageant dans l'armée ligueuse de Vins. Vous voyez, tout se tient et tous se tiennent. En offrant Marseille à Vins, Casaulx aurait payé sa dette.

— Casaulx, déjà ! fit remarquer Thibault, rêveur.

— Eh oui, déjà… Mais cette occasion-là fut manquée et finit très mal pour certains des comploteurs. Les partisans du feu roi Henri III, conduits par François Bouquier, capitaine de l'armée royale, prirent le dessus, Casaulx put s'enfuir et se réfugier à Aix, sous les jupes de la comtesse de Sault, mais Dariès et Boniface furent pris, promptement jugés et exécutés.

— S'il vous plaît, cher Pierre, rassurez-moi : mon père n'était en rien mêlé à tout cela, n'est-ce pas ?

---

[53] *Caseto* : chapelle. Leur nom complet était Pénitents noirs de la décollation de saint Jean-Baptiste. Ils se réunissaient au couvent de l'Observance tout proche de l'actuelle Vieille-Charité.

[54] Lisez : les protestants.

— Point ! Monsieur de Cervières n'était d'aucun parti. C'était un homme tolérant. Ceux-là, les enragés les appellent avec mépris des *bigarrats*[55] parce qu'ils refusent de dresser une faction ou une religion l'une contre l'autre et n'ont d'autre souci que de s'occuper de leurs affaires. Pourtant, c'est bien en raison du climat d'intolérance qui régnait sur Marseille que monsieur votre père est mort. Quelqu'un l'aura désigné à la vindicte des ligueurs.

— Mais pourquoi, dans quelle occasion ?

— Monsieur votre père était venu de La Ciéutat à Marseille pour quelques jours, assister au déchargement de marchandises arrivant de Barbarie sur un navire barbaresque.

— De Barbarie ? s'étonna Thibault. Je croyais les relations rompues en raison du piratage incessant des corsaires algérois.

Arpelin sourit dans sa barbe :

— Marseille a toujours su trouver des arrangements dès qu'il s'agit de ses intérêts commerciaux. Les Barbaresques étaient fort bien accueillis dans notre port. Des accords particuliers avaient été signés avec le bey. Les Algérois n'attaquaient pas les navires marseillais…

Le précepteur nuança :

— Enfin, pas tous… Donc, le trafic, quoique moindre, persistait. C'est la raison de la présence de monsieur votre père à Marseille, ces jours-là.

— Et comment y trouva-t-il la mort ?

Arpelin réfléchit.

— Pour plus de clarté, il me faut vous parler de ce qui s'est passé durant le coup de force manqué de Dariès. Le groupe de rebelles qui s'était emparé du fort de Notre-Dame de La Garde, mal défendu, pour dominer Marseille avec ses canons, fit assassiner Jean Boniface, trésorier général des Finances, et Jacques Chieusse, chefs reconnus de la communauté huguenote. Dès le lendemain, 11 avril, La Motte Dariès donna l'ordre que

[55] Les « mélangés ».

chacun de son parti portât une croix blanche au chapeau et que chaque porte de maison où des huguenots seraient soupçonnés d'être cachés fût signalée par une croix blanche. Et la chasse commença à travers la ville…

Thibault blêmit :

— Une croix blanche avez-vous dit ? Mais, j'en ai vu une aux trois quarts effacée sur la porte de la maison de commerce de la rue de Lorette !

— Je ne le sais que trop, mon cher Thibault. Je l'ai vue, moi, encore fraîchement tracée, quand nous sommes venus à Marseille recueillir la dépouille de monsieur de Cervières avec Arnaud, le valet, et Cyprien, le jardinier de monsieur votre père. J'ai alors compris ce qui avait pu se passer.

— Tudieu ! jura le chevalier. Mais mon père n'était point de la Religion !

Arpelin répliqua, désolé :

— Il suffisait qu'on le crût !

— Vous voulez dire qu'on l'aurait…

— Dénoncé comme huguenot ? Que penser d'autre par les temps de violence aveuglée de passions religieuses que nous vivons ? Je vous l'ai dit : cette question de foi disputée n'est que trop souvent un prétexte sous lequel on cache d'ignobles desseins. Le trésorier Jean Boniface a été assassiné par une troupe de soldats conduite par son propre frère, Claude, « sous prétexte de religion prétendument réformée ». Jusqu'à ce qu'on soupçonne l'affreuse vérité : pour le frère assassin, une question d'héritage. Soixante mille écus, a-t-on dit à l'époque.

— Seigneur ! s'écria Thibault devenu pâle. Si cela est, mon malheureux père aura fait l'objet de la même vilenie ! Dans ce cas, je crois connaître le nom de son assassin ou de celui qui aurait armé son bras. Seriez-vous de mon avis ?

Pierre Arpelin ne répondit pas directement à la question. Mais le chevalier crut lire dans ses traits et son regard comme une approbation muette.

19

Une leçon particulière

En deux longues soirées Pierre Arpelin dressa pour Thibault le tableau le plus fidèle des événements qui avaient marqué au fer rouge l'ultime décennie de la longue histoire de Marseille. Il avait expliqué comment, au prétexte de défendre une religion et d'en combattre une autre, on en était venu à un état permanent de guerre civile. Pour qualifier le pouvoir en place, Arpelin n'avait pas hésité à employer le mot de dictature. Charles de Casaulx et Loys d'Aix avaient foulé aux pieds les antiques règlements municipaux stipulant que chaque année, à la Saint-Simon[56], le poste de Premier consul changeât de titulaire par tirage au sort, avec interdiction au sortant de se représenter durant cinq ans. Il en allait de même pour la fonction de Viguier, le jour des Saints-Innocents[57]. Faisant table rase des traditions politiques, les *Duumvirs* n'étaient plus élus par le *Règlement du sort*[58] mais

[56] 28 octobre.

[57] 28 décembre.

[58] On plaçait dans une urne les noms des conseillers à élire et une main innocente – celle d'un enfant – en tirait au hasard les noms du Premier consul,

reconduits chaque année par des conseillers aux ordres dans une parodie d'élection comme si cette ville et son port était leur bien propre. Le bas peuple des ruelles du vieux quartier – gens à tout faire qu'on est sûr de rallier dans les convulsions de la populace – se tenait derrière eux pour refuser de restituer Marseille à quiconque, princes et rois, gouverneurs ou condottieres.

Casaulx et d'Aix, affamés d'ambition, revenaient en maîtres absolus d'une cité d'où on les avait naguère bannis. L'arrestation de masse devenait un instrument de terreur et les prisons s'étaient remplies de ceux qui avaient osé résister. Les autres, s'ils n'avaient pas eu la prudence d'émigrer, avaient été impunément assassinés par des bandes de spadassins qui tenaient la rue dans une atmosphère de répression permanente entretenue par le sang, le meurtre, la violence.

*

En deux jours, grâce à son ancien précepteur, Thibault avait comblé des années d'ignorance.

Avant de reprendre la route vers Marseille, il alla se recueillir sur la tombe du vieux village de Saint-Marcel où désormais Anne et Paul de Cervières reposaient côte à côte pour l'éternité, leur promettant d'être digne d'eux.

Le plus pressé maintenant était, de retour à Marseille, d'obtenir audience de la prieure du couvent Notre-Dame-de-Sion, évoqué par Pierre Arpelin, en priant le Ciel que Claire, la petite sœur chérie, y fût encore accueillie ou pour le moins qu'on pût savoir ce qu'il était advenu d'elle.

Tant il est vrai que ne pas connaître le devenir d'un être aimé est pire souffrance qu'apprendre l'issue tragique de sa vie.

---

de ses deux adjoints et de l'assesseur, porte-parole officiel et conseiller juridique. Il arrivait souvent que le « hasard » fît bien les choses…

20

Charité mal ordonnée

— Je n'ai aucune raison de douter de votre bonne foi, monsieur, mais les devoirs de ma charge m'obligent à la plus grande discrétion. Je faillirais à ma mission si je communiquais à tout venant sur la vie de notre couvent.

Ayant dit cela, le visage sévère de mère Marguerite-Marie du Saint Nom de Jésus, prieure du couvent des religieuses de Notre-Dame de Sion, se ferma. Installée derrière la grande table du parloir, le buste droit, ses grandes mains osseuses posées à plat sur le bois ciré, elle dominait le visiteur assis sur un siège plus bas que son fauteuil à haut dossier.

Par la fenêtre géminée de la salle nue du parloir, Thibault apercevait la façade sud de l'église Saint-Martin dans l'ombre immense de laquelle le couvent était venu se blottir après avoir fui un terroir dévasté par les guerres.

— Mais, ma mère, il ne s'agit point là d'un secret. Je vous demande seulement si ma jeune sœur Claire…

— Veuillez ne point insister, monsieur. C'est monsieur de

Cervières qui nous a confié jadis sa fille Claire, lui seul serait en droit de nous demander des comptes.

— Ma mère, je vous l'ai dit, monsieur de Cervières est mort, comment pourrait-on lui demander…

Les traits de la religieuse se crispaient toujours plus. Elle évitait de regarder le chevalier en face :

— Veuillez vous rapprocher de votre famille, monsieur. Je ne suis pas autorisée à communiquer sur notre communauté avec un visiteur s'il ne fait point partie de la proche parentèle de nos sœurs, ou s'il ne s'agit pas d'une personne sous la tutelle de qui elle se trouve. Je n'ai aucune preuve que vous répondiez à ces critères.

Sans élever la voix, sous le voile funèbre qui ceignait sa tête baissée, mère Marguerite-Marie, née Olinde de Tourves, opposait son front têtu aux demandes de Thibault avec des arguments débités comme une litanie. Le chevalier devait attendre la fin d'une tirade pour reprendre un semblant de dialogue :

— Ma sœur Claire est, comme moi-même, orpheline de nos parents, donc sous tutelle. Celle-ci avait-elle été confiée à monsieur de Mallemort à la mort de monsieur de Cervières ?

— Monsieur, je vous le répète : voyez cela avec monsieur de Mallemort.

— Et moi, ma mère, je vous répète que monsieur de Mallemort refuse de me reconnaître comme son parent, pourquoi consentirait-il à m'éclairer sur le sort de ma jeune sœur ?

— De quel droit pourrais-je le faire à sa place ?

— De quel droit, dites-vous, ma mère ? Du droit à la charité. Du droit à la compassion. Votre foi s'incarne dans l'amour du prochain. Ne vous fait-elle pas devoir de vous pencher sur sa souffrance pour la soulager ?

L'argument sembla faire vaciller un bref instant le regard gris de la religieuse. On sentait qu'elle eût préféré un affrontement plus direct, dont son caractère se fût accommodé. La détresse du visiteur avait failli l'attendrir, mais elle se reprit bientôt :

— Vous raisonnez bien, monsieur. Mais cela ne suffit pas à constituer une assurance sur la pureté de vos intentions. Au contraire, elles me semblent relever de la pratique de ceux que dans le monde séculier l'on nomme « les beaux parleurs ».

Thibault sentait sourdre en lui une colère qu'il tentait de contenir. Il s'efforçait à ne pas élever le ton :

— Ma mère, insinueriez-vous que je cherche à tromper votre confiance ?

Le visage de la religieuse restait indéchiffrable.

— Monsieur, j'exprime seulement qu'il m'est difficile d'accorder foi aux propos de quelqu'un qui me conte une histoire – émouvante certes – mais à laquelle, faute de preuves écrites ou de témoignages incontestables, je ne peux me fier sans faire montre d'imprudence.

On aurait juré la réplique soufflée par Mallemort.

— Où voyez-vous un risque, ma mère ?

— Qui me prouve que vous êtes tel que vous prétendez être ?

— Ma parole de gentilhomme devrait vous suffire.

— Monsieur, détrompez-vous, elle ne me suffit point. Dans nos monastères, l'état religieux est le plus souvent embrassé par des postulantes dont la vocation est incontestable. Mais – hélas ! – aussi par des jeunes filles auxquelles le couvent est imposé par des parents moins attentifs à l'appel du Seigneur qu'à des considérations patrimoniales. Ces dernières, souvent inspirées par le Malin, font preuve d'une étonnante imagination pour faire ouvrir les barreaux de ce qu'elles prétendent être une cage où on les aurait enfermées.

— Autrement dit, je serais le suborneur venu offrir à mademoiselle de Cervières la clé de sa liberté ? Dites-le plus clairement, ma mère, si c'est le fond de votre pensée !

Mère Marguerite-Marie n'eut rien à répliquer. Thibault poussa sa botte :

— Ma mère, pouvez-vous au moins me dire si mademoiselle de Cervières est présentement encore dans les murs de ce couvent ? Et si oui, m'autoriseriez-vous à lui parler un bref instant ? Au cas où elle me raviserait, vos doutes sur mes intentions, comme sur mon identité, se dissiperaient aussitôt.

À l'instant où il disait ces mots, le cœur de Thibault se serrait. Claire se souviendrait-elle de ce grand frère qu'elle n'avait plus revu depuis ses sept ans ?

La religieuse demeurait muette et donnait l'air de quelqu'un qui tergiverse ne sachant comment se tirer d'embarras.

Enfin, au bout d'un interminable silence, elle dit :

— Monsieur, je vais, par exception, enfreindre la règle. En vous disant que sœur Madeleine de la Croix – c'était le nom en religion que s'était choisi mademoiselle de Cervières – n'est plus parmi nous depuis deux années.

Thibault se méprit sur le sens ambigu de ces paroles :

— Voudriez-vous dire par là que Claire de Cervières ne serait plus de ce monde ?

— Je vous dis seulement – et cela est beaucoup – que sœur Madeleine de la Croix a quitté le couvent.

— De sa propre volonté ?

— Elle n'en avait aucunement le droit, vous le savez.

— Certes. On sera donc venu la chercher. Qui, ma mère ? Dites-moi qui, pour l'amour de Dieu !

— Monsieur, n'insistez pas, je n'en dirai pas plus et n'ai que trop parlé. Veuillez vous retirer à présent.

La discussion n'aurait pas d'issue. Thibault se dressa.

La prieure parut soulagée :

— Le Ciel m'est témoin : j'ai fait mon possible pour éclairer vos interrogations. Je suis l'humble servante du Seigneur et non point l'aide du bourreau.

Thibault sentit toute sa colère contenue le submerger d'un coup, un pli amer à la bouche il ne se tint plus :

— Ma révérende mère, cessez de me prendre pour un coquebin. J'ignore encore les réels motifs du jeu cruel auquel vous vous livrez, mais je pense les deviner. Je ne doute point qu'on vous ait indiqué la conduite à tenir face à ma démarche. J'ignore quel bénéfice vous en tirez, mais il doit y en avoir un. Dussé-je remuer ciel et terre, je saurai la vérité. En attendant, je fais confiance à Celui qui nous jugera tous un jour pour vous en demander compte, le temps venu. Et à celui dont vous êtes de connivence.

La prieure le prit de haut :

— Monsieur, vous m'offensez. Sortez incontinent !

Elle s'était levée à son tour.

Cette vieille corneille entêtée n'en démordrait pas. Fallait-il lui mettre une dague sous la gorge à elle aussi, pour voir s'inscrire enfin sur ses traits momifiés un peu d'humanité ?

Thibault prit congé d'une brève inclinaison du buste et tourna les talons. Il entendit la voix sèche dans son dos :

— Soyez assuré que je prierai le Seigneur pour vous.

Se retournant, le chevalier masqua sa colère sous l'ironie :

— N'allez pas user votre salive pour rien, ma mère.

Il fit un pas vers la prieure qui recula d'autant, comme si elle craignait une agression. Thibault détacha les mots :

— C'est moi qui vais Le prier afin qu'Il ait pitié de vous au jour du Jugement dernier, quand viendra le tour des cœurs secs d'être pesés.

Le chevalier claqua la porte du couvent d'un geste rageur. Son esprit bouillonnait de pensées confuses. « Cette harpie est de mèche avec Mallemort. J'ai failli l'embrocher. Mais j'ai confiance : le diable s'en chargera un jour pour moi. »

Il traversa à grandes enjambées la petite place de Lorette.

Devant la chapelle, une jeune femme immobile, la tête couverte d'une large capuche, enveloppée dans un grand manteau sombre, accompagnée d'un laquais armé d'une canne plombée qui devait lui servir de garde du corps, semblait attendre ou guetter quelqu'un.

En arrivant à leur hauteur, Thibault, levant les yeux, croisa le regard de la jeune femme et, contemplant son visage plein de fraîcheur, encore troublé par la scène pénible qu'il venait de vivre, il lui vient en tête une idée folle qui le déchira : « Et dire que ça pourrait être Claire ! »

Il accéléra sa marche, se traitant d'insensé, mais ne put s'empêcher de se retourner. La jeune femme et son valet s'éloignaient en direction opposée. Thibault, à l'arrêt, songeur, contempla longuement la frêle silhouette qui s'amenuisait.

« Saurai-je jamais à quoi, à qui ma petite sœur ressemble ? »

À peine le chevalier avait-il franchi la porte du couvent Notre-Dame-de-Sion que la plume de la prieure crissait déjà sur le vélin :

Monsieur,

J'ai reçu la personne dont vous m'aviez prévenue de la visite. Pour mes réponses, j'ai argué à la lettre ce dont nous étions convenus.

Je profite de la présente pour vous renouveler les sentiments de reconnaissance que forme notre communauté à votre endroit, pour avoir si généreusement contribué aux travaux de réfection de la toiture de notre chapelle.

Ainsi pouvons-nous continuer à prier pour vous à l'abri des intempéries.

Je demeure, Monsieur, votre humble et dévouée servante.

Mère Marguerite-Marie fit appeler la sœur tourière près avoir cacheté la feuille.

— Ma sœur, veuillez faire porter ceci par Thomas, au patron Lazarin dont la barque part pour La Ciéutat demain à la première heure. Le nom et l'adresse sont sur le pli.

21

La guerre « de tous costés »

De retour à l'hôtel de Remezan, où Simon Danzer l'avait recueilli, Thibault ne trouva pas l'ancien *raïs* en son logis. Une domesticité nombreuse, composée par moitié de serviteurs arabes – ramenés d'Alger par le capitaine du *Leeuwen* – et de valets ou servantes recrutés sur place, donnait à la noblesse des lieux une atmosphère bigarrée. On croisait dans les couloirs et les communs des serviteurs coiffés de turbans, vêtus de djellabas, et des servantes en jupe d'indienne provençale, un blanc bonnet de dentelle noué sous le menton. Ce corsaire avait un train de vie de prince. Cela en disait long sur le butin amassé durant ses innombrables courses dans une Méditerranée dont il avait écumé toutes les vagues, de Barcelone à Istanbul, de Gênes à Alexandrie.

La pluie d'or que Danzer avait fait tomber sans compter sur la tête du chevalier pour le récompenser d'avoir sauvé la vie de Noor avait mis Thibault à l'abri du besoin pour longtemps. Pourtant, le gentilhomme songeait qu'être entretenu dans un rapport d'obligé à bienfaiteur était une autre sorte de servitude.

Il lui tardait de retrouver son indépendance, en même temps que son honneur, son rang et les biens de son héritage que l'infâme Mallemort s'était appropriés sans vergogne.

Il urgeait de déposer une double plainte auprès d'une cour de justice pour dénoncer la spoliation et le négociant lui-même comme l'homme qui avait désigné Paul de Cervières au couteau de ses assassins.

Mais auparavant, Thibault devait annoncer à Danzer son désir de quitter l'hôtel de Remezan et trouver un logis qui lui redonnât son libre arbitre.

La susceptible générosité du corsaire s'offusquerait-elle de voir celui qu'il traitait d'« ami et protégé » prendre ses distances ? Le chevalier décida d'affronter sans tarder la réponse et demanda à Jamil – le serviteur personnel de Danzer – enturbanné de blanc et vêtu d'un large pantalon rouge bouffant à la manière des mameluks, d'annoncer sa visite à son maître. Le domestique lui expliqua que Simon *raïs* se trouvait présentement à *Plafourmigui.*

Ce nom aux consonances exotiques ne surprit pas longtemps le chevalier, né à Marseille et familier de la toponymie de son port. Il déduisit de cette appellation inédite que Danzer devait se trouver au plan Fourmiguier[59], où se dressaient les bâtiments de l'arsenal, en fond de port.

Thibault se souvint de ce que lui avait dit le corsaire : le *Leeuwen* devait subir quelques « retouches », afin de le rendre moins agressif à l'œil des capitaines-marchands qui auraient déjà croisé son inquiétante silhouette, et surtout moins reconnaissable à l'approche : plus de bastingage noir ni de coque rouge sang. Des lions apaisés à la proue et les sabords rutilants des canons estompés par la même couleur naturelle que la coque, afin de ne dévoiler leur présence qu'au dernier moment et donner au voilier – rebaptisé *Les Deux Lions* – l'aspect le plus rapproché de celui d'un navire marchand.

[59] Sur l'emplacement actuel du Quai de la Fraternité.

Après avoir troqué sa tenue de cavalier contre le pourpoint gris et les chausses du gentilhomme, Thibault, quittant l'hôtel de Remezan, prit à gauche la rue des Olives pour rejoindre la rue de la Guirlande et, par là, gagner le Quai de la Ville. Il n'avait pas fait trois pas qu'il tomba en arrêt devant la haute façade d'un hôtel particulier de deux étages sous combles, percés de fenêtres à meneaux, devant la porte duquel deux arquebusiers montaient la garde. Une maison de six mille écus pour le moins. Au-dessus de la porte d'entrée, à l'emplacement de la clé de voûte, se détachaient, sous la forme d'un blason en terre émaillée, les armes du propriétaire : « D'or à une bande d'azur chargée de trois étoiles d'argent ». Au droit de la pierre d'angle du bâtiment, on pouvait lire sur une plaque de marbre clair cette étonnante épitaphe :

Lorsque Bourbon[60] *faisait la guerre à Guise*[61]
L'un pour l'Estat et l'autre pour l'Église
Et que de tous costés la France était ravie
Par Charles de Casaulx je fus icy bastie.

Le quatrain disait tout de la morgue du maître de la cité. Non seulement il se dressait – seul ou presque – contre le reste du royaume et les princes étrangers – Charles-Emmanuel de Savoie, Ferdinand de Toscane – prêts à mettre la main sur Marseille, mais encore – en recourant à l'imparfait – prétendait-il que la guerre appartenait au passé.

Donc qu'il l'avait gagnée !

La formulation révélait l'orgueil du personnage, et son refus de la réalité…

Car elle était bien là, la guerre, et « de tous costés » !

---

[60] Henri IV, né Henri de Bourbon, roi de Navarre.

[61] Charles de Lorraine, duc de Mayenne, chef de la Ligue catholique, était le frère cadet du duc de Guise, assassiné sur ordre d'Henri III.

Sous prétexte de remettre au roi Henri les villes provençales encore acquises à la Ligue, le duc d'Épernon, gouverneur de Provence, et ses mercenaires gascons assaillaient villes et villages, pillaient, rançonnaient, violaient, déportaient et ravageaient le terroir. Féroce exécuteur d'ordres sanguinaires, massacreur au hasard, le duc était réputé pour sa cruauté envers les garnisons vaincues qu'il faisait pendre ou expédier aux galères à Toulon après avoir rançonné les habitants. Sa barbarie était devenue proverbiale. Si bien que pour désigner un événement épouvantable on disait en Provence : *A fa maï de màu de Pernoun* (« Ça a fait plus de mal que d'Épernon. »).

Méfiant, Charles de Casaulx avait fait jeter à bas les bastides jugées trop proches des remparts de Marseille, de crainte qu'elles n'abritent des soldats prêts à les prendre d'assaut. De même le Premier consul avait-il interdit aux Marseillais toute relation avec les gens d'Aix sous peine d'une amende de cinq cents écus, et ordonné la pendaison de tout Aixois qu'on prendrait à rôder dans les rues de Marseille.

Ce qui n'avait pas détourné d'Épernon dans son idée fixe de vouloir être le premier à entrer dans la ville rebelle là où, avant lui, le duc de Savoie avait si piteusement échoué. Il en voulait particulièrement à cette cité qui – affirmait-il – l'avait offensé, en s'abstenant de lui envoyer aucune délégation pour le saluer lors de son entrée en Provence comme gouverneur en 1589.

Tout récemment encore, en pleine nuit, il était venu s'embusquer avec quatre mille arquebusiers et mille cavaliers dans un ravin proche de la porte d'Aix seulement gardée par vingt-cinq miliciens. Mais le Ciel était du côté des *Duumvirs.*

Avant l'assaut, une manipulation hasardeuse des barils de poudre à la lueur des lanternes avait provoqué une énorme explosion, semant cinquante morts parmi les assaillants, tandis que les brûlés et les aveugles par centaines s'enfuyaient au hasard, devant les troupes de Casaulx lancées à leur poursuite pour les massacrer. L'incident était resté dans la mémoire collective comme « la nuit des brûlatz ».

D'Épernon, en s'éloignant de la ville convoitée, était allé chercher réconfort en massacrant les gens de Roquevaire qui s'étaient révoltés sur ses arrières après avoir été pillés une première fois par ses soudards gascons.

Malheureux paysans provençaux ! songeait Thibault, pris entre les mâchoires d'un monstre à deux têtes dont ils payaient le féroce appétit ! Récoltes perdues, troupeaux décimés ou volés, mas incendiés, femmes et filles déshonorées, il ne leur restait que les yeux pour pleurer. Le Dieu dont tous les partis se réclament les avait abandonnés…

Cette guerre civile, que Casaulx mettait impudemment au passé, pareille à la peste s'était aussi infiltrée à l'intérieur des remparts.

Quand le chevalier arriva sur la place Neuve[62], il en eut une nouvelle preuve. Son œil fut attiré par un attroupement bruissant au pied d'un des immeubles face au Quai de la Ville. Des gens de peu, artisans voisins, cordiers, maréchaux-ferrants, marchands d'épices, domestiques et servantes, mêlés à quelques bourgeois, discutaient ferme et parlaient tous à la fois en désignant quelque chose qu'ils masquaient à la vue de Thibault, paraissant gésir sur le pavé. En s'approchant, le chevalier aperçut les corps de quatre hommes vêtus comme des soldats de fortune d'uniformes dépareillés, dont l'état laissait penser qu'ils étaient tombés d'un toit ou d'un étage. Il n'y avait qu'à prêter l'oreille : l'événement datait de la veille et concernait les *Duumvirs*.

Thibault apprit que, comme chaque soir, entourés d'une garde de vingt-cinq mousquetaires, après avoir visité les bastions de la porte Réale, Charles de Casaulx et Loys d'Aix revenaient de leur habituelle inspection en direction de la place Neuve, quand un

[62] Aujourd'hui place Victor-Gelu.

agent du Premier consul était venu l'alerter. Quatre hommes arrivés d'Aix s'étaient embusqués dans les étages de la maison d'un ami de Porcin, un *bigarrat* banni par Casaulx, qui se tenait prêt – non loin de là – à proclamer le pouvoir royal. Armés d'arquebuses, les conspirateurs guettaient le passage des *Duumvirs* avec l'intention de les fusiller.

Casaulx n'avait laissé quiconque affronter à sa place le feu des tireurs à l'affût. À la tête de ses sbires, il était monté les déloger, les avait fait massacrer et avait fait défenestrer leurs cadavres. On avait laissé là leurs dépouilles. Voilà pourquoi elles gisaient encore ce matin sur le pavé de la place Neuve…

Manière de dire : à bon entendeur, salut !

22

Rendez-vous à l'arsenal

Sur le plan Fourmiguier, dans les darses de l'arsenal, les mâts du *Leeuwen* dominaient tous les autres. Thibault n'eut aucun mal à le repérer bien que le grand voilier fût fortement penché sur son bâbord : des calfats s'affairaient à étanchéifier le bordé. Un bordé qu'une dizaine de compagnons menuisiers, perchés sur des échafaudages précaires, faisaient passer du sang de bœuf à la couleur naturelle du bois à grands coups de racloirs, tandis que d'autres calligraphiaient en lettres gothiques dorées le nouveau nom du navire : *Les Deux Lions.* Deux galériens s'occupaient à ôter des figures léonines sculptées de la proue les couleurs agressives dont avaient été affublés les lions des Flandres à l'origine.

Au pied du voilier, Danzer, de dos, discutait avec Domergue Vivaud, le maistre de hache[63], et ses compagnons, Jean Doris et Christophe Duchon, à qui il donnait ses ordres au sujet des vergues de misaine abîmées au cours d'un abordage récent.

---

[63] Maître charpentier d'un vaisseau, ancêtre de l'architecte naval.

Au bruit des bottes de Thibault, le corsaire se retourna et, avant que le chevalier ait pu l'esquiver, il le gratifia d'une accolade à étouffer un boa constrictor :

— Où donc étais-tu passé ? Voilà deux jours que j'écume tavernes et lieux de débauche. Ramefort et Bardolfo ont fouillé jusqu'aux lits de la moindre des gueuses sans parvenir à t'y dénicher. Nous commencions à être en souci, craignant pour toi quelque fortune de terre. Il rôde dans les rues des pendards à mine farouche qui se fâchent pour un rien, et, à roder dans Marseille, on risque plus une pistolade qu'une averse de patacs[64] sur la tête.

— Ce qu'on risque le plus, expliqua le maistre de hache en regardant la tenue du chevalier, c'est de salir son beau pourpoint en recevant un colis d'ordures lancé d'une fenêtre. Quand ce n'est pas autre chose de plus fâcheux encore lorsque tombe la pluie.

— Que voulez-vous dire ? demandèrent en chœur Thibault et Danzer.

— On voit bien que vous n'êtes pas d'ici, dit Domergue Vivaud.

Il expliqua :

— Pour supprimer les *pàtis*[65] infects qui parsèment la ville, où tout le quartier se soulage en déshonorant les rues, Charles de Casaulx a ordonné que chaque maison ait sa fosse d'aisance à l'intérieur, sous peine d'avoir à payer trois livres.

— Et alors ?

— On attend encore la première.

— Comment font donc les Marseillais ? demanda Thibault que cette histoire intriguait.

---

[64] Monnaie frappée à Marseille sous le « règne » de Charles de Casaulx. Elle valait 4 deniers.

[65] En provençal, le mot désigne un tas de fumier. Mais le sens s'étendait aux cloaques publics.

Vivaud dit comme une évidence :

— Ne pouvant plus chier dans les rues, ils vont faire sur les toits.[66]

L'air ahuri du chevalier amusa le charpentier.

Le rire homérique de Danzer retentit, faisant se retourner les ouvriers à l'ouvrage. Cette pratique barbare n'était pas pour choquer un corsaire de sa trempe. Il ajouta son commentaire :

— C'est pour cette raison, chevalier, que par mauvais temps mieux vaudra pour ta tournure, quitte à souiller tes belles bottes, marcher au milieu de la rue où coule le *barquièu*, car sauf votre respect, mon gentilhomme, il pleut de la merde à Marseille !

Le corsaire avait saisi Thibault aux épaules dans un geste aussi brutal qu'affectueux et reculé le buste pour mieux détailler l'arrivant de pied en cap, d'un œil habitué à juger les hommes sur leur mine.

— Ton allure me rassure. On ne croirait pas que voici quinze jours à peine on t'appelait encore *Al-Gawri*, de l'autre côté. À quoi bon m'être mis en peine de toi en remuant la moitié de la ville ?

Thibault fut gagné par la bonne humeur du marin :

— Tu aurais pu remuer l'autre moitié, c'eût été en pure perte, j'avais quitté Marseille.

Danzer cligna de l'œil.

— Hmmm ! Je sens là-derrière une histoire de femme ! Elle a eu la patience de t'attendre, ta Pénélope ?

Le chevalier narra en quelques phrases sobres les événements vécus durant ses deux jours d'absence et sa déconvenue lors de ses démarches auprès de Mallemort et de la prieure de Notre-Dame-de-Sion.

Quand il eut achevé son récit, Danzer, homme de décisions promptes, proposa :

---

[66] Pratique attestée par les témoignages de plusieurs voyageurs étrangers – notamment le Suisse Thomas Platter – ayant séjourné à Marseille.

— Nous partons pour La Ciéutat, nous pendons ton ruffian d'oncle par les pieds et le secouons un aussi long temps que nécessaire pour que tombe des poches de son habit tout ce qu'il t'a volé. Cela fait, nous louons une barque, gagnons le large et le donnons à manger aux poissons. Un bon coup de rame sur le crâne réglera la question. Que t'en semble ?

Thibault hocha la tête, mi-amusé, mi-soucieux.

— Je reconnais là ta nature un peu vive, Danzer, mais je préfère agir dans les règles. Tu ignores encore beaucoup de choses. Il y a plus important que des questions d'argent. Je ne sais rien du sort de ma jeune sœur, Claire. Seul ce misérable pourrait nous en dire, mais ce n'est pas en le pendant par les pieds…

Le corsaire comprenait vite :

— Tu as raison. Ne le tuons pas tout de suite. On le fera plus tard, au calme. Pour le moment, ne restons pas là à discuter sans boire. Viens donc avec moi dans la masure que Charles de Casaulx m'a prêtée et tu me raconteras tout cela.

23

À la recherche d'un fantôme

— Si je la croisais dans une rue, je serais incapable de la reconnaître ! Comprends-tu ça ? Claire avait sept ans à peine, l'ultime fois que je la vis. Comment la retrouver si personne ne m'indique une trace ? Si elle est en vie, c'est aujourd'hui une femme de dix-huit ans. Peut-être, mariée, ne porte-t-elle plus le nom de Cervières et les gens la connaissent-ils sous son nom d'épouse…

Thibault, tête baissée, parlait les yeux perdus dans les arabesques du tapis de haute laine sur lequel reposait le talon de ses bottes.

Le corsaire et le chevalier étaient assis sur des fauteuils à haut dossier tapissés de velours amarante, devant une table basse aux pieds en balustre réunis par une entretoise chantournée, sur laquelle s'alignaient une ribambelle de flacons de formes diverses.

— Si elle est en vie… répéta Thibault avec tristesse, en hochant la tête. Peut-être suis-je à la recherche d'un fantôme. Tant de choses se sont passées en onze années !

Simon Danzer ne disait rien. Pensif, il fourrageait dans la broussaille de sa barbe de feu.

— Tu ne connais donc plus personne à Marseille qui puisse t'apporter quelque certitude ?

— Hélas, je crains que non. J'ai passé l'essentiel de mes jeunes années dans la bastide familiale de Saint-Marcel. Puis, entre quinze et dix-huit ans, j'appris le métier des armes en Languedoc, dans les régiments du baron de Jacou qui servait le connétable de Montmorency. Je ne suis revenu à Marseille que le temps de partir en hâte pour Malte, à bord du *Saint Bonaventure*, nolisé par mon père. Tu connais mieux que personne quel fut le sort de ce navire et le mien.

Danzer plaisanta, façon pour lui de dissiper la mélancolie qu'il lisait sur les traits du chevalier :

— Pour une fois, je n'y étais pour rien !

Et il laissa éclater son grand rire.

— J'envie ta force de vie, dit Thibault.

— Allons ! répliqua Danzer, la tienne en vaut d'autres.

— Il me reste à le prouver.

— Ne dis donc pas cela. Tu en as déjà donné des preuves.

— Quand donc ?

— Pendant onze ans, en te battant contre le désespoir.

— Je n'étais pas l'esclave le plus à plaindre dans Alger.

— Tout de même, dit le corsaire. J'en connais qui ont crié grâce avant. Tu as refusé d'abjurer, cela aurait pu te coûter cher avec un autre qu'Al-Qasim. Et puis…

— Et puis ?

— Et puis, tu t'es battu avec la Mort. Et tu as gagné.

— Comment cela ?

— En rendant Noor à la vie.

— Allons donc ! Mieux vaut que tu le saches : ce n'est pas moi qui ai sauvé Noor, c'est Al-Qasim. J'aurais bien été incapable de…

Le corsaire lui coupa la parole :

— C'est bien de me l'avouer alors que rien ne t'y obligeait, mais ne te tourmente pas, je le savais.

— Que savais-tu ?

— Que tu n'avais pas fabriqué toi-même la drogue. C'est la science d'Al-Qasim qui a tiré Noor des bras de la Mort, je le sais depuis le début. Il me l'a dit. Tu n'as fait que donner le remède, mais il fallait une main sûre qu'Al-Qasim n'avait plus. Tu risquais gros et tu n'as pas tremblé. Si Noor était morte, tu savais que j'aurais pu t'en rendre responsable et te tuer. Bachir t'avait prévenu.

Thibault ironisa :

— Eh bien quoi ? Quel courage !

— Plus que tu ne penses.

— Ah, crois-tu ?

— Le courage, dit le corsaire, ce n'est pas brandir un sabre face à un adversaire désarmé ou canonner une nave marchande sans escorte. C'est regarder la Mort en face et ne pas baisser les yeux.

— Tu exagères, Danzer. C'était mon devoir de médecin que j'accomplissais. Rien d'héroïque à cela. Mais, dis-moi : pourquoi Al-Qasim a-t-il précisé devant toi qu'il avait lui-même fabriqué le remède et que je n'avais fait que le donner à Noor, alors qu'il a prétendu devant moi t'avoir dit le contraire ?

— Pour mieux négocier avec moi ton évasion. Quand je lui ai demandé ce qu'il voulait en récompense, il m'a simplement dit : « Rien pour moi, mais aide *Al-Gawri* à retourner dans son pays. » Il connaissait mon projet de m'installer à Marseille au service de ses consuls. En échange de la guérison de Noor, il m'a demandé de t'embarquer sur le *Leeuwen* pour ton retour vers la chrétienté. Pouvais-je refuser quoi que ce soit au sauveur de la perle de mes yeux ?

La surprise rendit Thibault muet. Danzer acheva :

— Pour toute gratification, Al-Qasim a exigé que l'or que je lui promettais te soit reversé. « *Al-Gawri* a tout perdu, m'a-t-il expliqué. Sa liberté, son pays, sa famille. Il aura plus besoin que moi de ton argent. » Tu comprends, maintenant ? C'est ton maître qui a organisé ta rédemption.

Le chevalier avait la gorge serrée. Un instant déçu à l'idée qu'Al-Qasim, par duplicité, se soit attribué tout le mérite de la guérison de Noor auprès de Danzer tandis qu'il jouait au généreux avec son disciple, il venait de comprendre… n'avoir rien compris ! Al-Qasim avait tout au contraire sacrifié son intérêt pour rendre à son esclave sa liberté.

« Le vieux sage connaissait aussi bien le corps que le cœur des hommes, songea Thibault. Il savait qu'en me révélant sa tractation avec Danzer, par fierté, j'aurais refusé d'en être le bénéficiaire. »

Pour la première fois depuis onze ans, le chevalier regretta de ne pas se trouver de l'autre côté de la mer pour se jeter aux pieds du vieil homme et lui dire sa reconnaissance.

Il se mit à penser à voix haute :

— Et dire qu'il aurait pu consacrer ce tas d'or à son hôpital…

Danzer sourit dans sa barbe :

— Ne t'en soucie pas, j'en ai laissé aussi pour lui, sans demander son avis. Bachir avait mission de le lui remettre après mon départ. Je le lui ai fait promettre sur sa part de paradis. Si jamais il trahissait ma confiance, où que je sois je l'apprendrais et je reviendrais à Alger pour l'écorcher vif. Comme Bachir me prenait pour le diable, je suis certain qu'Al-Qasim est en train de faire agrandir son hôpital.

En écoutant Danzer, Thibault revoyait la frêle silhouette du vieux médecin arabe avec sa barbe blanche, dans sa simple djellaba vert émeraude et ce sourire de bonté qui réconfortait si bien les souffrants…

Son émoi augmenta quand il entendit le corsaire s'attendrir :

— Je me suis dit : pour qu'Al-Qasim renonce à une fortune et se sépare volontairement de toi, esclave devenu son disciple, il fallait que tu sois quelqu'un d'estimable. Il t'aimait comme un père. Un père qui m'a confié son fils, en quelque sorte. C'est la raison pour laquelle je te garde encore un peu auprès de moi. Dans le monde où tu viens de tomber, seul comme la feuille qui a quitté son arbre, tu as encore besoin d'un bras comme le mien pour apprendre à te défendre.

Un moment de silence s'installa autour de cette table garnie de tout le nécessaire pour chasser la plus noire des mélancolies. Danzer le brisa en désignant l'un des flacons :

— Encore une goutte ?

Thibault repoussa la proposition d'un geste :

— Fini ! Ton eau-de-vie de Cicilie[67] m'a mis les cervelles à l'envers.

— Pour changer de cap, un peu d'aguardiente de cana[68], alors ?

— Par la barbe de saint Pierre, s'écria Thibault, tu auras donc vidé toutes les caves du monde chrétien ?

Danzer hennit :

— Un bon nombre, il est vrai, mais pas celle-là. La cana ne pousse pas sous nos climats. On en trouve au Venezuela, qui est à Sa Majesté catholique. Celle-là en vient.

Il désigna le flacon ambré.

— Un capitan espagnol l'a livré à ma porte pour ainsi dire. Juste avant que je ne l'expédie chez Neptune.

Comme nombre d'aventuriers, Danzer ne détestait pas raconter ses exploits.

— Ils étaient trois et pensaient m'enserrer comme un rat dans la nasse au fond d'un golfe d'Aragon. Le *Leeuwen* les a rendus fous. L'un d'eux voulut nous voir de trop près, la tête lui a tourné, il s'est jeté sur un récif où il est resté planté. Sa cargaison est devenue mienne. C'est là que j'ai débusqué ce flacon et ses petits frères. Entre-temps, les deux autres Espagnols m'avaient tourné le dos sans demander leur reste.

---

[67] Sicile.

[68] Ancêtre du rhum.

En écoutant le corsaire vanter les mérites de sa cave après celle de son voilier, Thibault réfléchissait à la façon d'aborder la question qui le tourmentait depuis son retour et de confier ses scrupules. Ce que venait de lui révéler Danzer sur la conduite généreuse d'Al-Qasim lui en donnait l'occasion.

— Je suis un gentilhomme de petite noblesse, certes, mais dans le monde où j'ai vu le jour l'honneur compte plus que l'intérêt.

Danzer écoutait ce préambule les sourcils froncés.

— Où veux-tu en venir ?

— À ceci. Un gentilhomme ne peut accepter de vivre comme une favorite prospérant sur l'argent de son amant fortuné. Il met son épée au service de son roi ou son savoir au profit de ceux qui ont besoin de ses lumières. Mais il refuse l'état de parasite. Ces principes m'ont été inculqués par feu mon père qui détestait les assistés et les écornifleurs.

— De quoi parles-tu, à la fin ?

— De moi ! Je n'ai pas l'intention de vivre longtemps grâce à ton argent, d'autant que je ne l'ai pas mérité.

— Bah ! N'en parlons plus, dit Danzer qui en avait de reste.

— Au contraire, parlons-en. Dès que je le pourrai, je te rendrai ce qui me restera de celui que tu m'as donné.

La réflexion amusa le corsaire :

— Comment comptes-tu t'y prendre ?

La réponse du chevalier fut dite sans hésitation, preuve qu'il y avait réfléchi.

— En exerçant l'art qui m'a valu de mériter la bonté d'Al-Qasim… et de te connaître : dans cette ville de tempête où la pauvreté et la misère vous sautent à la gorge à chaque tournant de rue, ce n'est pas le labeur qui manquerait à celui qui a choisi d'être médecin.

— L'idée est généreuse, admit Danzer. Mais à soigner les pauvres tu vas tout juste gagner de quoi ne pas mourir de faim ! Avec quoi te paieront-ils ?

— Auprès d'Al-Qasim, j'ai appris à m'accomoder de peu, répliqua le chevalier. Et puis, tu m'as donné de quoi vivre plusieurs années sans me préoccuper de mon gagne-pain. Cela me permettra, comme l'on dit, de voir venir en attendant de récupérer mes biens d'héritage.

Danzer n'avait pas l'air convaincu :

— J'ai mieux à te suggérer. Sais-tu que Charles de Casaulx ne se contente pas de jeter ses ennemis par les fenêtres ? Il a réuni l'hôpital Saint-Jacques-de-Galice à celui du Saint-Esprit pour créer l'hôtel-Dieu qui sort de terre et grandit à deux pas d'ici depuis deux ans.

— Je sais, dit Thibault. Pierre Arpelin, mon ancien précepteur, m'a raconté que les ennemis du Premier consul se sont pris à dire « qu'ils faisaient bien de bâtir un grand hôpital, car ils s'apprêtaient à faire beaucoup de pauvres ».

Danzer insista :

— C'est là que tu devrais aller.

Le chevalier eut un geste de refus :

— J'aimerais me montrer capable de décider tout seul. Je veux garder ma liberté. J'ai trop longtemps dépendu de la volonté des autres. Je serai désormais mon propre maître.

Danzer s'offusqua :

— Allons, laisse-moi t'aider ! Cela ira plus vite et j'ai peu de temps.

Thibault s'entêta :

— Souviens-toi d'Al-Qasim : il aurait pu finir dans la peau du richissime médecin personnel du sultan. Il a préféré être le médecin des pauvres. C'est un exemple à suivre. La pauvreté du petit peuple marseillais vaut celle des petites gens de la casbah. On m'a dit que certains parmi les plus démunis en étaient à manger leurs chiens ou leurs chats. Des gens meurent de faim et de froid dans la rue. Et tu voudrais me voir enfermé dans ce bel hôtel, servi comme un pacha en tenant fenêtres closes pour ne pas entendre les cris des agonisants ?

— Comme tu voudras, céda le corsaire. Que tu veuilles être l'Al-Qasim marseillais est façon élégante de rendre hommage à celui qui t'a rendu à la liberté. N'oublie pourtant jamais que j'ai quelques relations dans la cité.

— Soyons clair, dit Thibault. C'est aux pauvres gens réduits à l'état de misère que je veux me consacrer. Mon épée, mon savoir, nulle question que je les misse au service de ceux qui s'affrontent autour de la dépouille du grand port de mon enfance, dont ils ont ruiné la prospérité, où ils règnent par la terreur, érigent l'intolérance en règle morale et agissent à la façon des brigands guettant le voyageur au coin du bois pour le voler.

Le corsaire grogna :

— Chevalier, si ce n'était toi qui les dises, je pourrais prendre ces paroles pour moi. Et les prendre de travers.

Thibault se mordit la lèvre. Il n'avait pas songé que le bois où Danzer guettait le voyageur c'était la mer. Le corsaire faisait sur l'eau ce que les bandes de détrousseurs faisaient sur terre, rendant le terroir marseillais plus dangereux chaque jour. Charles de Casaulx et Loys d'Aix ne l'avaient-ils pas chargé de rançonner les navires marchands étrangers pour leur compte et celui de Marseille transformée en camp retranché ? Il tenta de rattraper sa maladresse :

— Toi, ce n'est point la même chose. Tu ne prends pas prétexte de religion à défendre pour garder les gens en otages, piller leurs biens et leurs maisons. Avant de t'emparer d'une cargaison, tu ne brandis pas un crucifix. On sait à qui on a affaire.

La remarque fit rire le corsaire :

— Cela est certain : je manie mieux le sabre d'abordage que le goupillon. À l'eau bénite… je préfère l'aguardiente ! Quant à la religion, je ne penche pas plus pour Dieu que pour Allah ou Jéhovah. Et je me prosternerais devant Satan pour peu que sa cargaison m'intéresse !

— On disait pourtant que tu avais renié ta foi pour prendre celle des fils de Mahomet.

— Conversion de circonstance ! ricana Danzer, montrant ses dents de loup. La course n'a ni patrie, ni religion : c'est un métier. L'aventure, un moyen de vivre. D'ailleurs tu vas voir...

Le corsaire dressa sa haute taille et s'en alla prendre un document dans un meuble à tiroir faisant office de secrétaire.

Il tendit à Thibault un parchemin qui était sa lettre de marque portant commissions et instructions, sorte de contrat passé entre le corsaire et les consuls. Le chevalier le parcourut.

— Tu vois, dit Danzer, je suis comme l'architecte qui établit un *prix-fait*[69] pour celui qui lui commande de bâtir une maison. Tout est en règle et j'agis officiellement, grâce – c'est écrit ici – « au privilège de ladite ville de Marseille de se saisir les marchandises passant par la mer d'icelle ». Ah, je ne me lasse pas de lire cette phrase !

Thibault comprit que ces explications servaient au corsaire à démontrer qu'il n'avait rien d'un vulgaire détrousseur. Il était en mission.

Rendant le document, il approuva d'un signe de tête muet, façon de ne pas porter de jugement risquant de froisser la susceptibilité du « missionnaire ».

Il s'arma de courage pour aborder le second point dont il voulait discuter avec Danzer : son désir d'avoir un logis à lui dans Marseille et de pouvoir aller et venir à sa guise sans trop attirer l'attention. L'hôtel de Remezan, avec son luxe et son allure patricienne à proximité de l'hôtel de Casaulx, cette rue des Olives fréquentée en permanence par des conseillers, des gentilshommes du parti des consuls et des gens d'armes à leur service, n'étaient guère propices à la discrétion qu'il souhaitait. Il s'en ouvrit à Danzer.

— À mon tour de te demander un service, dit le corsaire, soudain grave. Va habiter où tu veux, avec qui tu veux, mais reste à portée de voix de cette demeure. Je lève l'ancre dans une

[69] Devis.

dizaine de jours et j'y laisse Noor. Je vais partir m'embouquer à la sortie du Rhône sur la mer, entre Agathé et Fos de Mar[70]. De là on voit jusqu'à Alger. Tout ce qui viendra d'Espagne ou d'Italie ne peut m'échapper. Mais j'ignore le temps qu'il me faudra pour ramener mes prises à Marseille. Durant mon absence, j'aimerais tu veilles particulièrement sur Noor. Sais-tu qu'elle ne parle toujours pas ? Elle n'a plus dit un mot depuis le jour où Bachir l'a trouvée dans le jardin de Bab-Djedid avec sa jambe tout enflée.

Le chevalier hocha la tête :

— Je sais. Mais souviens-toi qu'elle était pratiquement morte quand la science d'Al-Qasim l'a arrachée aux griffes de la Camarde. Le venin qui l'a terrassée a eu le temps d'entrer dans toutes les parties de son corps, charrié par le sang. Il est allé jusque dans sa tête. C'est la raison de son silence. Peut-être a-t-il aussi touché sa mémoire. Il faut patienter jusqu'à ce qu'il s'en aille.

Le corsaire serrait les poings pour qu'on ne voie pas ses mains trembler.

— Tu crois qu'elle parlera un jour, de nouveau ?

L'angoisse poignait cet homme qui pourtant ne craignait ni Dieu ni diable. Pour la première fois de sa vie, ce trompe-la-mort avait peur et n'avait pas d'armes pour terrasser un ennemi sans visage.

— Laisse faire le temps, Danzer. Elle a fait quelques progrès : elle s'alimente, ses jambes et ses bras ont retrouvé en partie leur usage. Soutenue par Meriem, elle parvient à faire deux ou trois pas. Gardons espoir : son esprit reviendra quand il aura chassé le venin.

Le corsaire regarda Thibault comme le naufragé une bouée passant à sa portée.

---

[70] Agde et Fos-sur-Mer.

— Elle est si fragile encore… Je n'ai confiance qu'en toi pour prendre en charge sa santé. D'autant que…

Thibault l'exhorta à poursuivre :

— Achève !

— Je crois qu'elle attend un enfant.

— N'aie crainte, je veillerai sur elle en m'installant à deux pas. Je viendrai la visiter chaque jour.

Au moment où Danzer allait répliquer quelque chose, on entendit, venant de la rue en direction de la place Vivaux[71] une série d'explosions et de coups de feu, suivis d'une grande clameur qui supposait un imposant rassemblement de peuple.

Les deux hommes bondirent d'un même élan.

---

[71] Aujourd'hui place Jules-Verne, à gauche de l'hôtel de ville.

24

L'Hérétique et sa putain

L'odeur de la poudre brûlée saturait l'air et prenait à la gorge. Mais les armes qui avaient tiré n'avaient tué ni blessé personne. L'attitude des arquebusiers l'attestait : ils les brandissaient vers le ciel, entourant trois personnages face à la foule, perchés sur des tréteaux comme des bateleurs à l'instant de la parade. Des feux de Bengale achevaient de se consumer.

La place Vivaux vibrait. Une houle sonore déferlait de la masse des gens agglutinés au pied de l'estrade. Une escouade de mousquetaires les tenait à distance respectable d'un grand feu allumé. Les cris se mêlaient aux injures et les poissardes, fortes en gueule et de hanches, ne laissaient en rien aux hommes le privilège de la vulgarité. Toute la lie de la ville semblait s'être rassemblée, surgie du réseau serré des ruelles de Saint-Jean et de Cavaillon ou descendue des hauteurs de la colline des Moulins pour répondre à l'appel des trois hommes dressés face à elle, debout sur ce podium fait de tréteaux dissimulés sous de lourdes tentures. Elles avaient dû être d'un bleu franc mais leur usage fréquent les avait délavées, froissées, maculées. Leurs franges dorées étaient par endroits décousues, sans que personne ait pris soin de leur redonner leur tenue.

À la populace débraillée aux odeurs fortes se mêlaient – reconnaissables à leurs tenues moins négligées – des bourgeois, marchands de toutes denrées, tenanciers d'auberges, artisans de tous savoir-faire. Ils n'étaient pas les derniers à manier l'invective.

Aux paroles énoncées d'une voix de stentor par l'un des trois hommes répondaient les clameurs de l'assistance au comble de l'excitation. Puis, l'orateur ramenait un instant le calme d'un geste ample du bras pour mieux orchestrer, par un lâcher de déclarations brèves, la reprise de nouvelles vociférations, accompagnées de poings levés, de bâtons haut brandis, d'injures lancées en direction de deux grands portraits en gravure représentant un homme et une femme de trois quarts se faisant face. Lui devait être un personnage d'importance, car il portait de riches habits sous un plastron d'armure, la poitrine barrée d'un large ruban auquel pendait une décoration. De loin, on n'en distinguait pas les détails. Son front était haut, dégagé, sa chevelure ondulée rassemblée à l'arrière du crâne, son nez busqué et proéminent, sa barbe frisée. La femme, vêtue d'une casaque sombre à manches courtes et bouffantes sur lesquelles se détachait un lourd collier de pierreries, portait une fraise tuyautée de belle dimension qui mettait en valeur son visage pâle à l'air hautain, surmonté d'une coiffure tout en hauteur. Les deux portraits étaient accrochés aux rebords des fenêtres du premier étage de l'immeuble servant de fond de scène à l'estrade.

L'homme qui parlait à l'instant où Thibault et Danzer arrivaient sur la place était à son habitude entièrement vêtu et coiffé de noir, chausses sur bottes de cuir et pourpoint boutonné haut ne laissant qu'une lisière blanche de son linge apparaître à la base du cou, comme s'il portait en permanence le deuil de ses ennemis. Son air était farouche, accentué par l'éclat de son regard sombre et la broussaille de sa courte barbe fournie. Le chevalier ne comprenait pas tous les mots de ce que le tribun disait à la foule. Il s'adressait à elle dans le parler propre au peuple de Marseille.

C'était Charles de Casaulx, Premier consul autoproclamé de Marseille.

On donnait à celui qui se tenait immobile et muet à sa droite trente-cinq ans environ. Il était court, trapu, vigoureux, avec des cheveux noirs qui descendaient jusqu'aux sourcils et une barbe noire couvrant le bas de son visage. Il portait un justaucorps en peau de buffle marron, des chausses sang de bœuf, de gros souliers montant au-dessus de la cheville, la taille serrée par un large ceinturon auquel pendait une épée dans sa gaine. L'homme était avare de mots en public comme en privé pour une raison essentielle. Suspecté d'avoir voulu attenter à la vie du gouverneur de Provence – qui était alors Henri d'Angoulême –, il avait été condamné en 1582 à avoir un morceau de la langue coupée avant d'être, pour cinq ans, conduit aux galères, dont il avait finalement été élargi sur ordre du duc de Mayenne, chef de la Ligue catholique. Il parlait donc le moins possible et en zézayant. Handicap majeur dans l'art oratoire. Mais cela ne l'empêchait pas d'agir. Il était réapparu en février 1591 lorsque Casaulx avait fondu comme la tempête avec ses bandes armées depuis le clocher des Accoules sur la Maison commune pour en chasser les consuls régulièrement élus.

Loys d'Aix était le Viguier royal d'un souverain qu'il refusait de reconnaître.

C'était la première fois que Thibault de Cervières voyait les *Duumvirs* en fonction, dans leur exercice de prédilection : la harangue populaire destinée à maintenir l'opinion dans un état de tension permanente.

— Qui sont les personnages figurant sur les gravures ? demanda le chevalier à Danzer.

En raison du tumulte, cette question destinée à être dite à l'oreille avait dû être hurlée.

Le corsaire fit une mimique pour exprimer son ignorance.

Un bourgeois se retourna vers le chevalier – il avait, par force, saisi la question de Thibault – et répondit à la place de Danzer :

— *L'a dit Caséou : es l'Erético emé sa puto*[72].

Cela n'éclaira en rien l'ignorance des deux hommes. Comme nombre de leurs contemporains, aucun des deux ne connaissait le visage du roi de France, à plus forte raison celui de sa favorite du moment. À Marseille en particulier, car le Premier consul n'eût jamais toléré que l'on accrochât ou placardât le portrait d'un souverain honni et combattu depuis des années.

Charles de Casaulx venait donc de révéler à la foule l'identité des deux personnages, il leur montrait à présent leurs portraits, s'adressant à la plèbe phocéenne dans son parler de tous les jours.

Danzer promit à Thibault de se renseigner, mais pour l'instant il y avait plus intéressant à observer.

Le Premier consul venait d'empoigner par le bas de ses montants le cadre de la gravure représentant le roi Henri IV. Il la décrocha et la brandit au-dessus de sa tête comme s'il voulait la faire acclamer, mais de nouveaux cris, de nouvelles injures fusaient du troupeau excité en direction du portrait royal. Des oranges pourries arrivées d'Espagne, ramassées sur le quai, lancées par des bras vigoureux venaient le souiller d'éclaboussures. Pour se protéger, le Premier consul devait s'en faire comme un bouclier. Le portrait de Gabrielle d'Estrée, encore accroché à la façade prenait son lot de jus ocre et sucré.

Casaulx, toujours brandissant le cadre, s'approcha du bord de l'estrade, et, après avoir attendu une nouvelle bordée d'injures, d'un geste ample et théâtral il jeta la gravure dans le feu ! Une gerbe d'étincelles monta vers le ciel. L'autre gravure la rejoignit

---

[72] « Casaulx l'a dit : c'est l'Hérétique (Henri IV) et sa putain (Gabrielle d'Estrée, sa favorite). »

aussitôt. Elles se recroquevillèrent ensemble pour ne plus former qu'un grand chiffon de papier noirâtre.

Un cri avait jailli de la foule, sorte de beuglement prolongé mêlant l'approbation et l'étonnement à une certaine crainte. Chacun avait conscience que le Premier consul venait d'accomplir – quoi qu'on en pense – un crime de lèse-majesté.

Casaulx profita de ce moment où la populace rassemblée à ses pieds, stupéfiée par l'audace du geste, avait mis une sourdine à ses cris pour lancer un avertissement :

— Ceux qui se déclareraient partisans d'un souverain hérétique pourraient bientôt subir le sort de ces images !

Personne n'aurait pris cette menace pour une déclaration bravache sans lendemain. Chacun se souvenait du sort tragique réservé à ce vieillard qui avait manifesté publiquement sa joie à la nouvelle de l'entrée d'Henri IV dans Paris le 22 mars 1594. Les spadassins du Premier consul l'avaient massacré sur place.

Le troisième homme présent sur l'estrade s'avança alors. Il était dans la force de l'âge, carré, teint basané, barbiche en pointe, cheveux courts frisés et noirs, privé de l'œil droit, perdu au cours d'une rixe, ce qui le faisait cligner en permanence et lui donnait un air peu engageant. Celui-là, chacun le connaissait pour être, un jour ou l'autre, passé devant son œil soupçonneux en entrant dans Marseille. Il était l'homme de confiance, le serviteur le plus loyal de Casaulx, qui lui avait confié les clefs de la ville. Pierre de Libertat – ancien capitaine du quartier de La Blanquerie – occupait depuis trois ans la charge de capitaine de la porte Réale. Fonction stratégique et poste de responsabilité que celui de garder l'entrée principale de Marseille, d'où l'on pouvait à la fois surveiller l'approche d'un danger venu de l'extérieur et contrôler la cité elle-même. Aussi la porte Réale était-elle défendue par une garnison cantonnée dans des bastions que Casaulx venait encore de faire agrandir et fortifier.

En récompense de l'aide précieuse que Libertat lui avait apportée au moment venu de déloger les troupes du fort Notre-Dame de La Garde où s'était retranché le gouverneur Méolhon, fidèle au roi de France, le Premier consul avait démis de la charge la plus prestigieuse de la cité son propre fils aîné, Fabio, pour l'attribuer à Pierre de Libertat. On disait le capitaine encore plus ardent catholique que son maître.

Libertat, c'était le surnom de Pierre Baglione, descendant d'une famille des îles corsègues. Il le devait à un trisaïeul qui se serait illustré par l'assassinat de deux tyrans prêts à livrer la citadelle de Calvi aux Espagnols. Du moins, c'était ce qu'il racontait. L'exploit de l'ancêtre avait valu à la famille le nom de *Libertà*, francisé par l'ajout d'un *t* final et – pour aller au bout – par l'adjonction d'une particule qui faisait entrer le rejeton du héros calvais dans la petite noblesse d'opportunité.

Homme d'action, Libertat n'était pas à l'aise avec le discours. Aussi se cantonna-t-il à une déclaration, probablement apprise par cœur sous la dictée de son mentor. Il la déclama avec rudesse. Il était question d'une « louange à ses chefs aimés de Dieu, ayant par leur courage, sagesse et prévoyance, conservé leur patrie en l'intégrité de la foi et religion de l'Église et sous l'Estat royal et couronne de France ».

Parmi la foule, seuls ceux qui conservaient la faculté de réfléchir – dans une cité frappée par un vent de folie collective et accablée d'actes insensés – déduisirent de ces propos ampoulés que ladite « couronne de France » devait être celle que les *Duumvirs* espéraient, contre toute raison, voir ceindre bientôt le front d'un souverain catholique désigné par Dieu et non celui d'un huguenot converti par raison politique.

25

Avec les chevaliers de Saint-Jean

— Mon cher fils, souvenez-vous du prophète Job dont la Bible raconte l'édifiante histoire. La foi de ce Juste, mise à l'épreuve par Satan qui avait défié le Créateur, ne fut jamais entamée par les malheurs et les calamités. Comme Job, vous avez été dépouillé de vos biens, comme Job vous avez perdu les êtres qui vous étaient chers, mais votre foi vous a permis de tout supporter. Ah, comme je vous envie ! Car vous savez comment s'achève l'histoire de Job ? Dieu, à la fin, lui rend tous ses biens et récompense tous ses bienfaits.

Hugues de Saint-Chamas se voulait compassionnel, mais, en l'écoutant, Thibault de Cervières songeait à part soi que le commandeur des Hospitaliers de Saint-Jean de Jérusalem à Marseille était de ces hommes qui ont toujours suffisamment de courage pour supporter les malheurs d'autrui.

En compagnie de Pierre Arpelin, précepteur de sa jeunesse, le chevalier avait poussé le portail de la vieille commanderie[73] –

---

[73] Elle se situait à la sortie du port, derrière la tour du Roi-René, à l'emplacement

fréquentée au temps où il préparait son départ pour La Valette – dans l'espoir d'y retrouver Bertrand de l'Escarène, le commandeur en place à l'époque, qui l'avait pris en amitié. De l'Escarène n'aurait pas manqué de reconnaître en lui le jeune chevalier de dix-huit ans parti un jour de février 1584 rejoindre le bouclier de la chrétienté à Malte. Voilà un témoin digne de foi devant un tribunal ! Hélas pour Thibault, l'ancien commandeur était décédé et son successeur – qu'il ne connaissait pas – paraissait plus doué pour le discours édifiant que pour l'action. Depuis qu'un boulet ottoman lui avait emporté une jambe sur les remparts de La Valette lors du siège par les Turcs en 1565, l'ancien chevalier de justice, éloigné des champs de bataille, s'était mué en frère prêcheur. On aurait bien vu, en temps de carême, sa haute silhouette drapée jusqu'aux pieds dans sa funèbre robe de prière – seulement éclairée par un large col blanc et la grande croix blanche à huit pointes – exhorter le pécheur à la repentance du haut de la chaire de l'église Saint-Martin, alors la plus grande de Marseille[74].

Le commandeur avait le physique de l'emploi : il était grand, tout en os et son visage aux reliefs accentués, encore allongé par un bouc grisonnant, accompagnait ses propos de mimiques appuyées censées donner plus de poids aux mots.

— Dieu ne fait rien sans raison, mon cher fils. Par cette épreuve douloureuse Il a voulu éprouver votre foi et la grandeur de votre âme. Ce privilège, Il ne l'accorde qu'aux meilleures de Ses créatures.

« Amen ! » pensa Thibault *in petto* en échangeant un coup d'œil avec Pierre Arpelin. Le précepteur avait prévenu son ancien pupille : Saint-Chamas adorait s'écouter parler.

---

exact du fort Saint-Jean, qui l'a remplacée en 1664. On peut encore y voir la chapelle et la galerie des chevaliers dans la cour du fort.

[74] Elle pouvait accueillir 2 200 fidèles.

Le chevalier posa aussitôt une question afin d'empêcher le sermon de se poursuivre. Il y mit les formes :

— Monsieur, j'aurais besoin de votre aide précieuse si vous vouliez bien me l'accorder et...

Saint-Chamas arrêta Thibault d'un grand geste du bras :

— De quoi s'agit-il ?

— De retrouver la promesse d'engagement que j'avais signée auprès de votre prédécesseur, le commandeur de l'Escarène. Un document de ma main par lequel je faisais part de mon intention de rejoindre le corps des chevaliers à Malte par mes propres moyens et de me faire servant d'armes en l'hôpital de la langue de Provence[75].

— Je souhaite que nous l'ayons conservé, dit le commandeur qui n'avait pas l'air d'en être certain. Ah ! vous eussiez attendu d'embarquer sur une galère de l'Ordre, votre patronyme eût été officiellement inscrit sur nos *rôles* ! Pourquoi avoir choisi un navire de commerce ?

Thibault baissa la tête. Fallait-il dire au commandeur la vraie raison de cette précipitation à rejoindre Malte ? Elle paraissait si futile, avec le temps...

Il tergiversa deux secondes avant de se décider :

— La faute en est, Monsieur, à une erreur de jeunesse que j'aurai payée fort cher. Pour l'honneur d'une demoiselle inconnue de moi, mais qui venait, sous mes yeux, d'être insultée en pleine rue par un coquebin plein de morgue parce qu'il descendait d'une riche famille marseillaise, je me suis battu en duel.

— Et qu'en est-il résulté ?

Thibault jeta un coup d'œil complice à son ex-précepteur et professeur d'escrime :

— Grâce aux excellents conseils de mon maître d'armes, j'ai pu apprendre au jeune fanfaron ce qu'il en coûte de se

---

[75] À La Valette, l'ordre de Malte était divisé en huit nations ou *langues* (Provence, Auvergne, France, Italie, Angleterre, Allemagne, Castille, Aragon).

comporter comme un butor aux dépens d'une personne du sexe, lui passant mon épée à travers l'épaule senestre en usant d'une botte que m'avait confiée Pierre Arpelin.

— Je ne vois là rien qui porte atteinte à l'honneur, dit l'ancien chevalier de justice.

— Moi non plus, dit Thibault, mais la famille du blessé prit la chose au tragique. Elle était puissante et influente. Elle menaçait la mienne des pires représailles. Mon père s'inquiéta de mon avenir. Craignant pour ma vie, il me conseilla vivement de hâter mon projet et de partir pour Malte au plus tôt. Justement, une nave était en partance pour le port de La Valette. Mon père la nolisait pour trafiquer[76] avec les Hospitaliers, en association avec mon oncle, monsieur de Mallemort...

— Celui qui refuse de vous raviser ?

— Celui-là même. Cette nave, donc, le *Saint Bonaventure*, levait l'ancre pour La Valette trois jours plus tard. J'y embarquai sans avoir eu le temps de me soumettre aux formalités d'usage auprès de l'Ordre. J'eus tout juste le temps de signer dans une lettre une déclaration d'intention auprès de votre prédécesseur, monsieur de l'Escarène, promettant de régler tout sur place en arrivant au couvent de Malte. J'en étais d'autant plus heureux que cette péripétie me faisait gagner au moins six mois de temps sur mon projet.

— J'entends, j'entends, dit Saint-Chamas. Mais voyez : vous eussiez voyagé sur une galère de l'Ordre, votre destinée eût été tout autre, car aucun Infidèle n'aurait eu l'audace...

Le commandeur laissa sa phrase en suspens. En jetant un œil sur les physionomies dubitatives de ses interlocuteurs, Saint-Chamas venait de réaliser que l'argument était discutable. Chacun savait que les Ottomans étaient maîtres de la Méditerranée orientale et n'avaient plus peur de grand monde. Il éluda :

— Enfin, n'épiloguons pas. Dieu avait ses raisons de vous

[76] Noliser : louer. Trafiquer : faire du commerce, ravitailler.

infliger cette épreuve. Ne Le jugeons pas avec nos petits raisonnements d'hommes. Nous allons ouvrir nos livres, en espérant vous y débusquer bientôt.

Le commandeur fit mander le frère archiviaire.

— Puis-je savoir à quel usage vous destinez ledit document ?

— Le produire devant un tribunal, expliqua Thibault, où je compte bientôt traîner mon oncle sur plainte en spoliation et, si je peux en fournir les preuves, pour complicité d'assassinat.

— L'affaire est grave, reconnut Saint-Chamas et nous ferons tout pour vous assister. Mais, si j'ai bien suivi, même si nous retrouvions trace de votre engagement, comment apporter les preuves de votre identité si monsieur votre oncle la conteste ?

— C'est là toute la difficulté, reconnut le chevalier avec un soupir d'accablement. Ceux qui auraient pu me connaître dans Marseille sont soit morts, soit exilés je ne sais où. Je crains que le seul témoignage de Pierre Arpelin ne suffise pas. On ne manquera pas de m'accuser de l'avoir acheté, en raison des liens de sujétion qui existaient entre lui-même et ma famille.

Le frère archiviaire était accouru dans une robe noire avec une croix blanche semblable à celle du commandeur, mais de taille plus modeste. Saint-Chamas lui expliqua le but de la recherche et le préposé repartit au trot.

Durant son absence le silence s'établit, les trois hommes semblant réfléchir chacun pour soi. C'est le commandeur qui le rompit :

— J'y songe, à l'époque où vous prépariez votre départ pour Malte, n'auriez-vous pas lié connaissance, voire amitié, avec l'un ou l'autre de nos frères se préparant comme vous à rejoindre le bouclier de la chrétienté ?

Ce qui ressemblait à une simple suggestion provoqua chez Thibault une réaction qui le cloua à son siège. Un nom venait brusquement de revenir à son esprit en lettres de feu. Un nom enfoui dans sa mémoire où il l'avait délaissé.

Comment n'y avoir pas pensé tout seul ? Fallait-il que son retour inespéré en terre de Provence et les douloureuses révélations qui s'étaient ensuivies lui aient chaviré l'esprit ! Gilles ! Gilles d'Arvieux, jeune et fougueux cadet de famille, d'un an plus jeune que Thibault !

D'Arvieux avait partagé avec lui sa formation aux armes dans les rangs du régiment du baron de Jacou et s'était laissé tenter par Thibault à l'idée de rejoindre un jour Malte et ses chevaliers.

Cet idéal commun avait lié les deux jeunes gentilshommes durant près de deux ans. D'autant plus étroitement que leurs racines familiales étaient plantées dans la république des Escartons, cette fédération liant depuis le Moyen Âge cinquante et une communes du Briançonnais et du Queyras. Les fiefs de Cervières et d'Arvieux s'accrochaient chacun à une pente du pas de l'Izoard, à l'ubac pour Thibault, à l'adret pour Gilles, mais c'était le même *pays* !

Les images revenaient avec les souvenirs. Gilles dans l'éclat de ses dix-huit ans plein et de fougue et de sève, avec son teint fleuri et ses joues rondes, toujours partant pour l'exercice, au premier rang quand il fallait s'élancer au grand galop, infatigable dans l'assaut à l'épée. Un jour, poussant sa botte un peu plus loin que de raison, d'Arvieux avait éraflé son ami Cervières sous l'oreille gauche, sans conséquence, mais suffisamment pour que la cicatrice soit visible à jamais.

Durant un assaut suivant, c'est Thibault qui avait marqué Gilles au poignet gauche. Ainsi chacun portait la marque de son frère d'armes, comme les hommes d'une tribu signifient leur appartenance à un clan par un signe scarifié sur la peau. Loin de dresser les jeunes coqs l'un contre l'autre, ces incidents avaient soudé leur amitié dans le sang équitablement répandu.

Profitant d'un congé de leur régiment, Gilles était venu rejoindre Thibault à Marseille et tous deux avaient demandé audience à Bertrand de l'Escarène, alors commandeur en exercice à Saint-Jean, pour lui signifier leur désir de rejoindre les chevaliers à Malte.

Gilles d'Arvieux avait été contraint de repousser son projet à plus tard en raison du décès brutal de son père. Cela faisait de lui un chef de famille prématuré, en charge de quatre frères et sœurs plus jeunes. Thibault était parti seul, précocement, sur le *Saint Bonaventure* à cause de la rencontre imprévue avec le rejeton malotru d'une puissante famille, mais les deux amis s'étaient juré de se retrouver un jour sur les remparts de La Valette.

En voilà un, songeait le chevalier, qui pourrait au premier coup d'œil affirmer devant un tribunal : « Sur ma foi de gentilhomme je reconnais Thibault de Cervières puisque je l'ai marqué sous l'oreille dextre de la pointe de mon épée ! »

Mais où retrouver Gilles d'Arvieux ? Avait-il enfin rejoint Malte ? Était-il entré dans la glorieuse phalange des chevaliers ?

Plongé dans ses pensées, Thibault se rendit compte – au regard étonné par ce long silence que portait sur lui Hugues de Saint-Chamas – qu'il n'avait pas répondu à la suggestion du commandeur. Il s'en excusa :

— Pardonnez mon trouble, Monsieur. Pour répondre à votre interrogation, j'avais, durant les années précédant mon départ, un ami comme moi désireux de rejoindre l'Ordre et de servir à Malte. Son nom était Gilles d'Arvieux. Pour des raisons familiales, il dut différer son projet. Je n'ai plus rien su de lui. Mais peut-être l'aura-t-il mis à exécution ? Si j'avais cette chance…

— À condition qu'il fût encore de ce monde, remarqua Saint-Chamas.

Thibault baissa la tête, accablé par l'évidence.

Le commandeur tourna son visage osseux vers le frère qui se tenait debout, un grand livre relié de cuir en mains.

— D'Arvieux. Gilles d'Arvieux. Avons-nous trace de ce nom-là ?

On n'entendit plus que le bruit des feuillets de papier jauni tournés par le frère archiviaire consultant les pages de son grand livre, en remontant les années. L'œil aux aguets derrière ses lunettes rondes, il parcourait des colonnes de noms et de dates en suivant avec l'index. Les trois autres guettaient sur son visage une possible réaction. Thibault était particulièrement tendu.

L'attente devenait pesante quand le mot espéré éclata, tandis que le visage de l'archiviaire s'éclairait comme celui de tout chercheur trouvant sa récompense :

— Le voilà ! 12 février 1586.

« Deux années après moi », songea Thibault. Il échangea un sourire avec Pierre Arpelin.

— Le chevalier d'Arvieux s'est embarqué à Marseille sur la galère de l'Ordre *Notre-Dame de Philerme*[77] qui assurait le transport de la *responsion*[78] de la langue de Provence.

— Que sait-on de son devenir ? demanda le commandeur.

— Le chevalier d'Arvieux a été gravement blessé lors d'une course au Levant contre les Infidèles aux calendes de mai 1589.

Thibault se dressa à demi de son siège :

— Aura-t-il survécu ?

L'archiviaire se pencha un peu plus sur sa page et, plissant les yeux, déchiffra :

— Il se pourrait, puisque je vois là le frère Gilles d'Arvieux, revenu en France, puis transporté au grand prieuré d'Arles.

— Si Dieu a eu de lui mercy peut-être y est-il encore ? s'exclama Thibault que cette perspective exaltait.

— Je forme des vœux pour que cela soit, dit le commandeur de Saint-Chamas. Pour lui et pour vous.

Thibault, ému, s'était levé, Pierre Arpelin de même et, dans un même mouvement, les deux visiteurs se prirent les mains pour mieux partager leur espoir.

Les traits sévères de Saint-Chamas en étaient radoucis. Il proposa à ses visiteurs de partager la table des chevaliers à l'heure de midi.

---

[77] La madone de Philerme était la sainte patronne des chevaliers de Malte.

[78] La contribution (en liquidités ou en nature) que chaque commanderie devait à l'Ordre pour le faire vivre à Malte. Marseille était un point de collecte pour la langue de Provence (qui s'étendait jusqu'à Toulouse).

26

Toute la misère de la ville…

Après avoir récité ensemble le bénédicité, les frères chevaliers de la commanderie de Saint-Jean, assis autour de la grande table commune du réfectoire, entamèrent un frugal repas auquel le commandeur de Saint-Chamas avait convié Thibault et Pierre Arpelin. Deux des plus anciens chevaliers avaient connu ce dernier, du temps où il exerçait comme prévôt d'armes, tout en assurant ses fonctions de précepteur des enfants de Cervières à la bastide de Saint-Marcel.

À cet aréopage s'était joint un notable, ami personnel du commandeur : le notaire Geoffroy Dupré qui avait occupé jusqu'à une époque récente les fonctions de secrétaire de la Ville.

Durant le partage du repas, le commandeur poursuivit l'échange commencé dans la salle où il avait reçu les visiteurs. Depuis la galerie des chevaliers, elle dominait la chapelle et les bâtiments de la commanderie.

Saint-Chamas se pencha vers Thibault :

— Comptez-vous donner suite au vœu que vous aviez formé jadis de rejoindre nos frères à Malte ?

La question prit de court le chevalier. Le commandeur insista :

— L'Ordre a besoin en nombre de bras valeureux. L'audace des Infidèles s'accroît chaque jour. Nous devons sans faiblir porter le fer contre leur prétention à substituer leur Dieu au Nôtre, ou c'en est fini de nous.

— Je n'ai pas abandonné ma promesse d'aller servir à Malte, Monsieur, répondit Thibault, mais ce que je vous ai confié m'oblige à différer. Il me faut d'abord connaître le sort de ma jeune sœur Claire et puis demander à la justice son aide pour recouvrer mon honneur et mes biens en obtenant le châtiment de celui qui les a accaparés.

— Je comprends, dit Saint-Chamas. Ayez confiance, nous n'allons pas vous abandonner. Le plus urgent est d'en savoir davantage sur la situation présente de votre ami, notre frère chevalier d'Arvieux. Les archives de l'Ordre, méticuleusement tenues, nous éclaireront, soyez-en certain.

Le commandeur ne put s'empêcher d'admonester l'imprudence de Thibault :

— Le frère Gilles d'Arvieux, lui, avait subi le procès de noblesse auquel est soumis tout candidat à l'Ordre. Il est instruit par deux chevaliers, puis consigné par-devant notaire. Après enquête, il atteste que l'impétrant est bien noble de nom et d'armes, ainsi que de son identité. Il sera donc aisé de retrouver trace du chevalier d'Arvieux, s'il est encore de ce monde.

Thibault savait tout cela, mais aussi que Saint-Chamas ne lui ferait pas grâce d'une nouvelle leçon.

Le commandeur fit une courte pause pour donner plus de force à son blâme :

— Ah, mon cher fils ! Je me répète sans doute, mais que ne vous êtes-vous soumis aux formalités officielles, plutôt que d'embarquer comme un chien fou sur le premier navire en partance pour Malte ! Nous pourrions aujourd'hui vous fournir toutes les preuves du monde. Et si par malheur les pièces justificatives conservées au grand prieuré d'Arles – qui supplée celui de Saint-Gilles depuis 1562[79] – avaient été égarées, une copie serait consultable au couvent à Malte même. Il centralise les archives de l'Ordre. Vos ennuis seraient finis.

Thibault subit l'admonestation sans mot dire, tête baissée. À son gré, Saint-Chamas insistait plus que de raison, mais comment lui donner tort ?

Un peu comme on offre une compensation pour atténuer une bévue, le chevalier s'ouvrit de son désir de servir au sein de l'hôpital de la commanderie marseillaise :

— En attendant le jour où je mettrai mon bras au service de l'Ordre à Malte, ne pourrais-je au moins lui offrir mon expérience, ici, à Marseille, dans l'art de la médecine ?

Encouragé par l'air attentif du commandeur, Thibault lui confia sa compétence et son savoir en matière médicale, sans insister sur le fait qu'il en devait la majeure partie à un musulman…

Sur le visage de Saint-Chamas les traits sévères du *magister* cédèrent à ceux de l'Hospitalier penché sur la souffrance humaine :

— C'est le Ciel qui vous envoie, mon fils ! Nous manquons cruellement de frères soignants dans une ville où la misère s'accroît chaque jour. Nous sommes contraints, faute de moyens, de fermer notre porte aux malheureux qui viennent y toquer !

Thibault hocha la tête :

— On dit pourtant que Charles de Casaulx a grand souci de doter Marseille d'un hôpital digne de l'ambition qu'il nourrit pour elle. Ne fait-il pas construire un hôtel-Dieu ?

— On doit reconnaître au Premier consul des dons d'administrateur, admit le commandeur. Nous lui devons l'ouverture de grands chantiers destinés à améliorer l'hygiène publique dont cette ville est privée dans ses ruelles étroites, tortueuses et mal percées. Il fait démolir tout ce qui offusque le

---

[79] Les bâtiments du prieuré de Saint-Gilles, jusqu'alors le plus ancien et le plus important, furent détruits par les protestants.

bon air et la lumière : les ponts enjambant les rues, les arcades, les édifices trop haut élevés qui volent aux gens le soleil, sans parler des cloaques qui déshonorent les impasses. Tout cela est à son crédit, je l'atteste. Mais, dans le même élan, il a fait prendre au conseil de ville une série de mesures laissant à penser que pour le Premier consul le mot « hôpital » n'a point le sens que nous autres lui donnons. Le décret publié par les presses de l'imprimerie dont il est si fier, parce que, grâce à lui, le premier livre jamais paru à Marseille a été édité[80], porte « Contre errants et vagabonds » et – je reprends ses mots – « ordonne de chasser tous les inutiles dans tous les quartiers ». Il en dresse la liste : « mendiants, fous, éclopés véritables ou non, désœuvrés qui encombrent places, tavernes, portes des couvents distributeurs de soupes populaires ». Il interdit de leur donner de quoi manger ou de leur faire l'aumône. Les mendiants étrangers à la ville sont expulsés sans espoir de retour car on les marque au fer rouge pour les mieux désigner. Que croyez-vous que fassent tous ces malheureux ? Ils viennent en masse à notre huis, nous pensant capables d'accueillir toute la misère de Marseille.

En écoutant le commandeur de Saint-Jean égrener les pénuries publiques, il revenait à l'esprit de Thibault la question qui le tourmentait depuis son retour :

— Où les *Duumvirs* se procurent-ils les moyens financiers de leur ambition ? On me dit que la ville est assiégée, car elle s'entête à refuser de reconnaître son roi, que ses finances sont au plus bas, ses forces vives l'ont abandonnée et son commerce est à l'agonie. Pourtant, à ce que j'ai pu en voir, le peuple est là, derrière ses chefs !

— A-t-il les moyens de faire autrement ? intervint un des convives, jusqu'alors discret, que le commandeur avait présenté

[80] Il s'agit du recueil *Obros et rimos provenssalos* de Louis Bellaud de la Bellaudière (1595).

comme le notaire Geoffroy Dupré. Il était assis en bout de table dans son fauteuil muni de roues, car un défaut naturel l'avait rendu impotent. Ce qui faisait dire à ceux qui manquaient de compassion : « Le notaire est mieux disposé d'esprit que de jambes. »

Saint-Chamas fit un geste de la main en sa direction, l'incitant à parler, et dit à Thibault :

— Maître Dupré a passé dix années de sa vie comme secrétaire de la Ville, dont trois auprès des *Duumvirs*. Il est bien placé pour vous éclairer.

Le notaire – petit homme tout en rondeur, au ton précieux, aux gestes étudiés, dont la tête chauve posée sur une fraise tuyautée rappelait une cucurbitacée – s'éclaircit la voix en se raclant la gorge et, avant de répondre à l'invite du commandeur, s'étonna de l'état d'ignorance où se trouvait le chevalier :

— Je devine à votre question que vous êtes étranger à la ville…

Thibault l'interrompit :

— J'y suis pourtant né, mais j'ai été éloigné d'elle plus de dix années.

— Ceci explique cela, dit maître Dupré avec un petit signe de tête. Alors, pour être clair, disons que la situation des *Duumvirs* est celle de la garnison décimée d'une citadelle assiégée, courant de créneau en créneau en faisant le plus de bruit possible pour laisser croire à l'assaillant que ses forces sont intactes.

— Vous voulez dire…

— Je veux dire que la situation de Marseille, et en particulier de ceux qui ont pris en mains sa destinée, est de l'ordre du désespéré. On ne conduit pas le destin d'une ville en se comportant non plus en chef de parti, mais en chef d'une bande de détrousseurs qui rançonnent le voyageur imprudent engagé dans une forêt dont il ne connaît pas les chemins. Financièrement, les *Duumvirs* sont aux abois. Charles de Casaulx peut faire frapper autant de monnaie qu'il voudra dans l'atelier qu'il a fait ouvrir, à la grande fureur d'Aix dont c'était le privilège, chacun sait qu'elle n'a aucune valeur et que personne n'en veut hors les murs de Marseille. Pourtant, il faut de l'or, du vrai, pour ravitailler la ville. Le blé qui vient d'arriver du Languedoc par ce grand voilier ancré dans le port, ne croyez pas que le connétable de Montmorency nous en ait fait cadeau.

— Je m'en doute, dit Thibault, d'autant que je peux dire que j'y étais…

Maître Dupré ne saisit pas l'allusion, mais, parti dans ses explications, il poursuivit :

— Deux galions viennent d'appareiller pour la Cicilie, afin d'y acheter des blés que Sa Majesté le roi d'Espagne veut bien nous vendre, car il garde son œil noir sur Marseille dont la situation l'intéresse depuis qu'il est en guerre avec la France dans les provinces du Nord. Tout ce qui peut gêner le roi de France joue pour lui. Or, Marseille gêne le roi Henri, donc Philippe II est prêt à entrer dans la folie de cette ville rebelle, tant qu'il y trouve son compte. Mais il m'étonnerait que Sa Majesté catholique – ainsi le nomme-t-on – nous fasse longtemps crédit. Il faudra régler la note un jour ou l'autre. Et en trouver beaucoup, de ces écus de compte, pour acheter les armes et la poudre qui défendront Marseille. Car pour l'instant, nous devons les aller quérir à Gênes ou à Barcelone, faute de nous les procurer en France dont les arsenaux nous sont fermés.

— J'en reviens donc à ma question, répéta Thibault. Où les *Duumvirs* prennent-ils l'argent de leur politique ?

— Tous les moyens leur sont bons, répliqua le notaire. Dernièrement, deux frégates armées ont attaqué en pleine mer une galère richement chargée appartenant au cardinal de Gondi. Sa cargaison a été revendue pour cent quatre-vingt mille livres, à la manière d'un marché corsaire.

Pierre Arpelin intervint auprès du notaire pour vérifier un bruit qui courait dans Marseille :

— On raconte que le mois dernier, lors d'un baptême qui réunissait deux grandes familles de la ville et leurs amis, on a vu débarquer au beau milieu de la fête une troupe de sicaires. Ils auraient arrêté, sur ordre des *Duumvirs,* douze des plus riches négociants, dont les frères Covet, qui avaient eu l'imprudence de ne pas choisir l'exil. Puis, on les aurait emprisonnés jusqu'à ce qu'ils aient payé une rançon, fixée, dit-on, à vingt mille livres chacun. Avez-vous des lumières sur cette incroyable péripétie ?

— C'est hélas vrai, confirma maître Dupré. En outre, le conseil de ville – vous connaissez son libre arbitre – a dû voter un nouvel impôt de quatre pour cent sur les propriétés. Quant au droit d'entrée sur les marchandises, il vient d'être relevé de un à six pour cent ! Qui croirait cela tenable ? On s'étonnera ensuite que les navires de commerce relâchent à La Ciéutat ou à Toulon !

Le notaire revint à Thibault, jugeant que, de tous les convives, il semblait le seul ignorant de la réalité marseillaise.

— Vous savez sans doute qu'il n'y a plus un huguenot vivant dans cette ville. Cela sous-entend que tous leurs biens ont été confisqués et monnayés. Il en va de même avec l'argent récupéré sur les offices des familles nobles exilées. Mais cet argent-là est depuis longtemps dépensé. En conséquence, les biens des émigrés – la plupart du temps armateurs ou négociants partis établir ailleurs leurs maisons de commerce – viennent d'être confisqués et leurs familles condamnées au bannissement. Elles ont vingt-quatre heures pour quitter la ville sous peine d'être conduites sur un vaisseau sans voiles ni gouvernail, en pleine mer.

— Cela est inouï… s'offusqua Thibault.

— Et pourtant, renchérit maître Dupré, allez par les rues et vous en verrez un grand nombre embarrassées de charrois, de femmes et d'enfants en larmes qui empaquettent leurs hardes, disant adieu à des parents, aux voisins, vous assisterez à des scènes de désespoir, à des bousculades à toutes les portes des remparts, vous entendrez des pleurs et des gémissements. De mémoire d'homme on n'avait vu spectacle plus pitoyable dans Marseille.

Thibault cherchait encore où se cachait la raison dans ce chaos :

— Mais ! Chasser ces malheureux, cela ne rapporte aucun argent ! Où est l'intérêt ?

Le regard que le notaire posa sur le chevalier dit son étonnement devant la naïveté de la question.

— S'il s'agit d'argent sonnant, la décision est sans rapport, je vous l'accorde. Mais réfléchissez : ce sont autant de bouches en moins à nourrir ! Donc, moins de ravitaillement à quérir, à organiser. On estime que Marseille a perdu dix mille âmes depuis quatre ans. Quiconque prétend s'installer désormais en cette ville doit être en mesure d'assumer sa propre subsistance. En pratique, cela signifie que celui qui franchit une porte de l'enceinte avec l'intention de demeurer *intra muros* doit d'abord fournir en guise de passeport son équivalent en blé et, par la suite, avoir les moyens d'acheter hors les murs de quoi survivre. Les gens au pouvoir ne prennent en charge que ceux qu'ils nomment « les vrais Marseillais ».

— Le petit peuple ? risqua Thibault.

Le notaire glissa d'un air entendu :

— En terrorisant les bourgeois, on est certain de l'avoir de son côté...

27

Dans l'ombre du complot

Devant la porte de la commanderie des Hospitaliers de Saint-Jean, une chaise[81] attendait le notaire, attelée d'une mule. Celle-ci répondait – quand elle était bien lunée – au prénom peu attendu d'Honorade. Le valet en livrée marron faisait office de cocher. Il aida son maître à se hisser dans la caisse et arrima son fauteuil roulant sur le toit.

Geoffroy Dupré se pencha à la portière vers Thibault et Pierre Arpelin au moment de se séparer d'eux.

— Ne manquez pas de venir me retrouver en mon office, rue du Bon-Jésus, dit-il au chevalier qui lui avait confié ses soucis de reconnaissance. Je vous recommanderai auprès de maître Nicolas de Bausset, un excellent avocat de mes amis. Il vous sortira d'affaire.

En entendant prononcer ce nom Thibault s'étonna :

---

[81] Rappelons qu'il ne s'agit pas d'une chaise à porteur, mais d'une voiture à une ou deux places, seul attelage à pouvoir circuler dans les rues étroites du Marseille de l'époque, impraticables aux carrosses.

— Bausset ? Le gouverneur du château d'If serait donc également avocat ?

— Non point, chevalier. Ils portent les mêmes noms de baptême et de famille, mais maître de Bausset est le neveu du gouverneur des îles. Nous habitons la même maison. Il vous aidera à la constitution de votre dossier et au dépôt de votre plainte. Il paraît évident qu'à ce jour, vous manquez gravement de munitions pour assiéger un tribunal. Ce serait parole contre preuves, et, en pareil cas, on en sort Gros-Jean comme devant. Pour autant, gardez courage, chevalier. L'urgence est d'aller sans tarder consulter les archives des Hospitaliers au grand prieuré d'Arles. Si vous retrouvez trace de votre ami et surtout avez la chance insigne de le revoir sauf et qu'il vous ravise, vous serez pratiquement sorti d'affaire. Une parole de gentilhomme ne se peut contester, fût-ce devant le plus retors des juges. *A fortiori* celle d'un chevalier de Malte. Allez ! Mes vœux vous accompagnent.

— Je suis touché de voir maître Dupré prendre à cœur mon affaire, dit Thibault à Pierre Arpelin en regardant la chaise s'éloigner au pas modéré d'Honorade.

— C'est un homme droit, assura le précepteur.

— Il ne paraît pas porter les *Duumvirs* dans son cœur.

— C'est qu'il les connaît sur le bout de la plume d'oie. Par sa fonction de secrétaire de la Ville, il s'est trouvé aux loges d'avant-scène pour observer leurs manigances. C'est la raison pour laquelle ils l'ont congédié comme un laquais. Il n'était point dupe de leurs grimaces.

— Que voulez-vous dire ?

— Je parle du prétexte toujours avancé par Casaulx et d'Aix de vouloir s'arroger la défense d'un catholicisme menacé. Ce n'est que le masque dont ils affublent leur ambition effrénée et leur cupidité sans bornes. En outre, ils sont en train de ruiner – et pour longtemps – la ville dont ils se prétendent les champions de la cause. Pauvre Marseille, entre les mains de si méprisables tyranneaux !

— Eh bien, mon cher Pierre, voilà qui a le mérite de la franchise ! Espérons que ces propos ne tombent pas dans l'oreille d'une mouche stipendiée par le Premier consul et le Viguier royal.

Machinalement, Thibault jeta un regard sur les environs. Personne n'était assez proche des deux hommes pour avoir entendu. Seuls quelques pêcheurs, assis à même le quai de la Tourette, leur tournaient le dos, occupés à ramender leurs filets. Dans une ville affamée, ce métier de gens de peu était devenu indispensable.

Par précaution, le chevalier examina les proches alentours. Son œil accrocha la silhouette carrée d'une petite voiture attelée qui stationnait à proximité. Un cocher en livrée grise était à son poste. Par la portière Thibault aperçut se découpant la silhouette d'une jeune femme qui regardait dans sa direction. Son esprit troublé lui souffla la question insensée qu'il s'était posée deux jours avant sur la place de Lorette. Il pensa à Claire. « Et si c'était elle ? »

— Pierre, demanda-t-il à Arpelin, sans se retourner, connaîtriez-vous la jeune femme qui se tient dans la voiture, là, à notre gauche ?

Le précepteur se tourna dans la direction indiquée : l'équipage avait démarré et on n'en voyait plus que l'arrière.

— Trop tard ! Mais pourquoi cette question ?

— Parce qu'il me semble l'avoir déjà rencontrée, dit Thibault embarrassé. Nous étions trop loin pour que j'en sois sûr, mais il m'a paru qu'elle nous observait.

Arpelin sourit :

— Dans ce cas, c'était plutôt vous qu'un vieillard tel que moi ! À quoi pensez-vous ?

Le chevalier ne sut que répondre.

— À rien. Ou plutôt, si : à ma sœur Claire. Je la vois partout.

La moindre silhouette de femme me jette dans les plus folles spéculations.

Arpelin fit passer dans son regard toute la compassion qu'il était capable d'éprouver.

— Vous vous faites du mal, cher Thibault…

— Vous avez sans doute raison, Pierre. Mais pour le consoler, Dieu a mis dans le cœur de l'homme l'Espérance. Je refuse de m'avouer battu.

— Je vous admire, dit Arpelin avec une grande émotion. Vous saurez forcer le destin.

Façon de lui changer les idées, le précepteur se planta face à son ancien pupille et le regarda droit dans les yeux :

— Thibault, je sais pouvoir vous parler à cœur ouvert, assuré, depuis que je vous connais, de votre loyauté.

— Je vous écoute, Pierre.

— Le jugement de maître Geoffroy Dupré sur les *Duumvirs* n'est pas le propos d'un isolé. Une chaîne s'est nouée entre des hommes résolus à mettre un terme à ce qu'il faut bien nommer une dictature. Des gens, appartenant à la classe aisée de la ville qui ne s'est pas résolue à l'abandonner, réfléchissent au moyen de s'y prendre, sans déclencher une guerre civile ou des représailles sans fin. Il en va de l'avenir de cette cité, la plus ancienne de France. Celle qui fut rivale d'Athènes et sœur de Rome ne peut pas finir ainsi entre les mains de deux soudards sanglants qui assoient leur despotisme sur les malheurs du temps.

Au fur et à mesure qu'il parlait, Pierre Arpelin frémissait d'indignation. Thibault n'avait jamais vu son ancien mentor, homme plein de sagesse et de raison, en pareil état.

— Calmez-vous, cher Pierre. Dites-moi plutôt… ce que je dois ou peux savoir.

Arpelin prit sur lui.

— Pardonnez-moi. Je m'emporte inutilement, mais vient un moment où se soumettre c'est faire sa cour au bourreau et lui donner des raisons de vous supplicier. Il est trop tôt pour divulguer des noms, fût-ce à vous, cher Thibault. Il en va de la sécurité de ceux qui risquent leur vie et celle de leurs proches dans une ville où grouillent mouchards et délateurs prêts à vendre père et mère pour toucher le sale argent promis par les *Duumvirs* à leurs basses besognes. Mais sachez qu'un complot se prépare dans l'ombre. La chute de ces deux misérables est promise, c'est inéluctable, mais il faut en hâter l'avènement. Il n'a que trop tardé.

— Quelque chose serait-il en route ?

Arpelin opina d'un bref signe de tête :

— Oui-da ! Une conjuration où figurent, autour de maître Dupré, plusieurs membres des meilleures familles de la ville, décidés à mettre un terme au règne des usurpateurs et de leurs affidés. Si le secours ne nous vient pas de l'extérieur – Dieu sait s'il se fait désirer ! –, il faudra frapper ici même, sans plus attendre. Et soumettre enfin Marseille au roi légitime que la France s'est donné. Faute de quoi, nous verrons une puissance étrangère s'en emparer par la force. Ils sont trois à guetter la proie, je vous le rappelle : Charles-Emmanuel de Savoie, impatient de corriger l'humiliation subie voici quatre années, Ferdinand de Toscane, qui a déjà un pied dans la rade avec ses troupes stationnées au château d'If, et enfin Philippe II d'Espagne. Des trois vous savez qui est le plus à redouter. Sa Majesté catholique a déjà puissamment aidé Mayenne et la Ligue avec l'or qu'il vole aux Amériques. Il n'attend plus que le moment favorable pour détendre sa griffe implacable. D'autant que les *Duumvirs* l'ont naguère appelé au secours. Qu'il n'ait répondu alors que du bout des lèvres, par l'envoi d'armes et d'argent sans engager ses troupes, ne signifie pas qu'il ait renoncé à ouvrir un second front dans sa guerre contre la France. Et Marseille serait la tête de pont idéale d'une conquête à venir.

Thibault avait écouté avec la plus grande attention. Des questions lui brûlaient la langue, mais il les retint. La discrétion s'imposait. Pierre Arpelin lui parlerait quand il jugerait le moment venu. Le chevalier ne put cependant retenir une interrogation :

— Faites-vous partie de la conjuration, Pierre ?

Le précepteur sourit :

— Je suis peu de chose dans l'affaire, mais je fais ma part, comme l'on dit. Je sers de jambes à maître Dupré dont la mobilité est restreinte. Tête pensante du complot, il m'honore d'une ancienne et confiante amitié. Lorsqu'il a besoin de joindre l'un ou l'autre dans la discrétion, c'est à moi qu'est dévolu le rôle du messager. Comme j'eus naguère à prendre en mains l'éducation des enfants de certains des conjurés, la confiance règne.

— Le latin mène à tout ! s'esclaffa Thibault.

— J'en fus toujours persuadé, sourit Arpelin dont les traits se détendaient. Les rôles sont en cours de distribution. Il nous manque encore l'essentiel : le premier rôle, celui qui portera le coup décisif.

— Mais comment penser pouvoir approcher et frapper ces gens ? Ils vivent en permanence entourés d'une garde prétorienne vigilante. Elle a déjà maintes fois fait les preuves de son efficacité !

— Puisque nous parlions d'études latines, souvenez-vous des vôtres et de la réplique célèbre : *« Tu quoque mi fili ? »*, lancée par César à son fils Brutus qui venait de le poignarder au milieu des conjurés.

— Il vous faut donc trouver quelqu'un dans l'entourage immédiat des *Duumvirs* ?

— C'est cela. Quelqu'un dont ils ne se méfieront pas. Quelqu'un d'insoupçonnable, mais suffisamment persuadé de la justesse de notre cause pour ne pas aller monnayer sa fidélité à ses maîtres en nous dénonçant. Quelqu'un d'assez vénal pour que nous puissions nous assurer de lui en l'achetant. La réussite de l'affaire dépendra du choix périlleux qui sera fait de l'homme chargé de porter le coup libérateur. Le point d'équilibre est comme l'harmonique sur la corde de la viole. Il s'agit de ne point se tromper et poser le doigt au bon endroit.

— C'est le merle blanc que vous recherchez, remarqua Thibault.

Tout en devisant les deux hommes avaient avancé sur le Quai de la Ville.

— Je vais de ce pas prendre langue avec la future logeuse dont le commandeur de Saint-Chamas m'a donné l'adresse, dit le chevalier à son mentor, m'accompagnerez-vous ?

— Volontiers, dit Arpelin, d'autant que le rejeton des Forbin, à qui il me revient d'intéresser l'esprit borné aux subtilités de la grammaire latine, est opportunément affecté d'une fièvre tierce, due, à mon avis, à la paresse congénitale de son cerveau. Ce qui me dispense de la leçon du jour.

Les deux hommes traversèrent le quai et s'engagèrent vers la rue Bouterie. Elle montait par le travers pour aboutir à la place Vivaux. L'artère étroite était remarquable pour le nombre d'ateliers de tonnellerie qui s'y pressaient au coude à coude. Les artisans travaillant à même la chaussée, elle résonnait tout le jour du choc des maillets sur le bois des douelles, des coups de marteaux sur les fers de cerclage et du ronflement des foyers de bousinage assurant par la chauffe l'étanchéité de la pièce.

Pour continuer à se parler, Thibault et Arpelin avaient dû porter la voix tant le tapage était grand dans cette rue où le tonneau était roi.

— J'espère qu'ils ferment boutique à la nuit, cria le chevalier à l'oreille de son compagnon, sinon, n'étant point insomniaque, ces diables de boutiers[82] me rendront fou.

— Quelle adresse vous a donnée le commandeur ?

— Point d'adresse, mais une indication : la maison fait l'angle avec la rue Figuier-de-Cassis. On y voit l'enseigne d'un boutier figurant un Bacchus enfourché sur un tonneau. Tenez, c'est là.

---

[82] Tonneliers. D'où le nom : rue Bouterie, qui deviendra à partir de 1878 l'une des rues les plus tristement fameuses du « quartier réservé » détruit en 1943.

Les deux hommes durent longuement manier le heurtoir de bronze fixé à la porte d'entrée, les coups frappés ne se distinguant guère du vacarme ambiant.

Enfin s'encadra dans le chambranle une forte femme dont les formes dodues occupaient tout l'espace laissé vacant par la porte ouverte. Thibault ne sut jamais si la veuve Savy – c'était le nom de son défunt mari – était sortie par hasard prendre l'air de la rue, ou si elle avait fini par réaliser que quelqu'un frappait avec insistance à son huis.

— C'est pour la location, hurla Thibault. Je viens de la part du commandeur de Saint-Jean.

— *Rentrez,* dit la veuve. On s'entend pas.

Sa carrure de porteiris[83] était contrebalancée par l'aménité de son visage souriant et son regard de chienne fidèle. Pour compenser la perte financière causée par la fermeture définitive de la tonnellerie familiale à la suite du décès brutal d'Elzéar Savy, sa veuve s'était faite logeuse de l'immeuble de trois étages qu'il lui avait laissé. Elle-même occupait, avec sa fille, une pièce au rez-de-chaussée, donnant sur les arrières et une cour minuscule plantée d'un figuier. Elle l'avait aménagée dans l'ancien atelier vidé de ses outils.

Au premier étage, la femme proposait à la semaine un logement de deux pièces, dont la plus grande, avec ses deux fenêtres, donnait sur la rue Bouterie, l'autre, sur la rue Figuier-de-Cassis servirait de chambre.

On se mit d'accord sur le loyer : vingt sols par semaine. À la demande, la veuve Savy se chargeait, moyennant un léger supplément, du repas du soir et de l'entretien du linge. À l'occasion elle savait aussi manier rasoir, blaireau et ciseaux pour une finition soignée.

---

[83] Porteuses de marchandises ou de paquets se louant sur les marchés ou sur le port. Généralement taillées pour ce dur métier.

Bref, le chevalier fut enchanté de la façon dont on le prenait en charge. Il y avait longtemps que personne ne s'était préoccupé de son confort et de ses besoins.

— Il me tarde d'être chez moi, confia-t-il à Pierre Arpelin tandis qu'ils prenaient la direction de l'hôtel de Remezan.

— Pourquoi ? se moqua gentiment le précepteur, vous n'étiez pas satisfait, choyé par un corsaire attitré ?

— Certes, il me dorlote, reconnut le chevalier, mais croyez-m'en, j'en ai plus qu'assez de ma sujétion aux autres. Voilà bientôt douze ans que l'on décide pour moi. Il me tarde de prendre ma vie en mains. Corsaire ou non, Danzer devra l'admettre, dussé-je passer pour un ingrat.

28

Retrouvailles en Crau

Depuis les hautes fenêtres du grand prieuré de Saint-Jean de Jérusalem à Arles, la vue sur la grande boucle du Rhône dans sa traversée de la ville était superbe. Thibault était fasciné par la majesté impétueuse du fleuve qui semblait se hâter d'aller célébrer ses épousailles avec la mer. Le palais[84] des chevaliers de Malte, élevé à partir de 1475 par le commandeur Melchior Cossa, était comme une sentinelle postée face au faubourg de Trinquetaille, sur l'autre rive, maintes fois ravagé durant les guerres de Religion. Au-delà, aucun obstacle ne bornait l'horizon du côté des basses terres de Camargue et de Languedoc où le regard se perdait, ivre d'absence.

Voilà plus de trente ans que les chevaliers de Malte s'étaient repliés à l'abri des remparts de la vieille ville romaine, dans les bâtiments de l'ancienne commanderie fondée en 1358, après la destruction par les religionnaires[85] du grand prieuré de Saint-

[84] Il abrite aujourd'hui le musée Réattu.

[85] Une des appellations servant à désigner les protestants.

Gilles. Ce repli expliquait l'aspect sévère du bâtiment partie prenante du dispositif de défense arlésien, en première ligne face aux terres huguenotes.

C'est là, dans une vaste salle située au-dessus de la chapelle, qu'étaient conservées toutes les archives des commanderies de la langue de Provence. On pouvait y consulter les nobiliaires, ces registres des nobles appartenant à l'Ordre, ainsi que les titres des propriétés de ce dernier.

C'est là que Thibault de Cervières, muni d'un mot de recommandation du commandeur Hugues de Saint-Chamas à ses frères chevaliers arlésiens, patientait en regardant rouler les flots du grand fleuve. Il attendait que le vieil archiviaire du prieuré en ait fini de remuer des volumes de parchemins jaunis, de tourner des pages que le temps avait pétrifiées, d'éternuer dans la poussière soulevée par ses manipulations, en hochant la tête par-dessus ses lunettes pour ajuster la bonne distance focale à sa vue défaillante.

Il avait fallu moins de deux jours au chevalier monté sur Robur pour parcourir les vingt-cinq lieues qui séparaient Marseille d'Arles. On eût dit que l'étalon – piaffant d'ennui dans l'écurie du *Logis du Goéland* – n'attendait que ça : que son cavalier daigne venir lui donner de l'air. Les barbes sont réputés pour leur endurance. La chevauchée vers La Ciéutat semblait avoir mis Robur en appétit. Il fallait voir comment il avait accueilli le retour de Thibault, le gratifiant du velours de son nez sur la joue, alors que son cavalier passait devant la tête du bel animal pour aller boucler la sous-ventrière. C'était comme un baiser de retrouvailles entre vieux complices !

Tout au long du périple, Thibault avait dû freiner la fougue de sa monture qui s'enivrait du grand air et se mettait au galop pour un rien sur la draille à moutons qui filait droit vers le nord. En dépit d'un mistral de face que rien n'arrêtait, Robur avait avalé d'un trait les étendues rases du coussoul de Crau criblé des cailloux ronds que – selon Eschyle – Zeus aurait lancés du haut du ciel sur les Ligyens pour protéger son fils Héraklès à court de flèches. Le cavalier avait dû être raisonnable pour deux en forçant sa monture à faire halte alors que tombait le crépuscule. Il avait aperçu à main droite une vaste bergerie aux murs bâtis de galets ronds, avec son toit couvert de sagnes[86], non loin d'un étang, où tous deux avaient trouvé refuge. La présence de la troupe bêlante qu'un berger y tenait confinée pour la nuit avait calmé les ardeurs de l'étalon. Robur s'était délecté d'un picotin de foin de Crau, particulièrement florifère et parfumé, tandis que son maître partageait avec le berger – moyennant quelques deniers – un morceau de sa tomme et d'un pain rustique qui ne se rendait pas sans avoir combattu. Qu'importe : le grand air avait doté le chevalier d'un appétit qu'il croyait avoir perdu durant ses années de captivité.

Dès le réveil, Robur semblait prêt à reprendre sa chevauchée fringante. Son maître un peu moins, occupé à se débarrasser des brins de paille accrochés à ses cheveux ou vêtements et à se gratter frénétiquement sur toutes les parties de son corps envahies durant son somme par des hôtes urticants. Il avait secoué avec vigueur sa veste en buffle, vidé ses bottes de ce qui pouvait éventuellement y grouiller en les retournant comme un gant et prié le ciel que le mistral s'obstinât à balayer les étendues de la plaine cravène de ses rafales endiablées, afin que l'odeur de suint dont il était imprégné ne vînt trop incommoder les narines délicates du frère archiviaire au grand prieuré d'Arles, plus habituées aux vapeurs d'encens qu'aux remugles de bergeries.

Alors qu'il en était à se demander s'il devait prévoir de passer la nuit dans une auberge arlésienne, Thibault entendit

[86] Roseaux de Camargue.

avec soulagement retentir le timbre frêle de l'archiviaire et les mots espérés :

— Nous y voilà !

Thibault fit volte-face et vit le vieil homme, penché sur un grand registre, suivre avec le doigt un texte qu'il lut à voix haute à l'intention du chevalier.

— Le frère Gilles d'Arvieux fut blessé, lors d'une caravane[87] vers le Levant, durant un abordage avec une galère turque, par la mitraille d'une couleuvrine dont il n'a évité qu'en partie la charge. Il a été d'abord soigné à l'hôpital du grand prieuré à Malte, puis rapatrié en fin novembre 1590. Débarqué à Marseille un mois plus tard, il a achevé sa convalescence l'année suivante, à sa demande, ici même, à l'hôpital du grand prieuré, car il avait une parente à Arles, décédée depuis. Il est présentement en charge d'une des propriétés appartenant à l'Ordre près de Mas-Thibert.

— Où est-ce ? demanda le chevalier.

L'archiviaire répondit à la question par une autre :

— D'où nous arrivez-vous ?

— De Marseille.

— Dans tel cas, vous êtes passé devant ! s'écria le vieil homme en levant les bras au ciel.

Il se mit en peine de trouver un cartulaire contenant les titres de propriété du grand prieuré, accompagnés de leurs plans.

— C'est là, dit-il en posant le doigt sur une vaste étendue dans la partie « humide » de la plaine de Crau, vivifiée par l'eau du canal de Craponne, au sud du hameau de Mas-Thibert et de l'étang des Aulnes. À huit, dix lieues d'ici. On l'appelle Peau de Meau, vous en souviendrez-vous ?

---

[87] Le jeune chevalier, pour être définitivement admis dans l'Ordre, devait avoir accompli quatre *caravanes* (expéditions maritimes *a danno d'Infedele* – « pour porter dommage à l'Infidèle »).

— N'ayez aucune crainte, assura le chevalier.

Le domaine se situait à droite du grand chemin d'Arles à Bouc qu'il avait emprunté la veille. Mieux : il avait possiblement passé la nuit dans une de ses bergeries !

Thibault prit en hâte congé. Il passa saluer le prieur qui, par chance, était fort occupé, et sauta sur son cheval. Il était dans une grande agitation des sens.

C'est dire que le chevalier ne tenta rien pour freiner l'ardeur de l'infatigable Robur tout au long des neuf lieues de retour qui le séparaient du but de son voyage.

Ainsi Gilles d'Arvieux était-il toujours de ce monde. L'heureuse confirmation ! Elle remplit Thibault d'une ardeur nouvelle. Non seulement parce qu'il allait pouvoir – enfin ! – produire devant la justice une preuve irréfutable de son identité perdue, mais parce qu'il allait renouer avec une amitié ancienne.

Dans l'étendue sans bornes de l'immense plaine de Crau – où l'œil n'avait guère pour repère que les silhouettes paisibles des petits chevaux blancs et des taureaux noirs, frères complémentaires de ce plat pays – rien n'indiquait au voyageur le nom de telle propriété ou domaine, car il ne serait venu à l'idée de personne de baptiser le paysage à son intention. Ici, chacun savait où il était, à qui appartenaient tel bois, telle pâture, tel étang, tel troupeau.

Thibault se dit qu'il devait approcher, sous la lumière vive d'un soleil d'hiver astiqué par le vent maître, quand il vit la plaine de Crau moutonner. Il comprit le sens que les marins donnaient à ce verbe pour désigner une mer agitée : à perte de vue c'était une marée de dos laineux, serrés comme une trame immense, qui se confondaient avec la teinte ocre clair du sol. Au bas mot quatre cents bêtes, toutes semblables, têtes baissées, obstinées à pâturer comme si elles ne voulaient pas laisser un brin d'herbe debout après leur passage, dans un concert continu de sonnailles et de bêlements, ponctués par les abois des chiens qui veillaient à l'ordonnance du troupeau.

Au cheptel autochtone se mêlaient – marquées d'un signe distinctif teint en bleu sur la laine – les brebis de l'hôtel-Dieu du Puy-en-Velay, venues hiverner en Crau courant octobre lors d'une transhumance à l'envers. De temps à autre, surgissait du flot aux imperceptibles ondulations les têtes des béliers casquées de cornes épaisses enroulées sur elles-mêmes comme les ammonites. Deux bergers, droits dans leur cape de peau raide de crasse ancienne, dressés comme des menhirs, montaient une garde sans inquiétude, les chiens faisaient tout le travail.

Thibault poussa Robur vers l'homme le plus proche afin de s'enquérir du nom du domaine et s'assurer d'être à la Peau de Meau. Sur un signe de tête affirmatif du berger, de nature laconique, il demanda :

— *Es aquì moussu d'Arvieou ?*

Le gardien du troupeau tourna la tête en direction d'un gros mas tapi en lisière d'un bois et, tendant le bras vers un cavalier qui approchait monté sur un camargue à peine plus haut qu'un gros âne, il lâcha enfin trois mots :

— *Es lui qu'arribo.*[88]

Le cœur de Thibault se mit à battre plus fort. Du plus loin, il chercha à deviner la figure qu'avait le cavalier, au torse emmitouflé dans une veste de peau de mouton retournée, mais celui-ci, face au soleil qui déclinait vers l'ouest, grimaçait sous son chapeau conique à larges bords et il était difficile d'y retrouver les traits de son ami.

Le petit camargue avançait sur ses courtes jambes, le front buté, l'air peu commode. Robur, les oreilles dressées, le regardait approcher.

Quand elle ne fut plus qu'à quelques toises, l'apparition glaça d'effroi le chevalier. Gilles d'Arvieux était défiguré. Une bonne

[88] – Monsieur d'Arvieux est-il ici ? – C'est lui qui vient.

partie gauche de son visage manquait. Sa joue était un ramas de chairs hachées mal recollées. Quelques touffes de barbe rase ne parvenaient pas à les dissimuler. Le pavillon d'oreille était déchiqueté et son œil mi-clos probablement perdu. Thibault ne savait plus où porter son regard. Le cavalier dardait sur l'arrivant la prunelle préservée de son œil droit. Sa fixité lui donnait l'aspect d'un oiseau de proie :

— Monsieur ? Quel bon vent vous amène, le mistral mis à part ?

Le timbre de voix, lui, était intact. Un peu plus grave, peut-être, mais identifiable au premier son.

Après avoir péniblement avalé sa salive, le chevalier balbutia, la gorge serrée, apercevant la manche gauche de la veste de peau flotter dans le vent, signalant le bras qui manquait :

— Gi… Gilles d'Arvieux ?...

Le cavalier ricana :

— En personne, si je puis dire !

Il se moqua de lui-même :

— Tel que vous me voyez, il en manque un morceau, mais le reste est bien moi. À qui ai-je l'honneur ?

Les larmes montèrent aux yeux du chevalier. Il sauta à terre, et, pour masquer son émotion, son chapeau balayant l'herbe rase, il mima une révérence de cour avant de tendre ses bras ouverts :

— Thibault de Cervières, pour vous servir !

Ce fut au tour de Gilles d'Arvieux de sentir son cœur se serrer. Après un bref instant de sidération, sa bouche blessée à demi ouverte, incapable de dire un mot, il quitta ses étriers, passa sa jambe droite sur le troussequin antérieur de sa selle camarguaise et mit pied à terre. Il marchait en se déhanchant mais sa jambe gauche paraissait être sienne. Il s'immobilisa et son bras droit se tendit vers le visage de Thibault. De l'index, il parcourut la cicatrice que son épée avait laissée jadis sous l'oreille gauche de son ami dans la fougue d'un assaut.

— Pas de doute, c'est bien toi, mon Thibault…

Il montra sa manche gauche vide et dit, amer :

— Moi, j'ai égaré ma preuve, vois-tu ? Les poissons l'ont mangée du côté de Rhodes.

Sans plus un mot, d'un même élan, les deux hommes s'accolèrent farouchement, chacun ne tentant rien pour retenir les larmes qui inondaient l'épaule de l'autre.

— Thibault… répétait Gilles, le visage enfoui dans les replis du cuir de buffle du chevalier.

— Gilles… répondait en écho Thibault.

Il n'y avait pour l'instant rien à dire d'autre. Ces deux prénoms contenaient tout : leurs jeunesses brisées, leurs années de souffrances, mais aussi la joie inouïe de ces retrouvailles inespérées.

— Tu me diras ?

— Je te dirai.

— Viens, ne restons pas là. Un bon feu nous attend au mas.

Tenant chacun sa monture par le filet les deux amis s'acheminèrent lentement vers les bâtiments en U du mas qui faisait le gros dos sous le mistral.

— Tu restes à souper, bien sûr.

— Bien sûr, j'ai tant de choses à te dire.

— Et moi à te raconter. Il y a du ragoût de mouton au menu.

— Je ne l'aurais pas deviné.

— Je n'arrive pas à y croire, Thibault.

— J'ai besoin de toi, Gilles.

— Tant mieux ! Je vais enfin servir à quelque chose. Le mouton, sais-tu…

— Je n'espérais plus vivre pareil moment. Quelle joie d'être à nouveau réunis !

— Un peu gâtée par ma faute. J'aurais pu être plus présentable. Il ne te reste qu'un morceau d'ami.

— C'est plus qu'il n'en faut pour conforter un compagnonnage dont la privation m'a révélé à quel point il avait compté dans ma vie.

29

« Hérésie » papale

Charles de Casaulx avait sa tête des mauvais jours.

Mais, à dire le vrai, en avait-il arboré une autre depuis l'instant où, s'emparant du pouvoir municipal par les armes, il avait jeté Marseille dans les bras de la Sainte Ligue catholique dont il se voulait le héraut le plus ardent ?

Debout derrière la tribune qui dominait la salle du conseil, face à ceux de son parti qui – par crainte ou par opportunisme – le suivaient toujours, le Premier consul de Marseille fixait l'assistance muette et attentive d'un regard furieux, comme s'il la tenait pour responsable de sa colère. Les deuxième et troisième consuls, nommés à la convenance du premier au cours d'une parodie d'élection, les capitaines de quartiers soumis à son caprice parce qu'ils lui devaient tout, les officiers municipaux convoqués en urgence comme on siffle un valet, tous baissaient la tête comme pour éviter de croiser le regard de feu de leur chef. Aucun ne pipait mot, attendant la fin de l'orage. Personne n'osait intervenir, ni même poser une question.

En dehors du jour de la Saint-Simon[89] – pour son élection annuelle –, voilà longtemps que Charles de Casaulx ne se donnait plus la peine de convoquer le conseil de ville au complet, avec ses soixante-douze membres représentant à parts égales les quatre quartiers de Marseille. Il se contentait de réunir à son bon vouloir le collège dit « des Honneurs », composé de vingt-quatre membres à qui il dictait sa loi et faisait part de ses décisions afin qu'elles fussent diffusées à travers la ville pour toucher l'opinion publique après avoir été imprimées dans l'atelier de Pierre Mascaron, qu'il avait fait venir d'Avignon. À cette assemblée restreinte se joignaient le notaire Robert Ruffi, archiviaire officiel, le Viguier Loys d'Aix, compagnon du premier jour, et Pierre de Libertat, l'homme qui tenait les clefs de Marseille.

C'est à ce collège réduit que le Premier consul venait de s'adresser. Façon de dire, car il s'agissait plutôt d'un accès de rage public, d'un monologue fulminant, au cours duquel Charles de Casaulx s'en était pris au Saint-Père en des termes jusqu'alors inouïs dans la bouche d'un catholique.

Le Premier consul venait d'avoir confirmation d'une nouvelle qu'il redoutait depuis le 25 juillet 1593, jour où Henri IV avait solennellement renoncé à sa foi huguenote en la cathédrale de Saint-Denis. Le pape Clément VIII venait d'accepter son reniement « comme sincère et authentique ». Le coup était rude pour le chef de la rébellion marseillaise : le souverain français, légitime par naissance, le devenait par religion. À cause de l'absolution du pape !

En informant le conseil, Casaulx avait laissé éclater sa rage :

— Ce pape-là est plus grand hérétique encore que le *Béarnais* !

On avait senti passer sur l'assistance un frisson : de tels propos relevaient du blasphème. Passe encore de brûler en place publique le portrait d'un roi honni, mais traiter de la sorte le représentant du Christ sur terre !...

[89] 28 octobre.

Le Premier consul avait insisté :

— Comment le Saint-Père peut-il accorder crédit à un homme qui a par six fois changé de religion[90] ? Il la trahira encore, cette foi qu'il prétend partager avec nous qui n'avons jamais failli à nos engagements baptismaux !

Voilà que le garant suprême de « *la seule et vraye foi* », pour laquelle Charles de Casaulx s'était battu comme un lion, venait – après tant d'autres – de l'abandonner ! Voilà que le pontife romain reconnaissait l'*Hérétique* comme souverain légitime du royaume de France ! Désormais, la Sainte Ligue catholique n'avait plus de sens. Son combat n'avait plus d'âme. Déjà, elle n'avait plus vraiment de chef. Le duc de Mayenne était, disait-on, occupé à monnayer avec le *Béarnais* sa soumission totale au roi par un traité de paix particulier, en échange d'un pardon général.

— Le traître ! rugissait Casaulx. On parle de trois cent cinquante mille écus, l'abolition de tous les arrêts pris contre lui, le droit de se retirer sans être plus jamais inquiété en la province de Bourgogne dont il serait le gouverneur à vie. Judas n'avait exigé que trente deniers !

Le constat était accablant : l'une après l'autre, à l'exemple du parlement d'Aix, les villes provençales ligueuses se soumettaient. La marche du *Béarnais* était triomphale vers la reconquête des provinces si longtemps disputées.

Marseille était plus que jamais isolée.

La vie même de Charles de Casaulx se trouvait directement menacée. En attestaient les tentatives – jusque-là avortées – d'attentats dont la fréquence augmentait avec le temps, dans une ville où rôdaient des agents et des tueurs à la solde des princes étrangers. La semaine précédente on avait découvert à temps,

---

[90] Henri IV est né catholique (1554) puis, successivement, il sera protestant (1559), catholique et protestant la même année (1562), catholique pour son mariage (1572), protestant en 1576 après sa fuite du Louvre, enfin catholique lors de son reniement (1593).

sous le banc réservé aux consuls en l'église des Prêcheurs, une saucisse de poudre reliée à une machine infernale destinée à anéantir les maîtres de Marseille. Casaulx s'en était tiré par une boutade – « on a voulu me faire manger de la saucisse un vendredi, je suis trop bon catholique pour cela » – mais il avait accusé le coup.

Ces derniers temps, le Premier consul ne sortait jamais sans une solide escorte armée qui le serrait de près et il ne quittait plus, sous son linge, sa jaquette en chaînons de mailles d'acier tramées serré, qui le mettait à l'abri d'un coup de dague donné par un assassin infiltré parmi ses partisans.

Et voilà que le coup de grâce était porté non par un sicaire à la solde de ses ennemis, mais par le pape lui-même !

La nouvelle était si accablante que l'infatigable combattant avait vacillé. Cette abjuration reconnue par le souverain pontife, c'était l'impossibilité pour le maître de Marseille d'alléguer ni l'intérêt du royaume, ni celui de la religion pour justifier son combat.

Venait de sonner la fin du rêve d'une ville imaginée comme une république catholique, libre et indépendante, à l'instar des plus fameuses de l'Histoire : Venise ou Gênes, ses égales.

Les soutiens les plus sûrs de sa cause, voyant le Premier consul désemparé, s'en étaient mêlés. Dans l'intimité familiale, Fabio, son fils aîné, le préféré de ses neuf enfants, s'était agenouillé devant son père et avait tenté, au milieu de ses larmes, de le persuader de céder à la raison, de reconquérir l'estime de son roi. Dans le cœur de Charles de Casaulx, un combat s'était engagé entre ambition et amour, ces deux démons contraires. Le mauvais l'emporta.

Peu avant l'ouverture de la réunion fixée à la Maison commune, l'archiviaire Robert Ruffi, son confident, avait été menacé de mort. Alors qu'il suppliait le Premier consul de ne pas s'obstiner, il avait vu Charles de Casaulx tirer sa dague de son fourreau et, montrant sa lame, dire à mi-voix mais avec une intensité effrayante :

— Monsieur mon ami, si ce n'était vous qui prononciez ces paroles de défaite, je vous eusse dagué au premier mot.

Désormais, un combat à mort s'engageait. Le Premier consul en sonnait la première charge :

— Chacun de vous sait que Marseille a reçu ces temps-ci en escale deux hôtes illustres : l'amiral-prince Andrea Doria, venant de Barcelone et regagnant Gênes, république alliée de l'Espagne, et l'archiduc Albert d'Autriche, en route pour les Pays-Bas où Philippe II, son oncle, vient de le nommer gouverneur. Tous deux nous ont laissé entrevoir la possibilité d'un traité d'alliance entre Marseille et Sa Majesté catholique espagnole. C'est dans cette perspective qu'une délégation composée de mon propre frère, François, du docteur Mongiu et de l'avocat Nicolas David, partie en hâte pour Barcelone sur mon ordre, vient d'y débarquer. Elle est en route pour Madrid où l'attendent Leurs Excellences Castel Rodrigo et Idraquez, ministres de Sa Majesté catholique. Nous allons mettre Marseille sous la protection du roi d'Espagne. Notre délégation à Madrid apporte à Sa Majesté les conditions que nous posons à la signature de ce traité. Mais sachez que déjà des galères avec des troupes embarquées, commandées par l'amiral-prince Doria, partant de Gênes avec l'accord de Philippe II, s'apprêtent à faire route vers Marseille, où elles arriveront d'ici une quinzaine de jours. Je vous demande de préparer l'opinion à leur réserver un accueil triomphal.

Dès les premiers mots une rumeur angoissée avait parcouru l'assemblée, vite réprimée par le regard appuyé de Casaulx. Seul le notaire Ruffi avait osé rompre le silence :

— Monsieur, ne craignez-vous point, en ouvrant notre port à Sa Majesté catholique, qu'elle s'en prétende bientôt le maître ?

Le notaire avait le goût politique. Il voyait clair dans les arrière-pensées du monarque espagnol. Placée idéalement à mi-parcours de l'arc méditerranéen entre Barcelone et Naples, perles de son royaume, en comptant l'étape de Gênes, son alliée, Marseille soumise à l'Espagne ferait de Sa Majesté catholique le maître du jeu. Il imaginait le *Roi triste*, tapi comme l'araignée dans sa toile, guettant la première imprudence de sa proie. Ses agents le tenaient en permanence informé de la révolte marseillaise. Il en suivait les péripéties. Il savait qu'elle gênait grandement Henri IV, en guerre contre l'Espagne dans les provinces du Nord. Philippe II avait donc permis à la révolte marseillaise de perdurer en ouvrant ses greniers à blé de Sicile et de Naples ainsi que ses arsenaux de Gênes et de Livourne à ses navires, et en lui fournissant des quintaux de poudres et de boulets.

Le roi d'Espagne n'attendait plus qu'un appel au secours.

Il était en route vers l'Escorial.

Le Premier consul avait balayé l'objection du notaire Ruffi d'un ricanement :

— Monsieur l'archiviaire, eussiez-vous préféré que ledit port de Marseille s'ouvrît à un roi de France renégat ?

Ruffi avait jugé prudent de ne pas répondre. Casaulx en avait profité pour achever son argumentation.

— Les galères de l'amiral-prince Doria s'ancreront dans notre port pour en devenir le bouclier, non pour l'asservir. Elles nous aideront à contenir nos ennemis, espérant qu'avec l'aide de Dieu nous surmonterons les pernicieux desseins du *Béarnais*. L'alliance que nous allons conclure avec Sa Majesté le roi d'Espagne n'est en rien une soumission. L'argent nous fait défaut, l'Espagne nous en promet. Un million d'écus en or ! Marseille demeurera une république libre, où la catholique sera la seule religion admise, sous la cuirasse d'un monarque qui, lui, n'a jamais varié dans sa foi. En échange, et pour sceller notre accord, nous lui céderons la Tour de Bouc[91], sur laquelle Marseille a la haute main. Ce sera pour Sa Majesté catholique une place stratégique au cas où elle désirerait voir reculer les prétentions d'un roi qui n'est point le nôtre.

Son ressentiment contre Clément VIII lui avait fait ajouter :

---

[91] Aujourd'hui Port-de-Bouc.

— Voire à pousser jusqu'au Comtat qui est au pape !

Pour ranimer l'ardeur de ses troupes qu'il voyait abattues comme le moule d'un fondeur de cloches, Charles de Casaulx avait retrouvé le ton du chef de guerre.

— C'est là notre dernier recours. N'oublions jamais le passé prestigieux de cette ville, ci-devant république. Si Dieu est de notre côté, Il nous donnera la victoire. Et nous reconquerrons notre liberté abolie, telle qu'elle nous avait été donnée voici plus de trois siècles par les chapitres de paix signés avec les comtes de Provence[92]. Sinon, ce sera signe que nous n'avons pas assez combattu pour Sa gloire. Et notre châtiment sera mérité.

Le Premier consul avait conclu d'une voix assombrie, comme s'il voulait se persuader du bien-fondé de sa démarche :

— Je suis résolu, avant de tout perdre, de jouer Marseille à quitte ou double et de me jeter dans les bras du diable même, s'il le fallait.

Seul Pierre de Libertat qui était tout proche l'entendit ajouter dans sa barbe :

— Et quand je n'en pourrai plus, de me jeter sur mon épée.

---

[92] En 1257 avec Charles d'Anjou, comte de Provence (et frère de saint Louis).

30

Attentat rue Caisserie

Le jour tombait quand Thibault de Cervières, revenant de Mas-Thibert monté sur Robur, franchit la porte de Galle pour entrer dans Marseille par le nord, sous l'œil suspicieux des soldats de la milice urbaine.

Afin d'éviter de s'égarer dans l'inextricable lacis des ruelles de la vieille ville, poussées comme herbes folles à la fantaisie de chacun, le chevalier décida – dès la porte franchie – de tourner sur sa gauche et de suivre au plus près le tracé du rempart en bordure du quartier de Cavaillon. Il finirait fatalement par le conduire jusqu'à la porte du Marché, où il savait retrouver le *Logis du Goéland* tout proche et l'écurie de sa monture. En outre, cet itinéraire avait l'avantage de traverser les espaces ménagés au pied du rempart pour faciliter les déplacements de troupes de défense, plus aisés à parcourir à cheval que les obscures venelles encaissées par les maisons étroites, véritables boyaux où Marseille digérait son peuple.

La ville s'apprêtait à affronter la nuit, source d'angoisses et de périls. Chacun se hâtait de regagner son logis avant l'obscurité totale, les rues étaient vides, les portes barricadées. Seules les lueurs tremblotantes de chandelles derrière certaines fenêtres attestaient de présences humaines.

Thibault avait rendu les rênes à son cheval, conscient que Robur, le pied sûr, irait à son pas, évitant les obstacles, les tas d'immondices que les yeux de son cavalier ne voyaient pas. Au jour tombé, l'espace revenait aux animaux : chiens errants, chats sauvages et rats envahissants sortaient de leurs caches pour se partager l'inventaire des reliefs abandonnés par les hommes, au terme d'affrontements farouches emplissant les rues de grognements de rage, de cris de douleur, d'aboiements furieux, de couinements aigus, toute une cacophonie qui semblait provenir de chaque recoin obscur, de chaque impasse délaissée.

De temps en temps on percevait des bruits de pas de gens se déplaçant en groupes. Les hommes du guet ? Des soldats allant prendre la relève ? Des bandes s'apprêtant à un mauvais coup ? Qui pouvait savoir ?

Le lumignon du *Logis du Goéland* apparut à Thibault comme un phare après une traversée risquée. Le chevalier conduisit directement Robur à l'écurie sans passer par l'auberge. Il recommanda au valet d'étriller avec soin sa monture et de lui fournir double ration, appuyant son exigence d'une pièce qui lui valut considération. Il se mit aussitôt en route pour regagner au plus vite son nouveau logis de la rue Bouterie.

Quatre journées à chevaucher sans compter sa peine entre Arles et Marseille avaient sollicité ses reins. Il n'avait plus l'endurance de sa jeunesse et il lui tardait de retrouver sa couche.

Il prit au plus court. La Grand-Rue lui ouvrait ses bras, il continuerait par la rue Caisserie jusqu'à hauteur de la rue Figuier-de-Cassis où, en tournant vers le port, il serait à sa porte.

La lune avait eu l'idée opportune de pointer sa faucille entre deux nuées. Elle permettait au chevalier de deviner où il dirigeait ses pas.

Il arrivait auprès de la montée du Saint-Esprit quand la cloche des Accoules égrena dix coups, en désaccord avec la campane de l'église Saint-Jaume qui en avait quatre d'avance. Quand toutes les sonnailles de Marseille en eurent fini de se disputer pour donner l'heure, le silence se rétablit et c'est alors que Thibault crut dans l'ombre entendre un faible bruit. Quelqu'un le suivait. Il s'arrêta net et il lui sembla qu'on en faisait autant derrière lui. Il dégaina d'un geste vif et fit face, immobile, scrutant la nuit. Tous ses sens étaient en éveil.

Quelque chose boula à sa gauche, arrivant de la montée du Saint-Esprit.

C'était un rat énorme. Dans sa fuite éperdue devant un matou de la taille d'un lièvre, il avait buté dans un tas d'ordures.

Bientôt un cri aigu et bref signala que le chat venait de rattraper sa proie et un bruit de lutte féroce ponctuée de miaulements de rage, de corps martelant sourdement le sol de terre battue se prolongea : le rat défendait chèrement sa peau.

Cette diversion avait suffi pour que Thibault détourne la tête. Quand il revint à son point d'observation, il aperçut, sur la droite, à deux coudées du sol, une petite étincelle bleuâtre trembloter. Elle trahissait une mèche de pistolet. Un homme se tenait accroupi contre un mur. Le déclic du rouet joua avec un bruit sec, une lueur troua l'obscurité et une détonation retentit. Par réflexe le chevalier s'était jeté sur le côté et la balle passa en sifflant à un pan de son épaule. Déjà, le tireur avait pris ses jambes à son cou et filait ventre à terre pour se laisser bientôt avaler par la rue de la Reynarde.

Thibault renonça à une poursuite inutile. Il avait conservé son épée nue et bien lui en prit car une double cavalcade annonçait une approche dans son dos. Deux ombres fonçaient sur lui. Une lame accrocha un reflet lunaire et cela suffit au chevalier pour la déjouer d'un coup de poignet sec au moment où son assaillant allait l'atteindre. L'homme déséquilibré percuta le chevalier tête première. Celui-ci rompit d'un pas pour amortir le choc et dégaina prestement sa dague de la main gauche. Il l'enfonça par deux fois dans le ventre de son agresseur qui s'effondra contre lui avec un râle.

Empêtré par ce corps qui l'entraînait dans sa chute en bloquant son épée, Thibault ne pouvait plus se mettre en garde face au second agresseur. L'homme brandissait au-dessus de sa tête un sabre court fait pour l'abordage. Le chevalier se vit perdu. L'agresseur le dominait, il voyait son mufle grimaçant au moment où il allait abattre son arme. Il eut une ultime pensée pour sa sœur Claire et attendit la mort qui allait ouvrir son crâne en deux, en fermant les paupières.

Quand il les rouvrit, le mufle de l'homme était toujours là, à quatre doigts de son visage, mais il avait la bouche grande ouverte, les yeux écarquillés. Il s'affaissait lentement sur les genoux dans un complet silence. Il lâcha son sabre et passa sa main libérée dans son dos comme s'il tentait de s'emparer d'une arme glissée dans sa ceinture. Une gorgée de sang sortait de sa bouche. Le chevalier se dégagea, prêt à l'embrocher, mais ce ne fut pas nécessaire.

Quand le corps bascula à ses pieds, il vit dans le dos, enfoncé jusqu'à la garde, le manche en corne d'une navaja de belle taille, affûtée comme un rasoir, dont la lame avait traversé la poitrine.

Thibault sursauta quand il entendit une voix devenue familière expliquer calmement à celui qui l'écoutait : « Un coup de couteau à distance vaut mieux qu'une pistolade. Ça fait du bruit et de la fumée, mais ça manque sa cible ou bien touche celle qu'il ne fallait pas. En outre, lancer le couteau n'ameute pas le guet. » Une autre voix, que l'alcool rendait pâteuse, répliquait : « Vrai, compagnon, mais si on manque son coup on reste *coyon* disent les Marseillois ! »

Thibault aperçut le crâne ras et luisant au-dessus d'une formidable paire de moustaches de l'un, et la tignasse en bataille rejoignant la barbe en broussaille de l'autre. Ramefort et Bardolfo, ci-devant corsaires à bord du *Leeuwen*, sortaient de faire carousse dans un cabaret malfamé de la rue de l'Aragne. Ayant reconnu, dans le gentilhomme en difficulté qui leur faisait face, celui qu'ils appelaient encore entre eux, par habitude, *Al-Gawri*, ils avaient réglé à leur façon la question de l'avenir du chevalier.

Thibault les regardait approcher avec un large sourire et un soulagement visible. Ces deux-là tombaient du ciel. À moins que l'enfer ne les ait élargis opportunément.

— Alors, mon gentilhomme, dit Bardolfo en bouffonnant comme sait le faire un Italien, on se bat dans la rue avec les taille-bourses marseillais ?

— Mes compliments, mes beaux saigneurs, plaisanta Thibault, se remettant de ses émotions. Le coup est d'autant plus apprécié que je ne l'attendais plus.

Alors que les deux forbans n'étaient plus qu'à deux pas, le chevalier constata qu'ils étaient saouls comme grives en vendanges ! Pourtant Ramefort, le propriétaire du couteau espagnol, avait en un éclair réalisé l'urgence de son intervention et l'avait exécutée de main de maître. Quelle nature !

Le corsaire retira sa navaja du corps gisant, en essuya soigneusement la lame sur la veste de sa victime, avant de la replier et de la replacer dans la large ceinture de cuir où elle avait son logement, à portée de main.

Bardolfo ramassa quelque chose qui gisait dans un coin de mur. C'était un poitrinal, un mousqueton à gueule évasée, encore tiède de la balle tirée sur Thibault. L'arme manquait de précision, défaut dû à la forme même de son canon. Le chevalier venait d'en faire l'heureuse expérience.

Le corsaire mit le pistolet dans la poche de son habit.

Un râle montant du sol fit retourner les trois têtes.

— Un des deux vit encore, dit le chevalier.

C'était celui qu'il avait dagué au ventre par deux fois. Il se tordait de douleur.

— Eh bien, on va l'aider à rejoindre l'autre, dit Bardolfo en sortant son couteau pour l'égorger.

Thibault arrêta net son geste :

— N'en faisons rien ! Aidez-moi plutôt à le transporter jusqu'à l'hôpital de la commanderie de Saint-Jean dont j'ai la charge.

Les deux corsaires s'offusquèrent :

— Par le bouc de Belzébuth ! Vouloir sauver un homme qui a voulu vous tuer en vous faisant mourir ? Drôle d'idée ! Comment expliquer cela si un magicien ne vous a pas jeté un charme ?

— Ne croyez pas que j'aie perdu l'esprit, compagnons, dit Thibault en rengainant. Ces larrons n'en voulaient pas à ma seule bourse. Si celui-là survit par mes soins, j'apprendrai peut-être le nom de qui me l'a envoyé.

31

Le corsaire gentilhomme

Simon Danzer était de ces êtres dont la prodigalité finit par devenir encombrante. Eût-il été un souverain, un prince régnant, un pontife, il n'aurait pas échappé au sobriquet de Simon Ier l'Excessif. C'est la réflexion que se faisait Thibault de Cervières en pénétrant dans les salons d'apparat de l'hôtel de Remezan.

À l'approche de l'appareillage de son voilier pour sa première course « officielle » au compte de la ville de Marseille, son capitaine corsaire avait organisé une fête somptueuse. Il avait prié le Premier consul de l'aider à convier tout ce que la ville comptait encore de gens de qualité. Nobles familles, bourgeois fortunés, marchands de renom, brillants capitaines, magistrats respectés, chanoines titulaires et vicaires prébendés, jusqu'à Monseigneur Frédéric Ragueneau, évêque de Marseille, qui, souffrant, avait délégué son secrétaire, l'archiprêtre Charles Bottarelli, tous avaient été priés d'obtempérer. À ceux qui avaient renâclé devant les porteurs d'invitations des *Duumvirs*, on avait fait comprendre qu'il s'agissait moins d'un désir que d'une injonction.

Voilà pourquoi les deux salons étaient pleins d'une foule de gens d'importance, dont la majorité étaient, de gré ou de force, des obligés ou des courtisans des maîtres de Marseille.

Danzer avait insisté pour que « la gent féminine » fût représentée en nombre et priée de venir dans ses plus beaux atours. Dans son esprit, la fête devait avoir toute la tenue et la respectabilité requises, afin d'effacer le préjugé voulant qu'un corsaire soit, par nature, une brute épaisse aux frustes manières, habitué à se vautrer dans des plaisirs infâmes, incapable d'apprécier le goût raffiné d'un mets, l'arôme subtil d'un vin ou la grâce aimable d'une femme.

L'hôte lui-même avait donné le ton en revêtant un somptueux manteau long, en velours vert émeraude rebrodé d'or du col aux chevilles, qui lui donnait un air de prince oriental. L'échancrure galonnée ouverte sur la poitrine laissait apparaître l'éclat d'un linge blanc des plus fins, débordant de flots de dentelles en jabot, sur lequel reposait un collier d'or de belle taille. Un turban eût complété son allure de prince des *Mille et Une Nuits*, mais le corsaire avait pensé que cela risquait d'offusquer les marchands marseillais en leur rappelant les dommages causés à leurs négoces par les porteurs habituels de ce type de couvre-chef. Il était donc tête nue, si l'on peut dire, devant la luxuriance de sa chevelure et de sa barbe de cuivre rouge.

Suivant la consigne, ces dames, couvertes de leurs bijoux clinquants, avaient tiré de leurs armoires leurs robes les plus propres à marquer leur position sociale. Ce qui n'impliquait pas d'être à la dernière mode. Les familles de la haute société aixoise n'auraient pas manqué de dauber sur ces Marseillaises parvenues singeant les usages mondains en masquant leur absence de goût sous des tenues criardes ou mal appariées.

Les convives s'étaient installés par six ou huit à de petites tables rondes en fonction de leurs affinités et de leurs intérêts, où ils étaient servis par une brigade de valets vêtus à l'orientale.

Depuis le second salon parvenaient – étouffés par le brouhaha des conversations – des airs de danse joués à la flûte, au cromorne, au luth, à la viole, scandés au tambour basque, par cinq musiciens qui faisaient alterner branles, caroles, courantes et passe-pieds en pure perte, car personne ou presque ne dansait, faute d'avoir appris. Les airs de cour n'étaient guère en pratique chez un peuple de marchands et de boutiquiers plus préoccupés de l'état de leurs bourses que de grâces mondaines. Seuls quelques invités parmi les plus jeunes s'exerçaient dans le fond de la pièce à une sorte de ronde serpentine qui se faufilait entre les tables à la fantaisie du meneur, le fils aîné du marchand drapier Bonnadier.

La préoccupation majeure de l'assistance était de profiter des largesses de l'hôte. Car sur le côté droit de la plus grande des deux salles illuminées de dizaines de candélabres, le maître pâtissier Honnorat Cotton, fournisseur attitré des consuls, avait installé ses tréteaux débordant de victuailles et de flacons, l'amphitryon prodigue l'ayant poussé « à ne point regarder à la dépense ».

Arrivé le dernier dans le grand salon, Thibault eut un haut-le-cœur quand il aperçut en arrière-plan de l'assistance des monceaux de mangeaille. Dans une ville assiégée, au commerce quasi ruiné, dont la partie la plus démunie de la population mourait de faim, comment accepter sans un mouvement de répulsion cet étalage de victuailles, insulte à la misère du temps ?

Le chevalier, fidèle à son engagement auprès du commandeur des Hospitaliers de Saint-Jean, en avait déjà pris la mesure et l'ampleur en se penchant sur les malheureux accueillis à l'hôpital de la commanderie où ils se mouraient de dénutrition et de maladies infectieuses. Mais à cinq cents pas de là, en l'hôtel de Remezan, qui s'en souciait ?

Apparemment, l'état de santé d'un peuple pris en otage, soumis aux privations, ne gênait guère ceux et celles qui avaient commencé à s'empiffrer sans attendre, avec l'air satisfait et sans gêne de qui se dit : « C'est toujours cela de pris. »

Danzer allait de l'un à l'autre, à l'aise avec tous, à la façon d'un seigneur se donnant à voir à ses vassaux, passant de table en table, houspillant un valet maladroit, réclamant à boire pour ici, à manger pour là, fier de sa propre magnificence. Il avait une cour de flatteurs se bousculant pour l'approcher, riant fort à ses bons mots, les dames émoustillées frémissant au récit de ses abordages.

Les premiers repus avaient déjà gagné les tables de jeu tandis que d'autres continuaient à s'empiffrer comme boutetoutcuir[93].

L'apparition tardive du chevalier, qui avait, pour la circonstance, revêtu une tenue plus conforme à son état de gentilhomme, avec un nouveau pourpoint de velours grenat, rassura le fougueux capitaine. Danzer avait craint que Thibault s'abstînt de répondre à son invite. Il l'accueillit avec exubérance. Sa voix de tonnerre passa par-dessus le bourdon des conversations :

— Ah, te voilà enfin, forban ! J'allais partir à ta recherche et te ramener par le col !

Toutes les têtes se tournèrent vers l'arrivant, lui qui avait tant souhaité passer inaperçu… Mais comment se faire discret avec pareil héraut ! Les conversations baissèrent d'intensité. Seuls les musiciens continuaient à jouer pour des oreilles qui ne les écoutaient pas.

Danzer, selon son habitude, prit le chevalier aux épaules comme une jarre par ses anses. On eût cru qu'il voulait le poser sur une table.

Le corsaire baissa la voix pour se pencher à son oreille :

— Alors, mon gentilhomme ? À peine de retour à Marseille on voulait déjà nous quitter ? Ramefort et Bardolfo m'ont raconté : avais-je pas raison de t'offrir ma protection ? Quelle idée de s'aventurer seul dans la nuit par des rues où les pendards

[93] « Glouton qui mange tout ce qu'il trouve », dit Furetière.

sont plus nombreux que les puces dans les branles[94] de mon équipage ?

Thibault, accablé, se contenta de promettre :

— Je serai plus prudent à l'avenir. La mésaventure me servira de leçon. N'en parlons plus ce soir, je t'en conjure. Je suis venu pour t'être agréable. Non point pour me faire tirer les oreilles.

Danzer le regarda sans répliquer. D'un autre, il n'eût pas supporté qu'on lui parlât de la sorte, mais, avec Thibault, il était dans l'état d'esprit du grand frère prêt à tout pardonner à son cadet étourdi.

Durant l'après-midi, le chevalier avait vainement tenté de faire admettre au corsaire son peu de goût pour les mondanités, inclination native que ses années de captivité avaient renforcée. Il avait prétexté son désir de se consacrer comme il se devait à son ami Gilles d'Arvieux, arrivé en voiture le jour même à Marseille pour répondre à son appel. Mais à bout d'arguments Thibault avait dû céder. Ayant décidé qu'une fête « ferait le plus grand bien à son ami Thibault », Danzer ne pouvait concevoir qu'il s'y dérobât.

— Tu en fais une figure ! On te dirait montant vers l'échafaud.

Une partie de l'assistance avait cessé de se goinfrer pour suivre la scène d'un œil amusé. Le corsaire était pour ces gens une sorte de créature exotique et on observait son comportement curieux, à la manière dont on allait voir débarquer d'un navire arrivant des Afriques un lion de l'Atlas ou une famille de cynocéphales.

Thibault s'efforçait à sourire. À quoi bon expliquer à quelqu'un qui ne veut pas entendre les vraies raisons de sa réserve ? Il préféra prétexter un excès de travail à l'hôpital de la commanderie.

— Et puis, j'avais à installer en mon logis mon ami Gilles, dont je t'ai parlé, qui vient d'arriver.

— Humm ! Tu as mauvaise mine pour un médecin.

---

[94] Hamacs.

— Un peu de fatigue, Simon, ne te soucie point…

— Mais si, mais si, insistait de plus belle le corsaire. Allez ! Viens donc te changer les idées en vidant en ma compagnie un flacon de ce vin clairet.

Déjà, il avait saisi une carafe et emplissait un verre qu'il tendit au chevalier avant de se servir. Aussitôt son verre vide, Danzer proposa à Thibault, sur une assiette, un petit pâté en croûte que le chevalier dut entamer séance tenante.

Les conversations avaient repris et les dos tournés le rassurèrent. Il n'était plus le centre focal des curiosités publiques.

— Viens encore par là, proposa Danzer, que je te présente à monsieur le Premier consul.

Thibault tenta de résister.

— Cela ne me paraît pas indispensable…

Mais le corsaire, sans plus se soucier de son avis, l'entraînait vers le second salon où les musiciens continuaient à débiter dans l'indifférence leurs musiques, sans parvenir à dominer la rumeur ambiante.

Au fond de la pièce, Charles de Casaulx, face à la foule des invités, était debout près de la cheminée en compagnie d'un groupe de gentilshommes. Thibault repéra sa silhouette massive, couleur de deuil. Par contraste, elle attirait l'œil parmi les tenues chamarrées qui l'entouraient. Le Premier consul était en conversation avec trois autres personnages dont le chevalier connaissait l'un, pour l'avoir vu sur une estrade aux côtés de son complice : c'était le Viguier Loys d'Aix.

— J'ai parlé à Casaulx de ce qui te tourmente, dit Danzer en se penchant vers Thibault. Il est intervenu, tu n'auras pas obligation d'aller à Aix.

Le chevalier, inquiet d'une démarche intempestive, n'eut pas le temps de demander de quoi il retournait : il se trouvait face au maître de Marseille vers qui la main rude de Danzer l'avait littéralement catapulté. Le corsaire se chargea des présentations :

— Monsieur le Premier consul, voici mon ami le chevalier Thibault de Cervières, dont je vous ai exposé la singulière situation.

Le regard noir de Casaulx se posa sur l'arrivant comme s'il voulait lui sonder le cœur et les reins. Thibault perçut aussitôt de quoi était fait le pouvoir de domination de cet homme. Il se situait dans la façon qu'il avait de vous regarder. Ses yeux vous plaçaient d'emblée en position d'infériorité, quel que fût l'interlocuteur. Un fauve guettant sa proie, avant l'attaque, voilà pour l'image. Une menace latente, prête à fondre sur vous, voilà pour l'impression. Son regard inquisiteur vous percutait. Qu'on l'appréciât ou qu'on le déplorât, on ne pouvait nier la fascination qu'exerçait Charles de Casaulx sur les êtres et les foules, avant même d'ouvrir la bouche. C'était un chef-né. Un meneur. Il prenait d'emblée le pouvoir sur les cœurs, les âmes et l'opinion. Pas étonnant qu'il eût entraîné tant de monde dans sa folle utopie. Face à lui, une alternative : se soumettre en se prosternant, comme devant une idole… ou le défier pour le détruire, comme l'incarnation du Mal.

Le chevalier salua le Premier consul d'une brève inclinaison du buste.

Le timbre grave du maître de Marseille se fit entendre :

— Monsieur, Simon Danzer m'a fait part des soucis qui vous accablent. Je ne doute pas que justice vous soit bientôt rendue. En attendant, vos démarches seront simplifiées, j'y ai veillé.

Thibault écoutait, intrigué, sourcils levés. Casaulx précisa :

— Bien que ne puisse vous être accordé le droit de citadinage, tant que vous n'apporterez pas preuve d'être né en cette ville, ni que vous y êtes domicilié depuis dix années, ou bien encore, tant que vous n'avez point épousé une fille dudit lieu, j'ai ordonné que vous soit appliqué le droit dit de *non extrahendo*, qui est privilège d'être Marseillais. Ainsi, vous sera évité d'avoir à plaider par-devant les chats-fourrés aixois. Monsieur Étienne Bernard, président de la Cour souveraine de justice de Marseille, dont nous devons la faveur à monsieur le duc de Mayenne, en a été informé. Il fera meilleur accueil à votre démarche.

Casaulx désigna de sa main droite, sans le regarder, un homme de haute taille au teint vultueux qui se tenait dans le groupe. Il échangea un bref regard avec le chevalier en inclinant la tête en signe d'assentiment. Thibault salua à son tour.

Le troisième personnage, mutique et taciturne, Thibault le reconnut à l'instant : c'était Pierre de Libertat, capitaine de la porte Réale.

— Je vous dois grand merci, Monsieur le Premier consul.

Casaulx émit une sorte de grognement étouffé, sa façon particulière de ricaner :

— Pas à moi, monsieur, c'est à Danzer que vous le devez. Je crois que si je n'avais obtempéré à sa demande en votre faveur, il eût refusé de lever l'ancre de son voilier. J'ai donc agi dans l'intérêt de Marseille.

— À l'ordinaire ! lança le corsaire.

Les deux hommes éclatèrent d'un même rire sonore en se lançant mutuellement des bourrades.

Moment d'exception : le Premier consul semblait se détendre. Était-ce la perspective d'avoir en permanence les moyens de ravitailler Marseille en pillant les navires passant à sa portée qui faisait trêve à sa mauvaise humeur latente ?

Thibault n'eut pas à poser la question. Déjà Charles de Casaulx retrouvait sa mine sombre en même temps qu'il reprenait la conversation avec ses affidés.

Danzer, l'air faraud, avait saisi Thibault par l'épaule et l'entraînait vers la crédence où s'entassaient les victuailles et les boissons.

— Es-tu content de moi ?

— Je serais bien ingrat. Voilà un souci de moins. Je pense à l'infortuné Gilles d'Arvieux, mon ami, que je n'aurai pas à entraîner jusques en Aix pour son témoignage. Tu es un ami précieux.

— Et pratique ! clama Danzer. Tu ne demandes rien et tu es servi quand même !

Il poursuivit plus bas :

— La chance est avec nous, Casaulx s'était levé du bon pied. Car, pour ne rien te cacher, il n'est pas au mieux avec le président de la Cour souveraine de justice.

— Je croyais pourtant ce dernier envoyé par la Sainte Ligue à Marseille pour faire pièce à la cour de justice aixoise qui crie trop fort : « Vive le roi Henri ! »

— Si fait, mais Casaulx soupçonne le président de travailler en secret à la soumission au roi. Officiellement mandé à Marseille par le duc de Mayenne pour la Ligue, ce serait en vérité un agent d'Henri IV. Mais ce sont leurs affaires, ne nous en mêlons point. Le plus important est que tu puisses déposer ta demande en reconnaissance ici, à Marseille.

Thibault, sachant la fatuité du corsaire, renouvela ses remerciements.

— Je suis confus de ta générosité. J'aimerais l'égaler à ton endroit.

— Bah ! C'est bien peu de chose, répliqua Danzer. Pourvu que tu veilles sur Noor en mon absence, voilà le plus sûr moyen de me prouver ta gratitude…

La réflexion manquait d'élégance, mais Thibault savait à quoi s'en tenir avec l'animal à propos des bonnes manières et ne s'en froissa guère.

— Je l'aurais fait de toute façon, Simon. C'est le devoir du médecin que de suivre la convalescence de son patient.

Le chevalier voyait la table aux victuailles se rapprocher et déjà il pensait à l'épreuve qui allait suivre « pour arroser ça », quand une voix douce le figea sur place. Quelqu'un l'interpellait :

— Monsieur de Cervières ?

Le chevalier fit volte-face et les battements de son cœur se précipitèrent.

32

Une rencontre inespérée

Thibault avait devant lui une jeune femme qui le regardait en souriant dans la fraîche beauté de ses vingt-trois ans. Sur une chemise de linon blanc, elle avait revêtu une robe de soie vert foncé, relevée de rubans noirs semés de passequilles clignotant sous l'éclat des candélabres comme de petites étoiles. En élargissant le bas du vêtement, le vertugadin mettait en valeur la finesse de sa taille. Sa grâce la distinguait des autres dames invitées, aux façons ordinaires, parlant fort, riant de rien et se tenant mal.

La belle enfant portait sur l'assistance un regard amusé et curieux de tout.

Le chevalier tomba en extase devant l'ovale d'un visage au teint mat, aux grands yeux noirs plantés haut, assortis au jayet des broderies, auxquels des sourcils dessinés en arc conféraient un air d'étonnement. Les cheveux, noirs aussi, encadraient en bandeaux le front dégagé pour aller se perdre dans la masse d'un chignon enserré d'un ruban de même étoffe et couleur que la robe.

Thibault, muet, le cœur à la chamade, contemplait l'apparition tandis que dans ses pensées confuses revenait la folle interrogation : était-ce ou non la jeune femme de l'autre jour ?

L'apparition avait un tel charme que Danzer lui-même en était resté coi.

— Excusez mon audace, monsieur, dit la belle s'adressant à Thibault, vous êtes bien le chevalier de Cervières ?

Entendre prononcer, à l'improviste, son nom par une bouche à la forme si exquise acheva de désunir Thibault. Il balbutia en s'inclinant :

— Pour vous servir, madame. Nous connaissons-nous ?

— Peut-être bien, dit-elle, mystérieuse.

Par crainte du ridicule le chevalier n'osait pas poser la question qui lui brûlait les lèvres. Il n'osait même pas *se* la poser. « Non. C'est impossible. Ce ne peut pas être Claire ! »

Il voulut s'assurer si la jeune femme était celle brièvement aperçue à deux reprises place de Lorette, puis dans la voiture stationnée devant la commanderie de Saint-Jean, mais n'osa aborder la question de front :

— Ne nous serions-nous déjà rencontrés ?

La réponse de la belle acheva de lui faire perdre l'esprit :

— Oui, chevalier, mais c'était il y a fort longtemps.

— Ah ?! Mais alors vous n'êtes pas… vous êtes…

Il ne put aller plus loin. La salle illuminée tanguait, ses mains étaient moites. Il la regardait comme à travers la brume. Le joli visage s'estompait.

Elle le contemplait sans cesser de lui sourire. Le timbre de sa voix rompit le sortilège. Thibault revint sur terre.

— Chevalier, entendre notre hôte prononcer votre nom devant monsieur le Premier consul m'a ramenée bien des années en arrière, vers un souvenir qui, à vrai dire, ne m'avait jamais quittée vraiment, mais votre présence ici, ce soir, l'a ranimé. Me remettez-vous ?

Thibault, pris de court, détailla longuement les traits de la jeune femme, cherchant dans sa mémoire un détail, une particularité qui pourrait lui ramener ceux de sa petite sœur perdue.

Fallait-il lui dire à qui il pensait ?

Il ne se sentit pas de force. Il avala sa salive avec difficulté, éprouva un imperceptible tremblement de tout son être et préféra dire piteusement :

— Je dois vous apparaître comme le dernier des rustres, madame, mais, à dire le vrai, non, je ne vous remets point.

Il tenta de rattraper sa lamentable réaction :

— Pourtant, l'homme qui vous a vue une fois devrait s'en souvenir.

Le sourire de la belle s'accentua :

— Un rustre, monsieur… c'est vous qui le dites, mais un rustre qui sait encore tourner le compliment !

Le chevalier était de plus en plus confus. Danzer, goguenard, le laissait se noyer.

— Par pitié, tirez-moi d'embarras, dit Thibault à la belle.

— Je veux bien, répliqua-t-elle d'un air malicieux, car vous-même m'avez autrefois tirée d'embarras sans hésiter. Je vous dois donc une revanche.

— Croyez-vous ?

Elle fit entendre son petit rire :

— Allons ! Je ne vous laisse plus longtemps marcher sur des braises ardentes. Ne vous souvient-il pas d'un jour de janvier 1584 où un fringant gentilhomme joua sa vie l'épée en main pour sauver l'honneur d'une très jeune fille, bafoué par un butor qui venait, en la croisant, de proférer des horreurs devant elle, alors qu'elle sortait de l'église Notre-Dame-de-Lorette en compagnie de sa nourrice ? Et la botte magistrale par laquelle vous clouâtes le bélître comme un hibou sur la porte d'une grange, vous en souvient-il ?

Un éclair fulmina dans la tête de Thibault :

— Mademoiselle d'…

Elle l'arrêta d'un geste gracieux en posant sa petite main sur la manche de son habit :

— Madame, chevalier. Madame de Carluc. La damoiselle dont vous fûtes le champion n'est plus. Monsieur son père l'a vendue à un homme qui trafique dans le corail de Tunisie avec monsieur de Casaulx et possède soixante-dix mille écus. Voilà pourquoi on me nomme aujourd'hui Diane de Carluc.

Elle salua à son tour, penchée en avant, ce qui eut l'avantage de dévoiler, sous le fin linon du décolleté en arceau, les rondeurs émouvantes de sa gorge.

Qu'importe si cette jeune femme était ou non celle dont il avait croisé les yeux l'autre jour. L'assurance de la jolie personne, son esprit, ses façons d'être à l'aise avec un inconnu autant que sa tournure avaient achevé de tirer l'esprit du chevalier de sa rêverie morbide, eût-elle mis fin à son fol espoir.

La belle se tourna de moitié vers la droite en désignant quelqu'un de son éventail.

— Voyez, au fond à gauche : mon époux, Pierre de Carluc, sieur de Lincel, est le petit homme en train de se faire voler une partie des écus, que, par bonheur, il possède en abondance, en jouant comme un frénétique au piquet.

Thibault vit, assis à une table de jeu, un vieillard court de poils, grisonnant, rougeaud et agité. Il avait l'âge et l'allure d'être le grand-père de sa femme.

Diane de Carluc continua à railler son vieux mari en guettant du coin de l'œil la réaction du chevalier :

— Voyez donc son air réjoui. Il semble ravi de s'être fait souffler sous le nez cinquante écus de plus par un joueur dont c'est le métier. Son caprice est de perdre.

Thibault était gêné d'entendre la belle déblatérer ainsi en public sur son vieil époux.

— Tout doux, madame. Monsieur de Carluc pourrait s'offusquer de…

Elle le coupa d'un rire bref :

— Lui ? Soyez sans crainte : il est sourd comme une toupine !

Danzer observait la scène, l'œil pétillant de malice. Lui, qui savait à quoi s'en tenir sur les ruses du beau sexe, voyait les filets tendus par la belle enfant et le naïf Thibault s'y prendre tête première.

En homme d'action, il décida de presser les choses :

— Madame, cette rencontre fortuite est opportune : le chevalier va avoir besoin de votre aide.

Thibault comprit à quoi le corsaire faisait allusion et tenta l'esquive :

— Nenni, madame, je n'ai besoin de rien, ni de personne.

— Allons, allons, dit Danzer en poussant le chevalier du coude, point de manières !

Il se pencha vers la belle :

— Vous venez à l'instant de reconnaître le chevalier et le chevalier a besoin d'être reconnu.

Ce fut au tour de Diane de Carluc d'avoir l'air surprise par le sens caché de ces mots. Son regard étonné et amusé allait de l'un à l'autre.

— Que signifie « besoin d'être reconnu » ? Chevalier, me direz-vous ?

Thibault sentait le rouge lui monter au front, ne sachant comment se sortir d'embarras. Danzer l'y enfonça :

— Madame, à sa discrétion je reconnais bien là mon ami le chevalier de Cervières : il craint de vous importuner, alors qu'il a mille choses à vous conter. Des choses, j'en suis certain, qui vont vous ravir. Sur ce, je vous laisse. Thibault sera sans doute plus bavard en demeurant seul avec vous.

Le corsaire singea un salut de cour avec emphase et s'éloigna dans un grand rire conseiller celui que la belle Diane avait désigné comme son époux, qui s'obstinait à perdre après être passé à une table où on jouait aux tarots.

L'effrontée planta son regard de jais dans les yeux de Thibault :

— Eh bien, chevalier ? Simon Danzer en a trop dit… ou pas assez.

Elle le prit par le bras, il ne fit rien pour résister et se laissa entraîner vers les tréteaux de maître Cotton :

— Venez donc me conter la suite devant un verre de muscat de Beaumes et dites-moi sans manières comment je puis vous être utile.

Il n'y avait plus à renâcler.

Tandis qu'elle écoutait Thibault sans oser l'interrompre, les yeux de Diane de Carluc paraissaient encore plus grands qu'à l'accoutumée. Sa jolie tête légèrement penchée sur l'épaule, elle fixait les traits du chevalier avec le regard d'une orante. Au fur et à mesure que le gentilhomme se confiait, on la voyait se passionner, frémir, palpiter toujours plus.

Voilà, lui confia-t-elle, qui la changeait de son ordinaire auprès d'un vieux mari sans autre occupation que celle de compter ses écus et les perdre au jeu, laissant sa jeune épouse se morfondre dans leur bastide proche du hameau de Sant-Genès[95], perdue dans un désert[96] de bois et de marécages, au bord de la Vaune.

Il y avait, assurait-elle, dans les mésaventures du chevalier de Cervières tous les ingrédients propres à remuer une âme romanesque : le courage, les coups du sort, le mystère, la traîtrise... et le retour du héros.

Ce dernier point, en particulier, avait l'air de ravir Diane de Carluc, car le héros était joli garçon, cela ne gâchait rien. Il pouvait désormais compter sur elle. Elle le lui dit en s'exaltant au fur et à mesure qu'elle parlait. Elle lui apporterait sans compter toute l'aide nécessaire. Elle témoignerait pour qu'éclate la vérité. Ce serait sa façon d'honorer sa dette. Mais surtout, avoua-t-elle avec un surcroît d'émotion, il était malheureux. Et chacun sait que chez toute femme la mère ne dort jamais que d'un œil.

[95] Aujourd'hui Saint-Giniez.

[96] À l'époque, le mot désigne un lieu laissé à l'état de nature.

Il n'est pas de plus grand bonheur pour elle que celui de consoler un homme dans l'affliction.

Thibault éprouvait une émotion grandissante devant tant de compassion spontanée, d'attention à ses malheurs. Personne ne lui avait jamais offert ainsi de lui venir en aide. C'était un ange gardien que le Ciel lui envoyait enfin. Et cet ange gardien avait toutes les grâces du monde.

Le tête-à-tête se prolongeait et, par-dessus les belles épaules de Diane de Carluc, Thibault apercevait des regards curieux dardés sur le couple : des dames se retournaient, attiraient l'attention d'autres commères, des langues étaient à l'ouvrage et les sourires entendus.

— Je crains fort que notre conversation n'aiguise la malveillance de ceux et celles qui n'ont rien de plus urgent que se mêler de la vie des autres, dit le chevalier. Je ne voudrais pas vous compromettre. Votre époux finirait par s'en offusquer. Nous devrions briser là.

Elle se retourna d'un bloc et fit face à la basse-cour avec un air de défi. Aussitôt, les têtes se détournèrent comme occupées ailleurs.

Diane revint vers Thibault.

— Je me moque comme d'une guigne de ce que ces gens peuvent penser ou dire à mon propos. Mais vous avez raison : ne leur donnons pas le plaisir de clabauder comme des chiens de meute. Nous allons en rester là pour l'instant, si les convenances l'exigent, mais je ne vous tiens pas quitte : vous ne m'avez pas tout raconté.

Elle appuya son regard avec un sourire à damner un saint, avant de préciser :

— Il importe de ne me celer rien, si vous voulez que mon témoignage porte pleinement ses fruits.

— Il nous faudra donc en reparler, admit Thibault, et…

Elle lui coupa la parole :

— … Et le plus tôt sera le mieux. Je viens ce vendredi à trois heures de relevée, à l'invitation de Marseille d'Altovitis, entendre cette jeune amie poétesse et musicienne qui chante et dit à ravir. Nous allons l'écouter lire les derniers poèmes de sa composition. Ne pourrions-nous nous y retrouver ? C'est à deux pas, sur l'autre rive du port, dans la demeure que l'on nomme Le Jardin du Roi[97], proche de l'abbaye Saint-Victor, vous connaissez, sans doute ?

— Qui ne la connaît ? Mais je n'ai fait que passer devant jadis et l'admirer depuis le quai.

— Fort bien : vous y pénétrerez donc. Je vous convie à m'y rejoindre. La famille d'Altovitis ne reçoit que durant le jour, pour se réfugier dès la nuit tombée à l'intérieur des remparts en raison des dangers qui pèsent sur la ville. Après le concert de ma jeune amie, nous trouverons un endroit au calme pour nous parler à l'aise et voir les façons dont mon témoignage pourrait vous servir face à des juges.

— Il sera fait selon vos désirs, madame. Je vous suis reconnaissant d'avance de votre obligeance.

— C'est la moindre des choses, dit-elle avec un geste gracieux du bras.

Elle avait l'air tout émoustillée. Comme si le fait d'être utile à quelqu'un la valorisait.

— Le Jardin du Roi est un lieu merveilleux, vous verrez. Nous y serons bien. La famille d'Altovitis l'a reçu en raison des mérites de Renée de Rieu, femme de Philippe d'Altovitis, ancien capitaine des galères, qui fut dame d'honneur de Catherine de Médicis et favorite des feus rois Charles IX et Henri III. Sans doute savez-vous tout cela ?

— Euh, pas vraiment, dit Thibault, un peu perdu sous cette avalanche de noms.

[97] La propriété se trouvait à l'emplacement de l'actuel théâtre national de la Criée.

— Au vrai ? dit-elle en battant des mains, mais alors, moi aussi j'aurai des flots de choses à vous conter ! Vous ne savez rien non plus du combat mortel qui opposa le père de mon amie au gouverneur de Provence Henri d'Angoulême au mois de juin 1586, au cours duquel ils s'entretuèrent, l'un embrochant l'autre, l'autre éventrant l'un ?

— Et pour cause, madame, à cette date, j'avais encore mon habit en grosse toile d'esclave en Alger.

Elle se mordit la lèvre.

— Suis-je sotte, je n'y avais point réfléchi. Je vous conterai tout cela par le détail, assura-t-elle, l'air ravie à l'avance. Promettez-moi que vous viendrez.

Thibault s'abandonna. Elle avait des armes auxquelles il n'était pas préparé.

— Je promets. Comment m'avez-vous dit que se nommait votre amie ? Marcelle d'Altovi…

Cette bévue fit naître une rangée de dents parfaites et le franc éclat d'un rire perlé mit à la belle enfant les larmes aux paupières.

— Non pas Marcelle : Marseille ! Marseille d'Altovitis. C'est le nom de baptême qu'on lui donna quand elle fut portée sur les fonts baptismaux en 1577 par les consuls de l'époque. Elle est la filleule de la ville, c'est la raison de son original prénom. Mais, soyez plus simple, dites comme les gens d'ici : mademoiselle de Marseille.

Sans façon, elle prit Thibault par le bras.

— Venez, je vais vous présenter à elle et lui annoncer votre venue.

Thibault tenta de se dégager :

— N'allez pas déranger votre amie. Elle paraît en grande conversation avec des invitées. J'ai perdu la pratique des usages du monde…

— Alors, j'y vais toute seule, dit Diane, résolue.

Elle se dirigea vers un groupe de jeunes femmes qui riaient au bon mot de l'une d'elles, parla en *a parte* à une demoiselle brune au grand front et au teint pâle en montrant Thibault figé sur place, puis revint vers lui.

— J'ai dit à mon amie que nous étions de vieilles connaissances et venions de nous retrouver. Elle sera ravie de vous compter parmi ses invités. À vendredi, chevalier ?

Décidément, Thibault n'était plus un esclave, mais on continuait à choisir pour lui. Il est vrai qu'il avait connu esclavage plus rude…

— À vendredi, madame. Serviteur.

Il s'inclina, elle lui rendit son salut et Thibault s'enivra du parfum du musc qui montait du décolleté.

Dès qu'il vit le couple se séparer, Danzer fondit aussitôt sur le chevalier qui s'apprêtait à se retirer, le rattrapa et apporta un commentaire à sa façon :

— Te voilà bien pourvu, à ce qu'il me paraît.

Thibault se méprit :

— Simon, je t'en prie…

— Eh quoi ? dit le corsaire. Qu'allais-tu chercher ? Je voulais dire : jusqu'ici personne ne voulait te reconnaître, à présent ils sont deux à pouvoir le faire devant des juges. Tu n'as pas perdu ta soirée. D'ailleurs, je te trouve meilleure mine qu'à l'arrivée.

Il émit un rire qui ressemblait à un barrissement, faisant se retourner sur eux l'assistance, consuls inclus.

Thibault aurait donné cher pour être ailleurs. Danzer ne lâcha pas sa proie. Il posa sa main rude sur l'épaule du chevalier et, se penchant pour lui parler à l'oreille, il ajouta :

— J'ai entendu que tu l'as fait rire. Et tu sais ce qu'on dit : « Femme qui rit… »

33

Une affaire bien engagée

— Chevalier, la prudence m'incite à rappeler l'antique proverbe de nos pères : « Il ne fault marchander la fourrure de l'ours devant que la beste soit morte », pourtant, croyez-moi, notre affaire est faite !

Maître Nicolas de Bausset arborait une mine réjouie appariée à son teint fleuri. Il tortillait le bout de ses moustaches en un tic qui lui était familier. L'avocat était sûr de son fait :

— Ce procès, nous allons le gagner ! dit-il à Thibault de Cervières et à Gilles d'Arvieux qui avait accompagné son ami au cabinet de l'avocat le plus fameux de Marseille, recommandé par le notaire Geoffroy Dupré.

La confiance en ses mérites était l'un des traits dominants du caractère de maître de Bausset. L'air de satisfaction de soi qu'il portait en permanence sur sa face vultueuse de grand viveur l'attestait. Son verbe était haut, sa voix puissante et son art oratoire persuasif. Aussi s'écoutait-il volontiers parler, accompagnant son discours d'amples gestes des bras.

L'avocat venait d'écouter avec attention l'argumentation de

Thibault détaillant les raisons de ce qui l'amenait devant lui, et il l'exhorta aussitôt à préparer l'*oblatio libelli*, cet exposé écrit à présenter sans tarder au juge. En attendant, il donnait au demandeur toutes les assurances sur l'issue de sa plainte.

— Je ne vois pas par quel tour de passe-passe monsieur de Mallemort pourrait traverser les mailles du filet que nous lui tendons. Le témoignage de monsieur d'Arvieux en sa qualité de chevalier de Malte est capital, car qui mettrait en doute la parole d'un homme de cette qualité ? Cependant vous avez un second témoin, m'avez-vous dit ?

— Oui, maître, il s'agit de madame de Carluc, qui me connut dans ma jeunesse, et m'a offert d'être mon second témoin. Elle est l'épouse de…

L'avocat n'en écouta pas plus :

— Tant mieux, tant mieux ! Il est préférable en effet d'avoir deux témoins, car l'adage qui nous vient du droit romain – *Testis unus, testis nullus*[98] – est toujours en vigueur. Et si le défendeur est de l'espèce chicanière, il pourrait avancer ce prétexte pour nous contester, en dépit de l'exceptionnelle qualité de monsieur le chevalier d'Arvieux. Cependant, il nous faudra obtenir un document écrit de monsieur de Carluc, précisant qu'il autorise son épouse à venir témoigner devant la cour, car, vous le savez, une femme mariée demeure assujettie à son époux.

— Je sais tout cela, maître, il n'y aura aucune difficulté à l'obtenir. Je crois connaître le pouvoir de persuasion de madame de Carluc.

L'avocat sourit d'un air entendu. Il s'adressa à Gilles d'Arvieux :

— Monsieur, puisque le Ciel, en sa clémence, ne vous a point privé de la main qui écrit, je vais vous demander de bien vouloir également rédiger votre *oblatio libelli*. Et de me la faire parvenir dans les meilleurs délais. Nous la joindrons au dossier. Pourrez-vous être présent à l'audience ?

---

[98] « Un seul témoin, témoignage nul ».

— Je suis venu à Marseille pour cela et y demeurerai le temps qu'il faudra, répondit Gilles.

Maître de Bausset se frotta les mains.

— Pardon si je dois vous paraître cynique, mais, en dehors de la valeur de votre témoignage, votre présence physique à l'audience impressionnera la cour en notre faveur. Les juges sont toujours plus sensibles aux arguments lorsqu'ils sont proférés par la bouche d'un valeureux chevalier portant dans sa chair les traces visibles de son héroïsme.

Thibault voyait la gêne de son ami. Il intervint pour faire diversion :

— Pensez-vous que tout cela nous tienne longtemps suspendus au bon vouloir des juges et des audiences ?

Maître de Bausset réfléchit un instant les mains jointes devant la bouche avant d'expliquer :

— Pour ce qui touche à l'évaluation du préjudice occasionné par l'inqualifiable attitude de monsieur votre oncle, à la restitution de vos droits ainsi qu'au montant des dommages que nous serons en capacité de lui réclamer, il va nous falloir de la patience. Nous devons alerter la prévôté, la sénéchaussée va enquêter, aussi bien ici même qu'à La Ciéutat, tout cela demandera du temps. Mais pour ce qui concerne la reconnaissance de votre identité, cela pourrait être obtenu dans un délai raisonnable. Il ne s'agit pour la cour que de reconnaître la valeur des témoignages que vous lui fournissez. Cela peut être fait en une audience si les juges sont bien disposés.

— C'est pour moi l'essentiel, dit Thibault. Une fois redevenu sans contestation possible le chevalier Thibault de Cervières, les comptes que je demanderai à monsieur de Mallemort, dont le patronyme à la consonance funèbre est si bien assorti à la noirceur de son âme, ne regardent que moi.

De Bausset sursauta sur son fauteuil :

— Chevalier, je vous exhorte à la prudence. Toute précipitation – quelle que soit la valeur de vos arguments –

pourrait nous être préjudiciable. Ne cédez pas à l'esprit de vengeance, faisons confiance à la sagesse des juges.

— Je suis de votre avis, maître, c'est exactement ce que je disais : chaque chose en son temps. Je veux en premier lieu pouvoir mettre sous le nez de monsieur de Mallemort le jugement me restituant mes nom et titre. J'aurai alors le droit de lui demander *ès qualités* de me dire ce qu'il est advenu de ma jeune sœur, Claire, dont il était chargé de la tutelle à la mort de monsieur de Cervières, mon père. Puis en un second temps de lui réclamer ce qu'il m'a volé.

— Fort bien, admit maître de Bausset. Comptez sur moi pour hâter les choses. De votre côté ne tardez pas à me faire remettre les exposés écrits de votre affaire de reconnaissance et les témoignages.

— Vous les aurez demain, lui assura le chevalier. Ah, j'oubliais ! Dès que mon identité me sera reconnue, je vous demanderai de déposer sans tarder une plainte auprès de la prévôté afin qu'une enquête soit diligentée, pour connaître le sort réservé à ma jeune sœur, jadis placée par feu mon père au couvent Notre-Dame-de-Sion. La prieure s'est refusée *mordicus* à m'informer. Je la crois circonvenue par monsieur de Mallemort.

— Comptez sur ma diligence, promit maître de Bausset. Dès que nous serons en possession du document vous remettant à votre place dans votre lignée, tout sera plus facile.

L'avocat se leva et raccompagna ses clients à la porte de son cabinet.

— On a dû vous dire que depuis trois ans, en récompense de son dévouement à la cause de la Sainte Ligue catholique, la ville de Marseille a obtenu du duc de Mayenne, en sa qualité de lieutenant général du royaume et de la couronne, la tenue d'une cour permanente de justice souveraine dans le palais de justice récemment construit.

— On me l'a expliqué, dit Thibault, et je dois à l'intervention de monsieur le Premier consul la faveur d'être jugé ici, alors que je n'ai point encore fait la preuve que je sois Marseillais.

— Nous ne manquerons point d'en faire notre profit, dit l'avocat en se frottant les mains. Cette institution nous exempte du mauvais vouloir des juges du parlement aixois qui ne siégeaient à Marseille guère plus de vingt jours par an et nous coûtaient des fortunes en frais de bouche et honoraires. Le président Étienne Bernard, récemment nommé, est un ancien avocat au parlement de Dijon avec qui j'entretiens les meilleures relations, ce qui devrait faire avancer notre cause.

— Le Ciel vous entende ! dit Thibault.

Maître de Bausset sourit :

— Pour l'instant, je me contenterai de l'oreille du président Bernard.

*

— Eh bien, mon Gilles, nous venons d'accomplir un grand pas en avant, ce me semble, dit Thibault en s'engageant dans l'escalier de l'immeuble où l'avocat de Bausset avait son cabinet.

— Et ce grand pas, nous l'avons fait en dépit de ma boiterie, répliqua le chevalier d'Arvieux qui se moquait de son infirmité pour mieux la dominer. C'est dire si notre affaire est bien engagée !

— Tu fais bien de relever mon manque de délicatesse, dit Thibault, piteux, j'aurais pu choisir une autre image.

Gilles montra la manche flottante de son pourpoint :

— Et me dire : « Cet avocat n'a point l'air manchot. »

L'échange finit dans un double éclat de rire. Thibault se tourna vers son ami qui le suivait deux marches plus haut, en faisant passer dans son regard toute l'affection dont il était capable.

— Nous allons faire halte chez le notaire Dupré qui loge en rez-de-chaussée pour la raison que tu vas découvrir tout seul. C'est lui qui m'a recommandé maître de Bausset, je vais lui annoncer la bonne nouvelle.

Un valet vêtu d'une livrée marron introduisit les visiteurs. Geoffroy Dupré était à son bureau mais il n'était pas seul. Thibault eut la surprise de découvrir Pierre Arpelin en compagnie du notaire.

— Vous ici, cher Pierre ! s'exclama le chevalier. Quelle heureuse surprise ! Je venais rendre compte à maître Dupré de mon entrevue avec mon avocat, maître de Bausset.

Lui vinrent aussitôt en tête les propos confiés par son précepteur au sujet du complot en cours contre les *Duumvirs*. Les deux hommes s'étaient-ils réunis pour mettre au point les modalités de la machination ? Faisaient-ils le compte de leurs forces ? Évaluaient-ils les moyens de parvenir à leurs fins ?

Le chevalier n'eut pas à se poser longtemps ces questions. Un valet avait manœuvré la chaise roulante du notaire pour le dégager de son bureau, avant de quitter la pièce. Tout en pressant chaleureusement la main valide de Gilles, dont il savait les raisons de son état depuis le repas à la commanderie de Saint-Jean, il dit à Thibault en émettant un petit rire :

— Vous nous surprenez en train de comploter.

Devant l'air stupéfait du chevalier, le notaire se justifia :

— Je dois vous paraître bien bavard pour un conjuré, mais je sais par Pierre Arpelin quelle confiance sans réserve nous pouvons vous accorder. Je n'ai nulle raison de me méfier de vous, ni de vous monsieur d'Arvieux.

Il revint à Thibault :

— Mais dites-moi d'abord le résultat de votre consultation chez mon voisin du dessus.

— Maître de Bausset estime que pour ce qui touche à la reconnaissance de mon identité, ce ne sera qu'une formalité. Il ne s'agit plus que de fixer la date de l'audience près la Cour souveraine de justice.

— Parfait, parfait, dit le notaire dont la face ronde s'éclaira d'un sourire. J'ai de bonnes raisons de penser que le président Étienne Bernard fera le meilleur accueil à votre requête et tirera ses juges de leur habituelle torpeur pour mener rondement l'affaire à son terme.

— Ah ? dit Thibault surpris, vous aussi ? Déjà, maître de Bausset m'a confié la même certitude. Étienne Bernard nous ferait donc une faveur ? Quelle en est la raison, si ma curiosité ne vous offusque point ?

— Expliquez-leur Arpelin, dit le notaire.

— C'est tout simple : aussi bien le président Bernard que l'avocat de Bausset sont des nôtres.

— Vous voulez dire…

— Nous savons pouvoir compter sur le président Bernard le jour où il faudra passer à l'action pour débarrasser Marseille de l'insatiable ambition du catholique monarque qui la martyrise. Sa position officielle empêche le président de s'engager trop visiblement, mais notre projet a son assentiment. Il en va de même pour une dizaine de personnalités de la ville, adversaires des *Duumvirs* qui agissent en concertation avec nous.

Le notaire précisa :

— C'est la raison qui me fait vous dire de ne pas être inquiet au sujet de la décision que prendra la Cour souveraine de justice à votre endroit. J'en ai déjà touché quelques mots hier au président Bernard, que je rencontre discrètement ici deux fois par semaine.

Pierre Arpelin poursuivit :

— Bien sûr, il s'agit de ne pas se découvrir trop tôt dans cette ville dont les murs sont dotés d'oreilles corrompues par Casaulx et d'Aix, mais apprenez que des nouvelles nous sont parvenues de l'entourage du roi, grâce au président Bernard. Nous aurons bientôt un allié de taille, en la personne du prince qui prendra la place du duc d'Épernon comme gouverneur de Provence.

— D'Épernon serait-il en disgrâce ?

— Révoqué, comme un laquais indélicat. Mais n'ayez crainte pour lui. C'est une révocation… monnayée, si je puis dire. Vous connaissez la réputation du duc.

Geoffroy Dupré intervint à son tour :

— Je ne puis encore vous révéler le nom du prochain gouverneur, tant que le roi ne l'a pas officiellement désigné, mais son arrivée en Provence devrait changer la donne. Il agira pour le seul bien du royaume au contraire de d'Épernon, qui, à l'heure du bilan, n'aura semé à son profit exclusif que ruine et désolation dans cette province. Il s'agit donc dès maintenant de nous tenir prêts pour quand l'heure sonnera. Chevalier, serez-vous des nôtres ?

Thibault fut pris au dépourvu par la soudaineté de la question. Le notaire prit cette hésitation pour une dérobade :

— Craindriez-vous d'avancer la main dans un nid de frelons ?

— Nenni, dit le chevalier. Encore que la situation y fasse songer. Vous me voyez perplexe pour la raison que je ne vois pas quel rôle je pourrais y tenir.

— Rassurez-vous, dit Dupré, nous ne vous demanderons pas de brandir le poignard de Brutus.

— Cela signifie-t-il que vous l'auriez trouvé ?

Le notaire sourit malicieusement :

— Vous me permettrez de fournir la réponse quand le moment sera venu. Mais je ne vous empêche pas de le penser.

— Bien, dit Thibault. À votre bon vouloir. Qu'attendez-vous de moi ?

— Il se peut que nous ayons besoin d'un homme sûr, courageux, disponible, sachant être discret, mais doté d'esprit de décision. Vous paraissez correspondre au portrait. Ah, j'oubliais : il faut être un excellent cavalier capable de se déplacer rapidement pour assurer la liaison entre des gens qui seront, par la force des choses, dispersés. Serez-vous celui-là ?

— Je vous offrirais bien mon bras, intervint Gilles d'Arvieux, avec ironie, mais, hélas, il ne me sert plus guère qu'à guider mon cheval.

Tous regardèrent le chevalier mutilé avec une vraie compassion.

Thibault répondit à la question en suspens du notaire.

— Je me sens pour la première fois depuis bien longtemps l'objet d'une sollicitude dont j'avais perdu le goût et le bienfait qu'elle apporte. Vous-même, Pierre Arpelin et mon ami Gilles, me rendez goût à la vie. Si j'eusse des nouvelles de ma chère petite sœur, mon bonheur eût été complet.

Dans son cœur, Diane de Carluc faisait déjà partie de la liste de ses consolations, mais il se garda de l'évoquer.

— La seule limite que je mets à mon adhésion, ajouta la chevalier, est de n'être point obligé d'accomplir des actes que ma conscience me reprocherait.

— Soyez rassuré. Je crois notre cause juste, dit le notaire. Mais n'y adhérez pas pour nous être agréable. Faites-le pour Marseille.

34

Concert privé au Jardin du Roi

Diane de Carluc n'avait pas menti : mademoiselle de Marseille chantait à ravir en s'accompagnant du luth, cultivait la poésie jusqu'à écrire des vers de belle facture et savait la musique jusqu'à en composer. Cette ville ombrageuse et farouche s'était entichée d'une damoiselle de dix-huit ans, pleine de grâces et comblée de dons. Elle était, disait-on, « l'amour de la ville ». Au point d'en faire sa filleule et lui donner son nom pour s'en faire un prénom.

Marseille d'Altovitis... en voilà un nom de baptême ! Imaginerait-on une fille prénommée Paris, Nantes ou Toulouse ?

Thibault s'en faisait la réflexion tandis qu'il écoutait mademoiselle de Marseille chanter en s'accompagnant au luth, sur des vers de Bellaud de la Bellaudière, une pavane qu'elle avait mise en musique, face à un parterre de dames assises en demi-cercle autour d'elle, venues là moins pour entendre que pour se montrer. Quelques messieurs les accompagnaient, paraissant fort s'ennuyer.

Était-elle aussi belle que le prétendait la rumeur publique, la filleule de Marseille ? Le chevalier en doutait. Certes, son charme était indéniable, mais sa perfection désespérante. On disait qu'en sus de son goût pour les arts c'était une cavalière accomplie. Elle savait le latin, le grec, l'italien, elle avait charmé la cour de France au temps où sa mère, Renée de Rieux, une des « filles » de Catherine de Médicis, régnait sur le cœur (et les sens) de deux rois. Trop de dons avaient fini par rendre mademoiselle de Marseille décourageante. On venait l'admirer comme une œuvre d'art sans l'approcher. D'ailleurs, contrairement à sa célèbre mère, on ne lui connaissait aucune aventure galante. Elle chantait l'amour sur les vers des autres. Qui se serait enflammé pour cette idole impassible, en représentation permanente, comme en cet après-midi où elle avait convié une société choisie à venir l'admirer ?

Quel contraste avec Diane de Carluc !

Debout à quelques pas en arrière du groupe des dames, Thibault, l'air de rien, tout en feignant d'être absorbé par la musique et la voix caressante de Marseille d'Altovitis, regardait la belle du coin de l'œil. Il ne se lassait pas d'admirer ce profil mutin d'où se détachait un petit nez impertinent, ce visage loin de la perfection marmoréenne de celui de la chanteuse, sans doute, mais si plein de vie, ce teint clair, ces yeux rieurs et ce sourire qui, sous une lèvre bien dessinée, découvrait des dents parfaites.

De temps à autre, elle se retournait vers lui et leurs regards se croisaient en un bref échange muet, faisant naître un air de connivence amusée, avant que l'un et l'autre reprenne une attitude plus conforme aux usages en société. Mais c'était plus fort qu'eux, ils recommençaient l'instant d'après.

Depuis la soirée offerte par Simon Danzer à l'hôtel de Remezan, un trouble nouveau tourmentait Thibault de Cervières. Un trouble qu'il n'avait plus éprouvé depuis le temps où, à la sortie de l'adolescence, alors qu'il se préparait au métier des armes, une luronne de son âge – mais de plus d'expérience – l'avait initié aux jeux de l'amour. Il mesurait aujourd'hui combien son état d'esclave l'avait tenu hors du monde, lui ôtant tout désir. Captif chrétien, les femmes d'Alger lui étaient interdites sous peine de mort. Et comme il se faisait un devoir de ne pas succomber aux tentations offertes par la cité corsaire où la majeure partie des femmes esclaves étaient dévolues au seul repos du Croyant, il avait fini par se résigner à la chasteté.

Et voilà qu'un sourire de cette jeune beauté avait suffi pour mettre le chevalier dans cet état de stupeur bienheureuse qu'éprouve le jouvenceau à qui Cupidon joue un de ses tours favoris pour la première fois.

Au premier regard sur Diane de Carluc, Thibault de Cervières avait repris goût à la vie.

Quant à elle, dès les premiers instants, tout en se comportant à la manière d'une amie bienveillante, elle lui avait fait comprendre, par des regards attentifs, des gestes tendres, qu'elle n'était pas insensible au charme d'un homme mûri par les épreuves sans avoir cédé au désespoir.

L'audition venait de s'achever. Chacun se pressait autour de mademoiselle de Marseille, pour la féliciter. Elle recevait les compliments comme une chose habituelle avec, dans l'attitude, cette réserve un peu hautaine d'une reine envers ses sujets. Diane s'était rapprochée de Thibault pour présenter le chevalier à la poétesse.

Celui-ci s'acquitta de ses devoirs par une louange sincère mais sans excès. Les autres personnes de la « cour » n'avaient pas de mots assez forts pour dire leur admiration.

— Mademoiselle, dit Diane à Marseille d'Altovitis, nous voudrions, le chevalier et moi-même, abuser de votre hospitalité et vous demander de nous accorder une faveur : veuillez nous prêter pour quelques instants une plume, de l'encre et du papier à écrire, ainsi qu'un coin de table où l'on puisse rédiger. Il me faut témoigner en faveur du chevalier dans une affaire de justice dont je vous fais grâce, mais qui réclame urgence.

— De quoi écrire ? feignit de s'étonner la poétesse, ce n'est pas ce qui fait défaut au Jardin du Roi. Je vous prête tout ce que vous désirez, y inclus mon écritoire avec tous les vélins, plumes, étuis et flacons d'encre que vous voudrez. Vous la trouverez dans mon cabinet de lecture à l'étage ci-dessus. Vous y serez au calme. Suivez Melchionne, elle vous y conduira.

Elle fit signe à une domestique à qui elle donna ses ordres.

Autour d'elle, c'était à qui parlerait le plus haut et le plus près à l'idole. Cela donna l'occasion à Diane et Thibault de fuir la basse-cour sans plus attendre.

La fidèle Melchionne, qui avait connu mademoiselle de Marseille toute petite, les guida à travers couloirs, antichambres et vastes salons jusqu'à une pièce de dimensions plus modestes dont les murs étaient entièrement couverts de meubles-bibliothèques. On apercevait derrière les portes grillagées, à l'abri des rongeurs, des alignements de livres précieux reliés de cuir, aux titres dorés à l'or fin. Ils disaient les goûts de la maîtresse des lieux, puisqu'on y trouvait, à côté des grands auteurs de l'Antiquité, une rare édition de la *Divine Comédie,* rapportée d'un séjour à Rome, et, surtout, une édition de 1588 des *Essais* de Montaigne, la plus complète, sans doute la première qu'on ait jamais vue à Marseille.

Un feu pétillait dans l'angle de la pièce. Preuve que c'était là que mademoiselle de Marseille se tenait de préférence, quand elle séjournait au Jardin du Roi, car les couloirs et les autres salons de la vaste demeure étaient glacés.

Thibault laissa Diane s'installer et rédiger son témoignage à sa guise, tandis qu'il jetait par les fenêtres un coup d'œil sur les jardins à la française qui avaient valu son nom à cette magnifique propriété ceinte de murs comme un domaine campagnard, seulement séparée de Marseille par la largeur du Lacydon et pourtant si loin de son tumulte et de ses enragés.

En songeant à la façon dont Renée de Rieux avait acquis cette demeure, sans doute la plus belle de la ville, Thibault se disait qu'Henri III savait se faire pardonner son inconstance, puisque la mère de Marseille d'Altovitis l'avait reçue du roi en cadeau de rupture, quand il avait quitté ses bras pour ceux de Marie de Clèves.

Ici, aux portes de la ville, on se serait cru dans un autre monde, impression amplifiée par les cris des oiseaux exotiques dont on entendait les appels en provenance d'une immense volière, mais surtout par la présence d'une autruche de Barbarie dont le débarquement d'un galion arrivé de Tripoli de Libye avait mis la ville en effervescence.

— Et voilà, j'en ai terminé !

L'exclamation de Diane de Carluc, qui reposait sa plume d'oie sur l'écritoire, tira le chevalier de sa rêverie. Il s'approcha de la table où la belle saupoudrait de cendre l'encre encore fraîche, au moment où elle se levait. Le vertugadin de sa robe queue de merle était si large que la soie effleura l'habit de Thibault tandis que son parfum pénétrant participait à l'aggravation de son trouble.

— Comment appelez-vous cela, déjà ? demanda-t-elle en soufflant sur la cendre

— *Oblatio libelli*, dit Thibault. Du jargon de chat-fourré.

— Eh bien, chevalier, voici mon *oblatio*… Voulez-vous me relire ?

Elle lui tendit la feuille.

— Est-ce bien utile ?

— Indispensable. J'ai pu oublier quelque chose, ou m'exprimer avec maladresse. Je suis peu au fait des formules propres à ces messieurs les juges. N'hésitez pas à me reprendre, voire à me faire recommencer.

Thibault prit le feuillet. Sa main tremblait légèrement. Ses yeux parcoururent le texte et, au fur et à mesure qu'il avançait, il revivait la scène vécue plus de onze ans auparavant dans la rue de Lorette, quand, pour l'honneur de la belle, il s'était jeté sur son épée. Un sourire involontaire accompagnait sa lecture.

Il releva la tête et croisa le regard de Diane fixé sur ses traits.

— Parfait, dit-il en sentant les battements de son cœur s'emballer. Vous n'avez rien négligé et mis les choses comme il faut. Ah ! J'allais oublier : veuillez demander à monsieur votre mari l'autorisation qu'il vous accorde de venir témoigner à l'audience. Elle va m'être fixée bientôt par la Cour souveraine de justice.

— Je n'y manquerai point, chevalier.

— Quand pourrai-je l'obtenir ?

— Quand vous le souhaiterez.

Son sourire s'accentua. Elle planta son regard dans le sien. Il rompit en agitant le feuillet :

— Je pense l'encre sèche. J'apporte cela tout chaud à maître de Bausset.

Il plia la feuille et s'apprêta à la mettre dans la poche de son habit.

— Cependant, dit Diane, j'ai l'impression d'avoir omis un détail d'importance.

— Croyez-vous ?

Déjà, il dépliait le papier :

— Que voudriez-vous ajouter ?

— Ceci, dit-elle en approchant son visage sans le quitter des yeux.

Quand leurs lèvres se joignirent, dans le regard de Thibault le Jardin du Roi avait entamé une ronde folle autour de lui comme s'il voulait participer à son vertige.

35

La peste ou le choléra ?

La rue de la Blanquerie, près du couvent de l'Observance[99] ressemblait ce matin-là à un camp retranché. Des hommes d'armes de la milice urbaine y montaient une garde inquiète et, à chaque coin de rue y débouchant, on en voyait d'autres prêts à écarter les curieux.

Au premier étage de la maison du Viguier royal, dans le salon où flambait un grand feu, trois hommes étaient assis près de la cheminée. Ils parlaient à voix mesurée avec des mines de conspirateurs. Charles de Casaulx semblait avoir mis un étouffoir sur son timbre de tribun. Loys d'Aix et Pierre de Libertat devaient se pencher vers lui pour saisir certains mots, comme si le Premier consul craignait que des espions ne l'écoutassent derrière les portes ou les tentures.

— Messieurs, j'ai tenu à vous voir ici, à l'écart du Corps de Ville et de la Loge des marchands où rôdent trop de gens dont nous ne sommes pas sûrs. Je suis là pour entendre vos avis.

[99] À proximité de l'actuelle Vieille-Charité.

Compagnons, la situation est grave. À l'heure où je vous parle, nos derniers alliés, Arles, Martigues, Salon et leurs traîtres de consuls crient « Vive le roi ! ». Aubagne vient de tourner bride à son tour. Nous sommes de plus en plus isolés. Deux de nos agents arrivent de Lyon où séjourne le *Béarnais*. Ils ont laissé traîner leurs oreilles dans les couloirs du château de Fléchères, où, après avoir écrasé Mayenne et les Espagnols à Fontaine-Française, le satrape se repose avec sa catin du moment, la duchesse de Beaufort, chez son nouvel ami, Jean Sève.

— Celui qui a trahi la Ligue et livré la ville de Lyon à son nouveau maître ? demanda Libertat.

— Celui-là même, répondit Casaulx. Entre deux conseils où le roi de Navarre embabouine de promesses ceux qui, pour s'assurer de leur sort, le dos ployé viennent lui baiser la main qu'ils juraient hier encore de trancher, nos mouchards ont appris deux nouvelles d'importance qu'ils m'ont portées toutes chaudes hier au soir. Le *Béarnais* vient de prendre une double décision qui change la donne. Elle nous place devant l'urgence d'une réaction afin de montrer à qui en douterait que nous ne sommes pas disposés à nous soumettre. En deux mots voilà la première : le duc d'Épernon vient d'être révoqué. Il est démis de son titre et charge de gouverneur de Provence.

— Bon débarras ! dit le Viguier, toujours avare de mots.

— Voilà plutôt une bonne nouvelle, renchérit Libertat.

Casaulx grogna, ce qui était sa façon d'approuver :

— Certes, nous n'allons point pleurer sa disgrâce. Les malheureux Provençaux ont payé assez cher la présence de ce soudard qui les a martyrisés pendant des années. Mais, nous autres, ne nous tenons pas quittes pour autant. La place n'aura pas été longtemps inoccupée.

Libertat fixa le Premier consul :

— Vous voulez dire, Monsieur, que le remplaçant est déjà désigné ? Si oui, quel est-il ?

Casaulx laissa passer quelques secondes pour ménager son effet.

— Il se nomme Charles de Lorraine…

Il suspendit sa phrase pour mieux observer leur réaction sur les visages de chacun de ses comparses. Il y lut l'effort d'une interrogation muette. Il faut dire qu'un tel nom, prononcé sans précaution d'annonce, était si inconcevable que l'on comprenait qu'il eût laissé pantois les interlocuteurs du Premier consul.

Celui-ci poursuivit donc, sur le même ton égal :

— Il est quatrième duc de Guise…

Et s'interrompit de nouveau.

À l'énoncé de ce titre, les traits du Viguier et du capitaine prirent ceux d'hommes assommés par une nouvelle renversante. Une sorte de torpeur semblait avoir saisi ces guerriers habitués à l'action plus qu'à la réflexion.

Le premier, le laconique Loys d'Aix, en émergea :

— Ai-je bien entendu ? Le fils du *Balafré* est nommé gouv…

Casaulx l'interrompit :

— Croyez-en vos oreilles, compagnon. Le *Béarnais* vient de nommer gouverneur de Provence le fils de l'homme qu'Henri III a fait assassiner pour avoir pris la tête de la Sainte Ligue. Vous réalisez l'énormité de la chose : le jeune duc de Guise devient donc le représentant en Provence de l'*Hérétique* ! Un prince qui, au premier jour, avait fait allégeance au duc de Mayenne, un prince que la Ligue parisienne avait pris pour chef, un prince que ladite Ligue faillit faire roi de France sous le nom de Charles X ! La farce est peu commune, ne pensez-vous pas ?

Loys d'Aix hocha la tête, encore incrédule :

— C'est à n'y pas croire, en effet.

— La chose fût-elle impensable à tout esprit doué de raison, c'est pourtant la réalité. Cela est signé et la nouvelle m'a tenu éveillé toute la nuit. J'ai beau en avoir connu de rudes, je n'arrive pas à me résigner à l'idée que ce prince catholique vienne en Provence combattre les derniers catholiques résistant encore à l'impudence du renégat béarnais, sous la surveillance du lieutenant général du royaume, le connétable de Lesdiguières, qui est un huguenot du Dauphiné ! Connaissez-vous quenouille plus emmêlée ?

Libertat essayait encore de comprendre :

— Mais, ne dit-on pas que la famille de Guise a longtemps revendiqué son droit de propriété sur la Provence en vertu d'être héritière de Yolande, mère du roi René, qui fut comte de Provence ? Et le *Béarnais* nomme gouverneur le rejeton de cette famille-là ? C'est mettre le renard dans le poulailler !

— Si ce qu'on me rapporte est vrai, répondit Casaulx, ce n'est pas là le premier des soucis du roi de Navarre. À ceux qui s'inquiétaient d'une décision risquant d'envoyer la peste en Provence, il aurait répondu : « Qu'importe, puisque je la débarrasse d'une peste plus grande encore, qui s'appelle d'Épernon. »

Le capitaine s'accrocha à un fol espoir :

— Monsieur, si le duc de Guise, arrivé en Provence, s'y sent comme chez lui, ne va-t-il pas être tenté de prendre ses distances avec le *Béarnais* et ne pourrions-nous pas le gagner à notre cause en lui proposant un traité d'alliance ? Il deviendrait alors notre protecteur en place de Sa Majesté catholique le roi d'Espagne.

Casaulx ricana amèrement :

— Ne rêvez pas, Libertat. Guise s'est laissé acheter. Il sait ce que lui coûterait toute prétention à l'indépendance. N'oubliez jamais qu'après l'assassinat de son père il a connu la détention et la disgrâce. C'est le *Béarnais* qui vient de le remettre en selle. Le fils du *Balafré* a accepté de venir chez nous comme simple gouverneur, avec une armée et de l'or fournis par le roi de Navarre. C'est dire qu'il ne fera pas la folie de tout perdre pour défendre notre cause.

Loys d'Aix, qui écoutait en silence, s'ébroua :

— Le *Béarnais* est fou. Ou bien c'est le diable.

— S'il n'est pas les deux, renchérit Casaulx. Quoi qu'on en pense, et Dieu qui nous voit sait ce qu'il en est, il nous donne à tous une leçon de réalisme en politique. Il en va chez lui de ses alliances comme de sa foi : il est prêt à retourner son pourpoint à la moindre occasion si c'est pour rouler les gens dedans, pourvu qu'à la fin il rafle la mise. Mayenne est occupé à monnayer le prix de sa trahison et à réclamer le gouvernement de la Bourgogne, d'Épernon celui de sa soumission en espérant mettre l'Angoumois dans son escarcelle. En attendant, le roi de Navarre vient d'acheter sa tranquillité du côté des Guise, avec ce hochet tout neuf, offert à un jeune duc de vingt-cinq ans, rejeton d'une famille qui voulait entraver sa marche vers le trône de France. Il lui a fait rendre tous ses titres : duc de Chevreuse, prince de Joinville, pair de France, et il l'a nommé, pour l'occasion, amiral des mers du Levant. Un *freluquet* qui ne s'est jamais risqué sur la moindre barque ! Le *Béarnais* le sait bien, lui qui connaît les ressorts de l'âme humaine : tous sont taillés dans le même bois dont on fait les traîtres. Ceux qu'il ne peut berner, il les corrompt avec des sacs d'or et des charges fructueuses. Et tous accourent au tintement du premier écu, la main tendue, l'échine courbée.

De Casaulx demeura un instant silencieux, un pli amer déformait sa lèvre.

— Au jour des comptes, nous aurons été les derniers à ne pas nous déshonorer en nous désavouant. Cela donne à notre combat sa légitimité. Mais ne nous leurrons pas : nous serons seuls une fois encore.

Le Premier consul se leva :

— Messieurs, je ne vous recommande pas l'honneur, je sais que chacun de vous en est abondamment pourvu. Je vous prie seulement de dire deux mots à Dieu en faveur de notre cause et aussi à Notre-Dame de Frappe-Fort.

— Vous avez raison, Monsieur, approuva Libertat. Avec la faveur du Ciel nous vaincrons. Nous sommes de taille à faire la leçon au *freluquet* que le *Béarnais* nous envoie.

— Je n'en doute pas, dit le Premier consul – ce qui est une autre façon de dire qu'on n'en est pas sûr, mais qu'on veut y croire. Il me tarde pourtant de voir les galères du prince Doria promises par Sa Majesté le roi d'Espagne pointer leurs proues effilées entre les pierres roses des forts qui défendent l'entrée de notre port. En attendant, une fois de plus, il faudra nous battre seuls pour conserver notre ville en la vraie religion.

Le regard noir de Charles de Casaulx s'attarda un instant sur les traits de ses affidés, comme s'il voulait sonder leurs âmes et éprouver leur fidélité. Il les fixa l'un après l'autre, droit dans les yeux.

— Compagnons : jurez-moi sur votre foi catholique que vous ne rejoindrez jamais la misérable cohorte de ces Judas.

Sans l'ombre d'une hésitation, Loys d'Aix et Pierre de Libertat jurèrent.

36

Branle-bas de combat !

Twee Leeuwen – rebaptisé *Les Deux Lions* – franchit la passe du port, salué par les salves à blanc tirées par les canons de la tour du Roi-René. À la proue, Simon Danzer agitait son chapeau accrêté de plumes à la manière d'un prince saluant ses sujets. On n'avait pas vu une foule aussi nombreuse et aussi enthousiaste sur les rives du Lacydon depuis le passage à Marseille du pape Clément VII, venu rencontrer François Ier pour marier sa nièce de quatorze ans, Catherine[100], au second fils du roi de France, le futur Henri II.

Le corsaire avait acquis à Marseille un statut de héros légendaire. En ces temps cruels où misère et violence étaient lot quotidien, où la peur régnait dans les esprits et la faim dans les ventres, où Dieu semblait devenu sourd aux prières de ses créatures, le peuple marseillais avait fait de Danzer une sorte de chevalier des mers venu d'ailleurs pour être son bras armé et son père nourricier. On avait oublié le renégat Simon *raïs*, qui avait,

[100] C'était la future reine mère Catherine de Médicis.

sans scrupules, longtemps renié sa foi pour jouer le même rôle auprès des Barbaresques. Dès l'instant où c'est au service de la cause de Marseille et des Marseillais qu'il mettait son sabre redoutable, son navire tonnant et son équipage de forbans invincibles, il était absous de ses forfaits passés.

À l'appareillage du voilier, les consuls et le Viguier en grande tenue, accompagnés de troupes en armes, étaient venus faire cortège à son capitaine qui brandissait sa lettre de marque comme une arme, depuis l'hôtel de Remezan jusqu'au Quai de la Ville. Charles de Casaulx avait tenu à ce que cette première course au profit de Marseille fût accompagnée d'un cérémonial digne d'un hôte prestigieux.

Avant de s'embarquer, le corsaire avait fait ses recommandations à Thibault venu le saluer dans sa demeure :

— Prends bien soin de Noor. Sa santé paraît encore bien fragile et savoir un médecin non loin d'elle, prompt à intervenir, me rassure. Pour veiller sur elle…

Il avait suspendu sa phrase avant d'ajouter en appuyant sur les mots :

— … *et sur toi*, Thibault, je vous laisse Ramefort et Bardolfo. N'hésite pas à les utiliser, ils sont tiens.

Le chevalier s'était offusqué :

— Veiller sur moi ? Ne suis-je pas assez grand pour le faire ?

Danzer avait pris un air entendu :

— Comme l'autre nuit, rue Caisserie ?

Sur l'instant, la remarque avait mortifié le chevalier. Mais il avait dû reconnaître à part soi que sans l'intervention providentielle des deux corsaires… il ne serait plus là pour éprouver des piqûres d'amour-propre.

Danzer n'aimait pas grand-monde ici-bas. Pourtant, il s'était pris d'une réelle affection pour ce gentilhomme un soir tombé des nues sur le pont de son navire. Avec son instinct d'animal sauvage, il le jugeait si peu préparé à affronter la cruauté du monde ! La protection du sage Al-Qasim avait encore aggravé les choses. Le vieux médecin arabe, prenant Thibault sous son aile, l'avait fait vivre à la marge. À présent, brutalement plongé dans la marmite bouillonnante de Marseille, la fraîcheur d'âme du chevalier en faisait la proie idéale des aigrefins et des gens sans honneur. Danzer, qui vivait depuis toujours au milieu des périls, doté d'un sixième sens pour deviner la menace qui rôde, n'avait cessé de le lui répéter : le courage n'est pas tout. La loyauté est une vertu démonétisée. Il ne fallait être dupe de rien. Les principes d'honneur, de compassion, de morale publique n'étaient plus de saison. S'il fallait tuer pour ne pas être tué, ne jamais hésiter : les autres n'auraient pas ces scrupules. Thibault l'écoutait tête baissée, n'ayant pas d'argument à opposer, contraint de reconnaître les raisons objectives de cette doctrine cynique – la violence répondant à la violence dans un cycle infernal –, mais cela heurtait toujours ses convictions profondes.

Dans un geste familier, au moment des adieux, le corsaire avait pris le chevalier aux épaules et lui avait parlé sur le ton d'un grand frère à un cadet boudeur :

— Ne sois pas froissé, gentilhomme, j'agis dans ton intérêt. Je te laisse mes deux molosses parce qu'une menace plane sur toi, tu le sais bien. Inutile de lire dans les astres pour deviner que l'attentat de l'autre soir n'avait rien d'impromptu. Tu risques d'en connaître de nouveaux. On te guettait, cette nuit-là. On te fait suivre, sans doute depuis des jours. On sait où tu vis, qui tu fréquentes, ce que tu fais. Et tu sais d'où cela vient. Hein, tu le sais ?

— Je m'en doute, admit Thibault, mais n'ai point de preuve.

Ce qui avait fait rire le coureur d'aventures :

— Bah ! À quoi bon des preuves ?

— Pour les produire devant les juges.

Le rire de Danzer avait redoublé. Il avait secoué sa crinière de feu et le chevalier aurait juré l'entendre rugir :

— La justice ?! Je ne connais que celle que je rends en personne, sans attendre l'opinion des juges !

Il avait ajouté avec un air de sérieux :

— Tu serais bien avisé de suivre mon credo. Crois-tu que Mallemort ait ce genre de délicatesse ? Il t'a dépouillé, il a fait assassiner ton père, il a fait disparaître ta sœur, que te faut-il de plus ?

Thibault prenait chaque argument comme un coup dans la poitrine. Il avait baissé la tête et, pour éviter de répondre, dit d'une voix que la colère rentrée altérait :

— Sois sans inquiétude, je veillerai sur Noor.

Le corsaire avait serré les mâchoires, s'efforçant au calme :

— Je ne serai pas longtemps éloigné. Je sais où je vais et ce que je vais faire. À mon retour nous aviserons. Attends-moi et sois sur tes gardes.

Au moment où le corsaire allait le quitter, le chevalier fut pris d'un scrupule. Sans trahir la confiance que Geoffroy Dupré lui avait accordée, sa loyauté envers Danzer ne lui faisait-elle pas devoir de l'avertir que quelque chose se tramait contre Casaulx et son acolyte ? Si le complot allait au bout, Danzer ne serait-il pas compromis, en raison du rôle que les *Duumvirs* lui faisaient jouer ?

— Le conseil vaut pour toi, Simon, reste sur tes gardes. Si la situation politique de Marseille venait à changer, certains pourraient t'accuser de connivence avec ceux que tu sers. Je craindrais pour toi que…

Cette sollicitude faisait sourire Danzer tandis qu'il écoutait les précautions oratoires de Thibault. Il l'arrêta :

— Crois-tu que je n'y aie pas pensé tout seul ? Je n'ai pas d'illusion sur le devenir des deux matamores. Ma mission ici est provisoire. Aussi provisoire que leurs vies. N'oublie jamais : je n'ai ni patrie, ni religion, ni cause à défendre. Je ne finirai pas mes jours dans la peau d'un négociant en blé !

Avant de lui tourner le dos, le corsaire ajouta :

— Merci de ta confiance. Compte sur moi pour ne point la trahir.

*

Dès qu'il eut laissé Marseille derrière lui, Danzer mit son voilier cap plein ouest. Il gagna le large afin d'être moins repérable depuis la côte, mais ne cessa de braquer sa lunette d'approche sur le littoral afin d'y repérer le trafic. Le relief, d'abord rocheux et montueux, fit place à de grandes étendues lagunaires et, à la couleur de l'eau, le corsaire en déduisit qu'il naviguait dans les parages incertains du pays où le Rhône prend la Camargue dans ses bras.

Il garda son cap.

De grandes barques de cinq cents quintaux, des tartanes et des nefs pontées allaient et venaient, quittant le fleuve ou y entrant pour remonter vers Arles ou Avignon. Parmi celles qui pénétraient dans le golfe, venant du fleuve, rares étaient les capitaines qui mettaient cap à l'est, Marseille étant devenue infréquentable et Toulon encore soumise aux foucades du duc d'Épernon, qui tirait ses derniers feux avant de prendre le chemin de sa disgrâce. La plupart se dirigeaient vers Lou Grau dòu Rei, Seta ou Agathé [101], havres moins périlleux, sous la protection armée du connétable de Montmorency, allié d'Henri IV.

C'est pour cette direction que Danzer se décida.

Le capitaine manœuvra de manière à se présenter devant Seta entre chien et loup. À cette heure propice, son voilier corsaire avait l'air d'un navire de commerce inoffensif. Les « artistes » du maistre de hache Domergue Vivaud avaient fait du beau travail. Ils avaient « adouci » le *Leeuwen*. Lui avaient limé les crocs sans lui ôter de sa force. Les bouches à feu étaient si habilement

[101] Le Grau-du-Roi, Sète et Agde.

dissimulées, le bordé avait une allure si pacifique, que *Les Deux Lions* battant pavillon aux couleurs d'Arles put jeter l'ancre au milieu d'une vingtaine de navires marchands et non loin d'un galion armé en guerre, sans éveiller la moindre méfiance.

Danzer donna des consignes strictes : descente à terre interdite, aucune ripaille à bord, extinction des feux précoce, mais pièces chargées, armes à portée de main et se tenir prêt au premier signal à bondir sur la proie convoitée.

La nuit fut calme. Les veilleurs des tours rassurés s'étaient assoupis, la garde portuaire point encore relevée.

C'est ce moment, un peu avant l'aube d'hiver qui mettrait du temps à faire pâlir le ciel embrumé, que le corsaire choisit pour siffler entre ses doigts.

Soudain la foudre s'abattit dans le port de Seta paisiblement blotti au pied du mont Saint-Clair. Un tumulte effrayant mit tout le monde hors de sa couche, mais il était déjà trop tard. Les batteries du voilier s'étaient démasquées vomissant feux et flammes, les couleuvrines et les fauconneaux éclatèrent avec fracas, les boulets ramés[102] fauchèrent les gréements qui s'abattirent sur les ponts avec leurs voiles carguées, ajoutant à la confusion. Le galion armé – sur lequel deux canons étaient pointés depuis la veille au soir – coula en quelques minutes, sa coque éventrée. Une panique effrénée régnait sur tous les ponts, mêlant équipages et passagers, ceux-ci souvent vêtus de leurs seules trousses, dans un sauve-qui-peut général. Les rares qui savaient nager avaient sauté à l'eau, les autres, à terre, couraient le long du quai se mettre à l'abri. En un clin d'œil tous les navires se trouvèrent désertés.

Les abordages furent un jeu d'enfant pour les écumeurs. Passant d'un pont à l'autre des navires alignés, ils se répandirent

---

[102] Boules de fonte reliées entre elles par une barre de fer soudée qui leur donnait la forme d'un haltère, surtout destinées à provoquer des dégâts dans les gréements.

dans les cales, où leurs yeux, perçant la pénombre de l'aube qui se levait, surent faire le tri entre ce qui valait la peine et le tout-venant. Piller avec discernement est un métier dont ils possédaient le savoir-faire.

Sans se hâter, avec cette assurance que lui donnait une longue pratique, Danzer choisit trois des navires portant les plus riches cargaisons, dont deux étaient bourrés jusqu'au pont de beau blé du Languedoc. Pendant ce temps, il envoyait ses équipes d'experts rafler tout ce qui avait de la valeur dans les autres et rapporter le butin dans les cales de son voilier. Les coffres des passagers furent inventoriés en un clin d'œil et le bruit des écus alluma plus d'un œil sur les trognes cabossées.

Cela réglé, le capitaine amarina[103] les trois bâtiments captifs en répartissant ses hommes et donna le signal du lever l'ancre. Le jour qui pointait semblait saluer le départ des corsaires.

Escorté de ses trois prises comme une mère canard par ses canetons, *Les Deux Lions* mit le cap à l'est, salué, au moment où il reprenait la mer, par quelques tardives arquebusades venues de la tour de guet. Elles allèrent se perdre dans les voilures.

Danzer, qui menait le train, fier de son coup de maître, souriait déjà dans sa barbe rousse en imaginant la réception du convoi dès l'arrivée à Marseille…

---

[103] Amariner : faire occuper par un équipage un navire pris à l'ennemi.

37

La fiancée du pirate

Noor venait de se réveiller. Son regard erra durant quelques secondes, mais, croisant celui de Thibault, assis près de son lit, elle lui sourit avec l'air rassuré de celle qui reconnaît un visage familier. De l'autre côté de la couche se tenait la fidèle Meriem, sa *khadima*[104], avec un plateau sur lequel elle avait disposé des gâteaux feuilletés fourrés aux noix ou aux amandes, des *makrouds* à la semoule trempés dans du miel, des loukoums, des dattes et du thé léger qui fumait dans son bol. Tout ce qui pouvait tenter un appétit convalescent.

Durant un long moment, le chevalier, attendri, avait contemplé dans son sommeil ce visage juvénile et reposé à qui la vie avait rendu la plénitude de ses joues fermes et leur coloration : cette blancheur mate qui caractérise les filles du Sud.

En s'agitant durant son somme, Noor avait fait se déplacer les deux pans verticaux du col brodé de la longue chemise de nuit qui permettaient, en s'écartant, de passer aisément la tête pour

[104] Servante.

enfiler le vêtement de nuit. Sur ce morceau de peau dénudée Thibault contemplait un grain de beauté que la nature avait placé exactement au centre de la poitrine, à l'aplomb du menton, comme une médaille pieuse à laquelle il n'aurait manqué que la chaîne pour que l'illusion fût parfaite. Cette coïncidence fascinait le chevalier.

Les yeux de la jeune femme avaient la couleur du tabac brun, comme ses cheveux, abondants et bouclés, encadrant un front dégagé. Un nez impertinent dénotait un caractère ferme qui n'arrivait pas encore à effacer les dernières traces d'une enfance toute proche. Noor était menue, mais au bourgeon on pouvait deviner la fleur à venir. Sa beauté désarmait par sa fragilité même. Pas étonnant qu'elle ait conquis ce corsaire redoutable qui avait l'âge d'être son père. Danzer avait dû être surpris par cette grâce ingénue qui usait d'armes inconnues de lui. Au sens propre du mot, Noor l'avait ensorcelé. Il suffisait de l'entendre parler d'elle et de voir le souci qu'il en avait, pour se persuader qu'il y avait là-derrière comme un enchantement.

— Comment nous portons-nous ce matin, Noor ?

La jeune femme battit des paupières. Façon de rassurer. Sa bouche s'entrouvrit comme si elle allait dire quelque chose mais aucun son n'en sortit. Thibault n'avait jamais encore entendu le timbre de sa voix.

Le chevalier échangea un coup d'œil avec Meriem qui, d'un signe de tête accompagné d'un sourire discret, fit comprendre que tout allait son train vers le mieux.

Avec des gestes tendres, elle proposa à Noor ses tentations sucrées. Elles furent acceptées avec une satisfaction visible.

— Mange, ma colombe. Il faut reprendre des forces, ma jolie fleur. Simon *raïs* sera content.

La *khadima* donnait la becquée à un petit oiseau. Le ton de sa voix était celui de la mère qui rassure et apaise l'enfant inquiet. Avec Meriem à ses côtés, il ne pouvait rien arriver de fâcheux à la fragile Noor.

La faim rassasiée, on passa à la visite proprement dite. Pour ne pas heurter les principes religieux de la servante musulmane, c'est Meriem qui prenait en charge la manipulation de la convalescente. Thibault n'était là que pour le constat médical et les soins à donner. Passant son bras sous l'édredon et le drap, la *khadima* saisit Noor à la cheville, découvrit la jambe gauche jusqu'à hauteur du genou, défit les bandages et en montra l'état. Le mollet avait désenflé et on ne voyait plus qu'une tache ronde, plus sombre, à l'endroit où la tarentule avait planté ses crochets. Thibault palpa la peau tout autour et vit que la chair avait repris sa plasticité. Il appuya en deux ou trois endroits, guettant le visage de Noor. Il nota avec satisfaction l'absence de réaction. Le traitement de fond donnait de bons résultats. Thibault nettoya la peau avec de l'essence de thym et renouvela l'onguent populéum – où entraient à proportions égales pavot, belladone, joubarbe, bardane, ronce, alchémille et jusquiame –, connu depuis l'Antiquité pour soigner abcès ou ulcères. Il prescrivit en même temps diverses tisanes dont il indiqua la composition à Meriem, propres à combattre l'état de faiblesse générale, où se mêlaient centaurée, angélique, romarin, absinthe, basilic et anis vert.

Il n'y avait plus qu'à laisser faire le temps.

Et Dieu, si la folie de Ses croyants ne L'occupait pas tout entier.

Ensuite, vint la partie physique de la visite. Pour combattre l'affaiblissement provoqué par le manque d'exercice, Thibault avait exigé que Noor, appuyée à leurs épaules, fît à chaque visite en sa compagnie et en celle de Meriem quelques pas dans la grande chambre où Danzer avait installé la convalescente.

Les progrès étaient constants, le temps de marche chaque fois plus long. Noor arrivait à poser son pied. Viendrait bientôt le temps où on pourrait tenter la descente de quelques marches pour assouplir la cheville ankylosée. Thibault en laissa la consigne aux domestiques. Jamil et Meriem devraient commencer dès qu'ils jugeraient la jeune femme capable de s'y exercer, d'abord avec leur aide, ensuite seule.

Restait la question de la mutité. Le choc avait dû être si intense que la jeune femme en avait perdu l'usage de la parole. La mémoire en était-elle aussi affectée ? Patience. Pour autant, on la sentait redevenue consciente d'elle-même et des autres. Thibault lui parlait en arabe et aux réactions de Noor, on voyait qu'elle comprenait et savait se faire comprendre par gestes ou mimiques, comme un petit animal.

Ils l'installèrent sur un sofa, près de la fenêtre donnant sur la rue de la Prison, et la laissèrent en repos.

Le chevalier ne cessait pas de se poser des questions à propos du couple étrange que formaient Noor et Danzer. Compte tenu de l'âge de la jeune femme, leur rencontre devait être assez récente. Deux ou trois ans, pas plus, estimait le chevalier. Pour que le corsaire fasse de Noor son épouse, il fallait au moins qu'elle soit nubile. Encore que… En pays musulman, il était courant qu'un veuf riche se « réserve » – en l'achetant – une fillette de quatre ou cinq ans auprès d'une famille pauvre, pour en faire son épouse le moment venu. Danzer, qui avait sans hésiter adopté leur foi, pouvait avoir fait siennes leurs mœurs. Thibault savait la pratique aussi en honneur dans le royaume de France. Rois et reines donnaient l'exemple. Catherine de Médicis n'avait que quatorze ans quand on lui fit épouser à Marseille le futur Henri II[105]. C'est la dot de la jeune princesse qui intéressait François Ier, pas son état. Mais à quoi bon spéculer ? Danzer était-il homme à s'encombrer de règles ou d'usages ? La réalité était que le corsaire avait trouvé femme à son goût et qu'il venait de la rendre mère depuis peu.

Le chevalier en était à se demander si le retour de Simon *raïs* à la chrétienté n'était pas lié à cet événement d'ordre privé.

---

[105] Le 28 octobre 1533. François Ier était venu à Marseille rencontrer le pape Clément VII dont Catherine était la nièce. On la maria à Henri, alors duc d'Orléans, fils cadet du roi de France (le futur Henri II).

Danzer ne lui avait-il pas confié que Noor était une esclave chrétienne ? Avait-elle conservé sa religion ? Si c'était le cas, d'où tenait-elle ce prénom arabe ? Était-ce un caprice du corsaire, ou une attention envers ses « employeurs » à la Régence d'Alger ?

Thibault décida d'attendre le moment opportun de poser ces questions si les confidences de Danzer reprenaient. Quoi qu'il en soit, la conduite à bon port de cette grossesse allait faire partie des devoirs prioritaires du médecin-chevalier de Cervières. Elle représentait un souci de plus : l'état de santé de Noor était-il assez rétabli pour la mener à son terme ? Il y avait des plantes pour aider à cela : la mélisse et la sauge, notamment. Et la Providence…

Meriem, si dévouée à sa jeune maîtresse, était-elle au courant de la nouvelle ? Danzer l'en avait-il informée ?

Thibault, qui savait la langue de la *khadima*, lui posa carrément la question. La grossesse est un sujet dont parle toujours volontiers une femme, quelle que soit sa condition.

Non, Simon *raïs* n'avait rien dit. Mais Meriem n'avait eu besoin de personne pour se rendre compte, à certains signes apparus sur son corps, du nouvel état de Noor. Elle avait mis des dizaines d'enfants au monde, parmi les autres servantes du corsaire, ou bien chez les compagnes de ses équipiers.

C'est pour son savoir de *qabilatoun*[106] que Simon *raïs* l'avait dédiée à sa jeune épouse.

— Elle n'a plus ses époques[107], dit Meriem à Thibault. Tu es *tebib*, tu sais que c'est signe de grossesse.

Le chevalier s'abstint d'expliquer que l'arrêt de la menstruation pouvait aussi être dû au venin de la tarentule.

Était-ce la première grossesse de Noor ? Meriem avait assez d'expérience pour affirmer que oui.

---

[106] Sage-femme, accoucheuse.

[107] Ses règles.

Cela rejoignait ce que supposait Thibault. La rencontre de Danzer avec Noor était assez récente. Meriem savait-elle quand elle avait eu lieu ?

La servante l'ignorait. Mais Jamil, lui, saurait peut-être. Jamil, dévoué à son maître tel un chien, au point de coucher au sol sur une natte devant la porte de la chambre de Danzer quand le corsaire séjournait à terre.

Jamil en savait un peu plus. Simon *raïs* avait « trouvé Noor » sur un navire attaqué au large de la Cicilie. Quand cela ? Deux ans, à peu près, avait dit le serviteur. C'était un navire marchand qui allait à Smyrne ou qui en venait – Jamil ne savait plus bien – chargé d'huiles, de vins, de cuirs et de laines. Simon *raïs* n'en voulait qu'à sa cargaison, il ne l'avait pas coulé, ni cherché à le ramener en Alger. Il y avait des passagers à bord. Avec des marchandises et beaucoup d'argent. Parmi les passagers, le propriétaire de la cargaison, un marchand turc de Smyrne. Noor était avec lui, Jamil en était sûr, Simon *raïs* le lui avait raconté. L'équipage abordé avait tout donné au corsaire contre promesse d'avoir la vie sauve. Simon *raïs* était d'accord. Mais le marchand turc ne voulait rien savoir. Une dispute avait éclaté avec Danzer. Le vieux criait beaucoup. Alors, Simon *raïs*, qui avait les oreilles cassées, l'avait fait jeter à la mer.

— C'était à cause de Noor, la dispute ? demanda Thibault.

Le sourire de Jamil laissa voir ses grandes dents blanches :

— Non, c'est elle qui a voulu venir avec Simon *raïs*. Elle lui a dit : « Emmène-moi avec toi, je ne veux pas aller à Smyrne. »

38

Soumissions et trahisons

Le duc de Guise passa le Rhône à Mondragon et entra en Provence le 21 novembre 1595. Il marchait à la tête de cinq mille soldats à pied, neuf cents cavaliers et six cents mestres de camp[108]. Le jeune prince était entouré d'une cour nombreuse de gentilshommes composant sa maison, tous vêtus d'étoffes éclatantes de couleurs et brodées d'or, formant un contraste humiliant avec la pauvre noblesse provençale. Celle-ci avait dû en rabattre en raison des temps bouleversés et n'avait que les habits de guerre usés jusqu'à la corde à proposer aux regards du nouveau gouverneur. Elle compensa son manque d'allure par l'ardeur de ses ovations. La province, malgré l'état précaire de ses finances, proposa au duc de Guise de compléter son armée avec deux mille fantassins, enrôlés dans les cités libérées de l'occupation des troupes encore fidèles au duc d'Épernon, et trois cents mestres pour les mener au combat.

---

[108] Commandant d'un régiment d'infanterie ou de cavalerie.

Pendant ce temps, le connétable de Lesdiguières, lieutenant général au gouvernement du pays, réduisait Sisteron – qui tenait toujours pour d'Épernon – à l'obéissance du roi, sans avoir eu à combattre, la garnison s'étant rendue. Ce qui n'empêcha pas le vainqueur d'exiger de la communauté soumise une contribution de vingt mille écus pour frais de guerre.

La soumission de la ville-forteresse entraîna, comme un château de cartes, celles de Montsallier, Forcalquier, Ventabren et Saint-Cannat.

La reconquête semblait lancée. La marche du nouveau gouverneur dans la province prenait une allure de triomphe. De Guise avait écrit aux procureurs du pays pour leur dire son dessein de concentrer toutes ses troupes à Orgon. De ce point focal, elles pourraient rayonner vers les portions du territoire restant à soumettre, dont nombre étaient encore sous la férule impitoyable de l'ancien gouverneur.

Cela signifiait qu'au lendemain d'une liesse passagère à l'arrivée du « libérateur » le pays allait devoir provisionner de quoi pourvoir à la subsistance de ces nouvelles soldatesques. À leur tour, elles viendraient ravager cette terre accablée par des années de « désordres, voleries, meurtres, bruslemens et violemens » selon les termes même qu'employa le procureur général du Laurens – ex-ligueur acharné récemment reconverti – en accueillant au parlement d'Aix celui qui se présentait comme le « restaurateur des libertés publiques ».

Voilà près de dix années que le fauteuil fleurdelisé n'avait plus été occupé par un gouverneur de Provence, avant le duc de Guise.

D'Épernon, qu'Aix détestait – il le lui rendait bien –, avait « déporté » la faction opposée à la Ligue à Brignoles où siégeait un second parlement à sa botte.

Le premier acte d'autorité du nouveau titulaire de la charge de gouverneur de Provence fut d'émettre un arrêt enjoignant aux Gascons et autres qui tenaient le parti du duc d'Épernon de remettre en l'espace de huit jours aux officiers du roi les places, villes et forteresses occupées, sous peine d'en être délogés avant d'être punis suivant les rigueurs de la loi.

Le lendemain, le duc de Guise se dirigea vers Le Martègue[109], Marignane et la Tour de Bouc qui firent soumission aux cris de « Vive le roy ! » à l'approche des troupes du gouverneur.

La nouvelle de la perte du port de Bouc mit Charles de Casaulx dans une rage folle. Dans le traité d'alliance que les députés de Marseille négociaient à ce moment même avec Philippe II, Bouc était la ville otage qu'il comptait offrir au monarque, l'appât qui devait vaincre les dernières réticences du *Roi triste* à s'engager dans la cause de Marseille. Le Premier consul avait rêvé d'une armée espagnole débarquée à l'entrée de l'étang de Berre, prenant Aix à revers tandis qu'une autre, sortie de Marseille, l'attaquerait de face. La pièce maîtresse de son plan venait de lui échapper.

Une mauvaise nouvelle n'advenant jamais seule, Casaulx apprit que Lesdiguières descendu à Aix rejoindre de Guise, après avoir attaqué un gros de cavalerie de d'Épernon et avoir forcé les survivants à se réfugier dans la citadelle d'Auriol, venait de faire jonction avec le nouveau gouverneur au Martègue et que les deux armées s'approchaient de Marseille pour reconnaître l'assiette de la ville et repérer les emplacements les plus propices à un futur siège.

On voyait grossir l'orage.

Il ne surprit pas les défenseurs, habitués à guetter le danger, qu'il vînt de terre ou de mer, par d'incessantes patrouilles dans le terroir et le guet permanent des vigies disposées sur les hauteurs entourant la ville.

L'avant-garde de l'armée royale, s'étant trop approchée de la porte de la Joliette, fut accueillie par une vive canonnade, tandis qu'elle essuyait le feu d'une galère sortie du port pour la forcer à s'éloigner du rivage d'Arenc.

---

109 Martigues.

L'assaillant n'insista pas. C'était « trop grosse bouchée pour l'avaler d'un coup », reconnut le duc de Guise, informé du repli de ses troupes. Il faudrait revenir avec d'autres moyens.

Aux états généraux de la province réunis à Aix, il fit voter l'entretien de six mille hommes d'infanterie et mille cinq cents chevaux supplémentaires, dont la charge pour la solde, la nourriture, le logement et l'armement, revint – comme de coutume – au tiers état, le clergé en étant exempté et la noblesse ne contribuant que pour les frais d'artillerie.

Pendant ce temps, enfermé dans Brignoles dont il avait fait sa « capitale », le duc d'Épernon, inconsolé de son éviction de la charge de gouverneur en Provence, fulminait contre de Guise : « oublieux de ses traditions de famille en acceptant une position de lieutenant dans une province où ses ancêtres étaient souverains ». Il ruminait son dépit en même temps que des idées de revanche, toujours non disposé à lâcher la proie pour l'ombre, ni à prendre sans assurance pour argent comptant les promesses du roi de France.

Le cardinal Arnaud d'Ossat, ambassadeur de France à Rome, dont les agents étaient particulièrement actifs, venait de faire parvenir à Nicolas de Villeroi, secrétaire d'État à la guerre, une lettre aussitôt montrée à Henri IV qui l'avait transmise à Aix. De Guise y découvrit qu'après la prise de Sisteron, alors qu'il « avait envoyé au roi[110] pour se soumettre », d'Épernon avait obtenu à Turin, près du duc de Savoie, et à Milan du connétable de Castille, soixante mille écus de l'un, et trente mille écus de l'autre « pour qu'on lui achète armes et chevaux ».

Cela signifiait que Philippe II ne prenait plus le prétexte de défendre la religion catholique pour faire ouvertement la guerre

---

[110] « Avait pris contact avec Henri IV ».

à la France. Il achetait tous ceux qui pouvaient lui être des alliés utiles. Casaulx en était un à Marseille, d'Épernon le devenait en Provence. À preuve : la lettre du cardinal d'Ossat révélait *in fine* l'existence d'un accord secret signé par d'Épernon à Saint-Maximin, daté du 10 novembre, dont un des espions de l'ambassadeur avait eu copie. C'était un acte de serment envers la couronne d'Espagne.

« Je soussigné Jean-Louis de La Valette, duc d'Épernon, lieutenant général en Provence, promets à Sa Majesté catholique de faire la guerre au prince de Béarn et aux hérétiques dans le royaume de France et de ne traicter aucun accord ny paix avec eux sans en avoir permission de Sa Majesté catholique, laquelle me promettra de me tenir ainsi que mes amis sous sa protection. Et de Son côté, Elle ne conclura aucune paix avec le prince de Béarn que je n'y sois compris pour conservation de moy, de mes amis, de nos biens et charges. »

La veille, 9 novembre, ce serment d'allégeance à l'Espagne avait été précédé d'un traité spécial entre Philippe II et d'Épernon qui réclamait troupes, chevaux, armes et argent « pour en lever et acheter », afin « d'assiéger la ville, place et forteresse de Tholon[111] qu'une fois prises seront baillées à la disposition de Sa Majesté catholique pour y mettre tel nombre de gens de guerre qu'il lui plaira ».

Quand on lui rapporta ce qui se tramait, aussi bien à Marseille avec Casaulx qu'à Brignoles avec d'Épernon, Henri IV, en route vers la Picardie pour combattre l'Espagnol, jugeant qu'on tentait de brader dans son dos une partie de son royaume en perdit sa légendaire bonne humeur : « Celui qui vend une portion du territoire national à un étranger n'est qu'un traître, quel que soit le nom dont il couvre sa félonie », écrivit-il le soir même à de Guise. Plusieurs de ses conseillers avaient entendu le roi

[111] Toulon.

grommeler dans sa barbe fournie ce qu'ils prirent pour un souhait formulé à l'intention de qui voudrait l'accomplir : « *Si nous pouvions tirer ces hommes de Marseille et de la Provence, nous ferions un grand coup.* »

39

Rendez-vous en terroir inconnu

Thibault venait d'achever sa visite quotidienne aux malades de l'hôpital de la commanderie de Saint-Jean. Pour la plupart de ceux qui échouaient chez les Hospitaliers c'était déjà trop tard : ils avaient descendu tous les échelons de la misère. Refoulés par les chasse-gueux des portes des couvents, ils s'étaient vu refuser l'accès à l'hôtel-Dieu et à l'hôpital Saint-Jacques-des-Épées au prétexte qu'ils étaient étrangers à la ville. C'est dire qu'il n'y avait plus grand-chose à faire pour eux, sinon leur offrir un toit provisoire afin de ne pas les laisser mourir dans la rue comme des chiens errants. À voir les ventres gonflés, les membres grêles, on devinait que la plupart de ces malheureux étaient dénutris, atteints de maux d'entrailles pour avoir bu ou mangé qui sait quoi. Leurs corps étaient couverts de scrofules impossibles à guérir et les parasites les dévoraient vivants. Face à cet afflux de miséreux, les Hospitaliers, impuissants, n'avaient autre chose à offrir que leur compassion et leurs prières, souvent contraints, faute de place, à mettre dans le même lit un corps brûlant de fièvre contre celui d'un mourant, pour procurer au second un peu de chaleur à ses derniers instants.

Le chevalier visita en dernier son agresseur de la rue Caisserie. Après quelques jours de délire, il avait bien réagi aux potions fébrifuges mêlant les propriétés du thym, de l'origan, de la sauge et du basilic, composées pour lui par Thibault. Ses plaies, badigeonnées d'onguents à base de boldo, de bruyère, d'eucalyptus et de capucine – dont Al-Qasim avait révélé les bienfaits –, ne s'étaient pas infectées. Sans que le blessé, affaibli par une grande perte de sang, fût encore sorti d'affaire, il semblait que la Mort lui ait accordé un sursis en remisant – pour l'instant – sa longue faux.

L'homme au pistolet courait encore. Thibault ne l'oubliait pas. Afin que son acolyte ne risquât pas d'être achevé sur son lit par des complices se faisant passer pour visiteurs, il l'avait fait placer dans une pièce contiguë aux salles communes qui pouvait être maintenue close. Consignes avaient été données de ne laisser entrer personne d'autre que les frères infirmiers désignés par lui-même. Le chevalier guettait à chaque visite le moment où son état permettrait enfin de l'interroger.

Cela advint en cette matinée de fin décembre. Thibault trouva le blessé conscient, les yeux ouverts, qui achevait de boire un bouillon apporté par un frère soignant.

Le chevalier se pencha sur lui :

— Me reconnais-tu ?

L'homme fit non de la tête.

— C'est moi que tu voulus assassiner, rue Caisserie.

Le regard du gisant se déroba. Il tourna la tête vers le mur et ferma les yeux.

— Regarde-moi.

La tête revint de face, les yeux s'ouvrirent :

— Je quémande mercy…

— Qui t'envoyait ?

— Le valet d'un bourgeois m'a promis deux écus et autant à mon camarade.

— Tu le connaissais ?

— Nenni. Il m'a joint à la taverne *Saint-Jean* et m'a montré où me tenir en place sous les Accoules.

— Il était là quand vous m'avez assailli ?

— C'est lui qui tenait le pistolet.

Thibault se redressa.

— Tu vois ? Tu as voulu m'homicider et moi je tente de te sauver.

— Vous êtes bon.

— Que fais-tu quand tu n'assassines pas les gens ?

— Pêcheur. Les temps sont durs.

— Pourtant, si tu guéris à plein, au lieu d'occire les passants, remonte sur ta barque. Les poissons ne portent pas de dague.

— Je promets. Dieu vous le rendra.

— Sais-tu où se tient ce gredin de valet ?

— Non. Je ne l'avais jamais vu. Il arrivait de La Ciéutat.

*

L'après-midi était bien avancé quand Thibault quitta l'hôpital de la commanderie de Saint-Jean. Il s'apprêtait à regagner son logis de la rue Bouterie où l'attendait un moment de repos avant de partager le fricot de la veuve Savy, sa logeuse, avec Gilles d'Arvieux, quand un valet vêtu d'une casaque grise l'aborda sur le quai. Il se présenta, chargé d'une lettre de Diane de Carluc. Le chevalier reconnut au premier coup d'œil la grande et fine écriture de la belle. Ce mot lui ressemblait par sa façon plaisante de s'exprimer :

Chevalier,

Le médecin qui voisine en vous avec le gentilhomme aurait-il un remède pour une malheureuse atteinte d'un vilain refroidissement qui l'empêche de mettre le nez dehors ? J'aurais voulu être fidèle à ma promesse et vous apporter moi-même l'accord signé par le sieur de Lincel, mon époux, m'autorisant à témoigner en votre faveur par-devant la Cour souveraine de justice, mais ce serait risquer de prendre le mal pour de bon. Or, je sais que le temps vous presse. Pousseriez-vous l'esprit de galanterie jusqu'à venir à moi pour le prendre vous-même ? Ce pourrait être l'occasion pour vous de remercier monsieur de Carluc de son obligeance, au cas où ma seule conversation ne vous suffirait point. Si cela vous convient, je vous enverrai à huit heures la voiture par laquelle mon valet vous a rejoint, que vous trouverez à deux pas de chez vous, au coin de la rue Lancerie et du Quai de la Ville. À vous de la prendre, à votre bon vouloir. Ainsi mon plaisir serait-il redoublé : ne point m'enrhumer et vous rencontrer au chaud.

D.

Comment refuser pareille invite ? Fût-ce en présence du vieux mari, la perspective de revoir la belle mettait en joie le cœur du chevalier après toutes ces heures passées à côtoyer la souffrance et le malheur des hommes.

Il contempla la voiture qui s'éloignait où le valet avait grimpé sur le siège du cocher, tout revigoré à l'idée qu'à la nuit tombée c'est lui qui la prendrait.

Tant pis pour le fricot de la veuve Savy… Gilles lui pardonnerait.

*

Thibault déboucha de la rue Lancerie sur le Quai de la Ville à l'instant même où la cloche des Accoules sonnait le dernier coup de huit heures du soir. Il tenait dans sa main gauche la poignée d'une sacoche de cuir contenant, entre autres, des mélanges subtilement dosés qui composaient des tisanes pectorales faisant large part au thym, à la lavande, à l'eucalyptus, aux bourgeons de pins, mais aussi à la réglisse, à la bourrache et au coquelicot. Un petit pot de miel les accompagnait pour les sucrer.

La voiture fermée était là, comme promis, à l'attendre. La nuit était tombée, mais dans la clarté des enseignes de cabarets jalonnant le quai pour attirer comme des phares les équipages des navires amarrés, le chevalier reconnut sur le siège du cocher la silhouette du valet qui lui avait remis la lettre de Diane de Carluc.

— Vous savez où nous allons, je crois ?

Le valet se pencha :

— Madame m'a donné ses ordres. Que Monsieur ne s'inquiète point.

Le chevalier grimpa dans la caisse aux vitres aveuglées par un rideau opaque pour s'installer avec un soupir d'aise sur un siège moelleux, bienvenu pour ses reins après une journée passée à se pencher sur des corps souffrants. Un claquement de langue du valet et la voiture démarra aussitôt, opérant un demi-tour sur le quai, au trot de la jument noire qui la tirait.

Thibault se laissa aller à rêvasser, les yeux mi-clos, un sourire léger sur les lèvres. Il songeait à ce rendez-vous auquel il se rendait. Le « refroidissement » de la belle était-il réel, ou bien était-ce un prétexte pour revoir au plus tôt cet homme dans les bras de qui elle s'était jetée pour échanger ce baiser inattendu et lui mettre l'esprit à l'envers ? Qu'importe ! L'occasion lui était offerte, pourquoi s'y dérober ?

S'il n'avait pas eu la tête ailleurs, le chevalier aurait peut-être remarqué que, à peine la voiture avait-elle quitté le lieu où elle stationnait, deux hommes, surgis du *Logis des Trois Soleils* tout proche, enfourchaient chacun un cheval bai brun proposé à la location par l'auberge. Depuis, ils suivaient à distance la voiture qui avait tourné à l'angle du plan Fourmiguier, en fond de port.

Le pavé fit bientôt place à la terre battue. L'attelage s'engagea dans la montée malcommode du chemin traversant le faubourg de Paradis[112], qui grimpait droit vers une hauteur avant de

[112] Il devait son nom depuis le XIe siècle au prieuré Saint-Pierre-de-Paradis, ruiné soixante ans plus tôt au moment du siège des troupes du connétable de Bourbon en 1524. Le nom de la rue Paradis d'aujourd'hui est le dernier témoignage de ce qui était un quartier rural au sud de la ville.

redescendre à travers le hameau rural du Coronneau[113] pour rejoindre le village de Sant-Genès.

Les deux cavaliers suivaient toujours sans se rapprocher.

En soulevant un coin du rideau, Thibault avait jeté un œil vague par la portière au moment où l'attelage longeait les fermes du Coronneau, mais on n'y voyait goutte et tout se ressemblait dans ce paysage de nature, où seuls quelques rares champs rompaient la ligne des pinèdes et des rochers blancs qui alternaient. Les cahots de la voiture avaient fini par bercer le chevalier à qui sa captivité avait appris à dormir sans confort. Il somnolait. Sinon, il se serait aperçu que l'attelage, à l'approche du quartier de Sant-Genès, avait obliqué non pas vers la droite, où Diane de Carluc avait situé la bastide du sieur de Lincel, mais carrément vers la gauche en direction du quartier du Rouilh[114].

L'équipage arriva bientôt devant une grille au double battant ouvert sur une allée bordée d'arbres. Le cocher avait mis le cheval au pas. Ce changement de rythme eut pour effet de tirer le chevalier de sa somnolence. Il abaissa la vitre de la portière et passa la tête par l'ouverture. L'air frais et humide acheva de le réveiller.

— Serons-nous bientôt rendus ?

— Nous arrivons, Monsieur.

Thibault aperçut au bout de l'allée, se détachant sur une double haie sombre de troncs d'arbres alignés comme des gardes, la façade claire d'une bastide précédée d'une esplanade gravillonnée où une voiture attelée stationnait.

Le cocher guida son cheval afin d'amener son passager devant la porte d'entrée, face à l'autre voiture. Le chevalier prit sa sacoche, descendit et aperçut sur sa droite briller une lumière

---

113 À hauteur de l'actuelle place Ernest-Delibes.

114 Aujourd'hui le quartier du Rouet.

derrière les vitres d'une pièce du rez-de-chaussée. Le cocher le précéda pour ouvrir la porte et s'effaça en indiquant :

— Madame vous attend dans le salon à droite.

La belle lisait près d'une cheminée allumée, sous la lumière d'un chandelier à trois branches. Elle leva la tête à l'entrée de Thibault, se dressa et vint vers lui avec un sourire radieux. Elle portait une casaque noire constellée de perles blanches, montant jusqu'au col serré, dont les manches ouvertes laissaient voir sur ses bras le linge clair brodé de sa camisole. Elle le regarda avec ce mélange de grâce et d'impertinence qui faisait tout son charme et qu'elle savait doser en virtuose.

— Bonsoir, cher visiteur que j'espérais. Me pardonnez-vous mon audace ? J'avais folle envie de vous revoir.

Le chevalier jeta un œil autour de lui :

— Madame, je suis touché, mais on pourrait vous entendre et...

— Nous ne risquons rien, dit-elle avec un sourire amusé.

Elle s'approcha à le toucher.

Thibault éprouvait un trouble mêlé par moitié du désir que cette tentatrice avait allumé en lui et de la gêne de se comporter comme un goujat.

— Madame, nous sommes sous le toit de monsieur de Carluc et je...

Cette réserve la fit rire. Qu'il était benêt ! Il n'avait rien deviné.

— Non, Monsieur, rassurez-vous, nous ne sommes point dans la maison de monsieur de Carluc.

— Où donc sommes-nous, alors ?

— Dans l'une de ses nombreuses propriétés. Vous avez dû voir dehors la voiture avec laquelle je suis venue. Monsieur de Carluc m'a abandonnée à Sant-Genès cet après-midi. Il est parti pour Aix, pressé de perdre son argent en compagnie de gens pressés de le lui soustraire. D'où mon envie de vous inviter ici, pour jouir de votre aimable compagnie. Nous sommes seuls, si cela peut rassurer votre conscience. Je réponds de la discrétion des domestiques.

Il feignit d'être offusqué :

— M'auriez-vous tendu un piège, madame ?

Avec un regard moqueur, elle répliqua :

— C'est vous qui le qualifiez ainsi, chevalier. Je parlerais plutôt de guet-apens amoureux, si le mot ne vous choque point.

Thibault contempla l'air effronté qui le défiait. Pour masquer son trouble il prit un ton de médecin :

— Et ce refroidissement, comment se porte-t-il ?

L'œil de la belle brilla de malice.

— Beaucoup mieux depuis qu'il vous a vu entrer avec votre sacoche d'apothicaire. Il a reculé d'effroi. En vous attendant, je l'avais soigné avec du miel de lavande. S'il vous plaît d'y goûter…

Sans attendre sa réponse, elle plaqua ses lèvres sur les siennes et Thibault rendit les armes. Au diable les convenances, au diable la bienséance, les règles, le tact, les protocoles mondains. Il s'abandonnait enfin. Elle avait le pouvoir de chasser le malheur, de renvoyer les soucis à plus tard, de l'empêcher de réfléchir à ce qu'il était convenable ou non de faire. Il sortait de l'enfer et il rencontrait un ange, une magicienne dispensatrice d'oubli. Une femme qui réveillait l'homme assoupi et le ressuscitait. Le sang lui battait aux tempes, son souffle était suspendu tandis que leurs langues se mêlaient, se cherchaient, s'affrontaient. Diane avait enlacé son torse et demeurait collée à lui pendant que montait de sa gorge parfumée une sorte de roucoulement de plaisir. Il achevait d'enivrer Thibault, à l'écoute de cette monodie qui vibrait contre sa poitrine, tandis que ses bras étreignaient les épaules de la belle.

Comme un plongeur sort de l'eau respiration suspendue, il s'arracha un instant aux lèvres douces pour reprendre une inspiration et y revenir de plus belle.

Alors elle rompit, haletante, la fièvre aux joues. Elle avait saisi sa main droite et la maintenait serrée dans la sienne tandis qu'elle le regardait fixement comme si elle le découvrait.

— Venez, dit-elle dans un souffle.

Elle l'entraîna vers une porte à demi ouverte qui donnait sur une autre pièce. Il l'y suivit sans hésiter.

C'était une chambre seulement éclairée par les flammes d'un feu pétillant ménageant un clair-obscur suffisant pour deviner, dans le fond, une alcôve aux rideaux maintenus par des embrasses aux montants d'un baldaquin qui dominait une couche basse posée sur un cadre de noyer.

Diane ne lâchait toujours pas sa main et entraînait le chevalier comme on emmène son cheval avec les rênes.

Quand ils furent arrivés à proximité du lit, elle se retourna vers lui, dégrafa la boucle du ceinturon qui lui maintenait l'épée au côté, s'en défit en laissant tomber l'ensemble sur le parquet, puis elle passa ses bras par-dessus les épaules de Thibault, les noua derrière sa nuque et bascula en arrière. Surpris, le chevalier se laissa emporter.

Il n'avait rien tenté pour résister.

40

Comme on se retrouve…

À l'instant précis où les deux amants enlacés s'abattaient sur la couche, le chevalier eut le réflexe de se déporter légèrement sur sa gauche, afin de ne pas choir de tout son poids sur le corps qui s'offrait. Ce mouvement lui fit prendre conscience d'une présence oubliée dans la fièvre des élans amoureux : celle de sa dague, conservée dans sa gaine, fixée à la ceinture à l'intérieur de son haut-de-chausses. L'embout métallique arrondi de l'étui venait de se loger dans l'aine.

— Je vous demande une seconde, souffla-t-il, après s'être arraché aux lèvres qui se tendaient. Il me faut me libérer d'une importune qui n'a rien à faire ici.

Il souleva son buste et se posa sur son coude gauche. Il tira une aiguillette de son pourpoint et passa sa main par l'ouverture à la recherche de l'intruse. Il sentit l'arme sous ses doigts, la saisit par le manche pour l'extraire, forcé de l'exhiber sous le nez de la jeune femme. Thibault s'apprêtait à avouer sa confusion et à en rire avec elle, quand son regard se figea sur celui de Diane. Les yeux sombres de la belle étaient fixes, comme agrandis. Elle regardait quelque chose *derrière lui.* Elle restait muette, la main sur sa bouche pour étouffer un cri, et l'angoisse se lisait sur ses traits contractés.

Des coups furent à cet instant frappés à la vitre de la croisée, faisant se retourner le chevalier pour en chercher la provenance.

Il eut le temps d'apercevoir du coin de l'œil la silhouette obscure d'un homme, un foulard cachant le bas de son visage. Il arrivait sur lui un poignard haut levé. Alors, dans un réflexe de survie, Thibault, dague en main, roula sur lui-même et se laissa tomber sur le plancher. Emporté par l'élan, l'assaillant ne put éviter de heurter de ses bottes le bois du lit. Il bascula en avant avec un râle de dépit et sa lame, prête à frapper, se planta dans la poitrine de Diane jusqu'à la garde, lui arrachant un hurlement à déchirer l'âme.

Le chevalier s'était relevé, la rage au ventre. Il ne fut plus question de règles d'un combat loyal, où on laisse sa chance à l'adversaire, mais d'une tuerie. L'homme au foulard, les doigts crispés sur le manche de son poignard, tentait de retrouver son aplomb. Engoncé dans l'épaisseur mouvante de la couche, il peinait à se mettre sur les genoux et lançait à la volée son bras armé pour repousser le chevalier. Thibault, pris d'une folie meurtrière, était déjà sur lui et daguait son dos à coups redoublés, le perçant, le lardant, le criblant comme une voile dans la mitraille. À peine calmé, il se saisit de la dépouille inerte par ses bottes et l'envoya rouler sur le plancher où elle acheva de se vider de son sang.

C'est alors qu'un bruit de lutte lui parvint depuis le couloir d'entrée. On se battait, on poussait des cris de rage, on lançait des injures, ponctuées de coups pleuvant sur les cloisons. Cela se rapprochait à travers le salon. Un râle de détresse encore, et puis plus rien.

La porte de la chambre s'ouvrit à la volée, poussée par le dos d'un homme vêtu d'une casaque grise. Il marchait à reculons, tentant, de ses mains crispées sur sa gorge ouverte, de contenir le flot de sang qui s'en échappait. C'était le domestique qui avait servi de cocher pour amener Thibault dans cette souricière. Le chevalier le reconnut quand il s'effondra sur le dos en expirant.

Il allait se jeter sur son épée tombée dans son fourreau sur le plancher, quand retentit une voix familière tandis que s'encadrait dans l'embrasure la silhouette massive de Ramefort, moustaches en bataille, coiffé d'un foulard noué sur la nuque en catogan, pratique familière aux corsaires. Il tenait en main son chapeau cabossé, tombé durant la lutte. Son terrible couteau espagnol avait fait son ravage habituel. Le valet était à demi décapité. De la pointe de sa lame où gouttait encore le sang du domestique, Ramefort désigna le premier des assaillants qui gisait à plat ventre, le dos percé de coups :

— On se débrouille tout seul à présent, mon gentilhomme. Bravo ! Il suffit de te prévenir à temps !

Son rire formidable retentit. Il replia sa navaja après l'avoir essuyée à l'habit du valet.

Thibault ne réalisait pas encore. L'esprit troublé, il n'avait pas mesuré l'état de Diane de Carluc. Il s'affola quand il la vit sur la couche ensanglantée, muette, blanche comme un linceul. En s'approchant, il distingua sur le bustier de la robe noire, sous le sein droit, le sang s'écoulant d'une plaie invisible. Les perles blanches de la broderie étaient teintées de rouge.

Pendant ce temps, Ramefort, qui en avait vu d'autres, expliquait avec simplicité, comme s'il s'agissait d'une situation ordinaire :

— Je guettais dehors après avoir attaché mon cheval à un arbre, quand j'ai vu le premier de ces messieurs, descendant sans bruit de la voiture, là-devant, ajustant un foulard à sa figure, le poignard à la main. Quand j'ai compris ce qu'il comptait faire, j'ai couru et tapé à la vitre pour t'alerter au plus tôt, mais en accourant à ta rescousse j'ai rencontré l'autre dans le couloir. Il avait un gourdin en main et venait aider son camarade. Il avait dû comprendre que le vent était à la renverse et que tu n'étais pas d'accord pour mourir tout de suite.

Thibault, machinal, questionnait le corsaire tout en se penchant sur la blessée :

— Tu m'avais donc suivi depuis Marseille ?

— Eeh ! s'exclama Ramefort en écartant les bras d'évidence. Mieux ! *Nous* t'avions suivi. Bardolfo est avec moi.

— Où est-il ?

— Parti sur son cheval, à l'abordage de l'autre voiture qui a alargué trop vite pour qu'il n'y ait pas là-derrière quelque filouterie.

— Elle vit, dit le chevalier dans un souffle en collant son oreille à la place du cœur, tandis qu'il avait saisi le poignet de la belle pour sentir battre son pouls.

Il se rua sur sa sacoche de cuir posée sur le plancher depuis l'instant où Diane s'était blottie dans ses bras. Il revint vers la gisante, tout en se débarrassant d'un geste rageur de son pourpoint, arrachant les aiguillettes.

Alors, avec une infinie douceur, il entreprit de faire les gestes dont il avait à peine osé rêver un instant auparavant : il dégrafa le bustier, défit les rubans de la camisole, pour arriver à la peau nue. Son premier soin fut de comprimer la plaie avec de la charpie humectée d'essence de romarin pour combattre une possible infection. Puis, il entrouvrit les lèvres exsangues pour y introduire le col étroit du flacon contenant un élixir légué par Al-Qasim. Il avait des vertus pour soutenir le cœur. Il en fit couler une gorgée dont la moitié se répandit sur la joue de la blessée. Ramefort suivait la scène en silence, lorgnant la poitrine dénudée, détournant les yeux dès que Thibault regardait dans sa direction.

Un bruit de roues cerclées de fer sur les gravillons du perron se fit entendre. Ramefort se précipita à la croisée :

— C'est Bardolfo qui revient. Il a pris la place du cocher !

À travers la vitre, le corsaire fit signe à son acolyte.

Thibault, penché sur le corps de Diane, guettait le moindre indice attestant la permanence de la vie. Seul le pouls très faible répondait à son mince espoir.

— Bardolfo retire quelque chose de la voiture, dit Ramefort, toujours à la croisée. Un homme, on dirait, qu'il secoue comme un prunier. Il le met sur son échine.

On entendit grincer la porte d'entrée, puis le pas lourd du corsaire parcourir le couloir et traverser le salon. Sa haute taille occupa un instant tout l'espace dégagé par la porte ouverte, puis, comme on se débarrasse d'un gros sac rempli de châtaignes, il lança sur le sol le fardeau qu'il avait sur l'épaule. Un corps roula, un visage tuméfié apparut, et Thibault, qui s'était à demi levé, le regard effaré, dit ces mots qu'il entendait résonner dans sa tête comme s'ils venaient d'un autre que lui :

— Monsieur de Mallemort… Comme on se retrouve !

Le chevalier contempla tour à tour le corps poignardé de Diane sur le lit et celui du négociant assommé sur le plancher.

Au ravage qui dévasta son âme, il comprit que Dieu n'avait eu pitié de lui que durant quelques jours.

41

Nuit de veille au Rouilh

Sur les trognes figées des deux corsaires se lisait leur stupéfaction. Ils regardaient tour à tour Thibault et le corps de l'homme que Bardolfo venait de jeter sur le plancher comme un paquet d'ordures, sans trouver une explication à la réaction du chevalier penché sur le gisant. Le visage de celui-ci avait doublé de volume. Sa pommette gauche avait éclaté et du sang coulait sur la joue pour se perdre sous l'oreille, bu par le linge de son col. Il était sans connaissance.

— Tu… tu connais ce gaillard ? demanda Ramefort, incrédule.

Thibault serra les mâchoires. Il secoua la tête comme pour chasser de son esprit les pensées qui brouillaient sa raison.

— C'est mon oncle. Bertrand de Mallemort.

Les deux forbans sursautèrent en même temps.

Bardolfo avait baissé le nez et pris la mine contrite d'un enfant de géant qui va être puni pour ses bêtises.

— J'ai fait ce qu'il ne fallait pas ? Je croyais que…

Thibault l'interrompit d'un geste.

— Nenni ! Au contraire. Tu as fort bien fait. Tu me rends un très grand service.

Bardolfo ne comprenait toujours pas, mais eut l'air rassuré.

Le chevalier se pencha un peu plus sur Mallemort.

— J'espère pourtant que tu ne l'as point tué.

— Assommé ! Assommé, rien de plus ! s'écria le corsaire. Sans taper trop fort, mais il se rebéquait, il m'a obligé… Tu comprends ? J'avais deviné qu'il ne fallait pas le tuer avant de lui avoir demandé ce qu'il faisait là, caché dans la voiture.

S'il avait eu le cœur à ça, Thibault aurait complimenté, avec une bourrade et un grand rire, la brute qui venait, avec ses poings redoutables, de donner un nouveau tour à son destin.

Il contempla les mines perplexes de ses acolytes peu ordinaires, transformés en anges gardiens par les consignes de Simon Danzer. Pour la deuxième fois, ils venaient de lui sauver la vie. Le chevalier devinait derrière leurs fronts charnus et couturés des interrogations qui les dépassaient.

Alors, mettant dans son regard le plus d'empathie possible, Thibault prit le ton du berger qui complimente ses molosses d'avoir bien veillé sur le troupeau mis ainsi à l'abri des loups. Avec des mots simples, il leur raconta tout, depuis le début : le rôle probable joué par Mallemort dans l'assassinat de son père, le pillage au profit du négociant de la maison de commerce, la disparition de sa jeune sœur, Claire, et le refus de son oncle de le reconnaître comme le chevalier de Cervières, le vol de ses biens et titres. Enfin, la tentative d'assassinat dont il avait fait l'objet et dont il savait désormais le commanditaire.

Les deux lourdauds hochaient la tête, attentifs à bien suivre.

Ramefort montra le valet qu'il avait égorgé :

— Et lui, tu le connais, chevalier ?

— C'est le cocher qui m'a amené ici dans la voiture venue me prendre sur le Quai de la Ville. Un complice de celui qui a voulu m'occire. Sans doute de la même engeance que ceux de la rue Caisserie.

Bardolfo désigna la couche :

— Et elle ?

Thibault sentit son cœur se serrer. Il contempla longuement le visage de Diane. Il avait pris un teint cireux qui ne lui disait rien qui vaille.

Que répondre à la question du corsaire ? La vérité ? Que la rouée avait joué la comédie de l'amoureuse pour mieux l'attirer dans ce guet-apens afin qu'il y soit assassiné ? Il avait été berné comme un enfant. Elle le pistait depuis des jours pour mieux le « reconnaître » à l'hôtel de Remezan, préparer avec soin la « scène des retrouvailles » et la rendre vraisemblable. La jeune fille éperdue de gratitude qui retrouve à l'improviste son sauveur de jadis ! Il y avait cru ! Il n'avait rien vu venir, gobant la supercherie comme un œuf du jour ! Qui était-elle, d'abord ? Bien des questions auxquelles l'infâme serait soumis séance tenante si les coups de Bardolfo ne l'avaient privé de mémoire.

Afin de se sortir d'embarras, le chevalier opta pour un mensonge sans importance afin de ne pas raviver avec des mots la dévastation de son âme. Ni donner à ces hommes aux cœurs endurcis le spectacle navrant d'un gentilhomme qui pleure sur son malheur.

— J'avais un rendez-vous galant fixé en ces lieux avec cette dame. Sans doute aura-t-il été surpris par son domestique…

Il désigna l'homme en livrée grise égorgé par Ramefort.

— … et celui-ci l'aura trahie en informant Mallemort de ma présence ici, ce soir. L'occasion était rêvée pour mon oncle de me faire disparaître.

L'explication ne tenait pas debout – pourquoi le domestique de Diane de Carluc aurait-il espionné pour Mallemort ? – mais les corsaires s'en contentèrent en l'avalant cul sec comme un verre de rhum.

— On comprend mieux, opina Bardolfo que des plis charnus sur son front bas démentaient.

Thibault s'efforça à sourire :

— Vous m'avez rendu un fier service, les amis !

Il se tourna vers la couche pour se dérober à leurs regards intrigués et prit machinalement le pouls de la gisante. Il voyait bien qu'elle était en train de mourir. Qu'y faire ? Elle était intransportable. Il colla son oreille à la bouche pincée. La respiration de la jeune femme n'était plus qu'une sorte de halètement précipité. Son visage s'était creusé et son teint avait pris la couleur jaunâtre d'une bougie en cire. Machinalement, le chevalier compta les battements du cœur à la base du cou gracile, où se voyait le trajet d'une artère. Ils étaient à peine perceptibles.

— L'un de vous deux peut-il aller faire un tour dans la maison, pour voir si aucun autre ne s'y cache ?

Bardolfo s'en chargea, raflant un chandelier dans le salon. On entendit son pas à l'étage, divers bruits de portes ouvertes et refermées, puis il redescendit, rassurant :

— Pas la plus petite souris.

Un silence pesant s'établit dans la chambre.

Ramefort le rompit :

— Que faire, maintenant, chevalier ?

— Rien, pour l'instant, mes braves. Nous ignorons où nous sommes et vouloir reprendre le chemin de Marseille dans l'obscurité serait aussi malaisé qu'inutile : nous trouverions les portes de la ville closes et on nous en refuserait l'entrée. Il nous faut donc nous résigner à passer la nuit dans cette demeure. Au jour, nous aviserons. D'ici là, reposez-vous, compagnons. Vous avez bien travaillé. Simon *raïs* sera content de ses hommes. Et je lui dirai combien vous m'avez été précieux.

S'ils n'avaient eu le cuir à ce point tanné par le soleil et le vent du large, peut-être aurait-on vu les deux rustiques rougir sous le compliment. Un air de fierté mêlée de gêne rassérénait leurs mines farouches.

Bardolfo revint à des questions pratiques en désignant d'abord l'assassin que Thibault avait troué comme une voile sous la mitraille, puis le valet dont la navaja de Ramefort avait réglé le sort :

— Ces deux, là, on en fait quoi ?

Le chevalier était sans réaction. Comme tous les hommes de mer, les corsaires ne savaient pas rester inoccupés. Après s'être consultés, d'un même élan, en tirant dessus jusqu'à ce qu'elles cèdent, ils décrochèrent les tentures de brocart encadrant les rideaux aux fenêtres. La tringle de bois suivit, tombant sur le plancher avec un bruit de tambour. Ils étalèrent les brocarts sur le sol et empaquetèrent les deux corps dedans.

— Trouve des liens, dit Ramefort à son compère.

Bardolfo saisit à pleine main une braise ardente dans le chauffe-doux, alluma un chandelier avec, et repartit à travers la maison. On l'entendit passer de pièce en pièce, puis sortir et s'éloigner.

Au bout d'un long moment, son chandelier toujours en main, il revint avec des rênes et des guides trouvées dans l'écurie. Il en avait rapporté de reste.

— Voilà ce qu'il faut, lança-t-il, en commençant son ouvrage.

En un clin d'œil les dépouilles furent ficelées serré dans leurs tentures par des nœuds compliqués.

Thibault, qui les regardait opérer, intervint :

— Qu'allez-vous faire ?

Avec le ton calme de l'évidence, Ramefort répondit :

— Jeter ces charognes dans les bois tout autour. Un vilain finira par les trouver, ou rats et renards s'en chargeront.

Ils laissèrent le chevalier en tête à tête avec les deux autres corps inanimés.

Thibault jeta un coup d'œil à Mallemort, couché en chien de fusil dans la position où Bardolfo l'avait mis en le jetant au sol. Il s'assura que les poings du corsaire avaient laissé le négociant en vie. Il avait les yeux clos et tuméfiés, mais il respirait, sans avoir repris ses esprits.

Il retourna vers Diane et, avant de s'asseoir au bord de la couche, Thibault replia sur elle les pans du dessus-de-lit jusqu'à ne plus laisser que les épaules et la tête visibles.

Il demeura immobile à contempler, sans pouvoir en détacher ses yeux, les traits dénués du charme qui l'avait subjugué, à détailler cette beauté figée dans l'attente de la Mort. Les rêves entrevus, les espoirs pressentis, tout s'était écroulé sans bruit, d'un seul coup, mais dans la tête de Thibault un fracas de fin du monde menait son sabbat.

Il prit entre ses mains le visage qu'il étreignait amoureusement voici deux heures à peine et le tourna vers la clarté du chandelier. Il lui sembla que les paupières de Diane avaient imperceptiblement bougé. Peut-être l'avait-il cru à force de les fixer.

Il dit dans un souffle :

— Pourquoi cela ?

Les yeux s'entrouvrirent, il ne rêvait pas. Mais le regard était déjà ailleurs. Il s'était perdu, au loin. Très loin.

Il perçut un bref tressaillement de la tête que ses mains enserraient. Les lèvres bougèrent, à moins qu'il ne l'ait cru. Aucun souffle n'en sortit.

Et puis, plus rien.

Le regard se voila par où la Mort venait d'entrer.

Le chevalier rabattit les pans du dessus-de-lit sur le visage de la gisante, le transformant en linceul, sans se décider à quitter sa position assise sur le bord de la couche, plongé dans ses pensées.

Combien de temps cela dura-t-il ?

*

Un froissement imperceptible tira Thibault de Cervières de sa sombre rêverie. Il regarda vers la cheminée pensant que la sève bouillante du bois enflammé produisait cette sorte de chuintement, mais le feu était mourant. Le chevalier écouta plus attentivement. Ça n'était pas régulier. C'était un de ces bruits ténus dont on ne distingue pas s'ils proviennent de loin, atténués par la distance, ou s'ils se produisent tout près, presque à votre oreille.

Il se garda de bouger, les sens aux aguets. Seuls ses yeux mi-clos balayaient la pièce de gauche à droite, sa tête demeurant fixe. Le chuintement se fit entendre à nouveau. Puis le silence se rétablit, avant que cela ne recommence. C'était comme un tissu que l'on froisse.

Thibault tourna franchement la tête vers la droite et réalisa : le corps de Mallemort n'était plus à sa place !

Le chevalier bondit sur ses pieds comme un diable à ressort, contourna le lit, vit deux souliers et des bas gris qui dépassaient. Mallemort était là, masqué par le côté droit de la couche. La botte de Thibault percuta au niveau du thorax le négociant qui rampait vers le poignard lâché par l'assaillant au moment où le chevalier, ivre de rage, l'avait projeté du lit au plancher. Un hurlement de bête blessée monta, qui se prolongea. Mallemort avait les traits défigurés par la souffrance. L'heure n'était pas à la pitié. Après avoir projeté le poignard sous le lit, le chevalier s'empara des guides et rênes de cuir inutilisées par Bardolfo, et, sans souci des gémissements de Mallemort, il lui garrotta les chevilles, lui lia les mains dans le dos et prit la précaution de relier par une dernière lanière les unes aux autres.

Penché sur le prisonnier ligoté, il cracha son mépris :

— Je pourrais vous saigner ici même, comme le porc que vous êtes, et vous regarder agoniser longuement jusqu'à ce que la mort vous prenne, mais je ne vous ferai pas cette grâce. Il va falloir payer, maintenant, monsieur mon oncle. Et, sur ma foi, les comptes seront longs et douloureux.

42

Double retour vers Marseille

Des bruits sourds de bottes sur les lattes du salon annoncèrent le retour des corsaires, leur corvée funéraire achevée.

Ils aperçurent le corps de Mallemort entravé par Thibault.

— Il s'était éveillé ? demanda Ramefort.

Pour toute réponse, le chevalier alla fouiller sous le lit avec le fourreau de son épée. Il en rapporta le poignard.

— Sans doute avait-il repris ses sens après votre départ, mais l'infâme feignait l'homme assommé pour guetter le moment où il pourrait finir le travail…

Il montra le poignard :

— … avec ça.

— Oh, mais alors, s'écria Bardolfo, il faut s'en servir pour lui ouvrir le ventre en deux, qu'il rende son âme noire !

Déjà, il tendait la main pour se saisir de la lame. Thibault l'arrêta d'un geste.

— Pour l'instant, gardons-le entier, si tu veux bien. J'ai encore besoin de lui, si je veux savoir ce qu'il a fait de ma jeune sœur.

— On peut le lui demander maintenant, proposa Ramefort.

Avant que Thibault ait pu l'arrêter, le corsaire était à genoux près du corps, en appui sur les mains, la tête au ras du plancher, et, la bouche collée à l'oreille du négociant, il hurla de sa voix de caverne :

— TU VAS LE DIRE ?

Le visage de Mallemort prit l'aspect d'une gargouille gothique. À le voir grimacer comme si on lui avait enfoncé un fer rouge dans le conduit, Thibault se demanda si le négociant n'avait pas perdu l'usage d'un tympan. Pour lui conserver l'autre, en vue d'un prochain interrogatoire, il pria Ramefort de renoncer à le conduire lui-même et de prendre patience.

— La nuit s'avance, compagnons, il serait bon de prendre quelque repos. La journée sera bien occupée.

Il désigna Mallemort.

— Nous allons ramener cette canaille à Marseille, dès l'aube levée. Je gagerais que des gens de votre sorte savent s'orienter à la position des astres.

Les deux rustres opinèrent avec un bel ensemble.

— Le soleil se lève à l'est du côté du mont Puech en cette saison, poursuivit Thibault. C'est bien le diable si nous n'en déduisons pas où se trouvent le nord et Marseille.

— D'autant, dit Bardolfo, que tout à l'heure, en allant jeter mon ballot dans les bois, j'ai vu un ruisseau.

— Et donc ? demanda le chevalier.

— Et donc, par force, il va vers la mer. Tout seul, ou en s'aidant d'un plus gros que lui. En le suivant, nous arriverons tôt ou tard au bord où Marseille a fait son nid.

Thibault regarda le rugueux avec sympathie. Il y avait donc une capacité à raisonner derrière ce front épais. Et un sens pratique qu'il lui enviait. À méditer : le bon sens est souvent chose plus utile que le savoir sans expérience.

— Bien vu, compagnon ! Auparavant, il nous faudra signaler au premier venu que nous croiserons qu'en passant près de cette bastide nous nous sommes étonnés de voir les portes grandes ouvertes, une voiture dételée devant. Pour y être entrés et en savoir la raison, nous dirons avoir découvert les traces sanglantes d'un assassinat. Par les temps que nous vivons, cela n'étonnera pas grand monde, y inclus les gens de la sénéchaussée.

Le programme convenait aux deux corsaires.

Ils allèrent prendre deux fauteuils dans le salon, qu'ils apportèrent dans la chambre, s'y installèrent en allongeant les jambes sur le parquet, et cinq minutes après ils ronflaient en canon.

Thibault s'assit au pied du lit, les coudes sur les genoux, le regard fixé vers le sol, tournant le dos au corps de Diane dans son linceul. Les pensées se bousculaient et l'empêchaient de raisonner. Il en venait à envier la capacité des corsaires à vivre dans l'instant, sans états d'âme.

Que faire de cette femme qui l'avait trahi de si vilaine façon ? Laisser sa dépouille à la merci du premier qui la trouverait ? L'abandonner comme on fait d'une charogne ? Il n'en avait pas le cœur. D'autre part, la ramener à Marseille, soit, mais pour la remettre à qui ? À la sénéchaussée ? Mallemort serait bien capable d'affirmer que le chevalier était l'assassin de cette femme. Et on le croirait, parce qu'il exigerait qu'on interroge ce gentilhomme sur les raisons de sa présence sur le lieu du crime. Et lui, ne pourrait fournir en fait de témoins que deux grandes brutes de corsaires. Aucun juge ne les prendrait en considération. Surtout si le négociant les accusait d'avoir tué deux de ses gens, dont on ne manquerait pas de retrouver les dépouilles en fouillant dans les bois alentour.

Alors, le chevalier fit la seule chose qui était à sa portée.

En silence, dans le vacarme des ronflements de Ramefort et Bardolfo, il prit un chandelier pour gagner l'écurie.

Parmi les outils rangés contre les murs de la grange, Thibault dénicha un pic et une pelle.

Une pâle lune d'hiver baignait le parc d'une clarté crayeuse. Elle lui permit de se repérer. Il traversa l'espace découvert, gagna le bois qui le flanquait à droite, à l'opposé de la direction prise par les corsaires, et creusa une fosse suffisamment profonde pour mettre la dépouille à l'abri des bêtes sauvages. La vision de ce corps désiré dépecé par des canines aiguës lui était insupportable.

Il revint à la bastide. Le sommeil sans rêves des deux brutes allongées sur leurs fauteuils le rassura. Au passage, Thibault croisa le regard chargé de haine de Mallemort ligoté comme une pièce de boucherie et s'en détourna. Il put prendre le corps de Diane dans son couvre-lit-linceul sans alerter les ronfleurs et le transporter jusqu'à la fosse.

Il tassa la terre, puis disposa sur le tumulus de grosses pierres ramassées à proximité avant de dire à mi-voix le *De profundis.*

Qui qu'elle soit, quoi qu'elle ait fait, cette misérable avait droit à reposer en paix et qu'un prêtre célèbre l'absoute pour son âme perdue. Cette raison lui faisait souhaiter qu'on la découvrît au plus tôt.

*

— Elle est partie ?

L'interrogation brutale lancée à pleine voix fit sursauter Thibault, plongé dans un demi-sommeil, appuyé à un des montants du baldaquin. Il vit tout près de son visage les yeux écarquillés de surprise de Ramefort qui, se rendant compte de la disparition du corps de Diane, sonnait le réveil à sa manière, sans précaution.

Le chevalier reprit ses esprits. Bardolfo s'étirait avec un grognement d'ours, assurant qu'il avait bien dormi et avait grand faim.

Le jour s'était levé, maussade derrière un voile de nuages, mais il ne pleuvait pas.

Thibault expliqua aux corsaires comment il avait occupé les heures sombres du petit matin. L'information ne provoqua aucun commentaire. Le chevalier avait ses raisons. À quoi bon perdre du temps à y penser ?

— Le moment est venu de nous mettre en route, compagnons.

Il boucla le ceinturon portant son épée.

Sans un mot, Bardolfo saisit Mallemort par les liens de cuir qui l'enserraient et le chargea sur son épaule comme un sac de riz. Le négociant hurla et injuria en pure perte. Personne ne s'en soucia.

Tous trois sortirent sur le perron en laissant la porte d'entrée ouverte en grand. Il en avait été fait de même avec les portes des deux pièces du rez-de-chaussée. Les outils furent remis à leur place. Thibault avait récupéré dans l'écurie un grand sac de jute servant à transporter des récoltes. Il le jeta en boule sur le plancher de la voiture qui l'avait amené, sans refermer la portière.

Ramefort détela le cheval de la voiture avec laquelle Mallemort avait tenté de fuir et l'attacha à l'arrière de l'autre attelage. Pendant ce temps, Bardolfo, sous une nouvelle bordée d'invectives, se débarrassait de son fardeau, l'envoyant par la portière ouverte rejoindre le sac de jute. Ceci fait, il monta sur le siège du cocher et, au pas – le chevalier et Ramefort suivant à pied –, tous trois gagnèrent l'allée bordée d'arbres où étaient attachés depuis la veille au soir les chevaux des corsaires. Thibault enfourcha l'un, Ramefort l'autre.

Au bout de l'allée, ils prirent à gauche un chemin dans la direction du ruisseau aperçu par Bardolfo.

Ils avançaient depuis un bon quart d'heure quand le sentier obliqua en direction d'un petit cours d'eau qui coulait vers le sud, peu avant l'endroit où il se jetait dans le « plus gros que lui » supposé par le corsaire[115]. Le fleuve filait plein ouest vers la mer.

[115] Au confluent du ruisseau du Jarret avec l'Huveaune.

Ils apprirent un instant plus tard qu'il s'agissait de La Vaune, par la bouche d'un chevrier qui menait ses bêtes pâturer sur la rive. Thibault lui dit dans son parler ce qu'ils avaient découvert dans la bastide.

— *La bastido de moussu Mallemort ?* demanda le pâtre.

À ce nom, le chevalier eut un haut-le-corps. Tout s'éclairait. Paul de Cervières avait dû, en son temps, raconter à son beau-frère et associé le duel de Thibault avec un fils de famille et les raisons de son départ précipité vers Malte. S'il en doutait encore, la belle avait récité par cœur le rôle que Mallemort lui avait fait répéter.

Il raconta au chevrier les traces de sang et le désordre qui régnait dans la bastide pour aviver sa curiosité.

Le bonhomme dit, sans marquer de surprise, comme une évidence :

— *Es maï lei sòudads de Pernoun.*[116]

Il en avait vu d'autres. Des troupes, laissées sans chefs ni ordres, rançonnaient à l'égal des brigands.

Il promit d'informer les autorités quand ses chèvres, qui s'éloignaient, auraient leur content d'herbe fraîche, non sans avoir indiqué aux cavaliers la direction de Sant-Genès. Là, ils trouveraient dans une ferme ou l'autre de quoi rassasier leur faim contre quelques deniers et pourraient prendre le chemin de Paradis qui mène tout droit au port de Marseille.

*

Quand les deux cavaliers et la voiture attelée débouchèrent sur la rive sud du Lacydon, en fin de matinée, Thibault pensa qu'une émeute venait d'éclater. Une multitude hurlante déferlait d'un bout à l'autre du Quai de la Ville, depuis Saint-Jean jusqu'à

[116] « C'est encore les soldats de d'Épernon. »

La Blanquerie. On distinguait des bras levés, des bouches grandes ouvertes, des fanions brandis, des enseignes agitées, mais on n'entendait aucun coup de feu.

La silhouette familière du *Leeuwen* rassura le chevalier et déchaîna les deux corsaires : Danzer était de retour ! Et à voir le charivari auquel se livrait le peuple marseillais, il n'était pas revenu les mains vides. Trois navires captifs, dont des centaines de gens s'affairaient à vider les cales, se blottissaient contre la coque du grand voilier, comme des poussins sous l'aile de leur mère.

Simon Danzer, juché sur les épaules de deux portefaix assez robustes pour soulever un bœuf, était porté en triomphe sous les vivats et, son grand chapeau à plume au bout de son bras, semblait écumer l'enthousiasme de la foule vers laquelle il se penchait.

Du balcon de la Maison commune, Casaulx, Loys d'Aix et Libertat saluaient le cortège enflammé avec de grands gestes des bras.

Dans la bousculade générale et le tumulte infernal, s'il ne fut guère aisé de gagner l'hôtel de Remezan avec une voiture attelée escortée de deux cavaliers, ce fut un jeu d'enfant de bâillonner Mallemort, de le fourrer dans le grand sac de jute, en dépit de ses appels à l'aide que personne n'entendit, et de le transporter jusqu'à la cave pour l'y laisser moisir pour un long moment après avoir refermé sur lui la porte épaisse à double tour.

43

Les galères de l'amiral-prince

Les jours passaient et Charles de Casaulx n'avait encore reçu aucune nouvelle de la députation marseillaise envoyée à Madrid auprès du roi d'Espagne. Cette attente anxieuse aggravait l'amertume du Premier consul de Marseille. Ceux qui lui restaient fidèles en faisaient les frais. La reddition de la Tour de Bouc au duc de Guise avait porté sa mauvaise humeur à son paroxysme. L'appât tendu au fils de Charles Quint venait d'être dévoré par un autre poisson. Les agents de Philippe II en avaient-ils informé leur maître ? La perte de cette pièce maîtresse du projet d'ouvrir un second front sur les arrières du roi de France rendait-elle l'accord secret caduc ? Sa Majesté catholique en avait-elle conclu que l'alliance avec Marseille n'avait plus lieu d'être ? Connaissant le caractère irascible du *Roi triste*, on pouvait s'attendre à tout. Or, sans son aide, Marseille serait incapable de lutter plus longtemps.

L'apparition du duc de Guise sous les murs de la ville – bien que repoussé – n'était que le prélude à d'autres assauts. Le gouverneur de Provence avait agi comme ces duellistes qui, avant de lancer leur attaque, « tâtent le fer » de l'adversaire pour étudier ses réactions et porter la botte fatale sur son point faible.

Le peuple restait cloîtré dans ses foyers comme s'il craignait la fin du monde. Il ne s'aventurait dans les ruelles obscures de la vieille cité que lorsqu'il y était forcé, à la recherche de ravitaillement, mais on ne voyait plus de flâneurs sur les quais, de fêtards dans les tavernes, de passants sur les places. La moindre charrette arrivant du terroir chargée de légumes, d'œufs ou de volailles était dévalisée en un clin d'œil par des gens prêts à se battre comme des chiens affamés pour une botte de carottes ou une pinte de lait. La ville entière bruissait de cliquetis de métaux, de grondements de roues ferrées sur les pavés, de talons martelant la terre battue des venelles, de cris lancés par des voix rudes, de plaintes de gens houspillés par le guet, comme dans une citadelle qui se prépare à un siège. Des mendiants agglutinés aux abords des maisons de charité s'éparpillaient comme des moineaux à l'approche des chasse-gueux, passant d'une ruelle à l'autre en jetant des cris d'alerte à l'intention de leurs frères de misère, tandis que d'autres inventoriaient les tas d'immondices accumulés aux carrefours que plus personne ne ramassait. La cité délaissée croulait sous la crasse et s'abîmait dans la crainte du lendemain.

Casaulx, n'y tenant plus, avait envoyé en grande diligence une tartane vers Gênes pour réclamer d'urgence le secours d'une escadre espagnole, mais les jours passaient et, à l'ouest comme à l'est, les guetteurs n'apercevaient rien d'autre qu'une mer désespérément vide de voiles alliées.

C'est pourquoi la nouvelle imprévue apportée par le guet de La Garde jeta le peuple et ses consuls sur les quais dans un grand état d'agitation, comme le jour où le voilier de Simon Danzer avait sauvé la ville de la famine. Quatre galères au grand mât desquelles le guetteur identifia les armes de la république de Gênes –

d'argent à la croix de gueules[117] – se profilaient en rade de Marseille, émergeant de l'écran formé par l'île Maïre, à l'extrémité sud de la baie.

L'amiral-prince Andrea Doria, qui connaissait les intentions de son maître – ou bien les devançait –, répondait enfin à l'appel au secours de Marseille ! Cela signifiait que Sa Majesté catholique avait accepté l'accord. Que la démarche de sa délégation avait été favorablement accueillie par Madrid. Son retour tardif n'était sans doute dû qu'aux exigences pointilleuses de l'étiquette à la cour de Madrid. Le fils de Charles Quint était réputé dans l'Europe entière pour son inclination à se faire désirer quand on sollicitait son appui.

Sur la proue de la galère amirale génoise, on distinguait l'aigle noire couronnée de rouge aux ailes déployées sur fond d'argent et d'or : les armes de l'illustre famille des Doria. L'amiral-prince Gianandrea déléguait à la ville rebelle son fils cadet Carlo, à la tête de cinq cents soldats. Ce secours tant espéré valait bien que Marseille dérogeât à des principes séculaires lui défendant d'accueillir dans son port des galères armées portant des soldats étrangers.

L'archiviaire Ruffi avait été sommé de rédiger en toute hâte un discours de bienvenue que Charles de Casaulx lut de sa voix de stentor à peine Carlo Doria et les gentilshommes de sa suite eurent-ils posé le pied sur le Quai de la Ville, au milieu des vivats d'une foule sommée de s'esbaudir sur commande. Le ton brutal du chef de guerre avait fait place aux accents du plus soumis des courtisans :

« Il ne saurait nous arriver, Monseigneur, et à toute la ville une plus grande joie et contentement que d'avoir reçu les secours de quatre galères qu'il a plu à Sa Grandeur, Monsieur votre illustre

---

[117] Une croix rouge sur fond blanc.

père, de nous envoyer avec des hommes, des munitions, de l'argent et de nous honorer en même temps de l'assistance de Votre Seigneurie. En quoi nous voyons une marque sensible de l'amitié qu'il lui plaît de nous porter, d'autant mieux que c'est un secours donné à notre extrême besoin et urgente nécessité et nous ne saurions trop vous en remercier. Véritablement, cette opportunité de secours nous réjouit et fortifie, en tant que lesdites galères serviront merveilleusement pour contenir nos ennemis, nous qui ne nous battons que pour le seul triomphe de la religion qui serait en péril sous un roi renégat. »

Le seigneur Carlo, touché par cet accueil, remercia ses hôtes et les assura que l'amiral-prince Gianandrea Doria, son père, faisait mettre d'autres galères en ordre pour y porter à Marseille d'autres gens de guerre.

Cette annonce enfla d'orgueil le cœur du Premier consul et raffermit sa résolution. Avec ce puissant allié à ses côtés, Charles de Casaulx se voyait de nouveau maître de l'avenir de Marseille.

On escorta en grande pompe le jeune seigneur génois et sa suite pour les y loger avec le faste dû à leur rang, jusqu'à la Maison du roi[118], réservée aux hôtes illustres. Le roi René l'habitait lorsqu'il résidait à Marseille.

Le soir même, on fit tirer, sur la place Vivaux toute proche, un feu d'artifice. Les invités d'honneur de la ville purent l'admirer depuis leurs fenêtres sans avoir à gâter leurs beaux atours au contact d'une populace sevrée de distractions, descendue de toutes les ruelles de la vieille cité. Elle se livra aux excès dont son tempérament la rendait coutumière. On alluma des feux de joie, on improvisa autour des danses rustiques qui s'achevèrent en charivari. Des femmes débauchées se laissaient prendre

[118] Au XIIIe siècle c'était le palais des comtes de Provence. Elle se situait au-dessous de l'actuelle Maison diamantée et avait sa façade principale sur le quai à l'emplacement de l'actuelle place Jules-Verne.

à même le sol par des soudards avinés, d'autres, outragées par des mains violentes, tentaient de s'extraire du piège en ruant et griffant au hasard, les tire-laine mettaient à profit la licence générale pour exercer leur industrie. Des rixes éclatèrent entre crapules décidées à profiter du tumulte et drôles prompts à manier le couteau. Si bien que, les feux de la fête éteints, on ramassa sur le pavé une bonne trentaine de corps percés d'outre en outre qui finissaient de rendre à Dieu ou au diable leurs âmes corrompues.

Si longtemps soumis à un ordre de fer qui le privait d'exprimer son exubérance, le peuple avait profité de ces trop rares heures de carnaval improvisé pour laisser s'extérioriser par la violence ce qu'il y avait de plus bas dans sa nature.

Après avoir contemplé d'un œil intéressé du haut des fenêtres de la Maison du roi la meute en proie à une folie collective, les hôtes de Marseille s'étaient détournés de la chienlit pour regagner les pièces de réception afin de se mieux consacrer à l'exploration du somptueux buffet préparé à l'ultime moment par l'habituel maître pâtissier des consuls, Honnorat Cotton, qui en avait profité pour revoir ses habituels tarifs à la hausse.

Quand il regagna sa couche en son hôtel de la rue des Olives, au terme d'une journée où l'état de ses nerfs avait été mis à rude épreuve, passant de l'abattement à l'exaltation, Charles de Casaulx avait retrouvé cet esprit de décision qui avait marqué ses partisans durant sa marche au pouvoir. Il était désormais en mesure de répondre aux basses manœuvres du duc de Mayenne – toujours occupé à maquignonner sa soumission auprès du *Béarnais* dont il avait été le plus féroce adversaire. Le Premier consul, à la manière dont les duellistes jettent leur gant dans la figure de celui qu'ils veulent défier, allait signifier à celui qu'il avait aveuglément suivi la piètre estime dans laquelle il le tenait désormais. Il se sentait assez fort pour refuser les propositions que l'ex-chef de la Ligue venait de lui faire parvenir par l'intermédiaire d'Étienne Bernard, président de la Cour souveraine de justice à Marseille. Le Premier consul se méfiait – depuis le premier jour de son installation – du président Bernard, cet intermédiaire qu'il qualifiait de « grand maquignon des consciences ». Après avoir été un sectateur zélé de la Ligue, l'envoyé de Mayenne semblait maintenant avoir pour mission de convaincre les *Duumvirs* de venir à résipiscence en se soumettant au roi moyennant « compensations ». Au nom de qui parlait-il ? Du chef déchu de la Ligue ? Du roi de France ? Pour Casaulx, Étienne Bernard avait les façons du serpent de la Genèse. Le fruit qu'il tendait au Premier consul et au Viguier royal était juteux, certes ! Le président de la Cour souveraine de justice avait énoncé des chiffres sonnants. Ils étaient inscrits dans les *articles secrettes* de l'édit de Folembray signé entre Mayenne et Henri IV : cent mille écus pour chacun des *Duumvirs*, et des postes perpétuels à définir ; enfin sept à huit mille écus en argent de rentes, pourvu que les rebelles « rendissent la ville et son port à obéissance du roi ».

Pour tout autre que le Premier consul il y aurait eu là de quoi succomber à la tentation. Mais il y avait une cause sacrée à défendre. Elle proscrivait toute compromission : il ne reconnaîtrait jamais l'autorité d'Henri IV, « hérétique et renégat ».

Et puis, à dire le vrai, que représentait cette aumône en comparaison de ce que Sa Majesté catholique Philippe II avait laissé miroiter ?

Casaulx avait reçu l'après-midi même, par un passager embarqué sur un navire de commerce catalan relâchant à Marseille, le message à lui confié par ses envoyés à Madrid. La délégation avait été reçue par Philippe II en personne qui l'avait fait quérir en l'auberge où elle attendait le bon vouloir du roi d'Espagne, à bord d'un somptueux carrosse royal et Sa Majesté catholique s'était montrée avec elle d'une bienveillance extrême.

Quand on sait avec quel excès de rigueur le fils de Charles Quint était à cheval sur la question de l'étiquette de sa cour, qu'il ait daigné accorder pareille faveur à un docteur, un notaire et un commerçant, simples bourgeois marseillais, signifiait quel prix il donnait à son alliance avec cette ville qu'il convoitait… et l'étendue de ses arrière-pensées.

Le *Roi triste* avait promis pour le Premier consul et pour le Viguier cinq cent mille écus chacun. Plus deux cent mille écus de revenus en terres sur le royaume de Naples qui était à l'Espagne. Et pour Marseille, outre six mille écus par mois et cinq cent cinquante quintaux de blé de Cicilie, l'autorisation d'aller deux fois par an trafiquer aux Indes pour revigorer son commerce déclinant.

Casaulx se sentait de nouveau maître chez lui. Cette pensée l'enivrait au point de lui faire perdre de vue le grand jeu politique qui se jouait par-dessus sa tête. Comment pouvait-il être assez naïf pour croire que le roi de toutes les Espagnes se passionnait pour le sort d'un petit consul en révolte contre son roi ?

Pour le fils de Charles Quint, la rébellion de Charles de Casaulx se liait avec celle du duc d'Épernon. Pendant que le maître de Marseille rêvait d'une ville-république, d'Épernon rêvait du comté de Provence. Du fond de son nid à l'Escorial, l'*aragne* Philippe II lui aussi rêvait, en contemplant une carte qui adjoignait à ses États l'ancien royaume d'Arles bordé de cent lieues de côtes. Il allait des Pyrénées aux Alpes, fermant sur Henri IV la porte de la Méditerranée…

Une lumière couleur poussière baignait l'aube qui se levait quand le Premier consul s'endormit comme une masse d'un sommeil agité de visions où, dans une ronde folle, valsaient des millions d'écus.

44

Le prix d'une trahison

À la sortie du palais de justice aux côtés de Thibault – accompagné de Gilles d'Arvieux et Pierre Arpelin – la fierté de la victoire donnait au teint de l'avocat royal Nicolas de Bausset une couleur proche de celle de la crête du coq.

— Ne vous l'avais-je pas dit, chevalier ? L'affaire était dans le sac[119] ! Notre cause était si juste qu'elle eût attendri le cœur de pierre du plus sévère des juges !

Thibault se prêtait au jeu puéril de l'avocat qui ne cessait de s'auto-congratuler.

— Je le reconnais, maître : vous n'avez jamais douté. Votre talent a fait le reste.

L'audience n'avait été qu'une formalité. On soupçonnait là-dessous la main d'Étienne Bernard. Le président de la Cour

[119] Sous l'Ancien Régime, on plaçait toutes les pièces d'un procès dans un sac de cuir ou de toile. Le juge utilisait l'expression pour dire que la chose était jugée, qu'il n'y avait pas lieu d'y revenir.

souveraine de justice avait dû intervenir auprès du juge Fortin, car ce dernier – dont le caractère rugueux et tatillon était connu de tous – avait reçu les plaignants avec l'indulgente attention que l'on accorde à une cause entendue. Le magistrat n'avait émis aucune observation au constat que le chevalier d'Arvieux, sur le témoignage de qui reposait la validité du jugement, était seul témoin à l'audience. Il s'était contenté d'examiner sommairement l'*oblatio libelli* signé par Diane de Carluc – grâce auquel l'intrigante avait attiré Thibault dans son piège – sans y attacher d'importance, ni s'offusquer de l'absence du témoin annoncé et de l'accord de son époux. C'est dire que pour lui la messe était dite.

Le chevalier s'était gardé de confier à qui que ce soit – y compris à son avocat – l'épisode mouvementé qui avait débouché sur la séquestration de Bertrand de Mallemort. Il avait feint l'étonnement quand l'absence du négociant au procès avait été actée, en dépit d'une convocation lancée en bonne et due forme.

Le témoignage de Gilles d'Arvieux, tout vibrant d'émotion, avait fortement impressionné la cour. Le chevalier blessé, venu de sa démarche cahoteuse se camper face au tribunal, avait juré sur son honneur de gentilhomme et de défenseur de la chrétienté à Malte que le plaignant était à n'en point douter le chevalier Thibault de Cervières, connu par lui dès longtemps et reconnu au premier regard grâce à cette marque indélébile que sa propre épée lui avait faite lors d'un assaut du temps de leur jeunesse folle.

La cour l'avait écouté avec révérence, le président Fortin évoquant au passage « son héroïsme » en le remerciant de sa déposition.

Pour faire bonne mesure, maître de Bausset avait fait citer Pierre Arpelin au titre de témoin, mais la déposition de l'ancien précepteur de Thibault n'était déjà plus nécessaire. La conviction des juges était faite.

*

Le quatuor prit la direction de la rue du Bon-Jésus, où tous savaient retrouver Geoffroy Dupré en son étude. Le notaire attendait sans inquiétude le résultat de l'audience. Les trois valides avaient calqué leur pas sur celui de l'infirme.

Maître de Bausset continuait à pérorer :

— Vous aurez apprécié comme moi le courage de monsieur de Mallemort ! Il était si peu sûr de son affaire qu'il n'a pas daigné nous rejoindre.

Thibault avait devant les yeux l'image de Mallemort fou de rage dans la cave de l'hôtel de Remezan où il moisissait depuis trente-six heures au pain sec et à l'eau, avant de subir l'interrogatoire auquel il n'échapperait plus.

Maître de Bausset, habitué à aller au bout de son argumentation, poursuivait :

— Enfin, chevalier, vous voilà rétabli dans votre identité ! Il ne vous reste plus qu'à envoyer faire prendre au greffe le libellé du jugement qui devrait être prêt d'ici à jeudi et nous pourrons le brandir sous le nez de monsieur de Mallemort pour lui demander des comptes.

Thibault s'efforçait par ses approbations de marquer son attention aux propos de son avocat, mais récupérer ses biens matériels n'était pas sa préoccupation première. La question qui le tourmentait était celle du sort de sa petite sœur. Mallemort avait retiré sa pupille Claire du couvent Notre-Dame-de-Sion pour se défaire de la dernière personne qui aurait pu un jour lui demander des comptes. Le refus de la prieure de se prêter à ses questions ne faisait que renforcer Thibault dans ses convictions. Mallemort était capable de s'être débarrassé de Claire comme il l'avait fait avec Paul de Cervières. N'avait-il pas – à quelques jours d'intervalle – par deux fois tenté de faire assassiner ce neveu gênant revenu de loin pour gâcher ses plans ?

*

Le notaire Geoffroy Dupré accueillit l'heureuse issue du procès avec des transports de joie.

— Vous m'en voyez ravi pour vous, chevalier, dit-il à Thibault. Et comme une bonne nouvelle n'arrive jamais seule et que nous voici entre gens de confiance, c'est à mon tour de vous en confier une. Je crois avoir débusqué l'homme que nous cherchions pour être le bras armé de notre projet. Celui qui délivrera Marseille de l'odieuse oppression des *Duumvirs*.

Geoffroy Dupré suspendit son discours pour juger de l'effet produit sur le visage des quatre hommes qui lui faisaient face, assis en demi-cercle autour de sa table de travail. Le constat le fit sourire : c'était un mélange intense d'attention et de curiosité. Tous étaient suspendus dans l'attente de la révélation.

Le notaire fit durer son plaisir, prenant un chemin de traverse avant de passer à l'aveu :

— Vous savez les limites qu'impose mon infirmité à ma déambulation. Mes recherches ont été par force circonscrites à ceux qui étaient à la portée de ma chaise roulante. Par bonheur, j'ai eu la chance de trouver l'oiseau rare dans mon voisinage. J'avoue que je n'aurais pas pensé à lui en premier, mais puisqu'il se trouvait là, et que j'ai pu recueillir de sa propre bouche les propos qu'il tenait au sujet de ceux qu'il prétendait servir corps et âme, je me suis dit « pourquoi pas lui, après tout ? ».

— Vous êtes cruel avec nos nerfs, mon cher Geoffroy, dit maître de Bausset. Cesserez-vous bientôt de jouer ce jeu de coquette qui aguiche sans se livrer jamais ?

Les yeux du notaire pétillaient de malice :

— Eh ! mon cher Nicolas, c'est que j'essaye de vous faire partager les doutes et les scrupules qui m'ont assailli quand on m'a rapporté l'étonnante conversion du personnage dont je vais vous dire le nom bientôt. Pour vous le situer, disons que sa fortune est attachée à celle de Casaulx, qu'il a toujours montré envers la cause du Premier consul une de ces fidélités qu'en général on n'attribue qu'aux chiens. Il a d'ailleurs été récompensé de son zèle par l'octroi du commandement de l'un des postes les plus importants de la ville. Mais le voilà tout d'un coup changeant de discours et disant à qui veut l'entendre – moi y compris, car nous avons des relations de bon voisinage : « J'ai suivi jusqu'ici le Premier consul parce qu'il défendait la religion menacée. Mais le temps est venu de se rallier au roi légitime depuis qu'il a abjuré et reçu l'absolution papale. » De prime abord, vous vous dites : « J'ai mal ouï, ou mal compris. » Puis, vous voulez avoir confirmation. Et voilà que le personnage vous le redit et le répète à d'autres : « Le temps est venu de se soumettre, puisque le pape lui-même a reconnu la légitimité du roi de France. » On se méfie encore. On craint le piège. On se dit : « Il nous provoque pour mieux nous confondre. » Et puis on constate, à force d'enquête à droite à gauche, que l'homme n'a jamais été étouffé par les scrupules. Il est plus avide d'argent que d'honneur, ses vertus ne relèvent ni de la conviction, ni de la reconnaissance. Enfin, on se persuade que le bonhomme sent le vent tourner. Il cherche à se ménager une issue de sortie, connaissant mieux que personne l'impasse fatale où l'on conduit cette malheureuse ville. Alors, on se résout à profiter de cette conversion inattendue. On aborde la question de front avec l'intéressé. Et comme on a affaire à un sicaire guidé par son seul intérêt pécuniaire, on parle d'abord de monnaie sonnante et trébuchante. Et on voit l'œil s'allumer, l'oreille se tendre comme si elle percevait déjà le bruit des écus et on aperçoit le front se plisser à l'évaluation de la récompense qu'on pourrait en tirer.

Nicolas de Bausset bouillait d'impatience sur sa chaise. Il intervint :

— À ce jeu du portrait je n'en vois qu'un qui corresponde point par point. Mais la chose est tellement imprévue, à ce point inouïe, que je n'ose avancer un nom, de crainte d'être accablé de ridicule si ça n'était point le bon.

Le notaire encouragea l'avocat :

— Osez, mon cher Nicolas, osez, je le vois sur le bout de votre langue.

De Bausset prit une longue inspiration et lâcha à mi-voix, comme s'il eût craint d'être entendu par des oreilles mal intentionnées :

— Libertat est donc prêt à trahir son maître ? Ce serait alors la chose la plus étourdissante, la plus incroyable, la plus...

Le notaire approuva d'un signe de tête :

— Croyez-la, pourtant. À condition d'y mettre le prix, la chose est à envisager. Avons-nous le choix ? C'est lui ou personne. Dois-je vous rappeler combien de tentatives sont allées à l'échec ? Les *Duumvirs* vivent entourés d'une garde vigilante, infranchissable à qui n'est pas du sérail. Il nous faut donc quelqu'un qui en soit.

De Bausset n'était pas encore convaincu :

— Mais ne craignez-vous pas que ce louche spadassin ne nous trahisse aussi ? Ne va-t-il pas aller livrer tout chaud à son mentor le nom de ceux qui cherchent à le corrompre ?

— C'était un risque à courir en effet, avoua Geoffroy Dupré. Mais si cela était, ce serait chose faite. Nous serions tous deux, à cette heure, avec d'autres, du côté des geôles de la tour Saint-Jean... ou pire encore. La question sur le bien-fondé de mon initiative ne se poserait plus.

Les trois autres témoins, muets d'étonnement, suivaient l'échange et n'en revenaient pas.

— Pourquoi ne pas vous en être ouvert à nous auparavant ? demanda l'avocat.

— Ce n'est point par goût de la cachotterie, dit le notaire, mais parce que, comme vous, je pensais la chose improbable. Je craignais encore que ma tentative de soudoyer un traître ne vaille aux gens dans la confidence de tous payer pour ma seule imprudence.

— C'est très courageux ! dit maître de Bausset.

— Le courage y entre pour peu, répliqua Geoffroy Dupré. Il s'agit d'acheter une âme basse et vénale au prix auquel elle s'estime, voilà tout. Si cela vous rassure, j'ai, depuis, ici même, à maintes reprises, reçu Libertat, car il habite à cinq maisons plus bas, près de la place de Lorette. Il n'a pas varié dans son discours nouveau. Il paraît décidé à nous aider quand le moment sera venu de frapper le coup décisif.

— Connaît-il le nom des autres conjurés ?

— Naturellement, non.

On vit l'avocat soulagé.

— Avez-vous avancé un chiffre ?

— J'ai parlé de cent mille écus.

— Diantre ! s'écria de Bausset. Seigneur Dieu, dans quelle bourse les prendrions-nous ?

La face ronde du notaire se fendit d'un sourire malicieux :

— Je n'en vois qu'une : celle du duc de Guise. Le roi l'a fort bien pourvue, dit-on. Si nous livrons la ville au gouverneur de Provence sans qu'il ait à y risquer son armée, il serait bien capable de nous les bailler, ces écus.

L'avocat revint à des questions pratiques :

— Libérer Marseille du joug des tyrans qui la conduisent à l'abîme est un souhait que les gens de bien partagent. Mais comment s'y prendre ?

— Libertat a son idée, dit le notaire. Ce qui prouve qu'il y a dès longtemps réfléchi – peut-être même avant nous autres. Je la trouve simple mais fort bien agencée. Vous savez que chaque soir à la tombée du jour et chaque matin à l'aube, Casaulx et d'Aix, accompagnés de leurs gardes, font une reconnaissance dans les faubourgs proches, afin d'inspecter les environs et y déceler la présence éventuelle de troupes ennemies.

— Nous savons cela, dit l'avocat.

— C'est à ce moment-là qu'il faudrait agir, suggère Libertat. Les *Duumvirs* quittent la ville immanquablement par la porte Réale.

Il suffirait donc de profiter du moment où Casaulx, d'Aix et leurs affidés sont hors les murs pour leur claquer la porte de Marseille dans le dos en baissant la herse. Et le tour serait joué !

Cela paraissait un peu sommaire à Thibault :

— Mais ! ils ne manqueraient pas de revenir en exigeant qu'on leur ouvre sans tarder. Ils ameuteront le peuple.

— Pas s'ils ont entre-temps été capturés, répliqua Geoffroy Dupré.

— Capturés ? Mais par qui ?

— Par les soldats du duc de Guise, en embuscade depuis la nuit dans le terroir. Ils répondront au premier signal lancé depuis la porte Réale et fondront sur leurs proies afin de leur couper toute retraite.

Thibault trouvait le plan hasardeux :

— N'aurait-il pas été plus simple à celui qui en a la charge d'ouvrir durant la nuit la porte Réale aux troupes du gouverneur de Provence ?

Le notaire y avait réfléchi :

— C'est une hypothèse, en effet. Je l'ai soumise à Libertat. Il m'a répondu avec bon sens et quelque raison, craindre que ce ne soit l'occasion pour les troupes royales de mettre la ville au pillage et de massacrer sa population. Mieux vaut, à son avis, que l'attentat contre les *Duumvirs* se déroule à l'extérieur des murs. Il sera temps ensuite de penser à l'entrée du duc de Guise dans Marseille, après lui avoir fait – comme les autres – jurer de respecter les franchises municipales propres à cette ville[120].

Nicolas de Bausset demeurait pensif :

— Tout cela me paraît bien risqué.

---

[120] Jusqu'à Louis XIV, tous les souverains ou représentants du roi en visite à Marseille étaient contraints de jurer devant la porte Réale – sur les chapitres de paix signés au XIIIe siècle avec les comtes de Provence – de respecter les statuts particuliers à la ville avant d'y être reçus.

— Pas plus que l'avenir tracé par les deux rapaces qui tiennent cette ville dans leurs serres, dit le notaire.

— Fort bien, dit l'avocat. Plus d'objection. Je fais prévenir les autres conjurés.

En même temps, le chevalier apprit leurs noms : Ogier de Riqueti[121], Gaspard Seguin, Désiré Moustiers, Jean Laurens, Jean Viguier, Jacques Martin, Balthazar d'Aman et Pierre Matalian, tous bourgeois ou négociants.

— Ajoutez-y Antoine et Barthélemy, les deux frères de Pierre de Libertat, précisa Geoffroy Dupré.

— Oh, oh ! s'exclama Thibault. Le complot devient affaire de famille !

Le notaire se tourna vers lui :

— Chevalier, nous allons avoir besoin de votre disponibilité envers notre parti.

— Pour que tout soit clair, dit Thibault, il ne s'agit donc pas de faire assassiner les *Duumvirs*, mais, par une ruse, de les livrer vivants aux troupes du gouverneur de Provence ? J'ai bien compris ?

— Absolument. Il n'a jamais été question d'autre chose.

— Dans ce cas, je suis à votre service. S'il avait fallu se comporter comme des égorgeurs, je n'eusse point été l'homme qu'il vous fallait.

Le visage de Dupré afficha sa satisfaction.

— Il nous faut sans retard prendre contact avec le duc de Guise, le voir en tête à tête et lui exposer notre plan en demandant son aide urgente. Le président Étienne Bernard a préparé un sauf-conduit à l'intention de celui qui sera notre messager. Il ne reste plus qu'à y inscrire son nom. Le vôtre, si vous l'acceptez, chevalier. Puisque vous venez de le retrouver tout neuf, étrennons-le pour une cause d'utilité publique.

---

[121] Un ancêtre de Mirabeau.

Thibault n'était pas en position de refuser.

— Le temps de remettre mon ami Gilles d'Arvieux sur le chemin de Mas-Thibert dans la voiture que je viens d'acquérir à bon compte et je suis votre serviteur pour prendre la route d'Aix. J'en connais un qui va être content.

— Qui donc ?

— Robur, mon cheval.

45

Une sentence de mort

Quand il vit se profiler la carrure puissante de Simon Danzer dans l'encadrement de la porte de cave de l'hôtel de Remezan, Bertrand de Mallemort pensa sa dernière heure arrivée. Dans le regard terrible du corsaire – équipé d'un court sabre d'abordage passé dans son ceinturon – il crut voir celui du bourreau.

Le négociant affolé bondit de la caisse de bois dont il avait fait un siège et se plaqua contre le mur du fond, couvert de salpêtre.

Son état de panique augmenta quand il vit Thibault entrer à son tour, suivi de Ramefort et Bardolfo, porteurs de lanternes. L'apparition des deux forbans le terrorisa. Il hurla d'une voix étranglée par l'angoisse :

— À l'aide ! Au secours ! On m'assassine !

Puis, voyant les arrivants s'immobiliser, il reprit un peu de tenue et glapit :

— Vous n'avez aucun droit à me maintenir serré de la sorte ! J'exige d'être conduit en la sénéchaussée ! Je vous ferai châtier !

Danzer regardait Mallemort éructer avec un sourire de mépris :

— Holà ! Tout doux ! dit sa voix de bronze. Prends-le d'un peu moins haut, ou je te coupe la langue avec ceci.

Le corsaire tira son sabre et le plaça en travers de la gorge du négociant. Les traits tendus du prisonnier, sa joue tuméfiée par les poings de Bardolfo renforçaient l'aspect grimaçant de son masque. À la lumière des lanternes haut levées par les corsaires, Thibault devina qu'il avait eu aussi le nez cassé.

— Tu n'es point en position de prendre de grands airs, insista Danzer. Si j'étais toi, je ferais moins le bravache. Un mot de trop, ce sera le dernier.

Mallemort baissa la tête. Il haletait, moins de colère que de terreur. Il lâcha à mi-voix :

— Que voulez-vous de moi ?

— Pour mon compte, répondit Danzer, si j'étais seul à décider, ta carcasse servirait à cette heure de garde-manger à la vermine. Mais ce gentilhomme a exigé que tu vives encore un peu. Il veut t'entendre répondre aux questions qu'il brûle de te poser.

Le corsaire s'effaça pour laisser Mallemort face à son neveu, mais il poursuivit :

— Il ne tient qu'à toi de savoir si tu veux mourir à cette heure ou plus tard. Si tu choisis la première, cela sera très désagréable…

Le corsaire approcha son visage de celui du négociant et montra ses dents de loup :

— … pour peu que je m'en mêle.

Malgré la peur qui lui labourait le ventre, Mallemort persistait à se débattre :

— Qui êtes-vous ? Qui vous octroie le droit de vie ou de mort sur autrui ? Êtes-vous des juges ?

La voix de Thibault s'éleva, frémissante :

— Qui nous sommes ? Non point des juges, vous avez raison, monsieur, mais des justiciers, ne vous déplaise ! Des justiciers demandant des comptes à un assassin qui, le premier, s'est octroyé le droit de vie ou de mort sur les autres. Vous, Bertrand de Mallemort, coupable d'avoir fait homicider Paul de Cervières, votre beau-frère et associé, pour le voler, puis par deux fois, d'avoir soudoyé des mercenaires pour attenter à la vie de son fils, votre neveu Thibault de Cervières.

Le négociant joua une pitoyable comédie :

— Ah, je vous reconnais, monsieur ! Vous êtes l'imposteur venu m'importuner avec des histoires de revenants. Mon neveu Thibault est mort dans le naufrage du *Saint Bonav*...

Il ne put achever. Le chevalier était sur lui et lui serrait le cou à deux mains.

— Il suffit ! Faquin ! Infâme ! Je suis Thibault de Cervières ! Et vous le savez si bien que vous avez tenté de m'ôter la vie pour mieux profiter de vos rapines ! Qu'avez-vous fait de ma sœur Claire, infâme !

Danzer intervint :

— Laisse-le respirer, chevalier, si tu veux qu'il réponde à tes questions. Tu l'étrangleras ensuite, quand il aura fini.

Thibault lâcha sa prise.

Il prit sur lui, mais, les dents serrées, laissa parler sa colère :

— Cessez ce jeu ignoble ou je vous tue céans de ma propre main et vous enterre dans cette cave. Sachez qu'un arrêt de la Cour souveraine de justice vient de me rétablir dans mon lignage et dans mes droits. Cela ne me suffit point. Je veux que des juges vous condamnent au grand jour et flétrissent à jamais votre réputation. Me proposeriez-vous un arrangement à mon avantage, vous permettant de sauver votre vilaine peau, vous n'en sortiriez vivant. La condition que je mets à vous faire grâce est de reconnaître par écrit avoir profité de la mort de Paul de Cervières et de l'absence de ses ayants cause[122] pour accaparer leur héritage. La justice en fera son miel.

---

[122] Équivalant à ayants-droit (héritiers).

Malgré sa position précaire, la nature profonde du négociant reprenait le dessus. Il chicana, en habitué des ergotages commerciaux :

— Monsieur, je n'ai rien volé à personne. Si vous aviez pour deux sous de savoir en les règles du droit, vous sauriez qu'en matière de succession l'on dit que « le mort saisit le vif », ce qui signifie « le plus prochain héritier habile à lui succéder ». Dans une affaire d'associés, un héritier se peut mettre en possession des biens d'un défunt de sa propre autorité, sans implorer celle de la justice. C'était le cas dans l'association que je formais avec Paul de Cervières.

Thibault, indigné, laissa éclater son ressentiment :

— Mais l'héritier existait, c'était moi, misérable ! Et monsieur mon père n'est point mort de mort naturelle, vous l'avez fait tuer en le dénonçant comme hérétique !

Danzer intervint :

— Brisons là, Thibault. Ce gredin tente de t'embabouiner.

Il hurla sous le nez du négociant :

— Un mot de plus et je t'embroche ! La Nature ne m'a point doté de la patience du chevalier ! Tu vas signer ta confession.

Mallemort, le dos toujours appuyé contre le mur de la cave, s'était affaissé sur lui-même. Ses yeux demeuraient fixés au sol de terre battue. On lisait sur sa face tourmentée le débat intérieur qui l'agitait. Au terme d'un long moment de silence, il lâcha à regret :

— Allez quérir du papier et de l'encre.

Son regard mauvais se porta sur ses geôliers, l'un après l'autre et il lâcha un dernier jet de venin :

— C'est être lâche, ce que vous faites. Dieu vous punira.

Les corsaires ricanèrent bruyamment. Thibault ironisa :

— C'est cela : donnez-nous donc une leçon de morale ! Dieu, s'Il a du temps à perdre, s'inquiètera d'abord de votre âme corrompue.

Le chevalier fit signe à Ramefort, porteur de sa sacoche de médecin. Thibault en tira une feuille de papier blanc, une plume d'oie dans son étui et un petit flacon d'encre noire qui lui était joint par une cordelette passée en nœud coulant autour du goulot. Il posa le tout sur la caisse dont le prisonnier se servait comme siège.

— Vous avez là tout ce qui convient pour rédiger vos aveux.

La nature belliqueuse du négociant, un moment accablée, reprit le dessus.

— Des aveux extorqués sous la menace n'ont aucune valeur face à une juridiction. Vous l'apprendrez !

— Faites toujours, répliqua Thibault, nous verrons ce qu'en pensera Thémis.

Mallemort ergota :

— Mais, si j'ai commis les crimes dont vous m'accusez, pourquoi ne pas me conduire devant un tribunal ? Vous n'êtes point procureur du roi que je sache !

— Certes ! Mais je vous ai pourtant condamné à mort. Je ne fais en cela qu'employer les moyens qui furent les vôtres. Il dépend désormais de vous seul, en confessant votre culpabilité, de solliciter votre grâce. Je vous ferai celle de vous mettre face à vos forfaits par-devant la justice. C'est elle qui décidera de votre vie ou de votre mort. Je n'ai point l'âme d'un assassin.

Un lourd silence suivit ces mots.

Bardolfo sortit de la poche de sa casaque deux épaisses bougies. Il en alluma une avec un briquet d'amadou et l'installa en l'enfonçant dans la bonde d'un tonneau.

— Ainsi, tu pourras voir ce que tu écris, dit Danzer

Mallemort pensait en être quitte pour l'instant. Il releva la tête et ses yeux croisèrent ceux de Thibault.

Le chevalier demanda à Ramefort d'approcher sa lanterne et dévisagea de près le négociant. Les poings de Bardolfo avaient laissé des traces. Il lui manquait deux incisives, sa lèvre était boursouflée. Du sang séché maculait sa pommette gauche. Thibault sortit de sa sacoche sa trousse contenant scalpels et pinces. Mallemort se méprit et poussa un long cri. Mais le chevalier remit la trousse en place ayant dégagé du fond de la sacoche de l'étoupe et un flacon contenant un liquide jaunâtre. C'était de l'herbe aux chutes[123]. Il en baigna l'étoupe et l'approcha du visage de Mallemort. Le négociant regimba :

— Laissez-moi en paix !

— Soumettez-vous ! ordonna Thibault.

Danzer ricana :

— Monsieur le chevalier est bien bon avec la canaille.

— Ce n'est point compassion, répliqua Thibault. Je craindrais qu'une infection ne gâte ses humeurs et qu'il ne trépasse avant de rendre compte de ses forfaits.

Le chevalier s'appliqua à nettoyer le visage tuméfié avec une macération de feuilles de tilleul.

Il expliqua aux corsaires :

— Je tente de lui rendre figure présentable face à ses juges.

Ramefort et Bardolfo joignirent leurs gros rires à celui de leur capitaine. Mallemort semblait avoir baissé un instant la garde. Alors qu'il se tenait tout près de l'oreille du négociant, Thibault en profita pour lui placer sa botte à mi-voix :

— Quel sort avez-vous réservé à votre nièce, Claire ?

Mallemort se raidit :

— J'ignore tout d'elle.

— Vous mentez.

— Nenni, je vous jure...

L'ironie que Mallemort lut dans l'œil de son neveu arrêta sa protestation.

— Il est des mots dont vous devriez vous interdire l'emploi, monsieur de Mallemort. Jureriez-vous sur votre part de paradis, personne n'irait vous croire.

— Pourtant, c'est là vérité vraie, serais-je sur des charbons ardents. Je ne puis vous dire ce qu'il est advenu de Claire, me tueriez-vous à l'instant.

---

[123] Teinture d'arnica propre à disperser les épanchements de sang et à soulager les traumatismes douloureux.

Thibault n'était pas d'humeur à s'en laisser conter :

— Cependant, c'est bien vous qui l'avez soustraite du couvent où Paul de Cervières l'avait placée ?

— J'en avais pris la décision, en effet.

— Dans quel dessein ?

— Cette question ! Dans l'intention de la marier. N'étais-je point son tuteur ? Vous l'avez assez dit !

— La marier à qui ?

— À quoi bon puisque cela ne s'est point fait ?

— Vous allez me répondre.

— Je vais vous répondre que cela ne s'est point fait, parce que Claire de Cervières s'est enfuie.

— Allons donc ! Voilà une nouvelle fable. Quand cela ?

— Elle s'est échappée depuis la voiture qui la ramenait de Marseille vers La Ciéutat. En profitant d'un changement de montures au relais du pas de la Gineste. La personne qui l'accompagnait l'a perdue de vue dans le désert entre le mont Puech et la mer.

— La personne qui l'accompagnait, dites-vous ? Vous n'étiez donc point sur place ?

— J'étais à La Ciéutat à l'attendre.

— Qui donc était avec Claire ?

— Ma propre épouse.

— Ma tante Agnès ?

— Votre tante est morte en mettant notre enfant au monde qui l'a suivie de peu dans la tombe. Je parle de ma seconde épouse…

Mallemort suspendit sa phrase avant de lâcher avec un air que la haine rendait encore plus grotesque :

— … que vous connaissiez comme Diane de Carluc.

À ce nom le cœur du chevalier s'emballa. Qu'y avait-il de vrai dans tout cela ? Le pervers jouait sur l'effet de surprise pour reprendre la main. Il jouissait du trouble de Thibault et dit d'un air mauvais :

— Il est bien tard pour lui faire dire ce qu'il se passa au pas de la Gineste à propos de votre jeune sœur.

Cet homme était démoniaque. Il cachait son mensonge derrière une morte. C'était le Mal incarné. Le chevalier éprouva un moment de désarroi profond qu'il dissimula comme il put. Il comprit qu'il ne tirerait plus rien de l'infâme. S'il le poussait dans ses retranchements, il inventerait d'autres fables pour ne point dire le vrai, pour laisser planer le doute sur le sort de Claire, moyen pour lui de retarder l'échéance pesant sur sa tête. Si Thibault avait la certitude de la mort de Claire, il le tuerait aussitôt. Mentir, inventer, c'était l'assurance de gagner du temps, de suspendre le geste du bourreau. Que Diane de Carluc fût l'épouse de Mallemort ou une aventurière complice stipendiée pour jouer le rôle de la séductrice, qu'importait après tout ? Le négociant s'abritait derrière quelqu'un ne pouvant plus ni confirmer ni infirmer ses dires. C'était là son va-tout, il serait abject jusqu'au bout. Thibault serra les dents : offrir le spectacle de sa souffrance serait faire un trop beau cadeau à la nature scélérate de son oncle.

Le chevalier se recula, redressa sa taille et dit d'une voix égale, d'autant plus impressionnante qu'elle paraissait implacable :

— La cloche des Accoules vient de sonner le dernier coup de dix heures. Demain, au même instant qu'aujourd'hui, je me présenterai devant vous. Vous me confierez vos aveux écrits et vous me direz quel sort fut celui de Claire de Cervières. Sinon, vous paierez pour ce que vous me faites endurer : au dixième coup, sonnera l'heure du châtiment. J'en serai le bourreau.

En désignant les corsaires, le chevalier ajouta :

— Comptez sur moi et sur ces messieurs pour rendre votre agonie longue et douloureuse.

46

Le double fiasco du *Freluquet*

La pluie tombait sur Marseille ainsi qu'il lui arrive souvent au cœur de l'hiver : abondante et drue, sans un souffle de vent, comme si elle devait durer quarante jours et diluer l'antique cité dans un mélange de boues et d'ordures. Le ciel avait à peine entrouvert un œil de toute la journée sous le couvercle des nuées et la nuit était tombée dès cinq heures de relevée, comme une paupière vaincue par le sommeil. Le tonnerre ponctuait à intervalles la colère céleste, illuminant les faubourgs sur lesquels veillaient les regards atones des guetteurs des tours de Galle, de Saint-Cannat, des Rostagniers et de la porte de l'Annonerie[124], toutes dirigées vers le nord, d'où pouvait en priorité venir le danger.

Le reflet d'un éclair sur un objet métallique attira l'attention d'un guetteur plus attentif que les autres. Au fond du vallon de la Joliette où coulait un ruisseau, en contrebas du rempart, quelque chose venait de se mouvoir avec précaution le long de

[124] La porte d'Aix.

la pente montant vers l'enceinte, rendue glissante par l'orage. Le chapelet d'éclairs qui suivit permit d'y mieux voir. Des hommes en armes avançaient avec peine, courbés vers le sol, leurs bottes enfoncées dans une boue épaisse. La lueur aperçue par le guetteur était celle d'un éclair ricochant sur des cuirasses ou des casques de soldats dissimulés dans les broussailles et les rochers bordant le ruisseau. Une troupe se préparait à une attaque-surprise. On distinguait de nombreux porteurs d'échelles dont l'eau du ciel faisait luire le bois le temps d'un éclair.

Par ce temps à ne pas mettre un Marseillais dehors, qui se serait douté qu'un assaut se préparait ?

Le capitaine de la porte des Rostagniers, Antoine Bérengier, expédia d'urgence une estafette vers le Corps de Ville avec mission de prévenir au plus vite les consuls et le Viguier.

Bientôt retentirent des éclats de trompettes, des roulements de tambours. L'alarme du tocsin mettait la ville en état d'alerte, tandis que montait aux oreilles des soldats sur les remparts la rumeur d'un peuple en marche vers l'enceinte d'où venait le péril.

Charles de Casaulx et Loys d'Aix, casque sur la tête, le buste pris dans un haut de cuirasse, arrivèrent parmi les premiers, suivis d'une foule nombreuse, armée de piques et de sabres, qui dut demeurer sur la lice au pied de la muraille.

Le capitaine Bérengier s'avança vers les arrivants et s'adressa au Premier consul :

— Des hommes d'armes sont en position au fond du vallon, Monsieur. Que faisons-nous ?

Casaulx porta ses regards vers les pentes obscures et ne daigna pas répondre. Il ne paraissait pas outre mesure inquiet. Il se tourna vers le Viguier :

— Les patrouilles expédiées dans le terroir durant l'après-midi n'avaient rien signalé, m'a dit Libertat. Ils ne doivent pas être en nombre.

Il regarda de nouveau vers le vallon en contrebas, rassuré.

En homme de guerre averti, le Premier consul savait qu'une armée ne se déplaçait pas en quelques heures. Surtout sur des chemins rendus impraticables. Si les batteurs d'estrade n'avaient rien repéré au cours de la journée, c'est que l'assaillant ne dépassait guère l'effectif de deux ou trois compagnies. Le gros des troupes – s'il y en avait – devait se situer loin derrière, du côté de Septêmes, masqué par le relief, espérant une accalmie, ou mieux : le retour du soleil et du temps sec.

Le Viguier s'adressa à la cantonade :

— Avec ce que le Ciel nous envoie pour la défense de Marseille, nous voilà à l'abri d'une nouvelle nuit des brûlatz.

Des rires courtisans accueillirent l'allusion au fiasco du duc d'Épernon sous ces mêmes murailles dont la moitié de ses troupes d'assaut s'était décimée elle-même en boutant le feu à ses barils de poudre.

Cela mit Casaulx de meilleure humeur. Il ne voulut pas être en reste :

— Cette nuit, c'est sûrement notre ami le jeune Guise qui joue à la guerre avec des poules mouillées. C'est de son âge.

Les rires redoublèrent.

Le seul qui gardait un soupçon d'inquiétude sur ses traits était le capitaine Bérengier.

— Ils sont munis d'échelles, Monsieur. Cela signifie qu'ils ont l'intention…

— Et alors ? railla Casaulx en l'interrompant. Auriez-vous peur, capitaine ?

— Nenni, Monsieur. J'ai seul souci d'être à vos ordres.

— Fort bien. Il faut donc vous expliquer. Ils ont des échelles ? La belle affaire ! Comment voudriez-vous qu'ils s'y prennent autrement ? Ces braves, aussi trempés que des soupes, ne peuvent tirer la moindre arquebusade. Il faudra donc qu'ils y viennent voir de près. Si près, qu'ils apprennent si vous avez mangé de l'ail à souper. C'est votre chance.

— Ma chance, Monsieur ?

— Assurément. Laissez-les venir, poser leurs échelles contre ces murailles, et quand ils seront tout en haut, basculez-les cul par-dessus tête. Cela leur remettra les cervelles en place. Moi, je vais de ce pas me recoucher. Ce n'est pas cette armée-là qui fera tomber Marseille.

Casaulx prit Loys d'Aix par l'épaule et tous deux s'apprêtèrent à descendre les marches de bois qui menaient au rempart. Le Premier consul se retourna :

— Ah, j'oubliais ! Tuez-en une ou deux douzaines, qu'on puisse voir au jour qui nous les envoyait. J'ai parié un écu d'argent avec monsieur le Viguier royal que c'est le duc de Guise. Il n'y a qu'un matamore de *commedia dell'arte* ayant pris ses leçons de stratégie dans les salons huppés pour vouloir jouer à la guerre par un temps pareil !

Charles de Casaulx avait raison. La nuit se passa sans autre incident. L'assaut avait été rendu impossible sur ces pentes que la boue rendait impraticables. Les troupes ennemies avaient disparu quand le jour se leva. Seules une bonne centaine d'échelles abandonnées sur place témoignaient que les guetteurs de la tour des Rostagniers n'avaient pas rêvé.

*

Le mistral, levé avec l'aube, fit place nette et, avec l'aide du soleil revenu, assécha en un clin d'œil les flaques de la veille.

Les guetteurs redoublèrent d'attention tout au long de la journée. Des patrouilles furent envoyées dans le terroir pour fouiller les moindres recoins du relief.

L'une d'entre elles rapporta avoir vu des mouvements de troupes dans la direction du village de Septêmes. Des gens à pied en majeure partie, entourés de quelques cavaliers. Ils s'évanouirent dans la nature à l'approche des soldats sortis de la ville pour les éloigner. La nuit se passa sans anicroche.

Le lendemain soir le manège recommença. Du côté de la porte de l'Annonerie, cette fois. Mais Casaulx et Loys d'Aix, aux aguets, la poudre étant bien sèche, ouvrirent le feu les premiers au canon chargé à mitraille.

Les assaillants n'eurent pas loisir de se dresser pour lancer une attaque qui ne surprenait plus personne. Ce fut un beau carnage, suivi d'une débandade. La retraite fut si précipitée que Marseille se trouva pourvue en échelles pour plusieurs années.

On les porta en triomphe à travers la ville, telles des prises de guerre, sous les acclamations du peuple venu là comme pour assister à une procession, avant qu'elles fussent distribuées à qui en voulait. Les plus démunis les prirent pour en faire du bois de chauffage.

Les *Duumvirs* n'en finissaient pas de se moquer des prétentions du *Freluquet* que le roi de Navarre leur avait envoyé pour les réduire à obéissance.

— Imaginons, disait Casaulx avec un gros rire, le journal de marche de cette armée de poltrons : « Assaut sur les défenses de Marseille. Pluie en abondance. Retraite sonnée après deux tentatives ». Un général romain eût été banni pour moins !

Charles de Casaulx et Loys d'Aix, apparus au balcon de la Maison de ville, répondant par des saluts aux vivats de la foule, se complurent à écouter sans se lasser les vagues d'acclamations montant depuis le quai, la voix immense d'un peuple dont ils se voulaient les protecteurs. C'est ainsi qu'ils l'avaient rêvée cette ville qui avait remis sa destinée entre leurs mains : libre, fière d'elle-même, de son prestigieux passé, confiante en son avenir et défiant rois et princes dont ils refusaient d'être les sujets.

47

La fin d'un cauchemar

Dans la cave sombre où Bertrand de Mallemort croupissait depuis trois jours, nourri de restes de pain rassis et abreuvé de l'eau fétide d'une cruche, la seconde bougie était mourante. Thibault, accompagné de Danzer et de ses acolytes, le distingua allongé au fond de la pièce, à même le sol, chacun ayant jugé qu'il ne méritait pas une paillasse. Couvert de poussière grise, de salpêtre et de toiles d'araignée accrochées au dos de son pourpoint quand il s'était plaqué au mur croyant sa dernière heure arrivée, le négociant ressemblait à un épouvantail oublié dans une grange. Le temps d'habituer ses yeux à la pénombre, le chevalier craignit que le prisonnier eût mis fin à ses jours à l'aide de quelque poison dissimulé dans la doublure de son vêtement. C'eût été le genre du scélérat d'expédier depuis l'autre monde une ultime nasarde à ses geôliers en emportant ses aveux dans la tombe. Thibault se reprocha sa négligence, mais fut bientôt rassuré quand il vit le gisant bouger puis se mettre en position de se relever.

Il aperçut, sur le tonneau qui avait servi d'écritoire, à la lueur mourante de la bougie, la feuille de papier couverte recto verso d'une écriture penchée. Sans un regard à Mallemort, Thibault s'en empara et parcourut les lignes grâce à la lanterne que Ramefort tenait levée au-dessus du texte. Ce n'était pas la confession attendue, mais un plaidoyer *pro domo*. Le négociant s'exonérait de toute complicité dans l'assassinat de Paul de Cervières, « advenu lors de troubles religieux ». Il avançait sa bonne foi, jurant qu'il pensait son neveu disparu lors d'un naufrage, et arguait de son ignorance « quant à l'état de captif en Alger dudit neveu ». Enfin, il justifiait la captation d'héritage en s'abritant de nouveau derrière le principe coutumier brandi la veille comme une justification : « le mort saisit le vif en son hoir le plus proche », au constat de l'absence d'héritier réservataire. Cet argument trahissait son vrai dessein. Thibault était certain que son oncle avait attendu la disparition de Claire – à moins qu'il ne l'ait provoquée - pour s'emparer des biens de la famille de Cervières. Pas un mot ne se rapportait au sort de la jeune fille, ni à son éventuelle fugue. Cela confortait le chevalier dans l'idée qu'elle était pure invention d'un esprit malfaisant.

Mallemort se tenait quitte en jurant « la main sur l'Évangile » n'avoir pas reconnu son neveu en raison des onze années écoulées depuis son départ, et de son état de captif qui avait profondément modifié sa physionomie. Enfin, « pour prouver sa bonne foi » il se tenait prêt – assurait-il – « pour solde de tout compte » à lui restituer ses biens et sa part de l'héritage commercial « afin de retrouver la paix de l'âme et l'estime de tous ».

À aucun moment cette nature cuirassée par le Mal ne formulait un quelconque regret, ne sollicitait la moindre indulgence, ne reconnaissait la plus infime part de culpabilité.

En parcourant les dernières lignes tracées d'une écriture rageuse, Thibault sentait monter en lui l'envie d'abattre séance tenante cet homme dépourvu d'entrailles comme le paysan procède à l'égard d'un nuisible. L'effort qu'il s'infligeait pour ne pas y céder le faisait trembler de rage contenue. Dans sa tête défilaient les images de l'attentat de la rue Caisserie. Il revivait les moments où il s'était jeté étourdiment dans les filets tendus par la complice du négociant pour l'attirer dans une bastide isolée et le faire assassiner. Il revoyait Mallemort, durant la nuit de cauchemar du Rouilh, à peine revenu à lui, retrouvant assez de venin dans son esprit mauvais pour ramper vers le poignard abandonné sur le plancher avec l'espoir d'en frapper son neveu. Sans doute était-ce lui qui avait fait disparaître les lettres où, depuis Alger, Thibault appelait au secours.

Et il allait lui faire grâce ?

Le chevalier ne tenta pas de renouer un dialogue qui se fracasserait sur une cuirasse d'insensibilité. Il se contenta d'une question :

— Avez-vous quelque chose à me dire ?

— Je vous ai tout dit, répondit le négociant, montrant la feuille que son neveu tenait en main.

Thibault fit un signe de tête aux trois corsaires. Ramefort et Bardolfo encadrèrent Mallemort, cramponnant ses bras dans leur poigne de fer. Danzer le prit par le col et le tira vers la porte de la cave :

— Je vais tout vous rendre ! aboya le prisonnier en passant devant son neveu.

La panique le gagnait.

— Que voulez-vous de moi ? Où m'emmenez-vous ?

— Je vous ai tout dit, répliqua Thibault.

L'escalier menant aux caves n'était pas assez large pour trois hommes de front. Danzer monta en premier, suivi de Ramefort qui halait le prisonnier et de Bardolfo qui le poussait, aucun n'ayant lâché sa prise. Thibault sortit en dernier, laissant la porte ouverte.

Quand le petit groupe atteignit le rez-de-chaussée, Thibault, émergeant à son tour, vit Danzer tourner la tête vers la gauche avec un large sourire, du côté de l'escalier conduisant à l'étage.

Il regarda à son tour l'attendrissant tableau formé par Meriem et Jamil soutenant avec mille précautions Noor, encore faible, qui s'exerçait à descendre lentement les marches de marbre selon la prescription du chevalier.

— *Mijn schatje !*[125] s'écria le corsaire qui, sous le coup de la surprise retrouvait sa langue natale. Te voilà debout, *mijn duifje* ![126]

Il s'engagea sur les deux premières marches. À sa voix, Noor, jusqu'alors occupée à regarder où elle posait le pied, releva la tête et esquissa un léger sourire qui aussitôt se figea. Sur les traits juvéniles de son visage s'afficha un masque de souffrance. Son regard venait de se poser sur le groupe des quatre hommes restés en arrière de Danzer. Thibault vit les yeux sombres de Noor s'exorbiter, son buste reculer comme devant un spectacle d'horreur et un cri de douleur, comme une sorte de long feulement, monta de sa gorge. Meriem et Jamil, surpris, s'étaient d'un même élan serrés contre elle pour mieux la soutenir, tandis que Danzer grimpait les marches qui le séparaient encore de sa jeune épouse, Thibault sur ses talons, sa sacoche à la main.

Noor les dominait encore tous les deux. Elle regarda de nouveau en direction du groupe des trois hommes immobilisés au rez-de-chaussée et hurla en se débattant :

— Noooooon ! Je ne veux point ! Emmène-moi !

Et elle s'affaissa, la tête sur la poitrine, privée de sens.

Danzer la prit dans ses bras et l'enleva comme une plume, tandis que Meriem gémissant, Jamil affolé, se sentaient coupables d'avoir tenté cet exercice prématuré et craignaient la réaction de Simon *raïs*. Mais le corsaire avait d'autres préoccupations que celle de punir deux serviteurs zélés soucieux d'appliquer les consignes du *tebib*. Il s'adressa à Thibault avec émotion :

— Elle a parlé, hein ? Au milieu de ses cris, elle a dit des mots !

---

125 Mon trésor !

126 Ma colombe !

— Oui, elle a parlé, Simon. En français. Portons-la vite sur son lit.

C'est la première fois que le chevalier voyait cet homme qui ne craignait ni Dieu, ni diable s'affoler :

— Tu crois qu'elle va perdre son enfant ? Ah, c'était bien trop tôt pour se lever ! Il fallait attendre !

Les deux domestiques prenaient cela pour eux et n'en menaient pas large.

Avant de regagner l'étage, Danzer lança ses ordres aux deux forbans figés par l'étrange scène, le visage levé vers leur capitaine, ne sachant que faire. Mallemort avait sur son masque de gargouille l'expression figée d'épouvante de celui qui se trouve face à un revenant. De la tête Danzer désigna le négociant à ses hommes :

— Remettez-le dans la cave ! On lui réglera son compte plus tard !

Thibault avait précédé le corsaire dans la chambre et ouvert sa trousse. Danzer reposa Noor sur sa couche avec des gestes de nourrice, comme s'il avait peur de la briser.

Le chevalier mit son oreille sur le sein de la jeune femme et écouta battre son cœur.

— Il toque un peu vite, mais avec régularité. Cela ne doit pas nous inquiéter.

Il abaissa une paupière inférieure avec son index sur la joue de Noor pour observer l'œil et l'aperçut révulsé. Puis il posa sa main sur son front. Il releva la tête vers Danzer.

— Pas de fièvre. Elle est seulement privée de sens. Un peu de patience. Elle va revenir.

Un pli soucieux barrait le front du corsaire devenu grave :

— Je n'ai pas perdu la tête, Thibault ? Tu l'as entendue comme moi : elle a bien parlé ?

— Mais oui, Simon, je l'ai entendue comme toi. Elle a crié : « Non ! Je ne veux point ! » Et quelque chose d'autre que je n'ai pas bien saisi, comme « aime-moi », ou « mène-moi ».

— Tu crois qu'elle parlera encore ?

— Je l'espère.

Le corsaire voulait comprendre :

— Elle s'est levée trop tôt, c'est cela ? Elle n'avait pas assez de forces ? Tu sais ce qui lui est arrivé ?

— Le choc provoqué par le venin dans ses humeurs lui avait ôté l'usage de la parole, un autre choc vient de le lui rendre.

Le corsaire se méprit sur le sens du mot :

— Un choc, dis tu ? Quel choc ? On l'a frappée ?

Noor agita sa tête sur l'oreiller. Elle gémit doucement.

— La voilà qui revient, dit Thibault. Ne la brusquons pas.

Le chevalier, l'index sur les lèvres, fit signe au corsaire de s'éloigner du lit et de le rejoindre vers l'entrée de la chambre, près de la fenêtre.

On entendait la voix douce de Meriem penchée sur sa maîtresse pour lui dire des paroles rassurantes en lui caressant les joues. Jamil, muet, figé de respect et de crainte, observait la scène, droit comme un minaret.

Thibault parla à mi-voix :

— Quelque chose, comme une vision, a ramené dans l'esprit de Noor le souvenir d'une douleur intense. Un cauchemar, si tu préfères. C'est la raison pourquoi je parle d'un choc qui lui a redonné la parole. Personne ne l'a agressée. C'est dans sa tête que cela s'est produit.

— Quelque chose, dis-tu ?

— Quelque chose, ou quelqu'un.

Les traits tendus de Danzer reflétaient son trouble et l'état de ses nerfs. Il haussa la voix :

— Tu dois m'en dire plus, Thibault !

Le chevalier réfléchit un court instant avant d'expliquer :

— Je montais les marches derrière toi, quand tu t'es précipité vers Noor à l'instant où elle défaillait. Je lui faisais face. J'ai vu s'inscrire une grande terreur sur son visage, j'ai vu ses yeux agrandis par l'effroi. Puis, elle a commencé à crier en se débattant. Elle regardait vers le bas de l'escalier derrière nous, et m'a donné l'impression d'être devant une apparition maléfique. Quelqu'un qu'elle était à mille lieues de penser trouver là : un spectre qui avait longtemps hanté ses cauchemars. Or, qui se trouvait derrière nous ? Deux hommes qu'elle connaissait : Ramefort et Bardolfo. Elle les avait aperçus sur le pont du *Leeuwen*, durant la traversée, quand nous la sortions à l'air libre sur sa litière. Enfin, un troisième homme : Mallemort.

Danzer écoutait, bouche bée.

— Mallemort ? Pourquoi aurait-elle été effrayée par Mallemort ? Il avait une tête cabossée, mais celles de Bardolfo et Ramefort ne valent guère mieux.

— Ce n'est pas la tête tuméfiée de Mallemort qui a effrayé Noor, Simon : c'est de la voir à quelques mètres d'elle.

— Mais enfin, la raison ? De quoi avait-elle peur ? Elle ne risquait rien.

— Ce n'est pas ce qu'elle voyait qui l'effrayait, c'est ce que cela lui rappelait. À mon avis, elle l'avait déjà vue, cette tête.

Un léger tremblement agitait le chevalier. Danzer s'en rendit compte.

— Noor connaissait Mallemort ? Tu perds la raison, Thibault ! Regarde, tu trembles, tu as la fièvre.

— Non, Simon. Ce n'est point la fièvre qui me fait trembler.

Le corsaire fit brusquement volte-face.

— On va aller demander à Noor.

Thibault eut toutes les peines pour retenir l'élan de Danzer vers le lit. Il l'agrippa par sa manche :

— N'en fais surtout rien ! Elle revient à grand peine, une nouvelle émotion pourrait lui causer dommage. Chaque chose en son temps.

On entendait la voix caressante de Meriem penchée sur Noor et la jeune femme lui répondre par bribes.

Le chevalier réussit à ramener vers la croisée le corsaire qui tournait la tête vers la couche et disait à voix basse, sur un ton émerveillé :

— Elle parle, Thibault, elle parle...

— Oui, elle parle, c'est magnifique, Simon. Je crois aussi qu'elle a retrouvé la mémoire. Raison en plus pour ne point la troubler. Elle répondra à tes questions plus tard, elle nous expliquera tout cela, quand elle sera calmée.

Le chevalier prit le corsaire par ses larges épaules, inversant les rôles, pour l'obliger à se tourner vers lui :

— Écoute-moi bien et réponds clairement, Simon. Te souviens-tu comment et quand tu as rencontré Noor ?

Danzer eut un ricanement nerveux :

— Je me souviens de tout, Thibault : des choses et des gens. C'était au large de l'île de Cicilie, voici deux années à quelques jours près. Nous avons abordé un navire marchand. Il faisait route plein est. J'ai su après qu'il allait à Smyrne. Il était bourré de marchandises et il y avait des passagers à bord, dont de riches négociants avec de l'or plein les poches. En échange de leur vie sauve, ils nous ont tout donné. Noor était parmi eux.

— Seule ?

— Non. En compagnie d'un homme avec une barbe grise. Il avait plus que l'âge d'être son père, mais il ne l'était pas.

— Comment en fus-tu certain ?

Danzer sourit :

— Parce que, en me voyant, Noor est aussitôt venue vers moi les bras ouverts et a crié : « Emmène-moi avec toi, je ne veux pas me marier avec lui à Smyrne ! » Alors, l'homme avec la barbe grise, un marchand turc, est venu à son tour me trouver et il s'est mis à crier : « Laisse cette femme ! C'est la mienne ! Je l'ai achetée et je vais l'épouser ! »

— Et que lui as-tu répondu ?

— Rien. Noor s'accrochait à mon ceinturon et me suppliait : « Non ! Nooon ! Je ne veux pas aller avec lui ! » Elle lançait des coups de pied en direction du vieux qui continuait à crier que je lui avais tout pris, mais que cette femme lui appartenait. Qu'il l'avait payée cher. Que je n'avais pas le droit, puisque j'avais déjà son argent. Il me cassait les oreilles. Alors, je l'ai pris par un bras et une jambe et je l'ai fait passer par-dessus le plat-bord.

Malgré lui, Thibault sourit.

— Savait-il nager ?

Le corsaire répondit avec une grande simplicité :

— Je ne m'en suis point soucié. On n'a plus rien entendu.

— Ensuite ?

— Le navire a été vidé jusqu'à la cale de ses marchandises et je l'ai laissé repartir. Je ne désirais point m'embarrasser d'une coque vide. J'ai emmené Noor, comme elle me l'avait demandé.

Puis, comme s'il voulait se justifier :

— Ce n'était pas une prise, je te le jure, Thibault. C'est elle qui a voulu.

Danzer fit une brève pause, perdu dans son souvenir, avant d'ajouter :

— Je crois que je lui ai changé la vie, ce jour-là. On voulait la marier de force à ce vieux cochon de Smyrniote. Elle s'est attachée à moi comme un petit animal heureux d'être recueilli et rassuré. Le reste…

Le regard du corsaire s'arrêta sur celui du chevalier.

— Le reste nous regarde seuls, elle et moi…

Thibault approuva de la tête, une émotion grandissante dans le cœur.

— Es-tu bien sûr que Mallemort ne se trouvait pas parmi les passagers ?

Danzer, surpris, demeura coi un instant avant de répondre, incrédule :

— Mallemort parmi les passagers ? Voilà que tu recommences ! Ami ou ennemi, je n'oublie jamais un visage, Thibault. Je n'avais jamais rencontré Mallemort avant hier au soir, dans la cave de ce logis. Pourquoi le mêler à cette histoire ?

— Parce que cela signifie que Noor connaissait Mallemort avant de te rencontrer.

Il ajouta en insistant sur chaque mot :
— *Et qu'elle vient de le reconnaître à l'instant.*
— Que chantes-tu là, Thibault ?
— Un air ancien, Simon. Te souviens-tu du nom du navire ?
— Il n'en portait point, que je sache.
— Il allait à Smyrne, disais-tu. Sais-tu d'où il venait ?
Thibault entendit les mots qu'il n'osait plus espérer :
— De Marseille, ce me semble…

48

Une double reconnaissance

Il avait fallu plus d'une journée à Noor pour émerger de sa torpeur. D'abord confus, ses propos prenaient au fil du temps toujours plus de cohérence avec la mémoire qui lui était rendue.

Comme si elle voulait effacer toutes ces semaines où son mutisme l'avait retranchée du monde, la jeune femme, tendue, haletante, n'arrêtait plus de raconter. Ses yeux cherchaient tour à tour ceux de Simon et de Thibault – assis à son chevet qu'ils ne quittaient guère – pour vérifier sur leurs visages attentifs si elle se faisait comprendre.

Danzer le Terrible avait le ton d'un père rassurant son enfant égaré dans les bois à l'instant où il le retrouve :

— C'est fini, *lieveling*[127]. Tu ne feras plus jamais de mauvais rêves. Regarde : qui veux-tu qui vienne te prendre, ici ? Parler trop longtemps va te faire du mal, *kleine tortel*[128], respire, nous avons tout le temps.

---

[127] Ma chérie.

[128] Petite tourterelle.

Mais Noor ne l'écoutait pas et poursuivait de plus belle :

— Je ne savais plus qui j'étais, Simon, et je ne pouvais pas te le dire. Je voyais ces gens – vous deux, Meriem, Jamil. Ils me voulaient du bien, mais je ne les reconnaissais pas. J'ignorais ce que je faisais là, comment j'étais arrivée ici. C'est en revoyant Mallemort, émergeant de la cave comme l'image même de mon malheur, que tout m'est revenu d'un coup : la parole, le souvenir et l'histoire de cette orpheline vendue par son oncle dont un corsaire avait fait une princesse des *Mille et Une Nuits*.

Les deux hommes n'osaient interrompre la jeune femme. C'est elle qui posait les questions :

— Comment m'avez vous reconnue, Thibault ?

— Je ne vous ai pas reconnue, Claire. La chose était impossible. Dans ma tête le temps s'était arrêté sur l'image d'une petite damoiselle désolée qu'on ne trouve pas de coccinelles à Noël, mais que l'on consolait avec un chaton recueilli ou un oiseau sauvé du froid. Comment me douter que derrière Noor se cachait Claire de Cervières ?

Les yeux de la jeune femme brillaient de larmes retenues :

— Et moi, Thibault, comment aurais-je deviné que dans sa djellaba, sous la barbe d'*Al-Gawri*, se dissimulait ce grand frère toujours rasé de près dont j'admirais l'uniforme, les rares fois où il venait à la bastide ? J'ai honte à le dire, Thibault, mais c'était dans une autre vie. J'avais tout oublié, jusqu'aux traits de votre visage.

Le chevalier hocha la tête :

— Durant la traversée vers Marseille, en entendant Simon parler de cet esclave français prénommé Thibault, ne vous êtes-vous jamais posé de questions ?

Noor jeta un bref coup d'œil à Danzer et répondit, l'air confus :

— Hélas, non, cher frère. Parlant de vous à Meriem ou Jamil, Simon ne vous appelait jamais autrement qu'*Al-Gawri*. Ces jours derniers encore, il me prévenait : « *Al-Gawri* va venir te visiter demain, *Al-Gawri* a dit… » Pour les domestiques vous étiez *al-tebib* ou *al-duktur*. Comment aurais-je pu me douter ?

La réponse muette du chevalier s'inscrivit dans un sourire attendri. La jeune femme insista :

— Qu'est-ce donc qui vous aura mis sur la voie ?

— Je ne saurais dire, Claire. Parfois, il suffit de penser à une chose assez fort et assez longtemps pour qu'elle advienne. Je vous voyais partout, je vous cherchais partout, Simon l'attestera. Prendre ses désirs pour une réalité, c'est souvent façon de se préparer à admettre l'invraisemblable.

Danzer ne disait plus rien et écoutait en émettant de temps à autre un bref grognement, sans que l'on sût si c'était approbation ou curiosité. Thibault poursuivait, comme pour lui-même :

— L'autre jour, tandis que je vous contemplais dans votre sommeil, un mouvement inconscient a fait s'entrouvrir votre robe de nuit au col. J'ai vu l'envie que vous portez à cet endroit, que les gens appellent « grain de beauté ». Je me suis rappelé : « Ma petite sœur avait la même. En miniature. » J'étais à mille lieues de penser que *c'était* la même ! Elle a grandi avec vous. La petite Claire l'appelait « sa médaille du Bon Dieu ». Celle qu'elle ne perdrait jamais.

Danzer fit retentir son rire sonore et jeta un regard attendri à sa jeune épouse.

Thibault, après un silence, ajouta d'une voix que l'émotion altérait :

— Et voilà que je l'ai retrouvée votre « médaille du Bon Dieu » ! Quand j'ai vu Mallemort sidéré, tandis qu'il vous regardait descendre l'escalier, j'ai eu comme un éblouissement. Il voyait une revenante. La plus folle de mes idées prenait corps : « Et si c'était elle ? » Comme lorsque l'on a la foi : on ne cherche plus à exiger des preuves, on croit !

Le chevalier avait pris la main de sa sœur et la tenait serrée comme s'il craignait qu'un djinn mauvais n'escamote la vision enchantée dans un nuage de sable. Il était devenu le personnage d'un conte, un rêveur éveillé.

Danzer, que peu de choses au monde semblaient émouvoir, avait l'air tout remué.

— À vous, petite sœur, de m'expliquer par quel tour mystérieux nos destinées se rejoignent.

Claire soupira. L'effort de parler et de se souvenir commençait à la fatiguer. Sans quitter celle de Thibault, elle avait pris la main de Danzer pour y puiser un peu de son énergie. Elle était comme le maillon reliant les deux hommes.

— J'ai été, comme vous, la marionnette dont d'autres ont tiré les fils. Notre oncle Mallemort, un jour de novembre 1593, est venu au couvent m'annoncer qu'il m'en retirerait bientôt, allait me doter et me marier. Je devais me tenir prête pour le jour où la prieure me préviendrait. Une dame, inconnue de moi, vint me quérir quelque temps après pour me dire que nous partions pour La Ciéutat, attendre l'arrivée de mon futur époux.

— Savez-vous qui était cette dame ?

— Elle me dit se nommer Diane de Carluc et me confia être l'épouse du sieur de Mallemort.

Thibault ne réagit pas, jugeant inutile d'ajouter par des confidences superflues au surmenage de Claire.

— Vous souvient-il à quoi ressemblait cette femme ?

— Brune, jolie, avec un grand front et des yeux superbes. Toujours très élégante. J'ai su plus tard par une domestique du sieur de Mallemort, qu'elle n'était point son épouse mais une aventurière usant de ses charmes pour se placer auprès de notre oncle, devenu veuf et riche, tout fier d'exhiber une maîtresse avec pareille allure, lui qui est laid à rendre un singe jaloux. C'était une intrigante, habile à jouer des relations du négociant pour s'introduire partout dans la bonne société de Marseille et d'Aix.

L'esprit de Thibault s'égara un instant du côté du Jardin du Roi et de certaine bastide du quartier du Rouilh… Le sieur de Carluc – dont elle se prétendait l'épouse délaissée – n'avait probablement existé que dans l'imagination fertile de l'aventurière.

— C'est donc de cette femme que vous prîtes brutalement congé au pas de la Gineste, en route pour La Ciéutat ?

À l'air de surprise de Claire, le chevalier comprit que sa question n'avait pas de sens pour elle.

— Non point. Madame de Carluc m'a escortée jusqu'à une petite bastide appartenant à notre oncle, proche du village de Céiresto[129], où j'ai attendu durant des semaines, en compagnie d'un couple de vieux domestiques, qu'on veuille bien se soucier de moi.

— Et puis ?

— Et puis le reste se devine, cher frère. Le sieur de Mallemort et sa compagne sont venus me quérir pour me ramener directement à quai, sur un navire ancré face à l'entrepôt de La Ciéutat, où l'on m'a présentée à mon futur époux, un vieux birbe de marchand d'épices à Smyrne qui sentait l'ail et la sueur, auquel notre oncle m'avait proprement vendue et que Simon a jeté à la mer afin qu'il n'empeste plus ma vie.

Le chevalier hocha tristement la tête.

Claire jeta un œil complice au corsaire qui souriait dans sa barbe.

— Quand je songe que Simon aurait pu, ce jour-là, attaquer n'importe quel autre navire… À quoi tiennent les destinées ?…

Thibault opina :

— Si une tarentule ne s'en était mêlée, qui peut dire où nous en serions à ce jour ?

Une pensée lui traversa l'esprit :

— Ce prénom, Noor, qui vous l'a donné ? Simon ?

Déjà le corsaire faisait « non » de la tête.

— Le croirez-vous, dit la jeune femme, c'est l'homme auquel notre oncle m'avait vendue ! Vous savez mieux que moi qu'en langue arabe *noor* signifie lumière, clarté. Mallemort avait dit au vieux Smyrniote que je me prénommais Claire, celui-ci a aussitôt

[129] Ceyreste, à l'est de La Ciotat.

transcrit ce nom par un équivalent dans sa langue. Simon n'a jamais connu le vrai. Quand je l'ai appelé au secours, je le prenais pour un musulman et lui ai dit me nommer Noor, de crainte qu'il ne me vende comme une esclave chrétienne. Prise au piège de mon mensonge, je n'ai plus ensuite osé rétablir la vérité. J'entrais dans une nouvelle vie avec un prénom nouveau, voilà tout.

— Comment faut-il t'appeler, maintenant, *mijn tortel* ? demanda Danzer.

— Comme il te conviendra, Simon.

— Alors, je garde Noor, si Thibault ne s'en offusque pas.

Cela fit rire le chevalier. Il fit un clin d'œil au corsaire :

— Je n'interviendrai que dans le choix du prénom de l'enfant à naître... si j'en suis le parrain !

Thibault se dressa, des fourmillements aux extrémités, comme il arrive quand on est demeuré trop longtemps immobile.

Danzer l'imita.

— Cher *beau-frère*, dit le chevalier, en insistant sur cette appellation inédite, nous avons encore quelques comptes à régler avec le contenu de votre cave. Ne tardons point.

Claire n'avait pas saisi l'allusion :

— Allez-vous boire à ma santé ?

— Nous n'y manquerons pas, répondit le chevalier, mais plus tard, ne vous déplaise. Pour l'instant, nous devons débarrasser les lieux d'une ordure qui l'encombre.

Cette fois la jeune femme comprit :

— Mallemort ? Mais comment est-il arrivé entre vos mains ?

Thibault prit un air faussement sévère :

— Nous aurons tout le temps de vous conter cela, madame ma petite sœur, il vous faut à présent vous reposer. Ce n'est point votre grand frère, mais le médecin qui vous le prescrit, obéissez !

*

— Que fait-on ? demanda Danzer en descendant les marches vers la cave de l'hôtel de Remezan. Le tuons-nous tout de suite, ou le mettons-nous encore un moment sur le gril ?

Il fit jouer la grosse clef laissée dans la serrure par ses acolytes.

Le temps d'habituer leurs yeux à l'obscure clarté qui tombait d'un jour de souffrance, le chevalier et le corsaire cherchèrent à distinguer la silhouette du négociant assis sur son tonneau.

Il ne s'y trouvait pas.

Pour la raison que son corps pendait à une poutre du plafond, oscillant imperceptiblement sud–sud-ouest. Il avait un pied déchaussé et une jambe nue, ses orteils pointant vers le sol empoussiéré. Une de ses chausses de coton lui servait de garrot. Les derniers spasmes de l'agonie avaient rendu sa face de gargouille encore plus effrayante que de son vivant.

— La question ne se pose plus, dit sobrement Danzer en guise de *De profundis*. Je lève l'ancre demain, je vais le faire porter à bord. Au large, nous l'offrirons à l'appétit de Léviathan.

Il ajouta dans un grand rire :

— Si pareille proie ne lui fait point trop dégoût !

49

Les bévues du duc de Guise

Geoffroy Dupré était par nature d'un tempérament jovial. Mais quand, à son retour d'Aix, Thibault le retrouva en son étude pour lui rendre compte de son entrevue avec le nouveau gouverneur de Provence, le notaire avait l'air visiblement contrarié.

Avant même d'entendre le chevalier, il laissa éclater son dépit :

— L'initiative prise par le duc de Guise d'attaquer Marseille comme s'il entrait en terrain conquis tombe au plus mauvais moment. Je conçois qu'il ait voulu étrenner sa charge par un coup d'éclat mais, faute de l'avoir préparé avec soin, l'affaire se solde par un fiasco militaire. Il se ridiculise et met Casaulx et Loys d'Aix en alerte. On les entend déjà fanfaronner à propos de ce qu'ils dénomment « une double victoire sur le *Béarnais* ».

Thibault tenta d'apaiser la mauvaise humeur du notaire :

— On connaît leurs façons de matamores et de se considérer comme les héritiers d'Alexandre le Grand à la moindre arquebusade. Il ne s'agit jamais que d'une escarmouche. Le duc de Guise « tâtait le terrain ». Il reviendra avec des arguments plus sérieux.

— Quitte à les tremper dans un bain de sang ! répliqua le notaire, amer. Notre projet avait pour vertu première de nous débarrasser d'une tyrannie en évitant un massacre. Le peuple marseillais n'a-t-il pas suffisamment souffert ?

Ce n'était pas une interrogation. Thibault ne se crut pas tenu d'y répondre. Dupré en vint aux nouvelles :

— Comment le duc a-t-il accueilli notre proposition ?

— Avec suffisance et circonspection. Il m'a prêté une oreille attentive mais, à dire le vrai, je l'ai perçu comme offusqué qu'une si grande affaire, dont dépend l'avenir de Marseille, soit entreprise et dirigée par des gens de robe, assistés de quelques bourgeois. Sans doute, en rejeton d'une illustre famille, eût-il préféré avoir affaire à des nobles de haute lignée, ou à des chefs de guerre réputés. Il ne m'a pas paru accorder une grande confiance au projet.

Geoffroy Dupré ricana :

— Je crois plutôt qu'il eût préféré que le mérite de soumettre Marseille au roi lui revînt et à lui seul. Façon de dire à Sa Majesté : « Voyez, Sire, qu'auriez-vous fait sans les Guise ? Vous demeuriez quinaud. »

Le notaire resta un instant pensif avant demander :

— Avez-vous su convaincre Guise de revenir sur sa prévention première ?

— À partir du moment où je lui ai dépeint le rôle que pourrait jouer Pierre de Libertat dans le complot, quand je lui ai dit quelle position était la sienne auprès des *Duumvirs*, le duc m'a paru s'y intéresser davantage. Comme s'il s'était dit que Libertat devait être un homme de conviction, prêt aux plus grands sacrifices.

— Ou aux plus grands crimes ! railla le notaire. Mais qu'importe l'opinion du duc. L'essentiel est qu'il croie Libertat prêt à donner sa vie pour délivrer Marseille de ses tyrans. Chez les Guise on sait que dans l'entourage du pouvoir se recrutent les traîtres les plus fameux. Le gouverneur de Provence connaît son histoire romaine et sait comment Jules César a fini. L'histoire de ce Brutus marseillais qu'est Libertat a dû la lui remettre en tête.

— Pour autant, précisa Thibault, si j'ai perçu le duc tenté par l'occasion de s'emparer de Marseille sans combat, rien n'est décidé. Selon vos recommandations, je lui ai démontré que s'il la laissait s'échapper, il risquait de se trouver bientôt face à des forces espagnoles dont les galères du prince Doria ancrées dans le Lacydon ne sont que l'avant-garde. Et qu'à trop tarder il ne pourrait se rendre maître de Marseille qu'au prix d'un siège régulier, long, difficile et sanglant. Mais il entend, malgré ce, prendre le temps d'étudier la question avec ses conseillers. Autrement dit, votre proposition offusque son orgueil de chef de guerre. Un Guise refuse de se voir réduit à un rôle subalterne de complice d'une conjuration.

Geoffroy Dupré grimaça :

— Orgueil de caste ! Pour autant, ses dons de stratège ne nous ont jusqu'ici pas éblouis. Casaulx lui a donné la leçon. Mais, vous avez raison : n'attendons pas d'un Guise qu'il reconnaisse ses insuffisances. Ah, chevalier ! Le temps presse. D'autant que chez Libertat l'appétit vient en mangeant...

— Que voulez-vous dire ?

— Que le pendard a revu ses exigences à la hausse. En sus des cent mille écus, il entend recevoir la promesse d'une charge de Viguier à vie et la propriété des deux galères appartenant en propre à Casaulx et Loys d'Aix.

— Triste sire ! soupira Thibault. Où est l'idéal, chez une âme si basse ? Il était jusqu'à ces jours le plus ardent, le plus dévoué des affidés de Casaulx et le voilà à négocier âprement le prix de son crime de haute trahison. Allons-nous faire confiance à pareil gredin ?

Le notaire soupira :

— Il est bien tard pour se poser la question, chevalier. Nous sommes désormais pieds et poings liés. Que nous chassions

Libertat du complot au nom de la morale et il s'empressera de nous dénoncer à ses maîtres. Les hommes poussés au sacrifice par le seul amour de la liberté sont une espèce que l'on rencontre seulement dans les romans de chevalerie. Dans le monde où nous sommes, on doit composer avec la réalité des appétits furieux, des ambitions sans scrupules, des paroles menteuses, avec les sectateurs de tous les partis.

— Vous voilà bien pessimiste, remarqua Thibault.

— J'ai peu d'illusions sur la nature humaine répliqua le notaire. Les temps troublés en révèlent la face noire. Je me résigne donc à recourir aux truchements utiles à la cause que je défends, sans exiger qu'ils aient la conscience nette. Mon rôle se limite à garder Libertat dans l'état d'esprit où il se trouve, à entretenir sa cupidité par de mirifiques promesses et à le persuader que délivrer Marseille des *Duumvirs* est un acte héroïque qui rejaillira sur lui-même et sa postérité. Tant pis si son âme est noire. Elle sera jugée à la fin des temps.

— Je pensais rencontrer maître de Bausset chez vous, s'étonna Thibault.

— Mon esprit troublé m'a fait omettre de vous informer : vous ne le verrez pas de quelque temps. Il a quitté Marseille hier soir.

— Il se retirerait donc de la conspiration ?

— Nenni, mais il joue la prudence. Il a vu rôder près de chez lui des hommes tout dévoués aux *Duumvirs* et redoute un attentat contre sa personne. Peut-être savez-vous qu'il a déjà eu maille à partir avec Charles de Casaulx ?

— Je l'ignorais. En quelle occasion ?

— Le sieur de Bausset, en qualité d'ancien lieutenant en la sénéchaussée de Marseille, a été maintes fois persécuté par le Premier consul en raison de ses opinions royalistes. L'arrivée du duc de Guise en Provence a dû ranimer chez Casaulx sa méfiance envers notre ami Bausset. Le dictateur, qui voit des espions partout, doit craindre que l'avocat propose au duc d'être son agent à Marseille.

Le notaire ajouta avec malice :

— Ce en quoi on ne saurait lui donner tort, car désormais Nicolas de Bausset aura la charge de préparer avec le duc de Guise la manœuvre conjointe des troupes royales avec le piège que nous tendrons aux *Duumvirs*. Cette mission, Bausset la remplira depuis Aubagne, où il s'est réfugié. Il aura plus grande liberté de manœuvre pour se rendre à Aix et sera moins repéré par les espions de Casaulx. Nous sommes convenus de nous retrouver, quand nous en sentirons le besoin, dans une auberge à mi-chemin de Marseille et d'Aubagne. Accepterez-vous à l'occasion d'être notre agent de liaison ?

Thibault hocha la tête :

— Si fait ! Après avoir pris l'avis de mon cheval, bien sûr ! Mais au mien, il nous va falloir être patients. Je crois avoir compris que le gouverneur de Provence voulait donner priorité à la soumission de la ville de Toulon. Elle constituerait, dans son esprit, une sorte de répétition générale, ainsi qu'on dit chez les gens de théâtre, avant la conquête de Marseille.

Geoffroy Dupré, les coudes posés sur sa table de travail, prit sa tête dans ses mains, et dit d'un ton accablé :

— Dieu fasse que Guise ne tarde pas à se décider pour Marseille s'il ne veut point trouver en y entrant Sa Majesté catholique le roi d'Espagne en personne trônant entouré de sa cour dans la salle du conseil de ville !

50

Rencontre secrète à La Pomme

Il pleuvait fort en ce début de nuit du 31 janvier 1596. Le village de La Pomme, entre Aubagne et Marseille, paraissait déserté. Aucune lumière ne brillait aux fenêtres. On se couchait tôt à la campagne et on se barricadait chez soi jusqu'au jour. Pour ne pas subir le sort de certains villages ou places de Provence dévastés, rançonnés, leurs habitants massacrés par les soldats de la Ligue ou les troupes royales, mieux valait ne pas attirer l'attention.

Pourtant, à l'écart du village, sur les bords de la Vaune qui roulait un flot grossi des eaux descendues de la Sainte-Baume après les pluies incessantes des jours précédents, on pouvait apercevoir une lueur en provenance de la salle de l'*Auberge de la Pomme*. Le village lui devait son nom.

Seuls clients du logis, trois hommes y étaient attablés et parlaient à mi-voix tout en vidant des verres de vin chaud pour revigorer leurs corps engourdis par le froid et l'humidité subis durant le trajet qui les avait amenés à se retrouver là.

Les deux premiers arrivés étaient montés depuis Marseille par le grand chemin de Toulon à bord d'une voiture attelée d'une mule. À son fauteuil équipé de roues, apporté avec lui, on reconnaissait dans le passager maître Geoffroy Dupré. Par souci de discrétion, le notaire avait demandé à Thibault de remplacer son habituel cocher. Ce qui valait au chevalier d'être trempé comme une soupe.

Le troisième homme, arrivé un bon moment après, n'était autre que maître Nicolas de Bausset, venu à cheval depuis Aubagne.

Ayant appris que le duc de Guise rejoignait ses troupes à Toulon, après la reprise de la ville à celles de d'Épernon, l'avocat l'avait attendu le gouverneur de Provence à son passage à Aubagne et l'avait accompagné jusqu'au terme de son voyage pour s'entretenir avec le prince et ses conseillers au sujet du complot en cours. De Bausset avait été convaincant : le duc était revenu de ses premiers doutes sur la réussite de l'entreprise.

— Pour autant, précisa l'avocat à peine arrivé, ne vous réjouissez pas trop tôt. Guise ne veut point encore se priver des services du capitaine Boyer, qu'il devait nous mander avec un régiment de chevau-légers pour prendre au piège Casaulx et d'Aix. Il nous l'enverra dès que le siège du château de La Garde, près Toulon, aura commencé.

Geoffroy Dupré pesta :

— Ce prince a juré de nous rendre fous ! Plus les jours passent et plus nous risquons d'être trahis et démasqués. D'autant que Libertat montre des signes d'impatience. Je crains de les voir, lui et les siens, nous abandonner.

De Bausset tapota la sacoche de cuir qu'il avait apportée :

— J'ai là de quoi contenir l'irritation du capitaine de la porte Réale. Et pour longtemps.

L'avocat sortit une liasse de feuillets soigneusement roulés pour les mettre à l'abri de l'humidité dans les fontes de sa selle. Il les étala sur la table.

— Voici la copie du projet de traité secret de la réduction de Marseille entre Charles de Lorraine, duc de Guise et nous-mêmes, Libertat y compris.

Le notaire chaussa ses lunettes, se pencha sur le texte et commença, mi-lisant, mi-commentant :

— Monseigneur, considérant « de quelle importance est la ville de Marseille et sa réduction en l'obéissance du roi, vu le péril dont elle est menacée par les ennemis de cet estat, désirant la remettre en son ancienne liberté et au service de son roy, a promis, assuré et accordé au capitaine Pierre de Libertat, que rendant et remettant ladicte ville en la puissance de Sa Majesté, les choses suivantes lui seront entretenues et inviolablement gardées… »

De Bausset releva la tête et vérifia l'état d'attention de ses compagnons.

— Je vais vous résumer les principaux points du traité et vous jugerez que, lorsque nous les aurons transmis à l'intéressé – jamais le mot ne fut plus juste –, il restera tranquille à attendre le bon vouloir du gouverneur de Provence s'il ne veut point passer à côté de la fortune.

L'avocat tourna ses feuillets vers la clarté d'un bougeoir pour mieux voir les détails de son texte.

— Pour commencer, il est accordé à Libertat « comme chef de l'entreprise et exécutant d'icelle, en récompense d'un si grand et signalé service » la somme de cent soixante mille écus…

— Peste ! jura le chevalier. Le *frippon*[130] a revu ses tarifs à la hausse !

— Patience, ce n'est que le début, dit de Bausset.

Il reprit son énumération :

— Sont accordés audit Libertat : la charge de Viguier à vie, le commandement de la porte Réale et du fort de Notre-Dame de

[130] À l'époque, le mot désigne un homme sans honneur et sans foi, qui réalise des gains illicites.

La Garde, avec les gages attachés à ces charges, ainsi que le commandement des deux galères saisies à Loys d'Aix et Casaulx.

— Ça ne m'étonne point, dit Geoffroy Dupré, il les lorgnait dès le début.

De Bausset poursuivit :

— Il recevra en outre une terre noble de Provence représentant un revenu annuel de deux mille écus, les revenus des salins de Vauduch, la réserve d'une abbaye provençale et, sa vie durant, les droits de la douane de l'épicerie et de la droguerie à Marseille – cela représente mille cinq cents écus par an –, enfin il aura les droits de la table de la mer[131]. En outre, lui sera faite remise complète de ses dettes, et assuré le paiement de ses arriérés de soldes.

Le notaire et le chevalier étaient abasourdis.

— Faut-il que le roi et Guise tiennent à Marseille pour y mettre ce prix-là !

Geoffroy Dupré redevint sérieux :

— Je soupçonne le gredin d'être allé négocier ce que j'appellerais un chantage à la non-trahison. « Vous me donnez ce que j'exige, c'est le prix de ma fidélité, sinon, je révèle les détails du complot aux *Duumvirs.* »

Cette réflexion secoua le notaire :

— Libertat nous a tous dans sa main. Guise y compris.

— Vous voyez juste, dit l'avocat. J'ai appris de l'entourage du gouverneur de Provence que le bougre a mandé son frère Antoine auprès de Guise, muni d'une lettre où il détaillait ses exigences et fixait le prix de sa trahison.

— Ah, le scélérat ! dit Thibault.

— C'est le mot, approuva Dupré. Mais voyons le bon côté des choses : cette démarche constitue une preuve écrite de la trahison

---

[131] C'était une taxe (sorte de « péage ») appliquée à tout navire étranger qui franchissait la passe du port, pour y entrer ou en sortir. Elle était fixée au 240e de la valeur de la marchandise transportée.

de Libertat. Elle le lie pieds et poings à notre complot. Il ne peut revenir en arrière sans risquer que ladite lettre à Guise soit mise sous le nez de Casaulx.

Thibault était accablé :

— Tant de cupidité sous le voile trompeur du dévouement à une cause… Libertat sera-t-il donc le seul bénéficiaire de la délivrance de Marseille ?

— Il se taille la part du lion, répondit l'avocat en s'emparant d'autres feuillets, mais monseigneur, ayant été informé que le sicaire n'était pas seul dans ce complot, a bien voulu récompenser ceux qui ont pris les risques de le fomenter et contribué à débarrasser cette cité martyrisée de ses tyrans.

Il expliqua :

— Le traité organise le nouveau pouvoir municipal. Il sera mis en place au lendemain de l'entrée du duc de Guise et de ses troupes dans Marseille. On y trouve les noms de tous les conjurés de notre parti.

Nicolas de Bausset en donna le détail :

— Le sieur Ogier de Riqueti sera nommé Premier consul, Gaspard Seguin en sera le deuxième, Désiré Moustiers le troisième, je retrouverai moi-même mon poste d'assesseur. Les nouveaux capitaines de quartier seront Balthazar d'Aman pour le Corps de Ville, Barthélemy de Libertat pour La Blanquerie, Honoré de Rains pour Cavaillon et Saint-Jean, enfin Jean Viguier sera capitaine de l'artillerie.

Tous ces noms, Thibault les avait entendus lors de la réunion chez Geoffroy Dupré.

— Qu'en est-il de l'avenir de la Cour de justice souveraine ? demanda le chevalier.

Il pensait au futur procès qu'il devrait intenter pour recouvrer les biens détournés par Mallemort.

De Bausset le rassura :

— Le gouverneur de Provence a accepté qu'elle restât séparée du parlement de Provence. Le sieur Étienne Bernard en demeurera le chef et vous-même, mon cher Geoffroy, comme vous l'aviez souhaité, en serez le greffier civil et criminel.

— Autre chose ? demanda le notaire.

— Oui, répondit l'avocat en reclassant ses feuillets. Des articles plus généraux concernent Marseille elle-même. Au nom du roi, Guise promet le respect des anciens privilèges, franchises et libertés, ainsi que des chapitres de paix pour lesquels, tout au long de l'histoire de leur ville, les Marseillais se sont battus. Le duc a en outre décidé d'accorder un pardon général à ceux qui ont suivi le parti de la Sainte Union catholique de leur plein vouloir ou non. La page sera tournée. En résumé, les Marseillais seront traités comme les habitants des autres villes quand ils se sont remis volontairement en l'obéissance du roi. C'est de la sorte que Sa Majesté procède au fur et à mesure de sa reconquête du royaume[132].

— Quel sort pour les *Duumvirs* ? s'inquiéta Thibault

— Bien sûr, Casaulx et Loys d'Aix sont exclus de cette mesure de clémence. Ils seront « roués vifs en place publique ». Tous leurs biens et ceux de leurs familles seront confisqués et remis à la ville en paiement des dettes qu'ils lui auront fait contracter.

— Voilà une bonne chose, dit le notaire.

— Et en voilà une autre, ajouta l'avocat : la communauté ne pourra être chargée d'aucune nouvelle gabelle, droit ou impôt.

Geoffroy Dupré fut beaucoup moins enthousiaste :

— Sauf ceux qu'il faudra lever pour que ce traité entre en application. L'insatiable appétit de monsieur de Libertat va nous coûter cher.

L'avocat et le chevalier se levèrent après une dernière lampée de vin chaud, s'apprêtant à gagner les chambres où ils allaient passer la nuit, car avant de mettre Casaulx et d'Aix dehors, il leur

[132] En fait les conjurés étendront les représailles à tous les compromis avec le régime.

fallait retourner à Marseille dont les portes leur restaient barrées jusqu'au jour prochain.

La chambre de Geoffroy Dupré était en rez-de-chaussée, Thibault y poussa le fauteuil du notaire, celles des deux autres se trouvaient à l'étage.

— Que dites-vous de tout cela, chevalier ? demanda l'avocat en montant les marches de bois.

— Je dis, répliqua Thibault, que si l'opération est couronnée de succès et que Libertat ferme la porte de Marseille à Charles de Casaulx, ce sera le tour de clef le plus fructueux de l'histoire du royaume depuis Clovis au moins !

51

Temps et contretemps

Vinrent les jours de l'attente.

Tout restait suspendu désormais au bon vouloir du duc de Guise. Malgré les appels pressants des conjurés, le gouverneur de Provence persistait à donner priorité à la soumission des villes et places autour de Toulon, que le duc d'Épernon – non encore résigné à son éviction – continuait à agiter contre son successeur.

Plus de dix jours passèrent et on était arrivé au début de février.

La tension montait parmi les conjurés. Le notaire Geoffroy Dupré guettait en vain les messagers de l'avocat de Bausset, et il s'attendait à chaque instant à voir débarquer en son étude les sbires des *Duumvirs* pour l'amener rejoindre ses complices dans les geôles de la tour Saint-Jean.

L'inquiétude était d'autant plus forte que la méfiance du Premier consul et du Viguier avait été renforcée, après l'attentat auquel ils avaient encore échappé à la suite d'une dénonciation.

Voilà qui augmentait les craintes du notaire Geoffroy chaque journée où le silence de l'avocat se prolongeait.

Trop de gens étaient impliqués dans le complot pour qu'à un moment ou un autre il ne soit découvert, à cause de l'imprudence d'un conjuré ou d'une délation monnayée. Libertat lui-même semblait gagné par cette angoisse.

Mais que faire d'autre que d'attendre et d'espérer ?

Thibault avait repris son service à l'hôpital de la commanderie de Saint-Jean, Danzer ses expéditions pour ravitailler la ville et la santé de Noor s'améliorait chaque jour. Le frère et la sœur réapprenaient à se mieux connaître et à combler le grand vide creusé dans leurs existences.

Enfin, une lettre de Nicolas de Bausset, que Thibault était allé chercher à Aubagne, parvint au notaire.

Elle contenait les premières informations concrètes sur le déroulement de l'opération. Il avait été convenu entre l'avocat et le duc de Guise que le capitaine Boyer partirait de Toulon avec sa cavalerie le dimanche 11 février pour rejoindre Aubagne et ferait jonction le lundi 12 sur le territoire de Marseille avec deux compagnies d'arquebusiers du capitaine d'Auriol, stationnées dans le village d'Allauch. À partir du 13 au soir, et les trois jours suivants, les cavaliers devraient faire des courses bien en vue de Marseille, visibles depuis les remparts, mais sans s'en approcher. Ceci afin d'inciter Casaulx et d'Aix à pousser leurs patrouilles toujours plus loin dans le terroir pour les éloigner de la ville et couper leur retraite au signal donné. D'autres troupes suivraient avec le duc de Guise. Le gouverneur de Provence devrait être en vue des murs de la ville le samedi 17 au matin. L'aube de ce jour-là avait été choisie pour tendre le piège aux *Duumvirs*.

Geoffroy Dupré fit la grimace. Encore une interminable semaine à attendre, à guetter le ciel pour voir si la foudre ne risquait pas de tomber entre-temps sur la tête des conjurés…

— Ce que Bausset et le duc ignorent, dit le notaire au chevalier, c'est que Casaulx et Loys d'Aix ont changé leurs habitudes. Désormais, ils ne sortent plus ensemble pour effectuer leur tournée d'inspection, matin et soir, dans les environs de la ville. Chacun y va à son tour. Ce qui est bien le signe qu'ils se méfient. Comment faire si l'un est dedans et l'autre dehors pour les prendre tous les deux ensemble ? J'ai bien peur qu'il nous faille modifier nos plans…

Le dimanche 11 février, de Bausset revint de Toulon à Aubagne pour y attendre l'arrivée du capitaine Boyer et de ses chevau-légers. Il passa la journée du lundi 12 sur les hauteurs du col de l'Ange, interrogeant l'horizon vers l'est, mais nul mouvement de troupes ne vint apaiser son inquiétude.

Le mardi 13 le retrouva à son poste sous un pâle soleil d'hiver mais la campagne demeurait désespérément silencieuse. De Bausset allait renoncer et rentrer à son logis quand, dans la tombée du jour, il aperçut une longue file de cavaliers s'avançant rapidement.

L'avocat enfourcha son cheval et se précipita à leur rencontre.

Une demi-heure plus tard, la troupe faisait son entrée dans Aubagne. De Bausset, dans l'euphorie, tenta de pousser Boyer à marcher sans tarder sur Marseille, mais hommes et chevaux étaient épuisés, le capitaine exigea au moins une nuit de repos à Aubagne.

Vingt-quatre heures avaient été perdues, vingt-quatre heures d'anxiété en plus pour Dupré, Libertat et leurs complices.

52

« Une réunion d'état-major »

— Chevalier, dit Geoffroy Dupré à Thibault – qu'il était venu retrouver à l'hôpital de la commanderie de Saint-Jean – je vais de nouveau avoir besoin de vos talents de cocher pour me conduire à un rendez-vous discret. La réunion est fixée pour cet après-midi à trois heures et il faudra près deux heures à ma vieille Honorade pour nous y amener, son pied fût-il plus sûr que le mien.

— À votre service, répondit le gentilhomme, cependant, j'y mets une condition.

Le notaire s'inquiéta :

— Craignez-vous une quelconque compromission ?

— Non point, mais j'exige que le secret de ce déplacement soit gardé. Je craindrais que mon cheval Robur ne se froisse de mes infidélités auprès de votre mule.

Dupré, soulagé, répliqua sur le même ton :

— Vous risqueriez de le froisser bien plus en lui proposant de prendre la place d'Honorade dans les brancards de ma voiture.

Après ces journées de tension, le besoin de retrouver des sujets à plaisanter se faisait sentir, signe que leur moral reprenait des couleurs.

— Où allons-nous ? s'informa Thibault.

— Chez Libertat. Il possède une bastide près du village de Saint-Julien et nous y attend. Nous y retrouverons Bausset, venu d'Aubagne, pour une réunion que je qualifierais d'« état-major ». Ce sera la dernière avant de passer à l'action. Vont y être convenus les détails de la manœuvre dévolue à chacun des acteurs de notre affaire, afin de les coordonner. Les derniers renseignements qui me sont parvenus de Bausset m'indiquent que deux nouvelles compagnies sont arrivées à Aubagne, que trois autres les suivent de près, ce qui porte le contingent envoyé depuis Toulon à huit cents cavaliers et cinq cents fantassins.

— Oh, oh ! dit Thibault. Guise se décide enfin à prendre l'affaire au sérieux !

— Attendez, dit le notaire, ce n'est pas fini. Le duc a enfin libéré le capitaine Boyer. Peut-être le verrons-nous chez Libertat.

— N'en jetez plus ! s'exclama le chevalier. Il va nous falloir bientôt supplier Guise d'en garder un peu avec lui, s'il veut conserver Toulon !

Un soupçon agita le chevalier.

— J'en suis à me demander si ce déploiement de forces n'est pas disproportionné avec le but à atteindre, qui est d'arrêter deux hommes et leurs gardes en rase campagne. Ne serait-ce pas le signe de la volonté du duc de mener un assaut d'envergure contre la ville et de la livrer au pillage de ses troupes comme cela se pratique envers les cités ayant refusé trop longtemps de se soumettre ?

La réflexion plissa le visage rond du notaire. Il chercha des raisons de ne pas céder au doute :

— En fait, si j'ai bien saisi ce que me dit Bausset, ce déploiement de troupes ne serait qu'une démonstration de force destinée à impressionner les *Duumvirs* en fixant leur attention vers l'extérieur de la ville. Afin de les détourner de ce qui se trame à l'intérieur. Au cours du conseil qui réunissait les capitaines des compagnies engagées, auquel Bausset assistait, il a été décidé de choisir dix maîtres de camp par compagnie, pour faire un total de cent cinquante cavaliers. Ce sont eux qui tendront l'embuscade. Pour tromper les Marseillais, le gros des troupes simulera une retraite sur Toulon en plein jour et de façon ostensible. La nouvelle sera portée rapidement à Casaulx, car il n'a pas manqué de truffer Aubagne de ses espions.

— Ces troupes s'en retourneront-elles à Toulon ?

— Nenni. À la nuit tombée, dès l'approche de Cassis, elles opéreront un retour sur Marseille par Mazargues, Saint-Julien, Allauch et enfin convergeront dans la nuit du 16 au 17 sur le *Logis de la Pomme* que vous connaissez bien. Là, en attendant l'aube, on mettra au point les ultimes détails des manœuvres à exécuter.

La vieille mule notariale parcourut avec vaillance les deux lieues d'un chemin montueux qui, par Saint-Barnabé, conduisait à Saint-Julien. La pluie discontinue le rendait particulièrement malaisé. Thibault, une fois encore, dégouttait comme un conduit percé.

La bastide de Pierre de Libertat se situait un peu à l'écart au nord du village de Saint-Julien, en bordure du chemin qui menait à La Rose. Elle ne pouvait rivaliser en éclat avec celles bâties par les grandes familles du négoce éloignées des pestilences du port dans cette campagne verdoyante, mais sa possession en disait long sur les ambitions sociales du capitaine.

Geoffroy Dupré et Thibault de Cervières eurent la surprise de trouver au lieu du rendez-vous – arrivé avant eux – le fameux capitaine Boyer qui les avait si longtemps fait languir.

Dans le parc entourant la bastide, à l'abri relatif des pins, les chevaux des trente cavaliers d'escorte faisaient cliqueter leurs mors en montrant leur impatience.

Était-ce la perspective d'aborder bientôt aux rives du fleuve Pactole qui faisait briller de convoitise l'œil unique du capitaine de Libertat ? À peine les nouveaux arrivants installés autour d'une grande table, il se leva et prit la parole afin de rappeler les détails de l'opération envisagée pour le lendemain, 17 février vers huit heures du matin, comme s'il devait la conduire en personne.

Thibault l'écoutait parler de son timbre grave avec « plus d'assurance et de hauteur que sa sorte ne portait » comme disaient ceux qui ne l'aimaient guère. Le chevalier ne pouvait s'empêcher de constater qu'avec son œil blessé à jamais fermé, son teint basané, sa pilosité noire et fournie et sa tête penchée sur l'épaule droite, il était le portait craché de Judas tel que les peintres d'église le représentaient souvent en imaginant la Cène.

Libertat en était à répéter à l'intention du capitaine Boyer comment, profitant du moment où les *Duumvirs* inspecteraient les alentours de Marseille, il leur fermerait toute retraite en laissant tomber la herse de la porte Réale, quand Geoffroy Dupré l'interrompit :

— Capitaine, vous n'êtes pas sans savoir que depuis quelques jours Casaulx et d'Aix ne vont plus ensemble procéder à l'examen des avenues conduisant à Marseille. Cet abandon d'une habitude ne modifie-t-il pas le projet que vous aviez fondé sur elle ? Que ferez-vous si l'un demeure à l'intérieur du rempart tandis que l'autre vaque à l'extérieur ?

Libertat posa son œil unique sur le notaire et le regarda comme si ce dernier venait de l'offenser. Il se racla la gorge, avant de lâcher, laconique :

— Je ferai mon devoir.

Que fallait-il en déduire ? Le notaire tint à s'en assurer :

— Devons-nous comprendre que vous seriez prêt à vous servir de votre épée si besoin était ?

Le capitaine ne répondit pas franchement. La fréquentation des *Duumvirs* lui avait appris à ne jamais se dévoiler. Il se contenta de dire :

— Il ne tiendra qu'à moi d'achever cette grande affaire.

Thibault comprit à cet instant que l'éventualité d'ajouter l'assassinat à la trahison ne ferait pas reculer le sicaire.

L'heure avançait. Il était temps pour Geoffroy Dupré de retourner à Marseille, pour y arriver avant la nuit tombée. Libertat ne devait pas tarder non plus s'il ne voulait pas que son absence fût remarquée. Il importait qu'on le vît à son habitude quitter son poste vers six heures de relevée et regagner son logis pour la nuit, puisqu'il ne reprenait son service qu'à six heures du matin, la permanence étant assurée par un de ses lieutenants.

Cette nuit de veille, avant l'événement capital qui devait changer le cours de l'histoire de Marseille, devait avoir l'apparence la plus ordinaire.

De Bausset se joignit aux trente cavaliers du capitaine Boyer qui prirent la route pour gagner le village de La Pomme et son logis, point de ralliement des compagnies à pied et à cheval, après la fausse retraite du gros de l'armée vers Toulon.

La pluie avait redoublé et transformait les chemins en torrents. L'obscurité était profonde quand la foudre ne se mêlait pas de la trouer, comme si le ciel tenait à jouer sa partition lugubre dans la tragédie qui se préparait.

Le capitaine Boyer jugea la situation en soldat habitué à adapter sa tactique aux circonstances.

— Si ce temps-là persiste, nous n'aurons pas à nous encombrer d'arquebuses et de poudre. Il faudra aller trouver ces messieurs de près pour voir si la pluie fait friser les poils de leurs moustaches !

53

Le piège se referme

À cette époque de morte-saison, le voyageur se faisait rare. Jamais le père Ascaride n'aurait pensé voir autant de monde se presser dans la grande salle du *Logis de la Pomme*. Le choix de son auberge comme point de ralliement des soldats du duc de Guise était une aubaine.

Les hommes du capitaine Boyer avaient réclamé à manger, le droit de se reposer et de faire sécher leurs uniformes avant de « marcher sur Marseille pour la délivrer de ses tyrans ». Faute de quoi ils n'auraient assez de forces pour mener leur mission à son terme. L'aubergiste avait fait face, en habitué du « coup de feu », quand deux diligences faisaient halte en même temps et qu'il fallait calmer des ventres affamés pressés d'arriver à destination. Il avait fourni le foin pour les chevaux, était allé puiser dans ses réserves tout ce qu'il avait en fait de fromages, de pâtés, de jambons et de viandes salées. Sa femme, Henriette, avait improvisé une soupe épaisse avec tout ce qui lui était tombé sous la main pour caler les estomacs et réchauffer les organismes transis.

Le bonhomme aubergiste écoutait comme un cantique le bruit des écus que ces messieurs les officiers lui avaient baillés. À ces façons on voyait – fût-on ignorant en matière d'uniformes et d'insignes – qu'on n'avait plus affaire aux mercenaires gascons du duc d'Épernon. Ceux-ci se seraient servis sans vergogne, pillant les garde-manger et les basses-cours, violentant les servantes et volant les chevaux. Ceux-là n'étaient guère plus distingués, mais au moins faisaient-ils preuve d'un brin de discipline et leurs chefs les tenaient.

En arrivant au lieu de rendez-vous, de Bausset et le capitaine Boyer avaient été marris de ne point y trouver les troupes attendues, en dehors des carabins du capitaine Beaulieu, venus depuis Cassis. La cavalerie de Lamanon manquait encore à l'appel.

Au bout de deux heures – il n'était pas loin de minuit –, jugeant ses hommes restaurés et reposés, la pluie ayant brusquement cessé après des jours de déluge, Boyer décida de prendre les devants avec ses trente mestres, laissant de Bausset à l'auberge pour attendre les retardataires et les guider sur l'itinéraire dont le capitaine et l'avocat étaient convenus.

L'infanterie suivrait à son rythme, quand les arquebuses auraient été chargées, puisque le temps en permettait de nouveau l'usage.

L'avant-garde était en route depuis une demi-heure quand les cavaliers du capitaine Lamanon déboulèrent à l'auberge en ordre dispersé. De Bausset ne les laissa pas s'installer et les lança sur les trousses de Boyer, donnant à leur chef les indications sur l'itinéraire à suivre. Les chevaux étaient crottés jusqu'à la sous-ventrière et les uniformes des cavaliers imbibés comme des éponges.

La jonction entre les deux capitaines s'opéra sur les bords du ruisseau du Jarret. Marseille n'était plus loin. À partir de cet instant la plus grande circonspection s'imposait si on voulait profiter d'un effet de surprise. Les *Duumvirs* avaient-ils avalé l'appât de la fausse retraite vers Toulon ? On serait bientôt fixé.

Dans la campagne, les maisons se faisaient plus nombreuses et plus proches les unes des autres. Les deux chefs divisèrent leurs cavaleries et se donnèrent rendez-vous à une bastide que deux batteurs d'estrade venaient de reconnaître comme abandonnée, suffisamment proche de la ville pour voir son assiette et la disposition de ses remparts.

Les premiers cavaliers y parvinrent alors que quatre heures du matin sonnaient aux clochers de la cité endormie. Nombre d'entre eux s'étaient égarés dans l'obscurité.

L'aube était proche.

À peine le capitaine Boyer, rejoint par Lamanon et ses cavaliers, se fut-il installé dans la bastide choisie comme lieu de rassemblement, qu'il eut la surprise d'y voir arriver un homme transi de froid dans son grand manteau, le visage à demi masqué par un chapeau à larges bords. À la lueur d'une lanterne, le capitaine ne reconnut pas d'emblée dans cet inconnu surgissant de la nuit Thibault de Cervières, rencontré autrement accoutré dans l'après-midi lors du rendez-vous de Saint-Julien, chez Libertat.

À minuit, le chevalier, à la demande du notaire Geoffroy Dupré, avait traversé le port sur la barque appartenant au pêcheur soigné à l'hôpital de la commanderie, trop heureux de lui rendre service. De là, Thibault avait marché jusqu'au plan Saint-Michel[133], ce vaste plateau d'où on pouvait voir toute la ville, et il s'était posté sur le flanc de la colline regardant vers

[133] C'est aujourd'hui le quartier qui s'étend depuis La Plaine (place Jean-Jaurès) jusqu'à l'église Notre-Dame-du-Mont et au cours Julien. À l'époque, dépourvu de constructions et de rues, le plateau, à 50 mètres d'altitude, coiffant une colline en pente vers la mer, offrait une vue imprenable sur la ville et le port.

l'est, pour guetter pendant près de quatre heures l'approche espérée des cavaliers et fantassins promis.

— J'ai cru que vous n'arriveriez jamais, dit-il au capitaine. Je vous guette depuis des heures pour vous transmettre un message de la part du notaire Dupré : « Les tyrans se sont allés coucher sans aucun soupçon ni ombrage de l'entreprise. » Ainsi toutes choses semblent se disposer à souhait. Libertat vous attend et, au premier signal, un coup d'arquebuse tiré en l'air pour indiquer votre position, il fera abattre le trébuchet pour couper toute retraite aux *Duumvirs*, ou à celui des deux qui se sera aventuré hors les murs. Quant au second, s'il demeure dans la ville, Libertat promet qu'il s'en assurera.

L'arrivée de Thibault tombait à pic pour guider les cavaliers. Les deux capitaines les firent bivouaquer sur une partie du plan Saint-Michel invisible depuis les remparts. Boyer s'avança en compagnie du chevalier jusqu'à l'angle du chemin conduisant à la chapelle Notre-Dame-du-Mont, où un oratoire, opportunément placé, permettait de voir sans être vu la manœuvre du trébuchet qui maintenait la herse de la porte Réale en position haute.

Le jour s'était levé. Un jour sale et plombé des restes de l'orage, avec des nuages bas posés comme un couvercle sur la ville et ses murailles.

Le capitaine Boyer braqua sa lunette d'approche et s'étonna :

— Au jour fait, la porte Réale n'est point encore ouverte ?

— Je crains fort un contretemps, dit Thibault après avoir, à son tour, collé l'œil à l'oculaire. Le notaire Dupré a dû penser que je ne vous avais point rejoint ou qu'une mauvaise fortune m'avait contraint.

Boyer s'impatientait :

— Que me chantez-vous là, chevalier ?

— Je crains que ce ne soit la vérité, capitaine. S'ils n'ont pas ouvert à cette heure, c'est le signe qu'ils craignent une avarie venue contrarier l'ordonnance du plan arrêté. Je devais retourner durant la nuit prévenir le notaire que vos troupes étaient postées, et que Libertat pouvait donc ouvrir la porte pour mieux la refermer quand les *Duumvirs* l'auraient franchie. Ne m'ayant pas vu revenir, il a dû penser à un abandon de votre part.

— Pourquoi n'êtes-vous pas retourné lui dire que nous étions là ? dit Boyer de mauvaise foi, en haussant le ton.

Thibault ne se laissa pas impressionner :

— Pour la raison que vous n'y étiez pas, capitaine ! Vous avez quatre heures de retard sur le plan prévu. Je le sais, morbleu pour les avoir passées à vous guetter en pensant mourir de froid ! Que serais-je allé raconter au notaire ? Qu'il n'y avait personne au rendez-vous ? Que le duc de Guise avait changé d'avis ?

Boyer ne répondit pas, se contentant de grommeler. Le capitaine détestait avoir tort devant ses hommes.

À cet instant, le retard des troupes royales avait semé le désespoir parmi les conjurés enfermés dans Marseille. Dupré, aux côtés de Libertat, avait attendu le retour du chevalier jusqu'à la pointe du jour en proie à une anxiété extrême. Une ultime fois, l'aube grise permettant enfin d'inspecter attentivement la campagne, les deux hommes avaient constaté que tout était tranquille et que rien n'annonçait la présence de troupes en armes dans le terroir.

Libertat, « failli de courage », avait jugé la partie perdue et avait planté là le notaire. Il était rentré chez lui, laissant à son frère Barthélemy la charge de l'ouverture de la porte Réale, fixée à huit heures.

Si bien qu'on se trouvait – à ce moment capital de la conjuration – à la limite de la farce. À portée de canon, les deux camps semblaient frappés d'un sort lancé par quelque magicien pour les pétrifier. D'une part les soldats royaux, observant la porte fermée, n'osaient se montrer prématurément. D'autre part Barthélemy de Libertat retardait l'ouverture, ne voyant rien qui dénonçât la présence de troupes prêtes à intervenir.

Cela aurait pu s'éterniser si un religieux du couvent des Minimes, tout proche de l'oratoire où étaient embusquées les compagnies de Boyer et Lamanon, ne s'était innocemment mêlé de l'affaire. (Certains pensèrent plus tard que le Ciel l'avait envoyé.) Les soldats s'impatientaient autant que leurs montures. Ils avaient rompu la consigne de silence et d'immobilité. On entendait des hennissements, et quelques cavaliers étaient partis en maraude. Le religieux, poussé par l'inquiétude, était discrètement sorti du couvent pour s'assurer qu'aucun danger ne menaçait la communauté. Il s'était avancé à l'abri d'une muraille, au bord du plan Saint-Michel, quand il découvrit les campements de cavalerie. Il s'enfuit épouvanté vers la ville en dévalant la pente, avec l'intention de donner l'alarme. Arrivé devant la porte Réale close, il frappa au guichet avec de grands signes des bras pour de mettre la garde en alerte. On le fit entrer… et il raconta sa mésaventure à Barthélemy de Libertat.

— Allez d'urgence prévenir mon frère, ordonna celui-ci à son lieutenant le plus sûr.

Cinq minutes ne s'étaient pas écoulées que Libertat arrivait hors d'haleine. Il trouva sur la place Marone une douzaine de travailleurs des champs qui attendaient l'ouverture de la porte Réale pour se rendre à leur ouvrage, tous affolés au bruit répandu par le père minime qu'une troupe ennemie se cachait sur le plan Saint-Michel et s'apprêtait à fondre sur Marseille.

Loys d'Aix, prévenu à son tour, arriva sur ces entrefaites avec une compagnie de mousquetaires. Il interpella Libertat :

— Il faut bien que cette embuscade soit forte pour avoir été préparée par un si vilain temps !

Il se retourna vers un de ses sous-officiers pour lui ordonner d'aller sans attendre alerter Casaulx, le priant de le rejoindre.

Puis, il commanda à Libertat d'ouvrir la porte. Les hommes du guet s'arc-boutèrent sur le cabestan manœuvrant la chaîne pour hisser la lourde herse de fer.

— Je m'en vais m'assurer de quoi il retourne, cria Loys d'Aix. Dites à monsieur de Casaulx d'alerter les Espagnols du prince Doria.

Dans sa lunette d'approche, Boyer vit la colonne à pied quitter la ville.

— Les voilà qui sortent, hurla le capitaine. En selle !

Lamanon ordonna de même pour les siens.

Ils en oublièrent le coup d'arquebuse convenu comme signal.

Déjà les premiers mestres dévalaient les pentes de la colline, en deux groupes, leurs chefs menant la charge.

Thibault, abandonné à son sort, suivit du haut du plateau la manœuvre des cavaliers déployés en tenaille pour aller couper la retraite aux mousquetaires entourant le Viguier.

Loys d'Aix réalisa trop tard le danger. Il ordonna une retraite précipitée vers la porte imprudemment franchie, mais Libertat avait fait à son frère le signe d'abattre le trébuchet et la herse tomba d'une pièce sur le seuil de pierre avec un bruit de cloche.

Le Viguier s'accrocha à l'espoir d'une méprise des soldats du guet qui, voyant des gens fuir à toutes jambes, se mettaient à l'abri. Mais quand il interpella Libertat, seule lui répondit la silhouette muette du borgne plantée sur le créneau couronnant la porte Réale. Le capitaine regardait le Viguier se débattre et demeurait impassible.

D'Aix comprit qu'il devrait se tirer seul d'affaire.

À cet instant, un des soldats montait en hâte rejoindre Libertat sur le créneau. Il lui glissa à mi-voix :

— Capitaine, voici monsieur le consul Casaulx qui vient !

54

La mort du tyran

Pierre de Libertat descendit en hâte le raide escalier bâti dans l'épaisseur du rempart.

Au moment où il débouchait sur le pavé de la place Marone, Charles de Casaulx arrivait à grand pas à l'autre extrémité. Le capitaine s'avança dans sa direction, de sa démarche caractéristique, les épaules voûtées et la tête penchée sur l'épaule droite, fixant de son œil de cyclope la silhouette noire qui se rapprochait.

Le Premier consul était entouré d'une dizaine des mousquetaires de son escorte. Libertat tira son épée et s'immobilisa.

À la mise négligée de Casaulx, on devinait qu'il s'était vêtu en hâte. Son pourpoint noir n'était pas agrafé jusqu'au col, les pans de son manteau lui faisaient comme deux ailes sombres repliées et il était tête nue. Il venait de passer une nuit d'enfer, en proie à une des atroces migraines dont il était coutumier. Sa mine sombre en portait trace.

L'un des quatre gardes précédant le Premier consul, voyant s'avancer le capitaine de la porte Réale l'épée nue, voulut s'interposer en pointant sur lui sa hallebarde. Libertat en saisit la hampe avec sa main gauche et l'écarta, tout en abattant son épée sur la tête du sergent qui s'effondra, sa face ruisselant de sang.

Tandis que le capitaine franchissait les quelques pas le séparant encore du Premier consul, quatre des mousquetaires tirèrent sur lui sans l'atteindre. La poudre humide avait eu du mal à s'enflammer. Casaulx s'était arrêté, assourdi par les détonations et suffoqué par la fumée. Il cherchait encore à comprendre. Il demanda, portant la main à son épée :

— Compagnon, que faisons-nous ?

Le capitaine était sur lui :

— Monsieur, il faut crier « Vive le roi ! ».

Libertat recula d'un pas, avant de lancer :

— Ou bien il faut mourir !

Ce disant, il lui passa par deux fois son épée à travers le corps.

Le reître n'avait pas eu loisir de vérifier si le Premier consul portait sa résille d'acier et, au jugé, il avait frappé au ventre.

La scène avait été si brutale que les gardes n'avaient pas encore réagi. Ils contemplaient le spectacle comme s'ils ne croyaient pas à ce que leurs yeux voyaient.

Casaulx dit à mi-voix, le timbre assombri :

— Ah, traître ! Tu m'as…

Il ne put aller plus loin. Courbé en deux comme un couteau que l'on referme, il tomba lourdement sur les genoux.

Libertat, l'épée rougie du sang de son frère d'armes, observait son agonie, changé en statue de sel, comme si l'horreur de son crime l'avait paralysé.

Le Premier consul tenta de se relever. Son regard, braqué sur le visage de son assassin, semblait vouloir le fusiller. Il n'avait plus qu'un genou en terre et s'efforçait à se remettre debout en poussant avec l'autre jambe. Sa main droite se referma sur la poignée de son épée pour la dégager de son fourreau, mais le sang perdu en abondance le privait déjà de sa force. Sa tête dodelinait comme celle d'un homme ivre.

Voyant son frère tétanisé, Barthélemy de Libertat survint avec une pique et la planta dans le cou du Premier consul. Casaulx bascula sur le dos tandis que son agresseur le clouait au pavé, le maintenant ainsi jusqu'à ce que la mort vienne.

Cinq années d'un règne sans partage qui avait mis l'Europe entière en émoi, mobilisant princes et rois pour et contre lui, s'achevaient ainsi, en quelques minutes, dans un combat de rue entre frères ennemis, dans un règlement de comptes entre bandes rivales.

L'armée royale approchait des remparts, les galères du roi d'Espagne étaient en route pour Marseille, chargées de l'or et des troupes de Philippe II pour prendre le roi de France à revers, Henri IV craignait qu'une partie de son royaume ne lui échappe, le pape lui-même suivait tout cela d'un œil inquiet ne sachant que faire avec ces catholiques marseillais trop ardents se réclamant de lui, et voilà que tout s'arrêtait brutalement, comme une pendule se détraque.

Le drame avait surpris tous les témoins, y compris ceux qui l'avaient provoqué. Les mousquetaires se laissaient désarmer par les complices des frères Libertat sortis des maisons entourant la petite place où ils s'étaient postés.

L'un d'eux, Pierre Matalian, accourut et déchargea son arquebuse pour achever le sergent que Libertat avait blessé à la tête. Un autre, Jacques Martin, un colosse, se mit en devoir d'attaquer seul les soldats du corps de garde qui ne savaient quel parti prendre. Une sentinelle en poste sur le rempart ayant voulu se mettre en défense, Martin la prit à bras-le-corps, la souleva et la fit basculer par-dessus les créneaux. Son corps s'écrasa non loin de celui du Premier consul. Ses camarades, affolés, n'osaient pas se servir de leurs armes et semblaient attendre des ordres qui ne viendraient jamais.

Le lieutenant de permanence fut le premier à perdre courage. Effaré par le spectacle d'horreur, il aperçut Libertat qui émergeait de sa torpeur et se dirigeait vers le rempart. Il lui cria d'en haut :

— Que voulez-vous, capitaine ?

— Que tu reconnaisses ton roi, notre maître à tous ! répondit Libertat.

Et tous crièrent d'une seule voix en baissant leurs armes :

— *Vivo lou rei !*

Les conjurés s'emparèrent du poste de la porte Réale et s'y barricadèrent.

*

Pendant que le drame se déroulait, Loys d'Aix s'efforçait de reprendre la situation en mains. Il avait couru le long du rempart et se dirigeait à présent vers l'hôtel de Méolhon où il savait qu'un poste de soldats espagnols était caserné. Arrivé au plan Fourmiguier, il aperçut sur le créneau un patron pêcheur de ses connaissances, ramendant un filet. Il l'appela au secours et le supplia de l'aider à échapper aux cavaliers du capitaine Boyer. Le pêcheur lui lança une corde, Loys d'Aix la saisit et à force de bras et de jambes se hissa jusqu'au chemin de ronde.

Il était rentré en ville sans que personne s'en aperçoive.

Son premier soin fut d'aller rejoindre Fabio, le fils aîné de Casaulx. Ils rameutèrent deux centaines d'hommes de leur parti et décidèrent d'attaquer la porte Réale où Libertat et les siens s'étaient réfugiés avec une poignée de leurs partisans. Ils auraient pu en venir à bout s'ils avaient choisi d'attaquer le poste de front en menant un assaut collectif. Par on ne sait quelle bévue, une manœuvre improvisée dans l'affolement, ils pensèrent surprendre les défenseurs en passant par la courtine, ce chemin de ronde reliant deux bastions, ne laissant le passage qu'à deux hommes de front. Libertat, monté sur le couronnement de la porte Réale pour observer l'avancée des troupes royales vers Marseille, fit ouvrir le feu sur les plus avancés des hommes du Viguier. Cela suffit à jeter le désordre dans leurs rangs et pousser les suivants à prendre la fuite.

Loys d'Aix et Fabio de Casaulx redescendirent avec eux sur le chemin de ronde intérieur pour les disperser dans les ruelles du quartier voisin.

Ils allaient reprendre l'attaque du poste par les trois voies y menant, quand, à peine revenus à proximité, ils virent la herse de la porte Réale levée et les cavaliers des capitaines Boyer et Lamanon entrant en ville au galop, au cri de « Vive le roi ! ».

Les troupes à pied du capitaine d'Auriol, descendues à leur tour du plan Saint-Michel, approchaient.

Le Viguier comprit que tout était perdu. Il alla se barricader avec Fabio de Casaulx et leurs partisans dans la Maison commune.

Alors, on assista à une étrange métamorphose. En plein hiver, sous un ciel toujours bas et gris, le printemps semblait revenu, tout poudré de fleurs blanches. À la vue des cavaliers royaux, les habitants du quartier sortaient des maisons, une cocarde ou une fleur de lys au chapeau ou bien accrochée à la poitrine. D'autres avaient une écharpe blanche autour du cou, des draps apparaissaient aux fenêtres, illuminant les façades de pierres sombres rongées par l'air marin. L'air vibrait aux cris répétés de « *Vivo lou rei !* ».

On voyait, rassurés sur les suites de la mort du Premier consul, des hommes se répandre vers les autres quartiers pour propager la nouvelle.

Une foule déchaînée, poussant des cris de bêtes fauves, afflua bientôt de toutes parts pour venir insulter le cadavre de l'homme devant lequel elle avait, cinq années durant, courbé l'échine. Les plus compromis avec le régime, les courtisans les plus lâches, les meilleurs soutiens du pouvoir, ceux qui l'avaient servi avec zèle, aidé dans ses exactions, conforté dans son autorité, assisté dans ses vengeances – les résistants de la dernière heure, en un mot –

étaient au premier rang pour cracher sur la dépouille sanglante, la déshonorer, la profaner, la couvrir de boue et d'ordures.

Le corps du Premier consul fut traîné tout au long du quai avant d'être livré aux enfants comme un jouet macabre. Les plus effrontés, excités par la curée, allaient le déplacer par les rues tout au long de la journée, lui arrachant barbe et moustache, lui crevant les yeux, lui coupant le nez sous les encouragements de la multitude obscène. Dans une ville devenue folle, assourdie de tumulte et d'acclamations frénétiques, les cloches sonnaient à la volée, les trompettes retentissaient, les troupes toujours plus en nombre investissaient la cité comme une place forte, accueillies en libératrices alors que tout s'était passé entre une poignée de Marseillais, sans aucune intervention extérieure.

Loys d'Aix et Fabio de Casaulx, rejoints par Jérôme, le second fils du Premier consul, avaient vu passer sous les fenêtres de la Maison commune les restes souillés de leur complice et père. Ils savaient que leur tour allait venir, ils prirent les devants. Au moment où la foule se portait vers les remparts au bruit que le duc de Guise approchait de la ville, ils quittèrent la Loge par une porte dérobée, se jetèrent dans une barque de pêcheur et à force de rames atteignirent la Rive-Neuve, où ils se séparèrent. Fabio de Casaulx et son cadet Jérôme gagnèrent la colline de La Garde, Loys d'Aix s'enferma dans Saint-Victor.

La panique s'était emparée de tous les ligueurs. La chasse venait de commencer…

55

Règlements de comptes

Thibault de Cervières arriva hors d'haleine sous les remparts de Marseille.

Il avait couru depuis le plan Saint-Michel à la poursuite des cavaliers royaux, dévalant les pentes que les Marseillais dénommaient encore *la colline de Sion*[134], en souvenir d'un ancien couvent démoli au XIVe siècle parce que trop exposé aux maraudeurs qui désolaient le terroir.

On entrait et sortait à présent de la ville comme dans un moulin. Des gens en profitaient pour fuir, d'autres au contraire, pour y revenir et participer à la curée.

Plus le chevalier approchait, plus la clameur enflait. Celle d'une foule livrée à ses instincts les plus bas, quand elle a été longtemps contrainte et que, soudain, toutes les digues se rompent.

On se battait dans tous les quartiers d'où provenaient des cris

---

[134] Que parcourent aujourd'hui les rues des Trois-Mages, Sibié et de la Bibliothèque. Les religieuses de Sion se mirent en sûreté dans la ville en faisant bâtir leur nouveau couvent près de l'église Saint-Martin (cf. chapitre 20).

de rage ou de douleur, des détonations, des cliquetis d'armes de poing. Des maisons étaient en flammes, on croisait des femmes hurlantes poursuivies par des ramas de coupe-jarrets embastonnés, et des bandes tirant des charrettes chargées de tout ce qu'elles pouvaient emporter, pillé dans les maisons aux portes enfoncées.

Les pavés de la place Marone gardaient les traces sanglantes du drame joué au petit matin. Le corps du sergent assommé par Libertat et achevé par Matalian gisait face contre terre, non loin de celui que Martin avait jeté du haut du rempart. Les gens allaient et venaient, indifférents à la cruauté de la scène.

En remontant vers le Corps de Ville, Thibault croisa un groupe de jeunes gens particulièrement excités. Ils traînaient le cadavre d'un homme comme on hale une barque à terre. À ses vêtements noirs maculés le chevalier reconnut avec un frisson la dépouille profanée de Charles de Casaulx ! Celui devant qui tout Marseille tremblait n'était plus qu'un pantin sanglant, méconnaissable. Ils finiraient, à la nuit tombée, par aller le jeter dans le cimetière Saint-Martin, comme une charogne.

Ses tourmenteurs riaient comme des déments et poussaient des cris de « *Vivo Libertat ! Vivo nostro Sauvaïre !*[135] » en direction des curieux venus se repaître du spectacle ignominieux, ou des passants s'éloignant en courant pour ne pas l'affronter.

Thibault força l'allure, inquiet du sort de Claire, enfermée dans cette marmite infernale. Danzer en expédition du côté de Minorque, sa sœur était sous la seule protection de Ramefort et Bardolfo.

Le chevalier emboucha la rue de la Prison, courut jusqu'à la rue des Olives et son inquiétude redoubla quand il vit une masse de gens hurlants, brandissant des bâtons et des piques. Ils tenaient le pavé sur toute sa largeur.

---

[135] Vive notre sauveur !

Un coup d'œil le rassura quand il vit que la foule lui tournait le dos. C'est l'hôtel du Premier consul qui attirait la convoitise et provoquait la hargne de la populace en furie. Les portes avaient été enfoncées. Déjà, la belle demeure où se pressaient hier encore partisans et courtisans pour s'attirer les faveurs du maître de Marseille était mise au pillage alors que la ville était loin d'être libérée.

On entendait des fusillades en provenance des quais. Des soldats des milices urbaines couraient en tous sens, armes en mains, mèches allumées, sans que l'on puisse savoir qui les commandait, où ils se rendaient, à quelle faction ils appartenaient.

Thibault eut toutes les peines du monde à se faire ouvrir la lourde porte d'entrée de l'hôtel de Remezan aux volets clos. Inutile d'appeler : aucun occupant de l'hôtel n'entendrait. C'est avec le heurtoir de bronze que le chevalier tentait de manifester sa présence.

Une trogne farouche apparut enfin à la fenêtre du premier étage surplombant l'entrée. Elle se fendit d'un sourire éclairant une barbe en broussaille quand elle reconnut l'arrivant : Bardolfo venait aux nouvelles. Il fit tourner son poing fermé comme on donne un tour de clef, indiquant qu'on allait ouvrir.

Deux secondes plus tard la pièce de fer forgé qui barrait les vantaux à l'intérieur était ôtée. Le crâne rasé et bosselé de Ramefort apparut par l'embrasure précédé par une pointe de ses remarquables moustaches.

Thibault s'y faufila comme dans une chatière et le corsaire referma dans son dos. Bardolfo arrivait au bas de l'escalier conduisant à l'étage, deux pistolets passés dans sa ceinture.

— Tout va bien ?

— Tout va bien, chevalier. Ta sœur est en haut, dans sa chambre avec Meriem. S'ils viennent, on est prêts.

Ce « ils » désignait les matamores qui prendraient le risque de s'attaquer à la demeure de Danzer. Ramefort montra d'un geste large les pièces destinées au « comité d'accueil ». Rangées debout contre la cloison droite du vestibule d'entrée comme des outils agricoles, s'alignaient une série de sabres de marine, de haches, de piques prêts à être empoignés. Pièce maîtresse du dispositif, tout au fond, un pierrier[136] de bronze chargé à mitraille était prêt à servir comme en témoignait le boute-feu planté sur un chandelier à côté de lui. De quoi hacher menu ceux qui n'auraient pas reculé d'emblée devant la mine farouche des gardiens du sérail.

Thibault grimpa deux à deux les marches menant à l'étage et fit une entrée en boulet de canon dans la pièce où Claire se tenait, l'air aussi peu rassuré que celui de sa *khadima*. La jeune femme poussa un cri de surprise et se leva de son siège pour venir se blottir dans les bras de son grand frère.

— Que se passe-t-il ?

— Casaulx a été assassiné. L'avant-garde des troupes du duc de Guise est entrée dans la ville. C'est l'heure des règlements de comptes. La cité est sens dessus dessous. N'ouvrez sous aucun prétexte. À personne, vous m'entendez, petite sœur ?

— Pourquoi ? Repartez-vous déjà ?

— Je dois prendre des nouvelles et en donner des miennes. On doit s'inquiéter de moi.

— Qui donc ?

— Le notaire Geoffroy Dupré. Il va penser que je suis un drôle de messager qui ne revient point rapporter son message.

— Je crois n'avoir pas tout compris, Thibault.

— Le temps me presse, Claire, non, je veux dire Noor. Enfin, comme vous voudrez…

— Je réponds aux deux, Thibault.

---

[136] Canon court chargé de pierres ou de ferrailles, équipé d'un étrier qui se logeait dans un trou foré sur un affût de bois et qui permettait d'orienter le tir en tous sens.

— Je vous expliquerai plus tard, petite sœur, quand le calme sera revenu… s'il revient.

Le chevalier l'embrassa sur le front et la contempla, ému, comme s'il pouvait d'un regard s'imprégner d'elle et effacer toutes ces années perdues.

— Je reviens au plus vite. Au retour de Simon nous aviserons ce qu'il y aura lieu de faire.

— Croyez-vous que les gens en révolte contre Casaulx en voudront à Simon de l'avoir servi ?

— Simon n'a jamais servi personne. Vous êtes bien placée pour en juger. En revanche, il a sauvé Marseille de la famine. Cela ne devrait pas s'oublier. Et si certains avaient la mémoire courte, il serait assez grand pour se défendre.

— Dieu vous entende, mon frère.

Thibault sourit.

— Il semblerait qu'Il nous écoute un peu mieux, ces temps-ci. Allez ! Je file et reviens. Avec les molosses qui sont à la porte, vous ne risquez rien.

*

Maître Geoffroy Dupré n'était pas en son étude. Thibault apprit de sa vieille cuisinière, barricadée à l'étage, que le notaire avait jugé prudent, aux premiers moments de l'émeute, d'aller se réfugier à la commanderie des Hospitaliers où son ami, le commandeur de Saint-Chamas, l'avait accueilli.

L'infirme, sur son fauteuil, leva les bras au ciel en apercevant la silhouette du chevalier au bout de la galerie qui dominait la passe du port.

— Ah, cher ami ! J'étais mort d'inquiétude ! Je vous imaginais tombé dans je ne sais quelle trappe. J'étais loin de penser comme le capitaine de Libertat que vous nous aviez abandonné, cela ne faisait que renforcer mon désarroi.

— Votre estime m'honore, répondit Thibault, mais veuillez me pardonner : l'armée royale avait un peu traîné en chemin. Allais-je affronter le ridicule de rentrer de mission sans nouvelles à vous donner ?

— J'entends bien, dit le notaire. Enfin !... Vous leur aurez au moins montré le bon chemin, puisque les voilà dans nos murs. Il n'est qu'à tendre l'oreille pour s'en persuader : les Royaux sont aux prises avec les Espagnols de l'amiral Doria, d'où cette pétarade générale. Mais il nous manque encore la pièce la plus importante sur l'échiquier marseillais. Non point le roi, mais au moins son prince.

— Voulez-vous me faire entendre que vous n'avez point de nouvelles du duc de Guise ?

— C'est hélas vrai ! reconnut Dupré. Il se fait autant désirer que ses capitaines la nuit dernière. Bah, il finira bien par arriver ! Au fait : connaissez-vous le sort qui a été réservé au Premier consul ?

— J'en ai été le témoin accablé, tout à l'heure, dit Thibault. Certes, Casaulx n'était pas un ange, mais traiter sa dépouille de la sorte est indigne. Le Premier consul avait droit comme tout homme à être jugé. On pouvait lui reprocher une exaltation religieuse touchant au fanatisme, une politique conduisant au désastre, mais au moins était-il sincère dans sa foi. Il la croyait en péril. Ceux qui l'ont assassiné comme une bête d'abattoir et vont tendre la main pour réclamer récompense de leur forfaiture, peuvent-ils en dire autant ?

— Vous voilà bien amer, chevalier, dit le notaire. La nouvelle de la mort du tyran n'est-elle pas bonne pour une ville qui vous est chère ?

— Je ne dis point non, monsieur. C'est la manière qui me gêne. Était-il indispensable d'assassiner Casaulx ? Ne pouvait-on pas, comme son complice, le livrer aux troupes royales ?

— Difficile, objecta le notaire, puisque les *Duumvirs* n'étaient point ensemble à cet instant.

— Allons, maître Dupré, ne soyons point naïf, répliqua le chevalier dont l'indignation montait. Il suffisait à Libertat de laisser la herse levée. Casaulx aurait couru à l'aide de son complice. Il arrivait pour ce faire, quand le coup d'épée du capitaine l'a arrêté. Non, croyez-moi, maître : Libertat a mis Casaulx en cage pour mieux l'assassiner à son aise et faire retomber sur lui seul tout le mérite de l'affaire. C'est lui, le héros vainqueur du despote. On crie partout son nom comme celui d'un sauveur. Ainsi le félon aura-t-il trahi chacun deux fois : l'homme qui lui accordait toute sa confiance, et vous autres, les conjurés, qui étiez convenus de livrer Casaulx vivant au duc de Guise.

Geoffroy Dupré avait baissé la tête. Il la relevait pour s'apprêter à répliquer quand la voix de bronze des canons de la tour Saint-Jean retentit. L'artillerie s'en mêlait. C'était donc la guerre dans les rues et sur les quais de Marseille et non plus seulement une émeute populaire.

56

Après la bataille…

Depuis la galerie des chevaliers Thibault avait une vue panoramique sur le plan d'eau du Lacydon.

Une âcre odeur de poudre brûlée flottait sur les rives noyées d'un épais brouillard. Le vent s'était levé en bourrasque à la fin de matinée, chassant les dernières nuées d'orage. Comme s'il voulait mêler sa folie à celle des hommes.

Les troupes royales venaient de s'emparer de la tour Saint-Jean. Elles ouvraient le feu sur les galères génoises de l'amiral-prince Doria toujours ancrées dans le port. Le peuple versatile qui les avait triomphalement accueillies voici quelques semaines à peine conspuait les soldats espagnols et la chiourme depuis le quai et les maisons en bordure, les bombardant de pierres, de tuiles et de fruits pourris.

Carlo Doria donna l'ordre d'appareillage après avoir fait prévenir les quelque trois cents arquebusiers espagnols disposés à terre pour prêter main-forte aux milices de Loys d'Aix de se rendre au lazaret des Catalans où il allait les embarquer.

À peine les galères génoises avaient-elles franchi la passe qu'une forte canonnade partie du château d'If les forçait à se rabattre vers la Joliette et à longer le rivage pour mouiller dans l'anse de l'Ourse, près de la Vieille-Major, alors que les arquebusiers devant les rejoindre avaient pris la direction opposée en passant par la Tête de More !

L'absence des galères au point d'embarquement du lazaret des Catalans acheva de démoraliser les mercenaires espagnols, déjà éprouvés par les assauts vigoureux des troupes royalistes. Ils ne paraissaient guère disposés à mourir pour la défense de Marseille. Ils jetèrent leurs armes, et chacun pour soi prit une fuite éperdue en retraversant toute la ville, sous les quolibets et les insultes de la populace. Beaucoup s'égarèrent dans les ruelles, s'égaillèrent dans les faubourgs, subirent des attaques meurtrières de bandes armées, certains se noyèrent dans la précipitation de l'embarquement.

Moins de la moitié du contingent put retrouver le chemin de Gênes au prix d'une manœuvre difficile. La position stratégique du château d'If, au centre de la baie de Marseille, avait obligé les capitaines génois à remonter à la rame contre le vent jusqu'à la hauteur du village de l'Estaque, pour amorcer une boucle qui les avait conduits très au large, hors de portée des canons du gouverneur des Îles – fidèle depuis le début à la cause roi de France –, et mettre enfin le cap sur Gênes.

Alors qu'elles atteignaient le point de leur manœuvre le plus éloigné du rivage, les galères génoises de Carlo Doria rencontrèrent – se dirigeant vers Marseille – douze galères espagnoles envoyées à la demande des *Duumvirs* par le roi Philippe II qui arrivaient après la bataille... Elles avaient à leur bord les trois députés marseillais délégués par Casaulx à la cour de Madrid, de l'or pour acheter de la poudre et des armes et mille deux cents hommes d'infanterie, ce qui aurait porté le renfort aux rebelles à vingt-quatre galères et deux mille quatre cents soldats, sans compter chiourmes et équipages !

Elles arrivaient juste à temps pour apprendre de celles qui fuyaient vers Gênes qu'il fallait sans tarder virer de bord et rentrer à Barcelone.

*

À trois heures de l'après-midi, les guetteurs aux remparts annoncèrent l'approche d'une troupe de cavaliers arrivant de l'est et la foule se porta en masse vers la porte Réale.

— Je pars aux nouvelles, dit Thibault de Cervières au notaire Dupré. Je reviens au plus tôt vous dire ce qu'il en est.

Le chevalier prit le Quai de la Ville au pas de course. Au fur et à mesure qu'il approchait la foule grossissait, toujours plus excitée.

Au moment où Thibault arrivait sur la petite place Marone, de Guise franchissait la porte Réale accompagné d'un corps de cavalerie. Le gouverneur de Provence avait enfin trouvé le chemin de Marseille !

Le chevalier nota avec ironie que le duc prenait des allures de général romain à l'heure de son triomphe, saluant la foule d'un geste large, comme s'il avait conduit l'assaut, alors qu'il n'y avait plus rien à conquérir. La ville soumise acclamait un général arrivé sur le champ de bataille à la traîne de ses soldats.

Ce n'est qu'une fois Marseille en vue que de Guise n'avait quitté les coussins de son carrosse pour monter à cheval et prendre l'attitude martiale du conquérant.

Thibault contemplait le jeune prince sur sa monture caparaçonnée, la face camuse, allongée par une barbiche en pointe, les épaules étroites. Dressé sur ses étriers pour compenser sa petite taille, le fils du *Balafré* ne tenait en rien de la prestance paternelle. Charles de Lorraine, duc de Guise, gouverneur de Provence, chef de guerre, amiral des mers du Levant, avait plus de titres que d'allure. Qu'importait au peuple ! Il l'admirait, comme si un chevalier de légende, descendu du ciel pour délivrer Marseille, venait d'apparaître.

Le duc, la porte franchie, avait arrêté la colonne de cavaliers qui l'escortait et attendait qu'on vînt l'accueillir.

Thibault, le regard attiré par un mouvement de foule provenant de sa gauche, vit arriver Libertat, inaugurant sa fonction de Viguier à vie avant même d'en avoir été officiellement chargé. Le capitaine alla à la rencontre du gouverneur de Provence sur l'endroit même de la place Marone, où, quelques heures auparavant, il avait assassiné l'homme qui lui avait accordé sa confiance. Le félon plia un genou en terre et pria le jeune prince, avant d'aller plus loin, de jurer sur les chapitres de paix de conserver les libertés, franchises et privilèges accordés à Marseille. Il lui présenta ouvert le grand livre à couverture de cuir rouge d'où pendaient rubans et sceaux, dans lequel figuraient les accords signés au long des siècles entre la ville et ses seigneurs.

Le duc descendit de cheval, plia à son tour un genou en terre et se prêta de bonne grâce au serment demandé. Puis il se releva, accola Libertat en le qualifiant de *libérateur de la patrie* !

La folie collective qui frappait la ville ressemblait beaucoup à celle qui accueillait naguère les discours enflammés de Casaulx sur la place Vivaux, quand le Premier consul vouait « le roi hérétique » aux flammes de l'enfer. Mais le tyran mort, chacun se déclarait haut et fort royaliste. Surtout ceux qui l'étaient redevenus le matin même. Marseille s'était donné un autre maître en attendant que le roi lui en impose un nouveau. Casaulx, au moins, avait le prétexte de défendre sa religion, son assassin n'avait que celui d'assouvir une rapacité sans bornes.

Mais un peuple a besoin d'idoles et n'en adore qu'une à la fois.

Le duc de Guise et Libertat montèrent à cheval, leurs escortes suivant à pied, pour parcourir les rues conduisant à la cathédrale de la Major où ils allaient ouïr un *Te Deum* de circonstance. Dieu avait peu de choses à voir avec les ignominies perpétrées en son nom, mais cela n'offusquait personne de lui rendre grâce pour ce que les hommes avaient commis sans remords ni repentance.

Thibault emboîta le pas au cortège, afin d'être en mesure d'en rapporter un récit à Geoffroy Dupré.

Le cortège rencontra en chemin Étienne Bernard, président de la Cour souveraine de justice, qui, en robe noire de magistrat, une pique à la main, entouré des conjurés, avait noué une écharpe de soie blanche autour de son mortier, et, depuis midi, parcourait les rues en faisant crier à la foule enthousiaste : *« Vivo lou rei Enric ! Vivo la Franço ! »*

De toutes les fenêtres pendaient draps et serviettes blancs, flottaient des drapeaux blancs, on ne voyait que fleurs de lys aux chapeaux, écharpes blanches aux ceintures et on était allé dans leurs cachettes exhumer des portraits du roi, pour les fixer sur des pancartes comme on le faisait avec les images des saints protecteurs durant les processions.

À la nuit tombée, tandis que le cadavre profané de Charles de Casaulx, jeté à même la terre entre deux tombes du cimetière Saint-Martin, entamait sa putréfaction, éclataient les premières fusées d'un feu d'artifice tiré sur la place Vivaux. Le duc de Guise l'admirait depuis les fenêtres de la Maison du roi et le peuple dansait et chantait autour des feux de joie.

À peine remis des fatigues de l'attaque du matin, le capitaine Lamanon galopait déjà sur la route du Nord pour joindre au plus vite le roi qui guerroyait près d'Amiens, et lui faire connaître « la nouvelle de la réduction de sa bonne ville de Marseille à obéissance ».

57

Malheur aux vaincus !

Par-dessus le créneau qui couronnait la tour d'Isarn[137], porte d'entrée de l'abbaye-forteresse Saint-Victor, Loys d'Aix regardait Marseille. Elle était là, à portée d'arbalète, cette cité dont il avait été jusqu'à hier la justice et la force. Aujourd'hui, il n'était plus rien. Un fugitif, promis à la roue. Il finirait à l'égal de son complice : comme un détritus sur la terre nue d'un cimetière.

Deux cent cannes[138], à peine, séparaient le viguier déchu de la vieille cité où il avait vu le jour dans une lignée marseillaise de renom, mais l'ingrate semblait déjà l'avoir oublié. Il entendait les cris et les chants monter de tous les quartiers, il voyait les corporations, l'une après l'autre, venir faire allégeance aux représentants du roi honni, il contemplait les troupes royales défilant sous les vivats d'un peuple qui, jusqu'à hier, les réservait au compagnon Casaulx et à lui-même.

---

[137] Elle porte le nom du plus fameux des abbés de Saint-Victor († 1047) sous l'abbatiat de qui l'abbaye connut sa plus grande expansion, de la Catalogne à la Sicile.

[138] La canne de Marseille valait deux mètres environ.

Loys d'Aix s'ébroua pour chasser les images d'un cauchemar. S'il avait pu rameuter ses partisans cachés dans les faubourgs, les accueillir, ici, dans la plus ancienne abbaye de France, dont il ferait une place forte, il faudrait pour l'en déloger d'autres forces que cette armée de pacotille. Elle se serait brisée comme les autres sur les défenses imprenables de Marseille si le coup d'épée du traître Libertat ne l'avait pas livrée sans combat au *Freluquet* de Guise.

Mais au fond de lui-même le Viguier proscrit savait la cause perdue.

Pourquoi Casaulx n'avait-il pas accepté les propositions du roi de France ? Pourquoi Marseille s'était-elle entêtée quand la plupart des villes de Provence avaient pris le parti de se soumettre en échange d'un pardon général ? Le *Béarnais* était prêt à toutes les compromissions pour réduire le nombre de ses ennemis. Il eût fallu savoir en profiter. Les *Duumvirs* seraient riches et considérés à cette heure ! Mais non, Casaulx avait préféré choisir le camp du roi d'Espagne. Le *Roi triste* par sa méfiance, avait fait perdre des mois et des mois à la cause des catholiques marseillais, laissant le temps au *Béarnais* d'organiser sa reconquête, achetant les uns, combattant les autres. Et voilà le résultat…

Après une sécession de cinq années, Marseille appartenait de nouveau au roi hérétique…

Perdu dans ses sombres pensées, Loys d'Aix n'avait pas vu arriver le personnage silencieux debout à sa gauche, surgi de l'escalier à vis qui montait dans l'épaisseur du mur de la tour d'Isarn. C'était Gasquet Cyrus, l'un de ses derniers fidèles.

— Monsieur, on me rapporte des propos parmi la garnison où il serait question de reddition au duc de Guise dans l'espoir d'obtenir son pardon. Il y a péril d'être livrés comme monnaie d'échange par nos propres soldats.

Loys d'Aix ricana, amer :

— Il est vrai compagnon que nous ne sommes plus à une traîtrise près !

— Que faire ? demanda Cyrus en plein désarroi.

Même vaincu, l'ancien Viguier restait l'homme des décisions promptes.

— Ne pas attendre qu'on nous livre au *Freluquet*. Fuyons avant que cette abbaye soit notre prison.

Il réfléchit un instant :

— Trouvez de la corde, Cyrus, ce n'est pas ce qui manque chez les religieux. Au besoin, prenez-en à une cloche et rejoignez-moi ici, à la nuit tombée.

À l'heure fixée, deux ombres accrochées à une corde se coulèrent le long de la tour d'Isarn, puis, en longeant le mur du cloître, disparurent dans le faubourg désert.

Les deux hommes se retrouvèrent au pied de la colline de La Garde.

— Fabio de Casaulx et son frère Jérôme se trouvent dans le fort avec leurs affidés. Montons-y sans trêve.

En évitant le chemin principal, les fugitifs empruntèrent d'étroits sentiers parcourus d'éboulis.

À leur désespoir ils frappèrent en vain au guichet du fort dont le pont-levis était levé.

La garnison s'était-elle rendue ? Les frères Casaulx avaient-ils été livrés comme une rançon au vainqueur ?

L'heure n'était plus aux questions. Il fallait fuir. Partir le plus loin possible de cette cité maudite. Les Royaux patrouillaient dans les faubourgs à la recherche des fugitifs compromis avec les *Duumvirs*. Ils fouillaient les maisons abandonnées. Revenir vers Marseille serait une folie.

Loys d'Aix prit son acolyte aux épaules.

— À partir de cet instant, compagnon, ce sera chacun pour soi. Dieu vous ait en Sa Sainte Garde.

Il résolut de fuir à travers le désert du massif des Calanques pour gagner Cassis. Le temps s'était remis à la pluie, Loys d'Aix atteignit le village de Mazargues au point du jour et se lança sur les pentes désertes du pas de la Gineste.

Il atteignit Cassis au bord de l'épuisement, n'ayant mangé qu'un bout de pain donné au passage par un berger.

Dévoré d'insomnie et de fièvre, il aperçut comme dans un rêve les galères génoises, retardées la nuit durant par les vents contraires porteurs de pluies, qui croisaient encore au large.

Dans le port minuscule logé au pied du cap Canaille, un pêcheur s'apprêtait à prendre la mer. Il le héla :

— Holà, l'homme, me porterais-tu jusqu'aux galères que tu vois à l'horizon ?

Le pêcheur regarda dans la direction indiquée puis, méfiant, détailla l'étrange personnage qui venait de surgir. Ses habits étaient ceux d'un gentilhomme, mais ils étaient crottés et déchirés. Il paraissait épuisé.

— C'est loin…

Loys d'Aix décrocha la lourde chaîne d'or qu'il portait au cou.

— Tiens, tu en tireras cinquante écus, pour le moins.

Pour un pêcheur de Cassis c'était une fortune. Mais avant de se décider, l'homme lorgna sur la bague sertie d'une émeraude que l'ex-Viguier portait au doigt. Loys d'Aix l'ôta et la lui tendit.

C'était tout ce qui restait à celui qui avait tenu cinq années durant le destin de Marseille dans sa main.

*

Depuis le nid d'aigle bâti par François Ier sur la colline de La Garde, on avait suivi avec inquiétude l'arrivée des troupes royales dans la ville, la fuite éperdue des galères génoises et entendu fusillades et canonnades se succéder.

Fabio et Jérôme de Casaulx avaient bien perçu durant la nuit les appels de détresse de Loys d'Aix et Gasquet Cyrus. Mais un poignard sous la gorge leur avait interdit d'y répondre.

Au milieu de la matinée un immense étendard blanc descendit comme une voile qui déferle le long du bastion de La Garde. Il se voyait depuis la Maison commune. Libertat fut le premier à en comprendre le sens.

Après avoir adressé un messager au nouveau Viguier pour dénoncer la présence des fils de Casaulx dans le fort, la garnison signalait ainsi sa soumission après avoir mis les fils du dictateur à la porte !

Fabio et Jérôme de Casaulx, de nature paisible, n'avaient jamais partagé l'exaltation politique de leur géniteur. Ils se soumirent donc à leur destin sans offrir de résistance.

Sous les quolibets de la garnison, ils rôdèrent quelques heures sur les pentes de la colline, puis, ne sachant quelle décision prendre, ils s'aventurèrent à leur tour dans le massif des Calanques. Reconnus par des soldats, ils se tirèrent de leurs mains contre de l'argent et, comme ils avaient pu emporter quelques bijoux, trouvèrent à La Ciéutat un passage sur un navire de commerce en partance pour Gênes, ignorant qu'ils suivaient à la trace le chemin de l'exil pris quelque temps avant eux par Loys d'Aix[139].

---

139 On ignore ce qu'ils sont devenus. Probablement auront-ils fini leurs jours à Gênes, dans l'abandon d'une quasi-misère.

58

Épilogue

— La messe est dite ! cria Thibault de Cervières depuis le quai, les mains en porte-voix, le visage levé vers le pont du voilier *Les Deux Lions.*

Simon Danzer, penché sur le bastingage, comprit le sens caché du message.

Inutile de se perdre en explications avec le corsaire. Son œil était suffisamment exercé et son intelligence assez vive pour avoir compris, avant même que la dernière amarre n'eût arrimé son navire au Quai de la Ville, qu'une nouvelle page de l'histoire de Marseille s'était tournée en son absence. L'atmosphère de la vieille cité était complètement bouleversée. On voyait des gens circuler librement sans arborer un regard de bête traquée. On n'entendait plus le charroi des milices sillonnant les rues étroites. C'était comme si on avait brusquement soulevé le couvercle d'un chaudron sur le feu. Son contenu, libéré de la pression, avait apaisé son bouillonnement.

Certes, la précarité du peuple était toujours aussi grande, la ville et le terroir ravagés par des années de guerres civiles toujours aussi désolants, les lendemains toujours aussi improbables, mais il flottait dans l'air comme un parfum nouveau, mélange de liberté et d'espoir.

Depuis le pont de son voilier Simon Danzer regardait Thibault, Ramefort et Bardolfo, rassuré d'avance par leurs visages ravis. À sa manière directe, le corsaire s'informa sur la situation politique nouvelle par un geste et deux mots. Il passa son index sous sa gorge comme s'il tenait un couteau, et lança :

— Casaulx ? Couic ?

Trois têtes opinèrent avec un bel ensemble depuis le quai.

— Tout va bien pour nous tous, précisa Thibault pour rassurer le corsaire sur l'état de santé de celle qui lui était chère.

Dès que le capitaine se fut assuré du bon amarrage de son voilier, il jeta un cordage par-dessus le bordé pour rejoindre plus vite ses amis.

Ramefort et Bardolfo étaient comme des enfants retrouvant un père longtemps absent. Danzer accola Thibault à grand renfort de tapes dans le dos.

— Comment va Noor ?

— Le mieux possible. Tu vas la voir, elle est en mon logis, rue Bouterie.

— Chez toi ? En quel honneur ?

— En l'honneur qu'il faut rendre aux gens ce que Casaulx et d'Aix leur ont volé. On annonce le retour de la famille de Remezan en son hôtel. J'ai fait mettre tout ce qui t'appartient à l'abri dans la commanderie des Hospitaliers de Saint-Jean.

Danzer émit un grognement dont il était difficile de distinguer la part d'approbation et de contrariété.

— Qui commande à présent ?

— Jusqu'à ce matin c'était Libertat. Pour récompense d'avoir tué Casaulx, le capitaine a reçu hier des mains du duc de Guise le bâton fleurdelisé surmonté de la main de justice qui incarne sa charge de Viguier à vie.

On lisait l'incrédulité sur le visage du corsaire, habitué à ne s'étonner de rien :

— Libertat a tué Casaulx ? Qui l'aurait dit ?

— On y a mis le prix. Jusqu'à hier simple capitaine, il va devenir l'un des hommes les plus riches de Marseille. On dirait un enfant gâté à qui on vient d'offrir un hochet.

Le corsaire ricana :

— Un enfant gâté… Tu veux dire au sens pourri du mot ?

Thibault acquiesça de la tête :

— Judas a reçu son salaire. Mais d'autres profitent de l'aubaine. Ce matin, dans la salle du conseil, présidé par le gouverneur de Provence, c'est à qui tendra la main la plus large en courbant l'échine le plus bas. Tu connais les hommes…

— Oh oui, je les connais ! s'écria Danzer. J'ai appris un grand principe de l'action politique : il faut toujours prendre garde à se faire pardonner les services que l'on rend. C'est la raison pourquoi il me va falloir trouver une nouvelle aire pour mes rapaces. On risquerait de me reprocher un jour d'avoir sauvé les Marseillais quand ils crevaient de faim.

Ramefort et Bardolfo avaient grimpé l'échelle de corde lancée depuis le pont du voilier et retrouvaient leurs camarades avec force bourrades et rugissements.

Danzer leur cria dans le langage étrange par lequel il communiquait avec ses sauvages :

— Faites descendre la cargaison sur le quai. Se servira qui veut !

Puis se tournant vers Thibault :

— Mes cales sont pleines de tout ce que j'ai pris à notre grand ami Sa Majesté catholique Philippe II d'Espagne. J'arrive de Valencia. Mauvais temps pour le *Roi triste* : je pille ses bateaux et il perd Marseille ! J'ai croisé ses galères qui fuyaient.

— Nous n'allons pas le plaindre, assura le chevalier. D'autant qu'il se rattrapera sûrement ailleurs. Nous voilà au moins dispensés d'apprendre la langue espagnole !

— Comment va Marseille, puisque la voilà débarrassée de ses pères abusifs ?

— La convalescence sera longue, promit Thibault. Plus longue que celle de ma chère sœur : elle se porte chaque jour un peu mieux. Consolons-nous, au constat qu'au milieu des bassesses et des ignominies nous vivons le spectacle du retour des exilés que les excès des *Duumvirs* avaient chassés. Ils reviennent en foule pour reprendre leur place et retrouver leurs familles. Ils nous feront oublier la Marseille d'hier en faisant celle de demain. Cette ville est un phénix : c'est quand on la croit au plus bas qu'elle s'apprête à renaître. Première bonne nouvelle : le blé qui coûtait hier douze écus la charge[140] n'en vaut plus que cinq ce matin.

— Cela me renforce dans l'idée d'offrir aux Marseillais celui que je rapporte, dit Danzer. D'autant que ce sera l'ultime fois.

— En es-tu sûr ?

— Oui, les Marseillais sont redevenus assez grands pour se ravitailler eux-mêmes.

— Où veux-tu aller ?

Danzer éclata de rire devant la mine inquiète du chevalier :

— Ne te tourmente point, Thibault. Je vais où bon me semble. Je suis partout chez moi et ne me sens de nulle part.

— Mais, et ma chère sœur ? Et l'enfant à naître ? Qu'en fais-tu ?

Le corsaire redevint grave :

— J'ai besoin de l'avis du médecin Thibault de Cervières. Qu'en dit-il ?

— Il dit qu'il serait plus raisonnable, pour le moment, de ne point trop cahoter la mère et l'enfant qu'elle porte. Ils ont besoin de calme et de sérénité pour s'épanouir l'un l'autre. Mais le mot raisonnable fait-il partie du vocabulaire d'un corsaire ?

— Non, mais toi tu raisonnes pour deux. Pour une fois, j'ai bien envie de suivre un conseil.

— Alors le voici : attends la naissance de l'enfant. Tu reprendras tes errances après.

---

[140] Environ 110 litres.

— Hmm, grogna Danzer. Au bas mot sept mois à quai ? C'est au-dessus de mes forces.

Devant la mine dépitée de Thibault le capitaine corsaire proposa un marché :

— *De kool en de geit sparen*[141], comme on dit dans mon pays natal. Coupons la poire en deux. Je suis ton conseil, en restant quelque temps auprès de vous. Ensuite, je prends la mer à la recherche d'un nouveau port d'attache, si possible peu regardant sur l'origine des marchandises.

— Et après ?

— Après, je reviens attendre la naissance de mon fils auprès de sa mère, puis je repartirai avec eux, pour de bon cette fois.

— Ah ? Parce que ce sera un fils ? s'étonna Thibault.

— Qu'en dis-tu ?

— Rien d'autre que j'aurai chagrin de vous savoir au loin. Ou plutôt de ne jamais savoir en quel lieu vous êtes.

La nature du corsaire le poussait à ne s'apitoyer ni sur son sort, ni sur celui des autres. Sa philosophie, Danzer l'avait conçue au contact de la rudesse du monde. Il s'en tira par une plaisanterie :

— Dis-toi bien que sans moi ta petite sœur serait à ce jour mariée à un vieux bouc de Smyrne. Alors, un corsaire, à tout prendre…

*

Simon Danzer fut fidèle à ses engagements. Il demeura deux semaines auprès de celle qu'il appelait Noor, mais, à certains emballements, on sentait combien la course lui manquait. Il avait fait rapatrier sur son voilier tous ses biens entreposés à la commanderie des Hospitaliers de Saint-Jean et tenait son équipage prêt à déhaler. Chaque jour qui passait, on le sentait plus impatient. Un beau matin il annonça :

[141] Ménager la chèvre et le chou.

— J'ai trouvé une nouvelle façon de m'employer. Je prends la mer demain pour établir des relations avec un port qui intéresse le négoce marseillais.

Pour ne pas inquiéter Noor, il n'en dit pas plus, prétextant qu'il était trop tôt pour ébruiter la chose en raison de la concurrence acharnée des autres ports de Méditerranée.

Thibault et Claire s'abstinrent de tout commentaire.

Le chevalier accompagna le corsaire jusqu'à son voilier, laissant sa sœur en pleurs.

— Peux-tu me dire où tu vas ? Je garderai le secret.

Danzer sourit à l'avance de ce qu'il allait dire.

— Peut-être bien en Alger.

Thibault sursauta :

— En Alger ? C'est de la folie !

— Les relations du négoce marseillais avec la Barbarie reprennent. Je les accompagne. J'étais moissonneur de la mer, je deviens gardien de troupeau, protecteur des convois. J'aurai bientôt trois navires et deux cent quarante hommes.

— Crois-tu que Khizr Pasha va te pardonner...

— Khizr Pasha n'est plus le bey. Moustafa Pasha vient de lui succéder. Je l'ai appris d'un marchand marseillais qui arrivait de la Régence.

Le chevalier renonça à faire entendre raison à son étrange beau-frère. Autant vouloir apaiser un taureau de combat en lui chantant une berceuse...

— À bientôt, Thibault. Je vais et reviendrai te raconter. Je compte sur toi pour veiller sur ma femme et mon fils. Je t'ai ramené Claire, tu me rendras Noor.

On ne devait plus revoir Simon Danzer vivant.

Il avait bien rejoint Alger et repris contact avec les plus importants marchands de la Régence, au nom des négociants marseillais. Retrouvant ce décor familier, il envisageait de retourner plus tard finir ses jours dans le palais bleu sur les hauteurs de la ville, près de Bab-Djedid, en y rapatriant sa femme et son fils. Il croyait oubliée l'affaire des deux canons de bronze « empruntés » à Khizr Pasha. Il eut l'imprudence d'accepter l'invitation à dîner du nouveau bey. À la fin du repas – excellent en tous points –, Moustafa Pasha fit arrêter le corsaire et le fit décapiter sur la place du *badestan*.

Thibault et Claire attendirent des nouvelles qui ne vinrent jamais, si bien que la jeune femme, avec l'assistance de son grand frère, mit au monde à l'hôpital de la commanderie de Saint-Jean un garçon – comme l'avait prédit son père – qu'elle prénomma Simon en souvenir de lui.

La nouvelle de la mort de Danzer leur parvint tardivement par l'intermédiaire d'un négociant marseillais qui avait repris son trafic avec Alger. Noor redevint officiellement Claire de Cervières et, grâce à un jugement en sa faveur, rentra en possession des biens que Bertrand de Mallemort lui avait volés.

Quant à Thibault, il renonça à son vieux rêve d'embarquer pour Malte y rejoindre le bouclier de la chrétienté. Il y avait suffisamment à faire à Marseille pour un médecin qui voulait soulager la misère humaine en veillant sur sa petite sœur et son neveu dont la chevelure de cuivre rappelait ses origines paternelles.

La pinède des Escartons à Saint-Marcel retentirait à nouveau de rires d'enfant. Thibault était prêt à reprendre le rôle du cheval au galop, son neveu perché sur ses épaules.

*

La poétesse Marseille d'Altovitis trouva suffisamment de charme au duc de Guise pour se glisser dans sa couche, jusqu'à ce que le gouverneur de Provence la délaisse pour d'autres bras. La belle mourut à vingt-neuf ans, de tristesse dit-on, non sans avoir chanté sa douleur dans les quelques vers qui nous restent d'elle :

« Il s'en va ce cruel vainqueur / Il s'en va plein de gloire / Il s'en va méprisant mon cœur / Sa plus noble victoire / Et malgré toute sa rigueur / J'en garde la mémoire. »

*

Le duc d'Épernon, ayant fait savoir au roi qu'il était toujours à acheter, consentit enfin à débarrasser la Provence de son odieuse présence contre la remise de deux cent mille écus et le pardon de ses fautes. Henri IV accepta et paya avec l'argent des impôts. Tout fut oublié [142].

Il fallut encore au roi de France – qui avait suffisamment d'ennemis sur les bras pour ne pas s'en créer de nouveaux – donner deux cent mille écus au grand-duc de Toscane pour qu'il consente à lui restituer le château d'If [143].

Pierre de Libertat, fêté comme prince [144] pour son sinistre exploit, ne profita pas longtemps de la fortune qui lui était échue le matin du 17 février 1596 au bout de son épée : il mourut brutalement le 11 avril 1597.

Certains virent dans cette disparition subite le Doigt de Dieu châtiant l'immoralité du traître. D'autres, plus cyniques – ou mieux renseignés –, parlèrent d'une paire de bas empoisonnés offerts parmi les centaines de cadeaux apportés au « Sauveur » de Marseille, que le Viguier à vie avait imprudemment enfilés.

On ne connut jamais le nom du donateur.

---

[142] Le duc d'Épernon était dans le carrosse royal quand le couteau de Ravaillac mit fin au règne du « bon roi Henri ».

[143] En avril 1597.

[144] Jusqu'à la Révolution, chaque 17 février, on célébra une messe dans la chapelle des Observantins (place Francis-Chirat, aujourd'hui) « pour le repos de l'âme de Pierre de Libertat, de bonne et glorieuse mémoire ». Le traître fut statufié et on peut le voir en pied (et en marbre) au musée d'Histoire de Marseille.

Le 16 avril 1597, on exhuma les restes de Charles de Casaulx et on brûla solennellement son bras droit, « celui-là même qui, d'une prodigieuse et sacrilège audace, avait bruslé l'image sacrée du roi, au même lieu[145] qu'il avait commis cet acte tant estrange et outrecuidé ».

On raconta longtemps qu'Henri IV, apprenant la soumission de sa bonne ville de Marseille, se serait écrié : « C'est maintenant que je suis roi de France ! »

On n'est pas certain de l'authenticité du mot historique.

Mais il n'est pas interdit de croire qu'il ait pu le penser.

---

[145] Sur la place Vivaux.

TABLE DES MATIÈRES

BIBLIOGRAPHIE

Joseph Billioud, *Histoire du commerce de Marseille,* Plon, 1961.

Fernand Braudel, *La Méditerranée et le monde méditerranéen à l'époque de Philippe II,* 3 vol., Le Livre de Poche, « Références », 1990.

Anne Brogini, *Les Hospitaliers et la mer, XIVe-XVIIIe siècles,* Éditions Lemme, 2015.

Augustin Fabre, *Les Rues de Marseille,* 5 vol., Éditions Camoin, 1867-1869.

Paul Gaffarel, *Casaulx et Libertat, épisode de l'histoire de Marseille au temps de la Ligue,* Éditions Paris-Marseille, 1911.

Wolfgang Kaiser, *Marseille au temps des troubles, 1559-1596,* Éditions de l'EHESS, 1991.

Dr. Gustave Lambert, *Histoire des guerres de Religion en Provence,* tome second,Toulon, 1870.

Félix Timon-David, *Étude généalogique et domestique sur les familles de Casaulx, d'Aix et de Libertat,* Éditions Camoin, 1880.

Revue *Marseille* n° 237, *La Clé du royaume, Marseille au XVIe siècle,* juin 2012.

Dépôt légal 4e trimestre 2016
ISBN 9782357203105

Directrice éditoriale : Isabelle Chopin
Maquette : Point Libre

Impression Corlet Imprimeur S.A. - N° 184597
Imprimé en France

164, rue de Vaugirard – 75015 Paris
www.hc-editions.com